文治
© wenchi books

更好的阅读

海潮心事

Secrets Of The Tides

〔英〕汉娜·里奇尔 著

鲁梦珏 译

四川文艺出版社

前言

一列空荡荡的火车穿过田野，驶向漫无边际的灰色水泥丛林。一位年轻女子蜷缩在最后一节车厢，面纱般的头发遮住了她流泪的脸庞。她用手指一遍遍地摩挲着那躺在她口袋里的、冰冷的圆弧形金属，随着咔嗒作响的车轮声，一遍又一遍地将它翻过来，翻过去。终于，她再也受不了了，抓起胸针深深地刺进掌心。

一阵剧痛，她没有停下，任由它扎得更深。温热的鲜血顺着手腕淌下，滴在车厢的地板上，猩红一片。

终于，列车猛地减速，刹车发出尖厉的嘶鸣。一进站，她就把带血的胸针塞进大衣口袋，抓起背包，跳下站台。人群纷纷散开。两个女人尖叫着拥抱彼此。戴头巾的高个儿男人匆匆跑向检票口。满脸雀斑的男孩原地跳着脚，一边往嘴里塞薯片，一边盯着列车时刻表。周遭的一切似乎熙熙攘攘，唯有她，独自站在站台，如同一个固定的小点，只剩下沉沉的呼吸声。

地铁标志就在眼前，但她毫不在意，背上包就径直走向临街的出口。她大步穿过人来人往的路口，左拐走向大桥。大本钟越来越近，差三分钟就到中午十二点了。

她笃定地往前走，心里清楚自己要去哪里，要做什么。很快，泰晤士河出现在她眼前——那不断变换形态的黑色物质在城市中劈开一条道路，正蜿蜒前行，令她不自觉地战栗起来。在她的想象中，河水是银色且平静的，而非此刻这般幽暗而邪恶，仿佛从地底渗出的石油。不过这都不重要，事到如今，再没有回头路了。

她走到大桥中央停了下来，把背包抵住墙面，接着快速地环顾了一眼，撑起身子跃出栅栏，挂在栏杆的另一侧。

运动鞋的鞋尖险险地扒住桥沿。她伸手去抓墙，流血的手掌擦到坚硬的石头，痛得她眉头直皱。她转过身，面对着桥下的流水。疾风将她的长发吹乱，拍打着面颊。她的双眼刺痛，泛出温热的泪水。她眨眨眼，不让泪水流下。

"嘿！"她听到有人在身后喊，"嘿，你在干什么？"

时间不多了。

她怔怔地望着远处地平线上绵延不绝的灰色楼群，深吸了最后一口气，松开双手。下一秒，她开始下坠，下坠，下坠。

冰冷的河水将她体内的气息统统挤出，她努力抑制住挣扎踢蹬的本能，把自己交给那墨水一般的黑暗，任由衣服的重量带着她的身体像石块般坠入河底。

大本钟敲响正午的钟声，她已然离去，消失在浑浊幽深的水底。

朵拉

朵拉回家时天色已晚。她必须穿过一座废弃纽扣工厂的沉重铁门，再爬上三段楼梯，才能到达她住的公寓。楼梯间阴冷黑暗，但钥匙在锁孔里转动的那一刻，屋里飘扬的音乐便传入她的耳中，同远处厨房里锅碗瓢盆的奏鸣曲一道欢迎她的到来。

"亲爱的，我回来了。"她一边喊，一边脱掉那双折磨人的高跟鞋，把它们踢到门边那堆越来越多的鞋子当中。一个潮湿的小鼻子和两只硕大的棕色眸子从破旧的皮沙发后探出来，紧接着又是一条摇晃不停的长尾巴。"你好呀，格姆雷，"她亲昵地拍拍狗狗的臀部，"今天过得怎么样？"

丹的巧克力色拉布拉多犬冲她摇摇尾巴，她打了个哈欠，慢悠悠地走回客厅。

"别进厨房，"她听见丹在里面喊，"我在做一些……创新的东西……很有布鲁门萨尔[1]的风格……你一定会喜欢的。"

朵拉笑了，两人都很清楚丹从不做饭。她翻了翻门边桌上的邮件，除了账单还是账单。"我们哪儿有吃的呀？"她奇怪地问。

"呃……本来是没有的。噢，见鬼！"什么东西哗啦一声碎了。

"你去购物了？"

1　布鲁门萨尔（Heston Blumenthal）：英国电视烹饪明星。

"差不多。你先别进来，就快好了。"

朵拉步入屋内，那是一个宽敞、纯白的敞开式空间，两侧是成排到顶的落地窗。走着走着，她眼角瞥到什么东西在移动，但马上又意识到那只是玻璃窗上自己的镜像，心情这才平复下来，她最近总是提心吊胆的。她乖巧地待在房间里，打开又关掉台灯的开关，把丹乱扔的几本画册放回电视机旁的书架上。格姆雷已经在沙发边的狗窝里舒服地蜷成一团，睁着一只眼睛慵懒地追随着她的身影。朵拉环顾四周，不知道这里什么时候才能像个真正的家。六个月过去了，这个大工程才只草草开了个头。裸露的砖墙已刷成白色，地板打磨抛光，整个空间看起来既干净又宽敞，却令人觉得仿佛一个亟待填满的展厅。他们真的没有时间把这里变成一个家，事情总是一件接着一件。

"好啦，你可以进来了。"她听到丹在喊她。

朵拉伸手去推厨房的门，但门被破碎的油毡黏住了，一下推不开，她只好拿肩膀用力一顶，门这才砰地应声而开。

丹站在一张不太稳当的临时充当餐桌的折叠桌旁，示意她去看桌上那两碗热气腾腾的番茄浓汤和一盘涂好黄油的切片白面包，忘了自己身后的操作台上还有一个打开的番茄浓汤罐头。她朝他走去，双臂环住他的脖子，亲吻他布满胡楂儿的下巴。

"这是我这一整天里见过的最棒的东西了。"

"有这么糟糕吗？发布会怎么样？"

朵拉耸耸肩。"说不好，客户还没给准确的答复。"

"老板还算满意？"

"我想是的。要是我们当场把客户签下来，他就更满意了。这对公司来说是笔大业务，对我来说也是件好事，"她补充道，"毕竟有我一份功劳。"

丹松开朵拉，领着她走到桌旁。"来吧，趁热吃。"

朵拉在桌边坐下，伸手拿了一片面包。"谢谢你做的这一切。"

"这没什么，真的。"他说着递给她一杯茶，"没事吧？你脸色有点苍白。"

"我没事，只是工作太久了，有点累。"

他一脸担忧地望着她。"你太辛苦了。"

"我没事。"她一边说一边耸耸肩。

"你呢，今天过得还好吗？"她问道，企图把话题从自己身上转移开，"工作完成得怎么样了？"

这一问，丹的脸色突然亮了起来。"好极了，重大突破，我知道下一个作品要做什么。凯特·格雷姆肖给我回电确认了她要的三件雕塑，恐怕接下来的好几个月都有的忙了。"

"太棒了！"朵拉举起马克杯，丹也举杯相碰，"天哪，这可真是个好消息。"丹等待灵感的出现已经很久了。他的上一组铜雕塑在伦敦一家小小的画廊里展出，有幸得到一位知名艺术收藏家的青睐。从那以后，他一直努力想要创作出更好的作品，压力巨大。朵拉明白他私底下为自己的低产备受煎熬，现在得知他终于找到了灵感，她也总算舒了一口气。"你愿意跟我聊聊这件新作品吗？"

丹摇摇头："对不起，这件不能说。我要给你一个惊喜。"

"有意思。所以现在后屋是闲人免进的了？"

"没错。不过那可是我的工作室哦，记住了吗？不是什么后屋。"

她低着头微笑起来。两人陷入了一阵令人舒适的沉默，各自咕嘟咕嘟地大口喝汤，直到碗底空了为止。

"我来洗碗。"她主动提出来。

"等会儿，我有东西要给你。"他说着，伸出一只手，掌心里躺着两粒棕色的胶囊。

"这是什么？"她问道，满腹狐疑地戳了戳胶囊，"看起来好像给马用的镇静剂。"

"是维生素。街角商店的辛格太太说你该开始吃这些补剂了。"他笑眼盈盈地望着她。朵拉从他手里接过药片，放进身边的一个空碗里。

"谢谢。"她说道，心里想着他到底跟多少人说过这事。看来有必要和他好好谈谈了，但不是现在，他的工作好不容易有了进展，看起来那么快乐。还是等等再说吧。

那天晚上，她被屋顶上打鼓般的雨声吵醒，丹在房间里惊慌失措地走来走去。

"你还好吗？"她一边问，一边在黑暗中撑起一只胳膊。

"没事，你待在暖和的地方，我没事。"她听见他打翻了一个锅子，还有水洒在地板上的声音。"该死的屋顶。"

她在黑暗中笑了笑，听着他小心翼翼地摆好碗盘和锅具，听着屋顶漏下来的水滴在罐子里的声音与室外的雨声融为一体。

"夏天就快到了。"她努力用愉快的声音说道。

"嗯……"除此之外他什么也没说，这让她有点担心。通常来说他才是比较乐观的那一个。带他们看这套旧厂房的中介得意扬扬地宣称这地方是一个"新纽约风格跃层公寓"，但他们知道那不过是销售的术语罢了。事实上，他们身处的不过是一个肮脏、破旧、年久失修的东区厂房顶楼而已。这房子的确有潜力，也能为丹提供一个创作那些有意思的铜像的工作区域，但距离他们第一次看房时朵拉心中设想的那个漂亮、现代的宽敞空间还有很远很远的距离。现实比他们想象的还要难以接受。况且自从买下这房子以来，每当她对那腐烂的地板、漏水的水管以及满是破洞的屋顶表示担忧时，总是丹在一边让她开心振作。

"回到床上来吧，我们明天一早再来处理这些事情。"她试着劝他。

"这话已经说了六个月了。"

"我知道，可我们总会处理好的，不是吗？"

丹放弃了，钻进被窝，把他冰凉的脚掌在她的脚上摩擦，直到她大叫起来。"对不起，可你实在是太可爱、太温暖了。"

她转过身背对着他，嵌入他那舒适的身体曲线中，两个人仿佛两把尺寸刚好的勺子，完美地契合在一起。他的胳膊滑到她的腰部，粗糙而强壮的双手放在她的肚子上。她能感觉到自己脖颈上他缓慢的呼吸，他已经进入了梦乡。她很嫉妒他那轻松入睡的本领：天真无邪的孩子才有的睡眠质量。她已经很久没睡得这么香了，既然醒了过来，脑子就开始转个不停。

她回想起日升麦片的案子，回忆自己在发布会上的表现。此前她一直觉得进展不错，可是此刻，躺在黑暗中，听着外面的雨声，她的心里也开始打起鼓来。她知道，一旦细想下去，恐怕再过好几个小时都睡不着了，于是她试着把注意力集中在放松脚趾上。那些鸡汤书里不是说睡不着的时候可以这么做吗？先放松你的脚趾，然后放松双腿，一步一步往上走。等你放松到鼻子的时候，保证已经睡着了。她一定在哪里听过这个说法。

可她才做到膝盖，就觉得很难集中注意力，更别说放松了。这时候，朵拉突然感到一股冰冷的惊慌感从身体内部传来。这感觉已经持续了好几个夜晚：一阵突如其来的寒意抓住了她的内脏，体内的空气被瞬间挤出，仿佛某个重物死死压在她身上，要将她压进床垫。朵拉的心在胸腔里怦怦直跳。

"丹？"她在黑暗中说道。

没有回答，只有鼓点般的雨声，以及她大声的心跳。

"丹，你醒着吗？"她用手肘推推他。

"嗯……"他呻吟道，"没醒。"

"我们得谈谈。"她一秒钟都没法再独自醒在那里了。

丹的胳膊在她腰上收紧了一下："快睡吧，我们明天早上再来解决屋顶的问题。"

"我想谈的不是屋顶的事，"她咽下嘴里的酸楚的感觉，"我想谈的是……是这个孩子。"

她感觉到他的胳膊僵了一下，脖颈上的呼吸暂停了一拍。"孩子怎么了？"他喃喃地说。

"我觉得我们得谈谈。"

"现在？"

"是的。"

丹在黑暗中用一只手肘撑起自己，看着她说："怎么啦？"

她深吸了一口气，努力控制自己颤抖的四肢。"我们好像一直在随波逐流，失去了掌控，任由生活把我们推向任何地方。我想我们该讨论一下这到底是不是我们想要的样子。生下一个孩子，这是多么大的责任啊。我的意思是，我们连一个干燥的生活环境都没有，怎么敢去想养大一个孩子呢？"朵拉仿佛能听见自己声音里的歇斯底里。

丹安静了一会儿，终于开口说道："我们会把房子的问题解决掉的，别担心。新的订单会让我们的收入稳定下来，现在春天到了，我们可以把屋顶修好，然后搞定厨房和卫生间的漏水问题。接下来就只剩一些装饰工作啦。"他克制住哈欠，"我们一开始就知道这是一个耗时的大工程，我以为你没意见的。"

"我曾经是没意见的，我是说，我现在也没意见。"她纠正自己，"不是房子的问题，不完全是。我的意思是，也有关系，但不仅仅是这一点。"她咽了口气，"你难道没想过，自己到底是否准备好了做一个家长吗？"

房间里一阵沉默。

"我还不确定，"她小声地继续说，"自己是否想要当妈妈。这是很重大的责任，我们将不再仅仅是情侣，我们将成为……一个家庭。"

丹叹了口气："我想每一对新手父母都会有这种感觉的，朵拉。这很正常。我知道这不在计划中。"他又打了个哈欠，"但这太令人激动了，你不觉得吗？一个家庭。"他顿了一下，"在我听来简直棒极了。"

朵拉在他怀里动了动，扭头凝视着两人上方的虚空。所有事情在丹的眼里都那么简单纯粹，他看到的一切都是非黑即白，这也正是她爱他的地方。但她的生命远不是非黑即白，而是各种色调的灰，就像挂在壁炉上方的那幅油画中的乌云。像丹这样一个内心明亮、对这个世界充满了乐观主义的男人要如何理解她的感受呢？

"朵拉，是不是因为你的家庭？因为……呃，你知道的？"
她在黑暗中点点头，没有说话。

"我知道那很可怕。我知道的，从你跟我讲的那一点点事实来看，你到现在还过不去那道坎儿。相信我，朵拉，我很想理解你，我真的很想。"

她一动不动地躺在那里。

"可这对你来说是一个走出来的机会，你发现了吗？"
她感到他的胳膊在自己腰间紧了紧，双手温柔地抚摩着她的肚子，令她感到安心。"这是一个新生命……一个全新的开始……我们两个和我们的孩子，我们将要组建自己的家庭，难道这不是你想要的吗？"

朵拉不知道该说些什么。她当然想要和丹生活在一起。她爱他，还有他们在伦敦的生活。他是她的依靠。可与此同时，她完完全全地不知所措。这么多年过去了，她觉得自己依然还是那个小女孩。什么都没有变，没有任何变化。她过去不负责任，导致了那么惨重的灾难，如今怎敢去想当一个母亲所要承担的巨大责任……要为另外一个生命负责？她自己所成长于其中的，那个她深爱着，以为会永远支持她的家庭，被活生生地撕扯得四分五裂，而她又怎能去想组建自己的家庭呢？事实就是，她认为自己不配拥有一个属于自己的家庭，不配与丹一起重新开始，也不配拥有幸福。可她怎么能告诉他呢？

"快睡吧。"丹在她耳边喃喃地说，"所有事情在夜晚总是显得更糟糕。我们明天再谈吧。"他的怀抱稍稍松开了一些，她知道他又快要睡着了。"明天一早你就会觉得好多了。"他小声说道。

"晚安。"她说完，在他怀里转了个身，凝视着卧室里的黑暗。丹错了。她知道，第二天早上她不会觉得好一些。这十年来，她每一天都在希望第二天早上一切都会好起来……她能感觉好一些，但每个清晨，她一觉醒来，依然会面对那个令人反胃的事实——她就是那个让她的家庭分崩离析的罪魁祸首。有时她觉得，他们似乎都抛弃了她，似乎割断了绳索，让她一个人在生活的汪洋里漂流。可很快她又记起来，是她害得大家像沉船的残骸般四处漂散的。她感觉愧疚，如同一个深深的、扑通扑通跳动的伤口。

丹开始发出轻轻的鼾声，朵拉闭上了双眼。她希望睡眠也能带走她的意识，但她明白，那还要过上好一阵子。于是，她任由思绪飘回了过去。慢慢地，视线里似乎出现了一条宽宽的、绿树成荫的车道，她几乎能听到风从高大的美国梧桐间穿过的声音，几乎能闻到空气里咸湿的味道。她转了个弯，啊，那漫无边际的老宅就高高地耸立在多赛特的悬崖边，泛白的墙面在阳光下如灯塔般闪耀。视线拉近，她看见了那坚实的橡木大门，在经年累月的风吹日晒中褪去了最初的颜色。在脑海中，她推开大门，光滑的木门在她指尖传来熟悉的触感。她走进门厅，那里清冷、幽暗，回荡着泰德一家人的脚步声。她穿过一扇开着的门，不去看那个埋头在书本和报纸间的优雅的黑发女人，不去听那吱呀作响的楼梯间里回荡不绝的清脆笑声，路过一个坐在客厅里看报纸的英俊的金发男人身边。她拒绝这所房子里一切的诱惑，径直前往散发着玫瑰与丁香诱人香气的温室，穿过后门，沿着蜿蜒的小径，飘向那萦绕着海妖之歌的大海。海水夜以继日地从远处涌来，冲击着悬崖。

当她抵达果园里一棵扭曲的樱桃树时，她回头审视着老宅，凝望着那宽宽的推拉窗。她看着那些窗户，搜索那些隐藏在阴影背后的答案，但玻璃在刺眼的阳光下一片黑暗。

克里夫托伯——她曾经称之为家的地方。

丹在睡梦中动了动，叹了口气。朵拉将双手放到自己依旧平坦的腹部，思索着未来。突然，她明白了。她不能再继续躲藏了。她必须回到克里夫托伯，必须去面对自己的过去。

海伦

海伦站在走廊上，审视那一堆越摞越高的行李箱、背包、鞋子、外套。要是有人决定取消复活节，她会觉得再好不过。收拾行李已经够糟的了，还有一堆脏衣服要洗，冰箱也该清理了，还要从烘衣柜里翻出那些消失很久的海滩浴巾，再把这一切全部塞进轰隆作响的汽车后备厢。要是这些还不算什么，那么依旧泰然坐在书房里讲那最后一通工作电话的理查和慢悠悠地在家里漫无目的地晃来晃去的女孩们足以让海伦忍不住想放声尖叫。

她走进厨房清空垃圾桶，只见朵拉坐在餐桌旁，做梦似的盯着花园，眼前还摆着她的燕麦粥。

"你还没吃掉这些麦片吗？"她一边问，一边与快要满出来的垃圾桶搏斗。

"嗯哼。"

"快一点，"她说着，终于把垃圾袋拽了出来，打上了结，"我要开洗碗机了。"

朵拉点点头，举起一勺麦片凑到嘴边。海伦这才满意地离开厨房，去找凯西。她满以为大女儿应该在楼上收拾呢，结果，她竟然还四仰八叉地躺在床上，衣服也没穿好，正一边懒洋洋地喝着头发，一边翻着书。这无疑引燃了海伦本就很差的情绪。

"我难道没告诉过你我们十点就得出发吗？"海伦大喊，"会堵在路上的。"她怒气冲冲地扫视着凯西乱七八糟的房间。"我昨晚就叫你收拾房间，你竟然到现在还没开始！"

"别急呀，妈，我五分钟就能收拾好。真不明白这有什么好大惊小怪的。不就是去爷爷奶奶家过个周末嘛，你和爸搞得好像要去南极探险似的！"

嘲讽，这可是新鲜事。海伦眼看着凯西的视线飘回到手中的书上，硬生生压抑住想要飞身过去把那本破书扔出窗外的冲动。她深吸一口气，从一数到三。凯西今年十一岁，非常聪明，已经学会戳妈妈的痛处了。

"听着，我不会再催你第二遍。"海伦一边威胁一边离开房间。这话其实没什么威力，但她也想不出更厉害的了。他们不可能把她一个人丢在这儿，尽管这想法很诱人。

她关上凯西房间的门，顺着走廊回到自己的卧室。一个饱经风霜的行李箱敞开躺在床上。她还没决定到底是带一条裙子还是再带一条长裤。长裤会比较实用，但她很清楚，婆婆希望大家在复活节主日打扮得隆重些。海伦看着挂在衣柜里的绿裙子，还有一条黑色的腰带，最终还是放弃了挣扎，取下裙子放在了一堆衣服的上方。今年她最起码要和达芙妮保持和平。"这裙子不错，怎么没见你穿过？"理查走进房间，扫了一眼行李箱上的绿裙子。

海伦翻了个白眼："也就穿过几百万次吧。"

"噢……挺好看的。我们该出发了吧？"

海伦一听这话就恼了，打了一早上电话的人可不是她。"孩子们还在磨蹭。"她说着，用尽全身力气想把箱子的拉链拉上。理查坐在箱子上帮她一把。"可我们再过差不多半个小时就该上路了。"这么说可太乐观了，不过说实话，就算晚一点她也无所谓。她可没有迫不及待地想去多赛特和理查的父母一块儿开启为期一周的礼貌闲谈、乡间散步和宁静的下午茶时光。

她明白，一家人在复活节聚在一起是泰德家的传统，她也明白，理查有多热衷于带着她和女儿们一起回到他长大的地方，可她只想安安静静地在家度过假期，就那么一次，逛逛街，看看书，在厨房里捣鼓点好吃的，哪怕做点园艺活儿也好。算了，别做梦了，永远不可能实现的。在家庭传统这件事上，达芙妮·泰德永远都能如愿以偿。

"妈妈很期待我们回去，"理查说道，仿佛看透了她的心思，"她这一星期都在不停地烤蛋糕，爸爸也一心想着带女孩子们出海。"

"真好。"海伦说着，强迫自己回应丈夫的微笑。她还是会配合的，她一直都很配合，为了他们所有人。只是去克里夫托伯待一周而已，没什么大不了的。

四十五分钟后，经过了对房子的最后一遍巡查、反复几次终于盖上的后备厢盖，以及因朵拉失踪的泳装而引发的恐慌之后，泰德一家终于锁上了他们伦敦北区的排屋大门，挤进了轿车里。他们奇迹般地一路顺利开到温彻斯特，直到后排座椅传来了第一声抱怨。

"这不公平，"朵拉带着哭腔说，"我一次都没选过音乐。"海伦从后视镜里看见她手上正挥着一张某个少男乐队的新专辑。

"因为你品位太烂。"凯西说。

"才不是。"

"就是。"

"该你做裁判了。"理查嘟囔着，又超过了一辆由西向东行驶的篷车。

海伦在副驾驶座上扭过身子，看着自己的两个女儿。凯西蜷缩在后座最靠边的角落里，面朝窗外，一缕金发挡住了脸庞。她是个固执的孩子，海伦知道她不想与自己对视。于是她转眼看向朵拉，后者正用那双碧绿的眼睛乞求地看着自己，自己剪的刘海尴尬地乱翘着。海伦叹了口气："你们俩能不能消停一会儿？爸爸在专心开车呢。"

"可是该我选了……"朵拉的脸红了。

"要是你们俩继续吵的话，谁也别听音乐了。"

"可……可是……"在妈妈的瞪视下，朵拉不说话了，海伦也回头看向前方。

"你还好吗，亲爱的？"理查从方向盘上撤下一只手来，搭在海伦的胳膊上。

"嗯哼。"她点点头，看着对面的车灯像无穷无尽的猫眼般向他们冲来。她又开始头疼了，说实话，她真希望能静一静，一点都不想听到那些流行歌曲持续不断的节拍。不过，就算听流行歌曲也比听凯西乱发脾气要好。她默默地叹了口气，十二年了，家庭旅行从来都不是一件易事。她还记得自己第一次与理查一起来到克里夫托伯。那是三月里昏暗的一天。云层那么厚，让你很难不怀疑太阳可能永远都不会再闪耀了。她神情紧张地坐在车里，把皮包边缘的流苏编成辫子，拆掉，再编起来。理查则用手指在方向盘上打鼓。他们正向着他从小长大的房子，一步一步地快速前进，如果不出意外的话，父母很快就要称她为儿媳了。

"他们会喜欢你的，"他试图安慰她，"几乎就像我爱你一样。"

"他们也会爱我们的宝宝吗？"她一边说一边以保护的姿态抚摩着自己微微隆起的肚子。

理查的目光顺着她的手看去，很快又转回到路面。"交给我吧，一切都会好起来的，相信我。"

尽管没有说出来，但她还是相信了他。说来奇怪，他们认识彼此不过几个月的时间。海伦正处于大学的最后一年，修习经典文学本科学位。理查年龄稍大一些，即将完成为期五年的建筑学学位，准备去父亲的公司就职。像很多学生一样，他们也是在一个酒吧里相识的。两人初次见面就擦出了火花。理查个子高高的，一头金发，眼睛如矢车菊般湛蓝，还有宽宽的肩膀，以及成年人般的自信，显然从小就是备受宠爱的独生子。海伦发现他在酒吧的另一边注视着自己，便大胆地回了他一个微笑。后来理查告诉她，正是这第一个微笑让他沦陷，无法自拔。一见钟情——这是他的原话。他走到她们的桌前，大方地做了个自我介绍。她很欣赏这样的作风，直白又坦率，没有油腻的客套，也没有对他的朋友挤眉弄眼，寥寥数语便让人觉得可靠而诚实，似乎是个正派的人。尽管当时的她对于男人的了解甚少，也明白这些品质是极其罕见的。

他们约会了几周，感觉很不错。他带她去看橄榄球比赛，当她在站台上冻得瑟瑟发抖时，他脱下自己的外套给她披上；他请她去高档餐厅吃烛光晚餐，走街串巷带她看自己最喜欢的建筑和风格，给她上了一堂堂建筑学速成课；他们对政治问题吵得不可开交，永远也无法找到一场双方都喜欢的电影；但到了晚上，两人躺在床上时，一切争吵都被抛到了九霄云外，白天的种种冲突似乎在床笫间点燃了激情的火种。对于海伦来说，与理查约会是种全新的体验。他比前几任男朋友要成熟得多，更体贴，也更自信。即便当她发现那个令人胃部一紧的事实——她怀孕了的时候，他依然坚稳如磐石。从他略显苍白的脸色和微微颤抖的嘴唇来看，他显然也吃了一惊，但下一秒，他就镇定下来，说的话没有一句不是最合情合理的：她有权来做决定，不管她决定怎么做，他都会支持她。在她决定把孩子生下来之后，不到一个星期，他的求婚就紧接着到来了。一枚古雅的钻石婚戒在当地一家意大利餐厅的餐桌上对她闪耀着美丽的光芒。"这么做是正确的，海伦，让我们把最好的开始给予我们的孩子，让我们一起开始新的生活，你我一起。"

海伦刚开始并不确定，要不要留下孩子就足以让她头疼。当妈妈是一回事……她真的有必要成为一个妻子吗？"现在很多人有孩子却不结婚的，"她说，"我们也可以成为那种超级摩登的伴侣……"

"不，海伦，"他坚持道，"我爱你。既然我们要生下这个孩子，至少要用正确的方式来迎接他的到来。"

"可我们住哪儿呢？钱又从哪里来？我还想去旅行……找工作……"

"我有些积蓄。我的家庭……嗯……过得还算舒适。总会有办法的。我们先把孩子生下来，等孩子大一些了，你就可以开始追求自己的事业。这不是一个无期徒刑，你知道的。"他试图开个玩笑，"你不必为此舍弃一切，海伦。"他是那么令人放心。他温柔地把戒指套上她的无名指，笑得那么开心，几乎立刻就开始讨论去多赛特见他父母的行程安排。海伦手足无措，难以置信地盯着无名指上那硕大的钻石闪耀着奢华的光芒。多么浪漫，多么令人不安。显然，她的人生从此改变了方向。

他们径直驶向海滩，那是他们第一次去海边，终于可以在长途旅行之后伸展一下手脚。理查想沿着海岸线进行一次浪漫的徒步，但铅黑色的海浪汹涌着冲向岸边，劲风朝他们刮来，撕扯着他们的大衣。他们哆哆嗦嗦地在海边走了一会儿，终于败下阵来，弓着身子仓皇逃回车里。

"啊，也算个不小的成就呢，"理查开着玩笑，拨弄着暖气开关，"这样的春天除了英国，还能在哪儿找到？"

海伦笑了起来，心里还是很紧张，伸出一只手搭在他温暖的膝盖上。

他开车穿越萨默顿那沉寂的海边小镇，路过几间棉花糖色的小木屋，行驶在盘旋曲折的乡间小路上。终于，他们穿过一扇隐蔽的精钢大门，驶上一条蜿蜒的车道，接着加速驶过一排迎风摇曳的美国梧桐，车胎与石子路面摩擦出刺耳的嘎吱声。

"就在那儿！"理查喊了起来，指着远处依稀可见的庞大石头建筑，"那就是克里夫托伯，我的家。"

海伦依然记得自己当时几乎喘不上气来。她不知道自己该有什么样的期待，但可以肯定的是，绝对不会是那样一栋在树木枝叶的掩映下若隐若现的美丽古宅。那是一座美丽壮观的十九世纪农庄，比例恰到好处，沿着海角的弧线延伸出令人心驰神往的 L 形，仿佛它早已厌倦了大海无止境的拥抱，朝它背过了一边肩膀。白色的外墙爬满常春藤，包裹住房子的整个正面和所有宽阔的窗格。正中间一道石砌的拱门雕刻精美，把古老的橡木大门框在中央，在岁月的打磨下变得光滑。整个房子被从内部点亮，每一个可见的窗户里都溢出暖黄色的光，一缕鸽灰色的轻烟从石板屋顶上的烟囱袅袅升入渐黑的天空。从山上往下看，海伦依稀能辨认出一片长长的草地，延伸到果园的大门，视线的尽头是白茫茫的大海。她知道，尽管一只脚都还没踏进去，屋里能看到的景色一定十分壮阔。大宅本身就美得令人心跳暂停，是只有在儿童绘本里才能见到的那种如画般的农庄，而它在莱姆湾厉风呼啸的悬崖边上遗世独立的姿态，更为它平添了几分戏剧色彩。在海伦看来，它简直浪漫到了骨子里，是情人在狂风中幽会、走私犯秘密会面的圣地。

"想不到你竟然是个拥有庄园的贵族呀！"她叫起来，心里默默地为自己的父母那拥挤不堪的郊区排屋感到窘迫。

"也没那么大啦,"理查笑了起来,"只是角度的问题。"

"哈!"她哼了一声。

他伸手过来,令人宽慰地捏了一下她的手。可是离房子越近,她就越是能感觉到它在向四面铺天盖地地延伸,昂首挺胸地直升天际。

"我知道它为什么叫克里夫托伯[1]了。"她终于挤出一点声音。一想到马上就要见到他的父母,并且要在如此令人生畏的环境中待上两天,她突然惊慌失措起来。

幸好,他们在屋内受到的款待比这房子从海滩上看起来的样子要温暖许多。达芙妮和阿尔弗雷德·泰德都很高兴见到他们的儿子,海伦的自我介绍似乎也很顺利。海伦觉得理查的父亲很有魅力。阿尔弗雷德是儿子的年长版本,高个子,宽肩膀,一头银发,温暖的笑容,还有那对和理查一模一样的湛蓝色眼眸。海伦一跨进橡木大门,阿尔弗雷德就热情地握住她的手一阵猛摇,趁她不注意的时候对理查调皮地眨了眨眼睛,表示对儿子眼光的认可。海伦转眼去看达芙妮——理查的母亲,只需看一眼就知道,这位一头灰发的迷人女士显然更难取悦。她那张坚强而严肃的脸、铁灰色的眼睛以及身形仪态无不透露着多年在瑞士女子精修学院养成的教养。她穿着一条简洁的羊毛长裙,颈部戴着一条珍珠项链。海伦站在她身边,穿着自己最昂贵的裙子,突然相形见绌,自觉穿得廉价又俗气。达芙妮的欢迎温暖十足,但在海伦回答阿尔弗雷德的一个又一个热情洋溢的问题时,她还是能感觉到这个女人冰冷、审视的目光把她从头到脚扫描了一遍:那是一种掠食者对于猎物的审视,是母亲企图在儿子的伴侣身上找到一丝软弱或令人心碎的迹象时的审视。

---

1 克里夫托伯:音译自 Clifftops,意为"悬崖之顶"。

接着，他们在会客厅里面对着熊熊的炉火享受下午茶，木块在巨大的石质壁炉里噼啪作响。"小小地放纵一下。"阿尔弗雷德略带歉意地说，大家一起在褪色的轧光布沙发上落座，"今天着实是个冷天，正需要一炉好火。"

海伦微笑起来，将双手伸向炉火，对那温暖的感觉充满感激。四个成年人开始坐下来进行必要的社交谈话。从理查和海伦的多赛特之旅，到达芙妮那刚缝上花的抱枕，再到室外的坏天气，终于，理查清清嗓子，告诉大家他有事要宣布。海伦紧张起来，企图忽略达芙妮投给阿尔弗雷德的那一记担心的目光。

他先从好消息开始："海伦和我决定要结婚了。"

"噢！"达芙妮惊呼，"我的天哪，真是太让人意外了！"停顿了一下之后，"我的天哪……"她又重复了一遍，手里拨弄着脖子上那串珍珠项链。她似乎不知道该说些什么，于是望着丈夫寻求帮助。阿尔弗雷德开始清嗓子，但还没开口就被理查抢先了。

"海伦怀孕了。"

阿尔弗雷德似乎在怀疑自己的耳朵是不是出了问题。他回头看向妻子，一脸无助。

"我们知道这一切发生得很快，"理查承认，先看看母亲，再看看父亲，又回眸望着母亲，"你们两个都需要一点时间来消化这件事，但你们只需要知道一点就好了，那就是我们两个深爱着彼此，我们想要这个孩子，我们决定今年夏天就结婚。"

沉默不断地拉长又拉长，终于，达芙妮找回了她的声音："好吧，亲爱的，你是对的，这一切都发生得太快了。我的天，也许我们都需要喝一杯，你说呢，亲爱的阿尔菲？"

总算有事做了，阿尔弗雷德感激地跳了起来。"没错，没错，当然了，达菲，真是个好主意。威士忌？雪莉酒？或者我们开一瓶香槟？我想我们需要庆祝……"

"雪莉酒，谢谢。"达芙妮快速地回答，显然并不准备庆祝。"而且我觉得喝点雪莉酒对海伦来说也有好处，"她又加了一句，对海伦意味深长地点了点头，"你看起来有点憔悴，亲爱的。"

拒绝的话会显得很没礼貌，于是海伦也轻轻点头表示赞成。

阿尔弗雷德几乎是跑着出去的，从餐厅拿醒酒器和玻璃杯仿佛要花上一个世纪，达芙妮坐在那里默默地将平裙子上的褶皱。海伦四处观望，以身处一间会客室该有的轻松优雅慢慢地啜饮茶水。房间里的家居漂亮又古朴，褪色的花卉图案织物和磨损的波斯地毯给整个房间增添了一丝舒适的生活气息。古老的旅行座钟旁一个花瓶里流淌出一连串早春的花朵，壁炉的台面被花瓣所覆盖。一条浅色的羊毛披肩斜斜地点缀在精美的坐榻上。到处都是古怪的小摆件和古董：一面墙上挂着一个旧旧的晴雨表；一张圆桌上散落着好几个褪色的银相框；不拘一格的邮票和画作也在吸引着眼球；门边上摆着一台坐塌了的切斯特菲尔德皮质沙发椅，一侧的扶手已经有些破损，填充物从一个小破口冒了出来。这一切都十分雅致——也许对于海伦来说有点拥挤，有点夸张——但毋庸置疑的是，整体看来是一种不会过时的好品位。"坐下吧，亲爱的。"达芙妮见理查在法式门边焦虑地走来走去，催他坐下。他听话地坐在海伦身边，把她的手握在自己手里。她感觉到他的手心里出了一丝汗，两人不约而同地盯着壁炉。木块燃烧迸出一连串火花，徐徐升上烟囱。

终于，阿尔弗雷德回来了，大家都松了一口气。他把杯子一个一个递给大家，最终吐出一句言不由衷的祝词："祝贺这对快乐的眷侣。"四人默默地喝酒。

"那么，"达芙妮努力地装出欢快的语调，"跟我们说说你的情况吧，海伦。"

下午的时光缓慢地流向夜晚，四人在一个相当宏伟的铺着木地板的餐厅里共享了一顿不太舒适的晚餐。硕大的桃花心木餐桌上装饰着亚麻布餐巾和银质餐具，两座巨型烛台在他们身上投下温馨而闪烁的金色光晕。就在达芙妮端上肉食，沿着餐桌传送蔬菜时，理查开始讨论他们的计划。海伦望着烛台上融化的蜡缓缓流下，在浆洗干净的雪白桌布上形成一摊黏糊糊的蜡迹。

"我们打算尽快搬去伦敦，先找一套公寓，然后我就去公司上班。"他从餐桌上伸手握住海伦的手，充满爱意地捏了一下，"多么激动人心啊。"

"是啊，海伦可以收拾新家，让你们安顿下来。在等待孩子出生之前有点事情可做也是很好的。"达芙妮附和道。

海伦对理查抬了抬眉毛，但他没注意到，转身去取酒了。

"你得找艾德蒙谈谈。"达芙妮提议。

"他在伦敦到处都有房子，我敢肯定他一定很乐意帮忙。理查，为什么不给他打个电话呢？"发现海伦一脸好奇，达芙妮转而对她解释起来："艾德蒙是我弟弟……理查的叔叔。他可爱极了，人很好，非常宠爱理查。"

海伦礼貌地点点头，一边仔细地嚼一颗蚕豆。她心想，什么样的家庭能碰巧"在伦敦到处都有房子"。在自己的家里，和父母坐在一起，理查突然显得更加自信和成熟了。她忍不住把理查与阿尔弗雷德和达芙妮在一起时的表现与她自己回家见父母时的感受相比较；不管她有多努力，她始终觉得自己更像一个任性的少女，而非成熟的女人。

既然话题已经与她无关，海伦开始悄悄地巡视这个富丽却古旧的房间。一面墙上挂满了油画，在烛光的掩映下，人物与风景无不闪烁着诱惑的微光。桃花心木的边几上摆满了各种物件：一个看来需要好好抛光一下的银质香槟桶，一个落满灰尘的古董水晶醒酒器，手工雕刻的木头大碗里漂着几片柠檬，还有一个非常华美的陶瓷花瓶，描绘着两个少女立在摇曳的垂柳下的画面。这个充满艺术喧嚣的房间与她的父母家极简的客厅形成鲜明对比，后者引以为傲的是一台女主人用的小推车、电动盘子加热器和高档雪莉酒杯，全都擦得干干净净摆在橱柜里，永远不会拿出来见客。她很清楚，自己与母亲那小心翼翼的持家之道之间隔着一个世界。

晚餐缓慢地进行，海伦强迫自己咽下达芙妮放在她盘子上的一切食物，尽管胃里一直不停地翻涌。终于，一口也塞不下了，她借口说自己累了，起身告退。

"当然，"达芙妮说，"你一定累坏了。我已经把客房收拾出来当你的卧室了，希望你能住得舒服。"理查早就告诉过她，他们得住两个房间。他的父母就是这么老派。

"一定会的，"她说，"谢谢你，泰德夫人。"

"噢，拜托了，叫我达芙妮就好。不管怎么说，我们很快就要成为一家人了。"这句不太真诚的庆贺在房间里没有引起什么回响。

"好的，谢谢你，达芙妮……那么，晚安了，大家。"

"晚安。"他们在她身后高声说。

海伦拖着沉重的身体爬上嘎吱作响的台阶，向客房走去，感到莫大的放松。她一件衣服都没脱就躺在那宽大的黄铜床上，深深地吸了一口气。会客厅那褪色的雍容一路延伸到这里。客房很美，墙上贴着柔和的蛋壳蓝色的植绒墙纸，一个角落里立着一张漂亮的梳妆台，斑斑点点的镜子前有一张罩着丝绒的圆凳。落满灰尘的皮面书籍陈列在结实的桃花心木书架上，窗前的座椅上散落着几个装饰着白色蕾丝的靠垫，从那里望出去，正好可以看到楼下的花园。床头桌上的小水罐里插着几枝雪花莲，一条松软的手工被子躺在床脚，原本鲜亮的颜色已经被时光与日晒漂白。远离了楼下的烛光与对话，海伦突然感觉自己被夜间的寒意所包围。她冻得发抖，就把被子拉上来盖住双腿，鼻腔里瞬间充满了刚洗干净的衣物清新的香味、蜂蜡以及金钱的气味。

海伦意识到，来到克里夫托伯就好像踏足一个全新的世界，她连脚下的土地都踩不实，感觉它时刻都在晃动，仿佛下一秒就会突然被绊倒。她把双手放在肚子上，开始第一百万次思考，留下宝宝的决定是否做错了？她到底是不是真的准备好要为了肚子里这团蜷缩起来的小生命而放弃自己的梦想与抱负？将自己的人生与这个有时让她觉得非常陌生的男人捆绑在一起，还要进入这个与自己那小心翼翼的郊区生活完全背道而驰的家庭，她到底是不是疯了？在这期间，她一直试图屏蔽楼下越来越高昂、越来越激烈的争吵，但无济于事。

第二天早上，一切似乎都变好了。经过一个晚上的睡眠之后，大家好像都放松了许多。四人一起在温室里用早餐，没有人再提及婚礼和孩子的事情。但当理查提议他们俩一起出去走走的时候，海伦还是万分感激。

"这里为什么被称为黄金角？"海伦问道，她穿着借来的靴子和被风吹得鼓起来的雨衣，和理查一起走在房子外侧的海边小路上，觉得自己相当笨拙。

"你看，我们前方的那个悬崖是英格兰南岸的最高点，黄金角这个名字就源于悬崖顶上裸露的黄色砂岩，我一直把它想象成一顶金色的皇冠。"

海伦定睛注视着悬崖顶上的那一片寸草不生的平地，在昏暗的天幕笼罩下，它看起来一点也不金黄，反倒像一摊脏兮兮的芥末。

理查仿佛能读懂她的心思："有阳光的日子看起来会更震撼一些，但从那上面往下看的景色非常壮观，值得爬上去，我保证。"

"所以你们一家在克里夫托伯住了多久呢？"

"噢，相当久了。"理查低声说，抓过她的一只手，放在自己温暖的手心里，"事实上，这背后还有个浪漫的故事。妈妈和爸爸度蜜月的时候偶然发现了这房子，当时这里一片破败。拥有这片地产的农民损失了很多钱，身体也不好了，所以这里就像废墟似的。爸爸说服那个老头子把房子卖给他，把它作为结婚礼物送给妈妈。从那以后，这个地方对于他们两个来说就变成了一个爱的劳作地，当然，也是一个烧钱的坑，但他们很爱这里。我想正是因为他们对于克里夫托伯的热情，才让我决心追随爸爸的脚步，修习建筑学。"

海伦点点头："这显然是座意义非凡的老房子。"

"可不是吗？你喜欢这里吗？"

海伦察觉到，自己的回答对他来说非常重要。"这是我第一次来到这样的地方。"她答道，并没有说谎。在这房子里游走就仿佛身处一个电影场景；仿佛在一个下雨的午后突然发现的一个可以四处徜徉与探索的惊喜之盒。可是，她明白，这样的徜徉，一个午后，最多一周，对于她来说就足够了。她在心里默念，要是一直在这样一个与世隔绝又时不时袭来阵阵穿堂风的老房子里闲晃，步行距离之内只有一个小得不能再小的萨默顿小镇，她一定会疯掉的。感谢上帝，他们的未来在伦敦。

"来吧，"理查突然叫起来，"我们比比谁先跑到山顶！"

"等等！"海伦抗议，"这不公平，我肚子里还有一个……"

理查已经飞身向山上跑去，风灌进他的外套，一头浓密的金发在风中狂舞，看起来十分滑稽，海伦忍不住对着他的背影哈哈大笑起来。

那天下午，她正在收拾行李，隐约听到楼下的花园里传来人声。她从窗口探出头去，看见达芙妮和阿尔弗雷德站在房子后面的花圃里，清除冬天里用来给植物防冻的木屑。

"她看起来那么……安静……也许是冷淡。你说她到底爱不爱他？"

阿尔弗雷德小声说了些什么，她没有听到。

"她是长得很可爱，很漂亮，"达芙妮继续说，"但我就是无法理解，他怎么能这么愚蠢。话说回来，他正是血气方刚的年纪，当然会有播撒种子的欲望。我只是觉得我们对他的管教不至于这么失败。"

"在我看来，我们显然教会了他如何承担责任。我对他的处理方式感到很自豪。"阿尔弗雷德试图让妻子高兴起来。

达芙妮压低声音，但海伦还是能听清接下来的话。"我是说，他到底有多了解她？他当然是个好对象啦，可他怎么确定这孩子就是他的呢？你觉得她会不会是在玩花招……给他设套？"

海伦的脸上泛起愤怒的红晕，但她无法阻止自己继续听下去。

"他又不是傻子，亲爱的。而且他说了，他爱她。"

"但昨天晚上理查也承认了，他们才认识对方几周而已。要我说的话，这么快就结婚纯粹就是疯了。"

"你可别忘了，我亲爱的，从我见到你的第一天开始，我就确定要和你过一辈子了。"阿尔弗雷德回道，凝视着达芙妮的眼睛。

"你这个老头子，过来。"就在阿尔弗雷德投入妻子温柔的怀抱时，海伦从窗边离开了，胃部一阵令人恶心的翻腾。

他们竟然觉得她不过是个肮脏的拜金女？觉得她有意给他们的儿子设套？她在这儿那么努力地想为了这个孩子——他们孙儿——做一件正确的事情，他们却站在那儿如此恶毒地指责她？她怒不可遏。无论如何，理查的人生依然可以按原计划进行，他可以完成建筑学的学位，去家族公司工作，缔造他的辉煌事业。不，海伦很清楚真正被套住的人是谁。她才是那个要放弃旅行和教书梦想的人，她才是那个要把巴黎咖啡馆和西班牙的阳光，换作脏尿布和不眠之夜的人。他们竟敢把她想得如此可悲与廉价，竟能做出如此不堪的龌龊事？海伦把还没整理好的行李一股脑儿全塞进包里。她必须立刻离开克里夫托伯和该死的达芙妮，一刻也等不了。

从那以后，时间像飞一般地过去。那年夏天海伦从大学毕业，很快，她和理查就在伦敦的市政厅登记结婚了。几个月之后，凯西出生了，小小的一团，长着粉红色的皮肤，蓝色的双眸，还有一头毛茸茸的金发。在她看到女儿的那一刻，海伦知道，自己做了正确的决定。

她还有的是时间去追寻事业，以后再说吧。至于现在，只要能把宝宝抱在怀里，呼吸她那温暖甜蜜的香气，就足够了。母性使她突然产生了一种前所未有的强烈爱意，纯粹而自然，海伦觉得自己仿佛变了一个人。

女儿的降生也在达芙妮的身上产生了同样的软化作用。她在孩子出生的第二天就到了伦敦，为海伦带来一小束夏末的鲜花，这让海伦十分惊喜。

"来自克里夫托伯的花园。"她对海伦解释道，顺手把花交给了一个苦着脸的护士："帮我把花插在水里，好吗？"她转向海伦："可以让我抱抱吗？"她一边问，一边朝婴儿伸出双手。海伦压抑住想要把女儿抱得更紧的冲动，终于还是把孩子交给了奶奶。

"她可真美啊，"达芙妮惊叹道，伸出小拇指去逗弄婴儿，"跟她爸爸小时候一模一样。"

海伦允许自己露出一个浅浅的、得意的微笑，达芙妮则对着婴儿做了一系列令人叹为观止的鬼脸。

"告诉我，海伦，你为什么选了卡桑德拉这个名字？"

海伦耸耸肩："我一直很喜欢这个名字，我们决定她的小名就叫凯西。"

达芙妮抽了抽鼻子："当然了，我对古典文学没有你了解，但卡桑德拉难道不是一个悲剧人物吗？"

"没错，最后是个悲剧。但她也是个公主，是特洛伊国王普里阿摩斯的女儿之一……还是一位先知，"海伦补充道，她看出了达芙妮的疑虑，"再说了，这只是个名字而已。"

两个女人都陷入了沉默，充满爱意地注视着达芙妮怀里那轻轻呼吸的小肉团。

"我这儿有件东西，"达芙妮突然开口说道，"你帮卡桑德拉保管着，等她长大一些再交给她。就在我包里，那儿。"达芙妮示意海伦打开她的手提包，海伦在里面摸索了一阵，掏出一个小小的皮质珠宝盒。她小心翼翼地打开锁扣，黑色的丝绒上躺着一枚巧夺天工的古董胸针，是一只蝴蝶的样子。蝴蝶的躯干由极细的金丝构成，上面点缀着一粒粒小小的宝石，纤巧的贝母组成翅膀的样子，闪烁着雅致的微光。海伦把胸针举起来对着光线，随着角度的变换，那些宝石在医院的灯光下熠熠生辉。

"这太美了。"

"可不是嘛。这是阿尔弗雷德送我的第一件珠宝，是他的祖母留下来的。现在我想把它传给卡桑德拉，我的第一个孙女。你能帮我替她保管吗？"

"当然。"海伦抬头看着达芙妮，微笑起来，"谢谢，你真是太好了。"

"嗯，是啊……"达芙妮环顾四周，突然尴尬起来，"这父子俩到底去哪儿了？在这里找个咖啡机需要那么久吗？"

海伦小心翼翼地把珠宝盒放进自己的包里，随后才伸手去抱孩子。

十八个月之后，朵拉出生了。随着第二个孩子的出生，海伦在泰德家族的地位得到了进一步的巩固。达芙妮和阿尔弗雷德十分宠爱两个孙女，海伦从他们的表情上就能看出，她给他们的儿子"设套"的往事已经得到了原谅。然而，十二年过去了，海伦还是无法完全放松地进入这座优雅而古老的房子。当她在一个个房间、一条条走廊里穿行时，她依然无法确定自己在这里的地位，始终无法把自己当成泰德家族真正的一员。要是她能够直面自己的内心，就会发现，其实她一直觉得自己配不上达芙妮那个完美的蓝眼睛男孩。

"快看！"理查嚷道，打断了她的回忆。他指着远处波光粼粼的大海："那儿就是海，孩子们。看哪，太阳出来了。"

朵拉扑了上来，贴在海伦的座椅后背上。"我看到了！"

海伦也看到了，尽管她并不特别期待这场假期的到来，但当那漫山遍野的翠绿与顺着山坡流淌到海边的树林映入眼帘时，她的情绪还是不受控制地高涨起来。她摇下车窗，任由清新的空气将自己淹没。伦敦骤然变得无比遥远。

"就快到啦！"理查说着，握紧方向盘在蜿蜒曲折的小路上飞速行驶，路边的灌木丛中蔓生着大丛大丛的晚樱草和水仙花，理查的脚稳稳地踩在油门上。几百码之后，他们就来到了克里夫托伯门前长长的石子车道上。

大宅矗立在那里，正如过去的一百年一样，在湛蓝色的天空下闪烁着耀眼的白光，与海伦初见时的样子毫无二致。越来越近了，海伦看见拱形的大门已经打开，阴影处站着达芙妮和阿尔弗雷德，两人肩并着肩，耐心地等待着宾客们的到来。海伦不明白他们怎么知道儿子一家快要到了，莫非已经在那里站了好几个小时，等着他们出现在车道的尽头？这个想法让她忍不住微笑起来。

理查注意到她嘴角的弧度，鼓励地拍拍她的手。"欢迎公主们驾临宫殿！"他对凯西和朵拉说道。

车子在门前一停下，朵拉就跳下车冲向爷爷奶奶。

"奶奶！爷爷！我们来啦！"她扑进阿尔弗雷德张开的怀抱，立刻被举了起来，在空中开心地尖叫。

"你爸爸这几天可要累坏了，"海伦对理查嘟囔了一句，眼看着阿尔弗雷德抱着朵拉转圈圈，"她已经不是小宝宝了。"

"就让他开心开心吧。"理查温柔地说。

凯西似乎也等不及了，抓起背包就冲过去和爷爷奶奶打招呼，而海伦和理查还在车里挣扎着摆脱安全带、各式地图以及糖果包装纸的束缚。

"卡桑德拉！"达芙妮大喊一声，伸手去迎接她的大孙女，把她拉进自己的怀抱，"看看你，都这么高了……瞧这一头可爱的金发，真漂亮，你说是吧，阿尔弗雷德？"达芙妮向后退了一步，认真地凝视着凯西，直到后者扭过身子垂下眼帘，被这近距离的审视弄得很不好意思。

"那还用说嘛，"阿尔弗雷德大声赞同，"和长发公主一模一样！哈喽，凯西，我的小女孩，你好吗？"他用力地抱住凯西，任由朵拉在一边蹦来跳去，兴奋得不能自已。

"达芙妮，阿尔弗雷德。"海伦站在门口跟他们打招呼，"见到你们真开心，复活节快乐。"

"我们也很高兴见到你，亲爱的。旅途还顺利吗？没有很堵车吧？"

"噢，还好，我们这不是到了嘛。"海伦礼貌地微笑。

"你们能来我们俩都非常高兴，是吧，阿尔弗雷德？"达芙妮说着，拉了拉披在肩上的羊毛开衫，转身去找儿子。理查正磕磕绊绊地向大家走来，拖着一堆大包小包。"我的天哪，理查，亲爱的，"达芙妮喊道，"快把那些东西放下，有的是时间收拾，快来，快来，我烤了十字面包，你们一定很想坐下来喝杯茶吧。"

"是啊，"朵拉猛点头，"我们都想得不得了。爸爸妈妈为路上要不要停车而大吵了一架，妈妈想停一会儿，爸爸说我们应该继续走。"

海伦感到自己的脸红了起来。

理查轻咳了一声："哪有大吵一架，朵拉，不过就是……讨论而已。"

这时候轮到达芙妮礼貌地微笑了："好了，别说这些了，快进屋吧！卡桑德拉，潘多拉，跟我来。"

一行人进了屋，海伦留下来帮理查拿行李："她为什么一直这样叫她们？她明知道孩子们讨厌这样。"她不满地低声抱怨。

理查耸耸肩："这就是她们的名字嘛，不是吗？"

海伦只好耸耸肩，无法反驳。

从大门走进起居室时，海伦不需要四处张望就知道所有的摆设都和她上次来，甚至上上次来的时候一模一样。房间里飘荡着一成不变的花香味，那几块磨损的旧波斯地毯依然斜斜地铺在石质地板上。进入起居室，在被阳光染成金色的尘埃微粒中，她注意到那台古董座钟正在壁炉架上发出恼人的嘀嗒声，还有熟悉的褪色墙纸和嘎吱作响的老式木家具。这就是克里夫托伯，一切都不会改变。

"快坐下！"达芙妮热情地招呼道，"你们一定都累坏了吧，赶快休息休息，等我把茶端过来，一分钟就好。"

海伦坐在一张轧光布沙发上，陷入一堆散乱的坐垫当中，她记得其中一个是达芙妮亲手做的。房间的另一边，凯西已经摊在另一张坐塌的真皮沙发里，就是离门最近的那张。理查路过时亲热地揉了揉她的头发，坐到了海伦对面的沙发上。这时朵拉一下扑到理查身上，理查哈哈大笑起来，把她拉到自己的腿上。从那一个简单的动作中，海伦立刻发现了两个女儿之间越来越明显的差异。朵拉，今年九岁，依然那么天真，还像个小孩子一样，而凯西则要敏感和独立得多，自我意识一天比一天强。正是这样一种秘密的变化，把他们的大女儿慢慢地从他们身边偷走。凯西的卧室门原来永远都是敞开的，现在则通常是紧闭状态。上个周末，一张不大却语气强硬的手写告示出现在门上，要求所有人进门前必须敲门。海伦明白这是成长的必经之路，但当她发现凯西在商场里走在自己身后，购买杂物和新鞋子的时候故意落后好几步，仿佛和妈妈走在一起很丢人的时候，她的心还是被刺痛了。朵拉呢，还是那个小女孩，喜欢高高兴兴地和妈妈手拉手，动不动就扑上来拥抱。

她认真一想，才发现，其实两个女儿一直就是截然不同的两种人，从一生下来就是如此，不仅仅是外表上的不同，那只是最直观的区别而已。凯西的金发、白皮肤和冰蓝色双眸遗传了理查的家族特征，朵拉则完全随海伦，她拥有妈妈的黑发、浅褐色皮肤以及海藻般的绿眼睛。理查称她为小吉卜赛女孩。

凯西一出生就伴随着无穷的噪声，用尽全部力气大声哭喊，持续了好长一段时间。她是个很难伺候的婴儿，不爱听故事，也不愿乖乖睡觉，海伦为了凯西操碎了心。她好不容易长成了一个成天惹是生非的幼童，又变成了如今这个阴晴不定的少女。现在，两个女儿都临近青春期，海伦可以想到一家人即将面临的新一波挑战。海伦爱凯西炽烈的脾性，但那有时也让她无力招架。

朵拉的出生与凯西形成了鲜明的对比——她快速且安静地来到了这个世界——简直安静得过分，海伦被吓坏了，还以为哪里出了问题，直到助产士在婴儿的屁股上用力一拍，朵拉才张开她小小的嘴巴，发出一声柔软的啼哭，表示抗议。与凯西不同的是，从被带回家的第一刻开始，朵拉就完全地融入进来。她会开开心心地坐在婴儿蹦蹦椅上嗑自己的小手，一双绿眼睛安安静静地跟着妈妈转来转去，直到海伦想起来给她换尿布或者喂奶。

凯西会躺在超市的地板上胡搅蛮缠地踢蹬哭叫，不得到她想要的早餐麦片绝不罢休。朵拉则只要拥有和姐姐一样的东西就行。凯西会把衣橱里所有的衣服一件一件拖出来试穿，把房间搞得像个爆炸现场。朵拉会把姐姐扯出来的衣服一件一件叠好放回去，防止姐姐被骂。凯西会在圣诞节之前就去偷看圣诞礼物，朵拉则会乖乖等待那重要的一天，时刻担心着不要被剧透。凯西会无所顾忌地一下潜入游泳池底，朵拉却会先伸出脚趾试探一下，再小心翼翼地从泳池边缘下水。海伦一直很困惑，自己怎么就生出了这两个截然不同却又如此令人着迷的生物，但有一点她很清楚，那就是两个女儿之间的差异正随着她们年龄的增长而日益显著。

就在海伦坐在那里研究两个女儿的时候，她第一次注意到凯西手指上鲜亮的指甲油——那醒目的鲜红色和她上周在香奈儿美妆专柜给自己买的指甲油一模一样。凯西注意到了妈妈的瞪视，低头看了一眼自己的指甲，然后抬起头，对她露出一个无辜的微笑。海伦硬生生吞下怒火，过一会儿再找凯西的麻烦，等没人的时候。没错，凯西已经到了麻烦的叛逆期。

"你们两个女孩子在学校里还好吗？"阿尔弗雷德问道，打破了沉默，"你爸爸告诉我你十一会考成绩不错，是吧，凯西？"

凯西点点头："还行吧。"

"她考得非常好，"海伦说，"老师都觉得凯西前途一片光明，只要她好好努力。"

凯西低下了头，很不好意思。

"潘达宝贝在学校也表现不错哦，是不是？"理查补充道，"上周的拼写测试她考了第三名。"

"没错，"朵拉说，"我拼出了 P-H-I-L-O-S-O-P-H-Y, Philosophy, 哲学。"她慢慢地拼出整个单词，"得到一个红星。"

"干得漂亮！"阿尔弗雷德欢呼一声。

"我的孙女们可真聪明！"达芙妮说着走进了房间，手里托着一盘散发着肉桂和丁香味道的十字面包，还有一壶热气腾腾的茶水。

"别客气了，快吃吧。"

凯西第一个起身，抓起半个面包就朝法式拱门走去："我出去走走行吗？"

"别啊，亲爱的，"海伦开口了，"我们才刚刚——"

话还没说完就被达芙妮打断了，"当然可以，卡桑德拉！"她愉快地说，"去吧，我保证乡下的好空气对你大有好处。你大概会在果园里遇到比尔，前几天来了一场可怕的大风，比尔正打算搭一个篝火。"海伦气不打一处来，他们才进家门不到十分钟，达芙妮就开始破坏她作为母亲的权威了。她深吸一口气，保持冷静，她告诉自己，这不要紧，况且凯西去外面待着反而更好。

"别告诉我老比尔·德莱登还在为你打下手呢，爸爸？他都快七十岁了吧？"理查吃了一惊。

"差不多，"阿尔弗雷德说，"不过他壮得像个跳蚤，那家伙。"

正当父子俩开始讨论管理克里夫托伯的地产所面临的挑战时，凯西心不在焉地走出了法式拱门，达芙妮扭过头对海伦说："卡桑德拉从什么时候开始涂指甲油了，海伦？她还太小了一点吧？"

海伦露出一个甜美的微笑，私底下被婆婆一脸的不满所激怒："噢，只是假期让她开心一下，平时我不让她涂的。"为什么她要撒谎？为什么她不直接说这也是她第一次见到凯西涂指甲油，并且绝不是她的主意？因为那样说会让她这个妈妈显得很没用，这就是为什么。

达芙妮啧了一声："现在的小女孩都迫不及待地想长大，男孩子，漂亮衣服、化妆品……以后有的是时间搞那些东西。"海伦正准备听她的长篇大论，没想到，达芙妮突然换了个话题。"你们在伦敦怎么样？海伦，你们俩都还好吗？依然很忙吗？"

"是的，"海伦点点头，"我们都挺好的。"

"还不打算离开城市？"

又来了，她想。"是的，达芙妮。"海伦冷静地说，"你知道，我们的生活在伦敦。"

达芙妮吸了吸鼻子："我只是觉得如果你们搬到乡下来的话生活质量会好很多。"

"我们的生活质量非常好，伦敦是一座很有活力的城市，孩子们在那里什么都有。"

"我明白伦敦是个很刺激的地方，对年轻夫妻来说，"达芙妮直言不讳地说，"我只是觉得对于一个家庭来说，住在乡村会更好一些，我真的很担心两个女孩子。"

"她们没什么好担心的，都在茁壮成长。她们现在这个年纪不正需要刺激、机会和冒险嘛，你觉得呢？"

"这个……"达芙妮不置可否地嘟囔着。

"怎么？"海伦问道，故意提高音量，"你不这么认为吗？"

"我发现凯西似乎有点心不在焉。她总是那么严肃，内向。我听说过那些市区的学校，没有新鲜的空气，没有绿色的户外空间，对她来说一定不大好。"

海伦的脸红了起来："凯西很好，她又快乐又健康。"

"我只是觉得——"

"我们不可能离开伦敦的，达芙妮。我有我的工作，还有在伦敦大学学院的研究项目，我不会放弃的，那是我人生中非常重要的部分。"

达芙妮抽了抽鼻子："看来我和你们这些现代女性还是不太一样。我总是把我的丈夫和家庭放在第一位。"

海伦气坏了，达芙妮觉得她让一家人留在伦敦是自私的行为。他们是绝对不会放弃伦敦的一切跑到达芙妮和阿尔弗雷德的家来寄人篱下的，好让达芙妮可以对他们的生活指手画脚。海伦想不到比这更糟糕的事情了。

"你该不会又在劝我们搬家吧，妈妈？"

理查出现了，拯救海伦于水火之中。"我们才刚到这儿！至少先让我们喝口热茶、吃口面包再说吧。说到面包，"他不动声色地转换了话题，"实在是太美味了，我能再来一个吗？""当然了，亲爱的，"达芙妮说着，抛给儿子一个最温暖的微笑，"吃吧吃吧，你太瘦了，趁你们在这儿的几天时间我要把你喂胖,可不能让你继续这么消瘦下去。"

给我力量吧——海伦在心里呐喊,转过头去面对着花园,隐藏起她灼热的面颊。

"她不是故意要惹你生气的。"过了一会儿,他们在楼上收拾行李的时候,理查对她说道。

"她很清楚自己在做什么,"海伦气急败坏地把几条裤子和几双袜子丢进抽屉,"从我认识她起她就一直在这么做。"很难让理查理解达芙妮的奚落和评论是怎么让她觉得自己渺小无用的。的确,如果单独来听,达芙妮的那些话最多不过是毫无恶意的唠叨罢了。但把它们全都放到一起来听,海伦感觉自己面对的是充满讽刺与抱怨的猛烈炮火。

"她只是一个孤独的老太太,想和她的家人住得近一点而已。"

"她没那么老。孤独?我的老天!她还有你爸爸呢!再说了,据我所知,她显然还是这个社区的灵魂人物。从蛋糕店开业到花园慈善活动都离不开她。再说了,她想念的根本就不是我们,只有你,还有她的两个孙女!"海伦打开衣橱,抓过一个衣架来挂她皱巴巴的真丝裙子。

"别这样。"

"怎样?我就是讨厌她的讽刺。我知道她理解不了,但我就是需要我的工作,工作使我保持理智。我没办法做一个乡村的家庭主妇,你知道的。"

"是的。"理查走过来握住她的手,"这也正是我爱你的原因,没有人要你放弃你的工作。"

"是吗?"她瞪着丈夫。

"当然啦,至少我可没有。我很清楚工作对你来说有多重要。我觉得你能找到自己热爱的事业是一件好事,既然对你来说是好事,那么对我们这个家来说也是一件好事,对不对?"

海伦的怒气稍稍缓和了一些,把手从他的手中抽出来,继续整理她的裙子。

"我只是希望你不要把来这儿当成一种可怕的惩罚,"理查柔声说,"我是说,这儿也没那么可怕吧,是不是?"

海伦没有回答,她熨平了裙子上的褶皱,把它放回了衣橱。

理查叹了口气,继续说:"要是你们俩能好好相处的话,我会非常开心的。"

"我已经为此努力了十二年了,理查,也许这话你该去和你妈妈说才对。"海伦把化妆包扔到梳妆台上。这让她想起凯西的红指甲,忍不住又皱起了眉头。

她和理查之间一直平平淡淡,安全而稳定,有时平淡得令人生厌,但只要涉及达芙妮和克里夫托伯,气氛就会紧张起来。不管达芙妮做了什么,理查总是站在妈妈那一边。海伦原来觉得这是一种值得尊敬的品质,但现在这让她烦躁不已。为什么不能站在她这一边?她可是他的妻子啊!她越来越讨厌总是被放在第二位了。她抓起外套,大步走向门外。

"你要去哪儿?"

"就是出去一下,我需要透透气。"

"要我陪你一起吗?"

"不要。"她知道把脾气发在理查身上是不对的,但她就是忍不住。回到这座老宅总是能让她失去理智。

"好吧,别忘了回来吃晚饭,"理查在她身后嚷道,"妈妈在烤肉呢，我最爱吃了。显然我已经严重营养不良了。"他拍拍自己圆润的肚腩，海伦不由自主地回了一个微笑。

两个女人之间紧张的局势连着一个星期都在暗暗酝酿，海伦十分小心地不让它触及沸点。要是她能诚实一点的话，就会承认理查是对的，回到多赛特确实没有那么糟糕。一家人慢慢地在新环境中放松了下来，逐渐适应了新的生活节奏。姐妹俩在田间漫步，胸肺间充满了海边清新的空气，沐浴着阳光的温暖。她们在果园边上的小溪边扔小木棍，穿过风景秀丽的田园去悬崖边远足，可以比平时睡得更晚，还可以和阿尔弗雷德一起玩牌，或者在书房里看老电影。海伦能抽出时间来从图书馆的书架上找一本小说，蜷缩在窗边的椅子上静静地阅读，或者干脆什么也不做，只是坐在那里看天边的云朵慢慢地飘移。达芙妮从厨房里端出一道又一道美味佳肴，蛋糕派、炖菜、烤肉源源不断地从雅家炉上送出。到了星期日，阿尔弗雷德和理查早早地起床，把巧克力蛋藏在花园的各个角落，准备迎来一年一度的传统活动——寻找复活节彩蛋。海伦穿上她的绿色真丝裙，强迫女孩子们也穿上配套的花边裙子，为了让达芙妮高兴一下。天气终于温暖了一些，他们在海边玩了好几个小时，放风筝，捡贝壳，划小船，吃野餐。

海水太凉了，不适合游泳，但在最后一天，理查脱到只剩内裤跳进了海浪中。海伦坐在毯子上看着他在水里扑腾，女孩子们在岸边咯咯直笑。他宽阔的肩膀和颀长的双腿肌肉发达，令人很难不心生羡慕。他是个英俊的男人，与十年前她在大学时光遇见的年轻人几乎没有什么变化。无非是头顶稀疏了一些，眼角多了几条鱼尾纹，但也仅此而已了。他的身体状态非常好。她望着他，想象着他潮湿的手臂环住自己的身体，沾满海水的皮肤凉凉地贴住自己，突然感觉到一阵欲望袭来。他们已经有一段时间没有做爱了。也许她今晚会下点功夫，换上一套漂亮的内衣，劝他早点上床睡觉。

海伦坐在海滩上，看着理查从海浪中冲出来，皮肤被冻得粉红。他把一条长长的海藻举过头顶，追着朵拉和凯西跑来跑去，冲她们挥舞着滑溜溜的海藻，惹得她们大笑着尖叫。海伦也开心地笑起来，伸手去拿身边的照相机。她花了好半天才对上焦，快门按动的刹那，那三人几乎都要冲到她身上来了。那一瞬间的影像被永远地记录了下来：凯西在前景的正中，一头金发被风刮到了脸上，凌厉的眼神直直地看向镜头；朵拉在她身后，玫瑰色脸上绽放着大大的笑颜；理查在她们身后更远处，笑得嘴角都快咧到耳朵了，正像只小狗一样甩着头发上的水珠。这纯真的一幕被相机留存，如同一瓶好酒般窖藏起来，传给子孙后代。海伦看着他们，突然意识到，这就是幸福啊。也许这不是她曾经设想的生活，但也一点都不算糟糕。

她坐在鹅卵石的沙滩上，双臂环绕着膝盖，看着丈夫和女儿们在沙滩上快乐地奔跑，无忧无虑地大笑，海伦也对自己微笑起来。那句老话是真的：无论世事如何变迁，最重要的永远都是家人。

朵拉

◎ 当下 ◎

伦敦下了一星期的雨，直到周六，天空才总算探出一缕阳光。朵拉拉开窗帘，看着太阳缓缓绽放，仿佛空中一朵淡黄色的水仙花。哈克尼区住宅的屋顶在阳光的照射下，铁灰的表面变成了某种更加明亮干净的质感。"这是个预兆。"丹来到餐桌边上，一只手拿着咖啡杯，另一只手在她肩膀上轻轻一捏。

朵拉希望他是对的。她这一个礼拜都过得非常糟糕，白天上班时心不在焉，晚上又被满脑子的怪梦扰得无法入睡。她都快忘了正常的日子是什么样的了。今天，终于到了该去多赛特的日子，她难受得想吐。

一整个星期她都在脑海里不停地回放与妈妈那场尴尬的对话，翻来覆去地想那个她们谁都没有问出口的问题：为什么是现在。

"我还是希望你能跟我一起去。"她知道丹必须得工作，但打心眼里还是希望他能改变主意。

"对不起，宝贝，你知道我要是有时间的话一定会陪你去的，但我现在必须得努力赶工。另外，也许我不去会更好一些，让你们母女俩有机会叙叙旧。"

朵拉咬了咬嘴唇。

"再说了，"他继续说，"也许你们俩都需要这个好消息来拉近你们之间的关系，你知道，一个庆祝的机会……抱在一起开心地哭一场。我也不是很懂啦，总之，母女之间不就是那样吗？"

朵拉什么也没说。这么多年来，泰德一家的确十分擅长哭泣，但并不是开心的那种。"那不是我的好消息，是我们的。"她想了半天，终于说了这么一句话。

丹握住她的手，轻柔地抚摩她的每一根手指。这个动作让她快要哭出来了。"我明白，过了这么久第一次回家是很可怕的一件事，但一切都会好起来的。你看，海伦一定很高兴能见到你。"他说着，把她拉进自己的怀抱，亲了亲她的鼻尖。"不会有任何坏事发生的，相信我。"

"好吧，"朵拉说，"你说得没错。"她紧紧地抱住他，用力呼吸他身上的气息，努力地把它存在记忆里，以防万一。

她吃完早餐就出发了，希望不要遇上周末的堵车，但她的小车子还是在一个半小时之后才离开主干道，开上了 M3 高速。就在她的脚由于不停地踩放离合器而快要罢工的时候，车子之间的距离变得开阔了，总算可以放松一下。她最喜欢的伦敦电台没有了信号，只好听别的广播。一个傻乎乎的 DJ 在那儿不停地吹嘘自己昨天晚上喝得有多"大"。幸运的是，他总算耗光了力气，开始放一系列的舞曲，把朵拉从越来越严重的紧张情绪中拉了出来。

终于，她离开了高速公路，沿着一条条单行道开下去，眼前出现了她熟悉的小路和地标，尽管还没有看到大海，她还是摇下了车窗，深吸了一口清新的空气。她加速开上山坡，变速杆发出咔嗒咔嗒的声音。终于，她到达了山顶，那沉睡的海边小镇仿佛一块拼布地毯一般映入她的眼帘。看惯了伦敦一成不变的钢筋水泥建筑，小镇那宝石般明亮的色彩令人眼前一亮。眼前美丽的风光触痛了她的灵魂。

行驶在最后一段车道上，朵拉把那些糖果色的房屋、饱经风霜的窗棂、沿路蔓生的山楂灌木丛还有美丽的乡村花园都尽收眼底。十年过去了，一切都是那么熟悉，没有一丝变化。她打了右转灯，对从车前经过的徒步者们轻轻挥手，随后加速穿过铸铁大门，驶上了自家的车道。她一边开车一边睁大双眼，沉醉在克里夫托伯的美景中。

从她还是个小姑娘时起，这座大宅对于朵拉来说就是一个有魔力的存在，无论是周围油画般的风景，还是它迷人的设计风格，都是如此。她离房子越来越近了，雪白的石墙在午后的阳光下沐浴着一圈淡粉色的光晕，她感觉到一阵兴奋如电流般贯穿了身体，这令她十分惊讶。这不是她噩梦中那个幽暗的地方，一切都美极了。她沿着车道一路前进，老宅在梧桐树和灌木背后隐约可见。耳边仿佛传来了爸爸愉快的欢呼声："欢迎公主们驾临宫殿！"她几乎开始期待爷爷奶奶站在门口的台阶上，张开双臂，脸上挂着温暖的微笑，欢迎她回家。别想了，那些美好的童年时光早就过去了，她摇了摇头，把自己从回忆中拽出来。

很快，车子就在房门前的石子路面嘎吱停下。朵拉静坐了一会儿，聆听着引擎慢慢安静下来。她坐在那里一动不动，肚子里那团焦虑的结已经长到保龄球那么大。她伸手抓过手机，快速地敲出一条短信给丹："我到了！"她点击发送，拿着手机翻来翻去，盯着眼前拱形的进口。她要做的只是从车里下来，走过石子路，在那老旧的橡木门上敲一敲。可现在，她坐在那里，最后的几步似乎永远也迈不出去，仿佛眼前是一块陡峭光滑却无法逾越的石壁。想到这里，她忍不住颤抖了一下。她还可以掉过车头开走，海伦根本就不会知道她曾经来过。天黑之前她就可以到家，回到伦敦熟悉的喧嚣中，依偎在丹温暖的怀抱里。

她的生活过得不错，甚至可以说是相当成功的——事业蒸蒸日上，一套房子等待修缮，还有一个深爱自己的男朋友——这样的生活在伦敦已经足以自豪了，甚至会引人嫉妒。只要她继续在生活的表面滑行，无视那些隐约出现的裂缝，掩盖那些让她如坠深渊的糟糕感受，把噩梦统统掩埋，压抑住爆发的惊慌，就能做到一切安好。为什么非要拨开过去的淤泥？她到底想得到些什么？她根本就不需要这么做。她一定是疯了才会选择回来，过去的事情已经过去了，继续尘封才是正确的选择。

朵拉计划着逃离，心跳逐渐平缓下来。她伸手去拔车钥匙，但就在手指触碰到那冰冷金属的那一刻，手机发出一声刺耳的蜂鸣。她低头看去，是丹发来的短信："要勇敢！吻你。"她冷静了下来。丹，孩子，瞬间一切都清晰了起来：没有退路了。她的肚子里有一个生命在成长。她回想起一个星期之前，丹坐在她面前，手里拿着一瓶产前保健维生素片，眼里燃烧着希望和期待。这就足以让她开车逃跑的想法灰飞烟灭。她不可以逃跑，她必须面对房子里面等待着她的一切。这是她欠丹的，为了他们的未来，她愿意付出任何代价。

朵拉深吸了一口气，用颤抖的双手拔出车钥匙，打开车门。"是时候面对过去了。"她自言自语着，踏上了大门口的台阶。

凯西

凯西站在浪花的边缘，远眺地平线。大海在她面前延伸，平坦得令人心生疑惑，仿佛被沉重的灰色天空轧平的一片金属。云层中透出一丝冬日的阳光，照亮了她面前的一小片海水，如同镜子般闪耀。凯西的视线集中在这片银色的海水上。她在掷鹅卵石，拿起一块，轻盈地抛向凌乱的海浪，看着它在波光粼粼的海面上蹦跳几个回合，直到最终失去动力，沉入海底。她的最佳纪录是六下。她蹲下身子，捡起另一块石头，用手指摩擦那冰冷潮湿的表面，随后将它抛向水中。她屏住呼吸，看着它跳了一下、两下、三下，终于消失在波涛中。

"不错嘛！"爸爸说，踩着嘎吱作响的石子朝她走来。

凯西耸耸肩，这比起爷爷的九下纪录来要差远了。

"越来越冷了。"理查瑟瑟发抖，拉了拉外套的领子，围住自己的脖子，"我们该回去了，你妈妈和妹妹没准以为我们掉进海里了呢。"

凯西笑不出来。她抓起最后一块石子抛向地平线，转身离开海滩。从这里都能看到克里夫托伯的灯光在山坡上闪耀。

"你还好吗，凯西？"理查问道，一只手搂住她的肩膀，一高一矮两个身影一同走在沙地上。"今天确实令人很不好受。如果你感到悲伤……或者愤怒……或者悲伤又愤怒，都是正常的。你知道，悲痛会令人丧失理智。"

凯西轻轻点头。她不清楚自己到底是什么样的感受。爷爷奶奶前几天去世了，尸体在几个小时前被放入了坟墓。这一切都不太真实。

"我没事，"她顿住了，想了一会儿，"你呢，爸爸？你还好吗？"

他似乎被这个问题吓了一跳。"我还好，亲爱的，没事。"他悲伤地说，伸手去握她的手，"太可惜了，不是吗？前一分钟他们还在这里，下一分钟，他们就走了。令人难以接受。"

凯西点点头，假装看不见他眼里闪烁的泪光。这一幕让她那咽不下的疼痛回到喉咙底，仿佛一块冰冷的大理石抵在扁桃体的某处。

"他们会喜欢今天的葬礼的。"理查说。

"是的。"凯西附和着。他是对的。教堂里站满人的场面会让达芙妮非常激动，庄严的颂歌和理查用从容坚定的嗓音朗诵的丁尼生诗歌也会获得阿尔弗雷德的认可。葬礼冗长、缓慢而严肃，凯西私底下更希望把爷爷在克里夫托伯的花园里种花的样子和奶奶在厨房里忙进忙出的景象作为对他们最后的回忆，而不是如今已在她脑海中挥之不去的画面：两具黑漆漆的木棺并排降入冰冷潮湿的地下。地面与木棺发出的第一声撞击让她想吐。不过至少她在现场。她参与了成人世界里一场严肃的追悼会。这是第一次，他们没有把她当成小孩子看待。

"你相信天堂吗？"她突兀地问道，双目直直地盯着自己穿过沙滩的双脚，不去看父亲的眼睛。

自从一星期之前的一个深夜，一通电话带来爷爷奶奶去世的消息，她就一直在想这个问题。他们在布里德波特看完演出，回来的路上在一条结冰的乡间小路上出了车祸，当场身亡。

凯西踮着脚悄悄走到楼梯平台上，躲在扶栏后面远远地观察爸爸，只见他站在客厅里，电话听筒搁在脖子上。妈妈站在他身边，丝质长裙像水一般流淌到她的脚面。尽管她听不到电话那一头说了些什么，但爸爸的表情告诉她事态非常严重。他让她想起朵拉的一个牵线木偶，当所有的线都缠在一起时，肢体就失去了牵扯，看起来残破不堪。

他挂了电话，凯西看见海伦拍了拍他的肩膀，轻声安慰他。终于，理查挺起肩膀，用袖子擦掉了眼泪，抬起头来看着妻子，第一次露出不太确定的神情："你知道发生了什么吗？"

凯西没等妈妈回答，爸爸的眼泪就足以告诉她，不应该偷看这一幕。她站起来，踮着脚回到了房间，心里非常清楚，不管发生了什么，一定不是什么好事。

接下来的一个星期充满了各种极端的情绪，既紧张又悲痛，爸妈一会儿深情地拥抱，一会儿激烈地争吵，情绪大起大落。谈到葬礼的时候，他们尤为激动。理查担心让凯西和朵拉参加葬礼不太合适，担心她们两个承受不了这么大的压力。海伦却坚持要让她们参加。"我们不可能一直把她们和真实的世界隔离开来，理查，"她争论道，"她们已经不是小宝宝了。"凯西默默地感到满意。她不想再被保护起来了，更不想在家里发生这么严重的事情时被排除在外。她想被当成成年人对待，毕竟，她已经快十三岁了，即将成年。

"我……我不太确定，"理查磕磕巴巴地说，他的话语把她拉回到现实，回到狂风肆虐的海滩上，"那是个相当难的问题，凯西。世界上有各种各样关于生命和死亡，以及死后的故事。"

凯西惊讶地看着他。通常他能回答她所有的问题，看到他如此不确定，实在令人担忧。

他们走到了海滩尽头的围栏前。理查先跨了过去，向凯西伸出一只手，随后两人一起走上通往房子的步道。这段路走得很艰难，在寒冷的空气中，呼出的气体都变成了雾气。

"那你是怎么想的呢？"她继续问，抬头看着爸爸。

"我也不太确定，我猜人死之后应该还是有些什么的。但我也不大喜欢转世这个概念，你看，要是我投胎到一头猪身上可怎么办？"

"要不就是一只老鼠？"她提出，"一条鼻涕虫？"

凯西笑了起来。

"人死后进天堂似乎是个相当合理的想法，"理查说，"我希望妈妈和爸爸能在上面的某个地方看着我们，我想大概这就是我相信的东西。"

"这么说你相信上帝喽？"

理查顿了一下："是的，我想是的。"他们又走了一会儿，"你呢，凯西，你相信上帝吗？"

凯西耸耸肩，抓了一撮头发吮吮起来。她从来没想过这个问题。她在学校唱那些无聊的圣歌，每场布道结束都和大家一起念祷文，但那只是因为老师要求他们这么做，不然就会被留校。她去教堂、念祷文也只是出于不想被抓到的目的，和大伙儿差不多。如果真的细想一下，就会觉得有点傻气，怎么可能会有某个灰发的隐形人在天上照看着他们所有人呢？如果真有的话，那爷爷奶奶出车祸的那天晚上，他又在哪里呢？为什么不照看一下他们呢？他们都是好人。她无法想象爷爷奶奶这辈子做过什么真正的坏事，不像她，从商店里偷糖果，在校车上嘲笑夏洛特·克拉姆，把那笨笨的红脸蛋女孩弄得大哭大叫。这根本就说不通。也许人们只是来了又走了。也许哪天你死了，就彻底消失了，沉入海底不留一丝痕迹，就像她刚刚抛入海里的鹅卵石一样。

"我不信上帝。"她终于开口说，"有太多的坏事发生了。"她咬了咬嘴唇，"要是真有上帝的话，为什么我们看不见他？为什么他不能显形一下，要让大家一直猜来猜去呢？他只要出现一下，说一句'啊哈，我来了！'就能解决好多好多的问题。"

理查露出一个微弱而悲伤的微笑："学会质疑是一件好事，凯西，你真的长大了，是不是？"

凯西点点头，她觉得自己已经不再是那天早上一觉醒来的那个女孩子了。

凯西和理查从后门进来的时候，朵拉和海伦正坐在厨房的桌边。

"你们总算回来了，"海伦说，"我差点就要叫人去找你们了。散步散得怎么样？"

"还行吧。"凯西脱掉外套和靴子，感激地享受着雅家炉散发出来的暖意。她把冻僵的双手凑近炉子，用力地搓了好一会儿，才拖着脚步走向大厅。

"先等等，这位小姐，"海伦说，"你爸爸和我想跟你谈谈。"海伦看了看桌边的一张空椅子，凯西不情愿地坐了上去。理查过来坐在她身边，他突然显得有点紧张。"怎么了？"朵拉问道。她看看妈妈，又看看爸爸，再回过头来看看凯西。凯西耸耸肩，她也毫无头绪。

最终还是爸爸打破了沉默。"我们想问问你们，如果说我们要搬到这里来……到克里夫托伯来，你们觉得怎么样？"

朵拉张大了嘴巴："我们，住在这儿？"

"是的。"理查回答。

"永远吗？"朵拉继续问。

凯西翻了个白眼："当然不是永远啦，笨蛋。难道你这辈子都不打算离开家吗？"

"我明白你的意思，潘达。"理查柔声说，"是的，这不是临时的。我们打算放弃伦敦的房子，把我们的生活转移到这里。会很有意思的，你们觉得呢？我们一家人住在老房子里。"没有一个人说话。

"你们的爷爷奶奶很希望看到这样。"他又加了一句。

"他们在遗嘱里一再强调，"他看着每一个人，"他们衷心希望子孙后代都能住在克里夫托伯。这对他们来说非常重要……我们一起，让这座老房子焕发生机……对我来说也很重要。"大家都听到了理查声音里的哽咽。

"学校怎么办？"朵拉问道，还在试图领悟爸爸这个提议的严重性。

"你们俩都可以来这里的学校上课。"海伦回答，给了理查一点调整自己的时间。

朵拉认真地想了想："我们能养条狗吗？"

"嗯……这还得再看看。"海伦没有正面回答。

"凯西，你怎么不说话？"理查终于开口了，"你怎么想？"

凯西耸耸肩，她不明白爸妈为什么要在这里假模假式的。"你们不是已经决定了嘛，还来问我干吗？"

"这个……你的想法对我们来说很重要。"

"那要是我说我不想搬来这里，我们能待在伦敦，待在我们自己的家里吗？"凯西说着，平静地望着他。

"这个……恐怕不能，"理查挤出一句话来，"但我们可以做点什么，来帮你们度过这个阶段。"

"你怎么想呢，妈妈？"凯西问道，扭过头看着海伦，"你想搬家吗？"她没办法控制自己，她感到肚子里有什么东西在挠，让她不由自主地想要挑事。

"你爸爸……他……呃……"轮到妈妈结巴了。理查看了她一眼，海伦立刻换了种说法："我的意思是，我们觉得这样对整个家庭来说是最好的选择。一切都是全新的，新的学校……新的朋友。你爸爸可以在这里处理一些公务，也会去伦敦。他有时候会来回跑。"

"那你的工作怎么办？"

海伦发出一声失败的叹息："我嘛，等我们在这里安顿下来，我再找个新工作吧。"没有人能忽略她话语中的怒气。

凯西想了一会儿。这将是个很大的改变。她会想念她的朋友们、商店，还有城市里的自由时光，随时随地跳上地铁或者公交车，就能去一个新鲜的角落探险。但是在克里夫托伯会有另外一种自由：海滩、广袤的乡村、蜿蜒曲折的小路，还有最令人激动的，这座黑洞般的老宅子。早上再也不需要排队上洗手间了，早餐时间再也不用跟朵拉和爸妈挤在小小的厨房里，当她想要一点隐私的时候，也不再需要用椅子抵住房门了。他们可以在这座巨大的宅子里晃来晃去，就像她的储蓄罐里那几枚孤零零的硬币一样。想想就觉得很棒。

"这么说已经决定了？"朵拉问道。

凯西看着爸妈面面相觑了一会儿，沉默在他们身边蔓延。

终于，理查咽了口气。"是的，朵拉，"他温柔地说，"已经决定了，这对我们所有人来说都是一个新的开始。"他伸出手，轻柔地握住海伦的一只手，凯西看到妈妈脸红了，便转过头去看着窗外。她不知道自己是不是唯一一个能看到妈妈的太阳穴在突突直跳的人，血管在她的皮肤下面像鼓点般快速地跳动。

到了二月下旬，泰德一家才终于从他们狭小的伦敦排屋搬进克里夫托伯那宽敞华丽的大宅。临近搬家的日子充满了整理、打包以及清理书本、衣服、旧玩具拿去慈善商店的工作，眼看着他们的生活用品被一件件用泡沫纸包好，装进箱子，用胶带封好，等待大搬家的到来。各种接连不断的约会、电话和告别，经常被爸妈之间激烈而频繁的争论打断，直到最后，他们站在排屋的门前，最后一次锁上大门，正式离开伦敦。凯西松了一口气，终于走了。

一家人抵达克里夫托伯的时候，下午的阳光已经暗淡下来。他们踮着脚尖像闯入者一般从后门进来。"啊，"理查说，"我们来啦。"他打了个寒战，在厨房的石质地板上跺了跺脚。"让我们打开暖气吧，太冷了。"他摆弄着墙上的调温器，随后去打开壁炉。

"我来煮茶。"海伦自告奋勇。她打开一个碗橱，发现了一堆烤盘和蛋糕模。她又打开第二个碗橱，接着是第三个。"茶杯在哪里呀？"

"看看那里有没有。"理查指着冰箱边角落里的一个橱柜说道。

海伦叹了口气，跺着脚走过去。凯西感觉到爸妈可能又要吵架了，于是悄悄地溜走了。

在这老房子里闲晃有种奇怪的感觉。她鬼鬼祟祟地走过一条条走廊，踮着脚在一个个房间里穿行，打开又关上一盏盏电灯，尝试着正式把这里作为自己的家是一种什么样的感觉。一切都和爷爷奶奶走的时候一模一样：每一把椅子都摆在最完美的位置，每一个靠垫都拍得鼓鼓囊囊，温室的桌上还堆放着园艺手套和育苗盘，烘干箱里棉麻桌布和干爽的白色床单叠得老高，就连起居室里那些古董时钟都依然嘀嗒作响地记录着时间，仿佛什么都没有变。凯西在爷爷的书房里发现了一个填了一半的纵横字谜，还有奶奶的一个绣花绷，针线仔细地插在一个没绣完的字母"e"上，是"家是心之所在"这句谚语中的一部分。还有那气味，一种特殊的味道，凯西一闻到它就会想到这座房子，奇怪的、尘封的雪松木气息充盈着她的鼻腔，提醒着她，距离伦敦和过去的生活已经十万八千里了。

凯西从一个房间走到另一个房间，惴惴不安，十分忐忑，心里竟有点期待达芙妮和阿尔弗雷德突然出现，这可真有点吓人。老房子似乎保留着他们的回声。当她终于在厨房外面的楼梯下发现妹妹时，心里充满了感激。

"这儿有种很奇怪的感觉,是吧?"朵拉压低声音说。

"是的,"凯西承认,"确实很奇怪。"

她推开门,发现爸妈正在房间的中央抱在一起。凯西没有出声,只见爸爸退了一步,端详着妈妈的脸。

"我们做了正确的决定,对吗?"他问道。海伦露出一个严肃的微笑,用手指轻抚他紧皱的眉头。

"别担心,"她说,"会好起来的,我们必须好起来。"他们用达芙妮的茶具喝着茶,看着搬家的卡车沿着车道慢慢消失。暖气片发出了咔嗒声,面前出现了摞得高高的纸板箱,他们这才意识到,这场浩浩荡荡的搬家行动终于结束了。

凯西很惊讶,自己竟然很快就适应了这里的新生活。当她打开最后一包行李,习惯了扎人的新校服,习惯了听着海潮的声音入睡之后,她发现这个新家有很多让她喜欢的地方。住在乡下有一种简单而自由的感觉。在伦敦,爸妈总是要知道她在哪里,在做些什么。到了这儿,身处海边,他们不知怎的,似乎没有那么紧张,或者小心了。冬天逐渐过去,凯西陶醉在新的自由中。她往返于克里夫托伯的条条小径,时不时地停下来找一个嘎吱作响的台阶或一棵倒地的树桩坐下来,看着海浪,做着白日梦。朵拉依然是个小麻烦,蹦来蹦去,偷偷摸摸地碰她的东西,恨不得一天到晚跟着她,她去干什么都要知道。不知道是因为新家的宽敞,还是因为周围这广阔的天地,凯西发现自己不再那么在意妹妹的黏人行为了。事实上,在周六的早上一起散步去村里的商店,拿零花钱买一些小糖果,迎着清风坐在海边,看着翻涌的海浪和上下翻飞的海鸥,是件十分惬意的事情。

爸爸似乎也十分享受这里的生活。他尽量平衡在伦敦和克里夫托伯的时间，尽管有很多个夜晚他都没能回家，但每个周五的晚上，他一定会推开家门，给每个人一个大大的拥抱，脸上永远挂着灿烂的笑容。

似乎每个人都很轻松地适应了这个转变，每个人都十分顺利地在这个新家里安顿下来。所有人，除了海伦。

海伦似乎懊悔极了。一开始拆包裹，她的情绪就发生了变化。她像个易怒的少女般在房子里跺着脚走来走去，每打开一个柜子或木箱，发现一大堆精致的骨瓷、水晶酒杯或者一包包没人敢扔掉的旧衣服时，就忍不住露出痛苦的表情。她让凯西想起一只被关在笼子里的老虎，周身翻滚着无奈又愤怒的热浪。

"我们到底要怎么处理这些东西？"她对着那些落灰的古董发出绝望的哀号。

"你想怎么处理都行，我亲爱的，"理查说着，环住她的肩膀，试图平息她的怒气，"这已经是我们的家了。"

"那为什么我总觉得好像住在一个博物馆里？"海伦不屑地摆脱他，"我总觉得你妈妈在看着我。"

"总要有一点时间才能适应。孩子们好像很喜欢这里？"他说，充满希望地看着凯西和朵拉，她们顺从地点点头。"我知道这没那么容易，海伦，我也有同感。但我答应爸妈要好好照看这座房子，毕竟这是他们的遗产。"海伦没有回答，于是他继续说："我知道这里有点乱，不是每样东西都合你的胃口，但你现在应该把这一切都当作自己的。把这作为一个项目吧，如果你愿意的话，正好你现在也不需要工作，会很有意思的，你觉得呢？你想怎么样都行，把这里变成你想要的家吧。"海伦用怀疑的眼神看着他："一个项目？"

"是的，我亲爱的。你想做什么都行，只要你开心就好。"

凯西看到妈妈的手臂在胸前交叉，目光扫视着整个房间，她注意到海伦的眼里闪过一丝危险的光。

就在泰德一家为搬家做出改变的同时，有些事情依然保持着原样。比尔·德莱登依然是这里的一个熟面孔，从房子里向外看，他那驼背的身影还是常常出现，不是蹲在花圃里干活，就是在菜园里挖土，就跟爷爷奶奶在世时没什么两样。

凯西很喜欢比尔，他就是爷爷口中的"好伙计"。有时，她在大房子里逛烦了，就会到外面去，顺着他那懒洋洋的烟圈找到他。她喜欢坐下来看他干活，有时候什么也不说，有时候轻松地聊几句。他从不把她当成一个小女孩，跟她说话时就像对待成年人一样，似乎永远都对她的一切充满了兴趣。

一个周六的早晨，凯西正准备出去找比尔，朵拉在后门叫住了她。

"你要去哪儿呀？"

"外面。"

"外面哪里？"

"随便哪里。"

"我能一起去吗？"

凯西叹了口气："好吧，穿上你的靴子，地上都是泥。"

朵拉已经在后门那堆鞋子里翻找她的红雨靴了。"找到啦！"她叫起来。

"走吧。"

凯西为朵拉打开门，两人一块儿大步顺着草坪朝小溪的方向走去，雨靴在湿漉漉的草地上发出整齐一致的嘎吱声。雨终于停了。空气中清新的分子让她们的脸颊有些微凉，太阳时不时地从移动的乌云背后露出头来，在她们身上洒下微弱的金色暖光。凯西看到一丛丛明黄色的水仙在花圃里舞蹈。

"我们这是去哪儿呀？"朵拉问道。

"我也不知道，就随便走走。"

她小跑几步，跳过窄窄的溪流，继续朝果园边上那道锈蚀的铁门走去。树梢刚长出第一批新叶，给棕色的树干披上了一层浅绿色的薄衫。姐妹俩在树丛间漫无目的地闲逛了一会儿，悠然地享受宁静的时光，直到微风里传来一记金属撞击在木头上的声音。

"听！"凯西叫起来，"是比尔……快来！"她腾地向山下冲去，朵拉赶紧追了上去。她们一路跑到果园的空地，只见一个弓着背的灰发男人正举着一把大大的斧头在砍一段木头。"比尔！"她大声喊，"比尔，是我们！"

老人这才转过头来，先是眯着眼睛端详了一会儿，接着露出一个大大的笑容："呀，这不是我最喜欢的两个小姑娘嘛。哈喽，你们好吗？"

朵拉绕过凯西，猛地扑进老人的怀抱。

"哇啊，奈丽呀！"他大喊一声，享受着小女孩用力的拥抱，"你差点把我撞了个四脚朝天！"

朵拉咯咯直笑："我才不是奈丽呢，我是朵拉！"这是他们俩之间的小玩笑。

凯西看着比尔的眼睛，对他微笑。

"还有凯西，"他操着一口西郊方言，"我可真幸运哪。我的贝蒂一直叫我请你们来家里玩。她想烤一个她最拿手的巧克力蛋糕给——"

"我们去。"凯西已经迫不及待地给出了回答，贝蒂·德莱登的巧克力蛋糕美味得无与伦比。

"好耶！"比尔笑起来。

"你在干什么呢？"朵拉问道，用雨靴的鞋尖指了指地上的一堆木头。

"砍掉一些冬天的枯枝，正好为明年冬天囤些柴火。"

"我们可以帮你呀。"朵拉信心满满地说。

"好呀，我还有好多枯枝要砍呢，这活儿可不轻松，小心哪。"

朵拉兴奋地蹦跶起来："我这就开始。"

她说着就冲了出去。凯西津津有味地看着妹妹与草地上那条比她人还大的枯枝搏斗。

比尔也忍不住笑了："她可真是人小决心大呀，你妹妹像只小狗似的，一身力气不知道往哪儿使。"他掏出一条手绢，擦了擦眉毛。

凯西大笑起来，这描述太贴切了。朵拉活像一只正在和一根大骨头摔跤的小狗。她坐在树墩上看了好一会儿，悠闲地晃着穿靴子的双脚。

"告诉我，大房子里怎么样了，凯西？你们姐妹俩喜欢海边的生活吗？"

"嗯，挺好的。"

"学校还好吗？"

"嗯哼。"比尔从口袋里掏出一根烟杆，填上烟草之后塞在嘴角，凯西看着他的动作出神。

"交到朋友了吗？"他一边问，一边用火柴点燃了烟丝。

"交到啦。"这话是真的。凯西很容易就在班上交到了朋友。每个同学都非常友好，甚至还对她从伦敦回来的事实感到惊讶。"爸爸妈妈还好吗？"凯西顿住了，她不知道该怎么跟他说。终于，她决定说实话。"爸爸挺好的，他很喜欢回到这儿来。但我看妈妈更愿意待在伦敦。"

"是吧？"他从烟斗里吸了几口气，缓慢地吐出一道长长的烟。

"爸爸经常在外面工作，但只要一回来，他们就总是在吵架。"凯西朝妹妹看了一眼，确保她听不到。"朵拉很讨厌这样子，这让她心烦意乱。"

"真的吗？"

"我猜她应该很害怕他们会离婚，然后我们就不得不搬回伦敦，她就永远都养不了狗了。"

"那你呢，凯西，你不担心吗？"

凯西耸耸肩："还好，我又不想养狗。"

比尔轻轻地咳嗽一声。

"我觉得妈妈需要工作。"

比尔睿智地点点头："你也许是对的。"

"你知道吗，有时候我会想，他们到底是不是真的爱着彼此。"她脱口而出，等意识到自己说错话的时候已经来不及了，脸唰地变得通红。

"爱是一种奇妙的东西，凯西。"

凯西抬起头来。

"就像这个果园一样，你看看周围，什么也没有，是吧？静悄悄的，光秃秃的。但这是生命周期的一部分，冬天、春天、夏天、秋天。真爱，我是说深沉的真正的爱，就像这果园一样。它需要生根，成长，变换形态。有时候它黯淡无光，有时候它繁花似锦。没有什么是永恒不变的。一切都在变化，生命永不停歇。但只要是真爱，就像一个家庭里盘根错节的爱，就永远都会在表面之下生生不息，等待着有朝一日破土而出。"

凯西抬头看了看头上的苹果树枝，棕色的，光秃秃的，但她还是能看到这儿那儿冒出来一些绿色的新生命，嫩芽很快就会长成美丽的满树花朵，过不了多久，沉甸甸的苹果就会压弯枝头。

"那你……你对德莱登太太的爱也像那样吗？"

凯西屏住了呼吸，不确定自己是不是可以问这么私人的问题。

比尔严肃地点了点头。"是的，"他说，"到今年夏天，我们就结婚整整五十年了，和她在一起的每一天我都不想错过，即便是那些吵得不可开交的日子。我敢肯定你爸爸妈妈也是一样的，凯西，他们内心深处一定深爱着彼此。"

凯西点点头，感觉好多了。

"你们俩在聊什么呢？"朵拉问道。她正得意扬扬地拖着那条巨大的枯枝。

"只是讲些大道理而已。"比尔平静地说。

"噢，"朵拉一脸失望，"要不要我再去找些树枝呀？"

"有你帮忙我非常高兴，真的。"比尔微笑着说，"不过，告诉我，那是不是爸爸在家里叫你们呢？"

凯西竖起耳朵，确实听到了爸爸在花园那头大喊。

"去海边喽！"朵拉欢呼起来，快乐地冲向山坡，边跑边说再见。

凯西对比尔表示抱歉："真不好意思，爸爸答应带我们去海边玩。"

比尔大笑起来："理解理解，我的篝火哪有海边好玩！你们姐妹俩会来我们家玩的吧？随时都行。我的贝蒂可喜欢你们了。"

"会的。"

"好耶。"

凯西挥了挥手，转身向山上走去，爸爸已经在那儿等着了。

除了比尔之外，老宅里还出现了一些熟悉的面孔，是来自伦敦的老朋友。五月，维奥拉·艾佛利过来待了一阵子。维奥拉是海伦最好的朋友，两人完全是两个极端，却偏偏从小好到大。维奥拉很喜欢跟姐妹俩讲她们的妈妈当年是怎么帮她出头的——有个坏孩子嘲笑维奥拉胖得像个果酱布丁，海伦就一脚踹在他的胫骨上——凯西和朵拉都可喜欢维奥拉了。

她非常迷人，跟妈妈的风格完全不同，总是涂着鲜红的口红，操着烟嗓哈哈大笑，晃晃荡荡的胸脯令人无法忽视。她开着那辆黄色的古董雪佛兰轿车来到克里夫托伯，飞沙走石地在门前来了个急刹。

"喂！"她大喊一声，脚底下摇摇晃晃地踩着一对令人眩晕的高跟鞋，怀里抱着一大束黄玫瑰和一瓶杜松子酒，"姐们儿要想在这儿喝杯酒都不知道去哪儿！"

凯西和朵拉早就趴在起居室的窗户上偷偷看她，这时都兴高采烈地朝她冲了过去。

"你来啦！"朵拉尖叫起来。

"可不是嘛！你以为你能这么容易摆脱我？傻孩子，别激动。"两个女孩都兴奋地拉着她的手，"这鞋子可不是用来走路……和拥抱的。"

"你的头发变黄了！"朵拉激动地说。

"是啊，你喜欢吗？我就想试试金发是不是真的更好玩。"维奥拉拨了拨头发，朝凯西看去。"看来妈妈还不在家。过来，朵拉，你把花拿去。凯西，你来拿这个。"她把那个大大的酒瓶塞进凯西手里。"这是给你爸妈的，小心点，拿好了。"她一边说，一边环视四周，"我觉得你们俩最好带我游一游你们这座城堡。"

朵拉拉着她的手走进大门，凯西跟在后面，怀里紧紧抱着那瓶酒，试图模仿维奥拉婀娜多姿的步态。

姐妹俩独占了维奥拉整整一个小时后，海伦回来了。她叫她们出去玩一会儿，还答应之后可以一边看电视一边喝下午茶。朵拉立马跑了出去，凯西则不愿离开这令人神往的成年人的世界。于是在退出厨房之后，她又悄悄地躲在门边，偷听冰块在玻璃杯里的碰撞声和女人之间的私密对谈。

"现在，"维奥拉压低声音说，"跟我说说最近怎么样。"

海伦轻轻地哼了一声："有什么可说的？你都看到了，无聊到睡着都不足以形容这个地方。"

"我看这儿美极了。这房子简直过分，你知道世界上有多少女人哭着喊着想要你所拥有的这些东西吗，海伦……可爱的丈夫，两个好孩子，乡村别院。"凯西能听到维奥拉的银手镯随着她的手势叮当作响。

"我知道，"海伦叹了口气，"我觉得自己就像一个不知感恩的坏女人，可是，这里真是死气沉沉。我感觉被困住了。说实话，我很怕自己会变成我婆婆那样。"

"别瞎说！等你哪天开始烤蛋糕或者把头发染黑，你就要当心了，在那之前你就放宽心吧。"

海伦大笑起来："见到你真好，维。"

"我也是。"两个女人碰了碰杯，喝酒时沉默充盈了房间。

"我就是觉得很无聊，"海伦终于叹了口气说，"理查倒是无所谓，他还是一样去上班。其实搬家完全就是为了他，还有他对于这座房子过分的责任感。他把这儿当成父母留下的伟大遗产。要是我们把这地方卖了，那可真是大逆不道！"

"他还没从悲痛中走出来，海伦。"维奥拉柔声说。

"我知道，我这样说听起来很自私，其实我明白他的感受，真的。可现在我们才是他的家人，我一直跟他讲，我当不了贤惠的乡村家庭主妇。可现在呢？我一直努力支持他，可我就是忍不住要想，我自己的生活去哪儿了呢？"

"哈！"维奥拉哼了一声，"说来说去就是不想过老一辈的生活呗。开始新生活吧。做一个悠闲的太太多好，天知道我有多羡慕你，要是谁能让我离开那每天四点钟起床去花市进货的日子，我都要乐疯了。"

"可你不是很爱你的工作嘛！"海伦气愤地嚷道，"要是有人突然夺走你的花店，你肯定会想念它的，相信我。"

"这个……或许吧，我们现在不是在讨论我吧？我们是在说你的事情，你现在最需要的就是接受新的变化。我不懂，为什么你就不能去逛逛街，吃吃下午茶，参加个家校联谊会，或者书友会，还可以学学做菜什么的。"

"嘿，我会做菜的！"海伦跳了起来。

"那我就是特蕾莎修女。"

凯西捂住嘴不让自己笑出声，只有维奥拉能这么大胆。其实所有人都认为海伦对于做菜的热情远高于她的厨艺。大家都小心翼翼地忍受她那硬得像旧靴子似的烤肉、灾难般的蛋糕，还有黏糊糊一团无法辨认的布丁。没有人敢戳破海伦的泡泡，除了维奥拉。

"为什么不再找一份教师的工作呢？"维奥拉继续说下去，"有句话怎么说来着：'好老师永远不缺学生。'"

"嗯……"海伦支支吾吾道，"不知道这对古典文学讲师来说是不是同样适用。"

"噢，得了吧，别再自怨自艾了！"维奥拉劝她，凯西听到更多冰块的碰撞声，还有汤力水倒出时的咝咝声。"事实上你想做什么都行。你年轻，有才华，又这么漂亮。去找个工作吧，做点编织，再要个孩子。总之，你得掌控自己的生活，好吗？你只要忙起来就会觉得好多了。"

这时候，凯西意识到维奥拉已经喝多了。妈妈已经不年轻了，她也绝不可能开始织东西，更不要说生孩子了——光是想一想就让凯西有点反胃。

"理查是个好男人，"维奥拉说着，突然伤感起来，"别把他的好当作理所应当，海伦，相信我，一个人过可不好玩。就在上礼拜，我跟一个叫罗杰的男人约会了，你永远猜不到他做了什么——那是我们第一次约会，连鲜虾鸡尾酒都没喝完……"

凯西意识到维奥拉要开始大倒苦水了，觉得自己已经听够了。她悄悄地从门边溜走，穿上维奥拉的恨天高，开始学她走路。

海伦的变化是从那一幅油画开始的。一个星期六的午后，她从镇上购物回来，拎着两大包杂物和一个用棕色纸张包起来的巨大方形包裹，跌跌撞撞地走进家门。

"那是什么呀，妈？"凯西问道，用脚指了指包裹。

"那个，亲爱的，是艺术——美丽、启迪灵魂的艺术。"

"我能看看吗？"

"当然可以，你们都可以看。今天晚上我们就来一场揭幕仪式。"海伦小心翼翼地挪动包裹，虔诚地抚摩用来捆绑的绳结和棕色的包装纸。自从搬家以来，这是凯西第一次见到她这么高兴。

"是为了装饰房子买的吗？"

"是的，"海伦的绿眼睛里有一团火在燃烧，"正是这个老房子所需要的。去吧凯西，我还有些事情要做。"

晚饭之前，海伦把所有人都叫到起居室。

"啊哈！"她像个小女孩一样兴高采烈地把大家领进房间。大家一个一个进来，环顾四周。这房间完全变了个样。凯西、理查和朵拉都惊得说不出话来，海伦站在他们身后等待着反馈，激动得直跳脚，"你们觉得怎么样？"她忍不住问道。

自打从镇上回来后，海伦一直忙个不停。原本填满整个房间的老家具被挪到了墙边，或者干脆搬走。达芙妮那漂亮的波斯地毯被卷起来堆在一个角落。所有的小装饰、古董时钟以及那个指针永远停留在"暴风雨"上的旧晴雨表都不见了。那些褪色的轧光布沙发倒还在，不过也被挪了位置，现在正对着壁炉，摆成了马蹄形。边桌和优雅的台灯则全体消失。整个房间变成了一种空荡荡的状态，唯一的视觉焦点，正如海伦明确指示的，就是那幅挂在墙壁正中的巨型油画，所有人都目不转睛地看着它。

"它美得令人窒息，不是吗？"海伦又问了一遍，这次面对着理查。

凯西满面狐疑地看着这幅画，感到朵拉悄悄地贴到了她身边。理查清了清嗓子。

"他可真是个天才，你说呢？"海伦大赞道。

"谁，你到底在说谁呀？"理查疑惑地问道。

"托比亚斯·格雷。一个当地的艺术家。我参观了他在布里德波特的画廊，对这幅画一见钟情，当时就觉得必须拥有它，我就知道它能让这座房间焕然一新。"

凯西把目光放回到那幅画上，努力领会它想表达的内容。那是一幅用厚厚的油彩画就的多赛特风景图。大海以一种凶险的姿态泼洒在画布上，绿色的油彩上盘踞着层层叠叠的墨蓝色螺旋，水体看起来仿佛在膨胀、沸腾，阴暗而令人生畏。鹅卵石的沙滩只不过是一条窄窄的骨头般苍白的色带，横铺在画布的底部，岩石和饱经风霜的悬崖从一侧倾轧而来。在这一切的上方，从乌云密布的天空深处射下一条细长的光束，在一片小小的水域上涂抹出银色的痕迹。如果没有这一束光，整张画布就是一片阴郁。凯西忍不住打了个寒战。

"这个系列叫作'溺水之梦'，这是其中一幅作品，是不是美得令人难以置信？"海伦继续夸赞道。

理查又清了清嗓子："这画……呃……好阴沉。"

"这就是重点啊！"海伦叫起来，明显很是恼火，"它能让你感觉到某种东西。那孤零零的一束光线在水面上跳舞，不觉得很美吗？"她似乎并不想得到回答，只是自顾自上气不接下气地说下去，"他说这表现的是自然的残酷。"

"我不喜欢这幅画。"凯西听到自己的声音。

"胡说！你们都欣赏不来伟大的艺术品吗？！"海伦嚷嚷道。

"这很大，相当大，看起来很昂贵。"理查说道。

"好了，我明白了，"海伦怒气冲冲地说，"原来你担心的是这个，是钱的问题？"

"这个，也不是，不过……这画到底要多少钱？"

"你不是说只要我开心，我做什么都行吗？"

"没错，"理查没有反驳，"我是这么说的。"凯西注意到爸爸用上了耐心的口吻，这种口气通常在他帮她辅导数学功课的时候出现。"但我们也不能在昂贵的油画上一掷千金吧。原来挂在壁炉上的那些水彩画不好看吗？"

"理查，你真的想听我的回答吗？"海伦反问道，语气中透出明显的寒意，"住在你妈妈的房子里，你或许是很开心，可我不开心。是时候做些改变了。"

"我们会改变的，"理查继续安抚她，"但要花点时间，让我们一起来做这件事。我知道，是我建议你把改造房子当成一个项目，但我还是希望你能征求一下我的意见。我想和你一起去挑选物件，可现在这……"他挥了挥手臂，示意这大变样的房间，"这太快了。"

"理查，我们都搬进来好几个星期了，我可不想这辈子都住在坟墓里。"

"我也不希望我们住在坟墓里。"

"你要我每次挪个椅子、换个相框之前都征求你的同意吗？"

"你开始无理取闹了。"理查叹了口气，意识到自己已经输了。他抬头又看了一眼那幅画，不自觉地畏缩了一下："这实在是太阴暗……太……"他耸了耸肩膀，努力想出一个合适的形容词，"压抑了。"

"我也没办法退回去了，那个画家给我打了个折，抹掉了两百英镑呢……"

理查瞪大了眼睛："抹掉了两百英镑？那原价得要多少？"

"三。"

"三百英镑？"理查疑惑地问。

"不，三千英镑。"海伦顿了一下，"怎么了？你为什么这么看着我？"

"海伦，我们哪有那么多钱去挥霍？"

"胡说！你爸妈留给你的钱呢？"

"那也不是金矿啊，亲爱的。还要用来交遗产税和维护这座房子。防潮工作快开始了，锅炉也要寿终正寝了。"理查把手指插进头发，深深地叹了口气，"我们可没有富得流油，所有的资产都跟这个老房子和周边的地产绑在一起。我们得精打细算才行。"他抬起头来，发现两对小耳朵正在努力地听着，于是背过头给了海伦一个意味深长的眼神。"孩子们，去外面玩吧。"

"茶点呢？"朵拉问，"我肚子饿了。"

"吃片吐司吧，"海伦厉声说，"我过会儿就来做饭。"

凯西耸耸肩，大步走到门口："来吧朵拉，我来给你抹起司面包。"

姐妹俩离开了起居室，房门在身后砰地关上，她们试图屏蔽门后越来越高的争吵声。她们明白，黑压压的乌云又要肆虐地平线了。

朵拉

朵拉试探地敲敲门，觉得自己像一个不速之客。回应她的是一片
寂静。她意识到妈妈一定是在花园里，于是走到房子的另一侧，穿过
一扇木门，来到了阳台上，努力摆脱闯入者的感觉。从远处看，克里
夫托伯散发出一种童话般的气质，但进入花园以后，朵拉发现了一些
不同。那儿依旧很美，果园的树上缀满晚春的花朵，整个花园在暖风
中窸窣作响，但一些细节中透露出一种不修边幅之感。小推车被丢在
一堆肥料边上，已然生锈；草坪长得老高，乱七八糟地冒出一丛丛雏
菊和蒲公英；去年秋天的树叶成堆成堆地挡在阳台前；屋顶的檐沟在
滴水，窗框的油漆也变得斑驳。单独来看，都不过是一些小问题，一
个手快的工人用不了几天就能全部搞定，但组合在一起，就令整个房
子显得疲倦而破败，与她记忆中的老宅相差甚远。

"哈喽，你来啦，正好赶上下午茶。"

朵拉被吓了一跳："哈喽，妈。天哪，你吓到我了！"

海伦出现在爬满铁线莲的篱笆后面，向朵拉走来。她仔细地脱掉
园艺手套，拉了拉衬衫，然后抱了抱女儿。这拥抱僵硬而尴尬，朵拉
注意到，妈妈的嘴唇只是轻轻地在她脸上啄了一下便移开了。

海伦后退一步，眯起眼睛端详着她。"你看起来很疲惫。"她终于
开口说道。

朵拉意识到自己正在拨弄马尾上散落出来的一缕头发，迅速把手

插回衣袋。"是啊，有一点。"

"旅途还顺利吗？"

"挺好的，谢谢。你气色不错，妈。花园也……很美。"朵拉退缩了。她比自己想象的还要紧张。

"是啊，"海伦表示赞同，担忧地环视着花园，"现在这么多的活儿都要我一个人来做了。"两个女人并肩站了一会儿，安静地审视着这个让海伦背负着巨大责任的花园。"来吧，到里面来，我去煮茶。"

朵拉跟在妈妈身后走进了房子的阴影里，抓住机会好好观察海伦。她没什么变化，依然是那个雅致的女人，快五十岁了，棉布长裤和草绿色衬衫包裹下的身体依然十分苗条。朵拉注意到她那浓密的黑色短发间冒出几缕银丝，宝石绿色的双眼周围多了几条皱纹，但她依然很美。

海伦把园艺手套放到操作台上，转身去接水。"恐怕茶叶已经用完了，今天早上没来得及去买，喝茶包可以吗？"她举起一盒看起来很贵的伯爵红茶。朵拉微笑了一下，她平时喝的茶被丹称之为"建筑工人的茶汤"：一袋超市自供品牌的茶包煮上十几分钟。

"没问题，谢谢。"她说，"那么，"她补充道，急切地希望话题能继续下去，"乡村生活还好吗？"

"噢，不算太坏。今年的春天非常宜人，可爱又温暖。村里的一个商店要关门了，大家都慌慌张张的，忙着搞什么请愿活动。当然，大家都已经开始为今年的节目做准备了。"

朵拉抬头不解地看着妈妈。

"你知道的，"海伦继续说，"一年一度的鲜花展。当地的老姑娘们都摩拳擦掌地要在烤蛋糕和插花项目上大展身手呢。她们说今年竞争会很激烈，尤其是在果酱和水果蛋糕的比拼上。"妈妈的声音里不自觉地流淌出一丝挖苦的语气，朵拉忍不住笑了。海伦从来就不喜欢参与乡村里的大小事务和闲谈。不无讽刺的是，妈妈竟然是一直住在老房子里的那个人，仿佛达芙妮·泰德转世。

"对了，"海伦继续说，"你听说了吗？老比尔·德莱登几个月前过世了？胰腺癌。你还记得他吧？他原来在这儿管理庄园。他的妻子贝蒂悲痛欲绝，可怜的老太太。"海伦把滚水倒进茶壶，在托盘上摆好并不成套的茶具。朵拉看着她，心头涌起一阵悲伤。她回想起比尔那粗大结实的臂膀将她托起来转了一圈又一圈，直到她的笑声变成晕乎乎的抗议，他才把她放下。她已经好多年没见过他了，但记忆依然鲜活。

"多好的一个人啊！"海伦说着，晃了晃茶壶，从快要满出来的餐具抽屉里摸出两把银茶匙。"他在这里尽心尽力地工作，对你们几个小孩子也非常好。我们为他举办了一场温馨的葬礼，教堂里站满了人。"

"那很好，"朵拉喃喃地说，依然沉溺在震惊的情绪中，"我一直都很喜欢比尔。"

"不谈这个了，"海伦说着，语调突然欢快起来，"我们去温室里喝茶好吗？这个时候那儿可舒服了。"她在使用对待客人时的"客气"语气，朵拉这时才意识到，妈妈大概也和自己一样紧张。这让她感觉好了一些。

海伦端起托盘，朵拉跟在她身后走出厨房，慢悠悠地经过开着门的书房，瞥见妈妈的旧橡木书桌上像以前一样摊满了纸张和书本。她经过门厅的一张圆桌，桌上摆放着许多家庭照片，银相框在岁月的磨蚀下变得斑驳，落满灰尘。有一张达芙妮和阿尔弗雷德的结婚照片，已然泛黄；一张闷闷不乐的凯西穿着学校制服、坐得笔直的快照；还有一张朵拉小宝宝的时候躺在方格毯子上咬手的照片。在所有照片的后面，是一个小小的相框，她早就忘了它的存在，直到此刻才想起来。她凑上去，发现上面有她、凯西和爸爸，三个人一起在沙滩上。凯西看起来很美，十一二岁的样子，金发在风中凌乱，严肃的蓝眼睛直勾勾地盯着镜头；她自己在凯西身后奔跑——一个瘦瘦小小的女孩快乐地露齿而笑；两人身后站着她们的爸爸，他面色红润，笑容明朗，甩着一头湿漉漉的金发。他看起来应该是刚游完泳，但她怎么也记不得是哪一天了，只能依稀记得那天很冷，一家人在外面吃复活节野餐。即便想起了当时的情景，这画面依然令她震惊。他们三个人一起在海边，那么年轻、快乐、无忧无虑——她的胃忍不住抽搐了一下。她不知道妈妈要如何鼓起勇气去看这张照片。她不由得战栗了一下，移开视线，快步追赶海伦，后者已经同茶盘一起消失在走廊的尽头。

母女俩来到明亮的温室，在藤椅上落座。朵拉想说的话沉沉地压在心底，但她现在还没有勇气说出口。她在等待一个合适的时机，便任由海伦继续絮叨萨莫顿的生活琐事，心不在焉地听着，眼睛盯着一只巨大的泛着荧光的绿头苍蝇。那虫子正在唯一一面关上的窗前死命挣扎，砰砰地撞击玻璃，绝望地想逃出这令人窒息的氛围。我明白那种感受——朵拉心想。

"说说你吧？伦敦的生活……还有丹尼尔，都还好吗？"海伦的问题打破了她的白日梦。朵拉决定先回答安全的问题。"丹很好，最近的一场个展非常顺利，接到好几个订单。一位海格特的女士为她的花园订了三尊铜像，所以他这个周末没法过来。"朵拉停了下来，思考现在是不是那个合适的时候，但最终还是退缩了。"我也升职了。"

"噢，是吗？"海伦说道。

"是的……我刚当上高级客户经理。我们赢得了一个新客户，做早餐燕麦的，这桩生意是从我们最大的对手那里抢来的。说实话我也是昨天才得到的消息，这在广告界算是一场胜仗了——老板高兴得都要上天了。"她意识到自己开始喋喋不休了。

"那可真是太棒了！"海伦说道，举起茶杯喝了一口。朵拉停了一会儿，看着远处的墙边掠过的一只飞鸟。她不知该如何继续。那只绿头苍蝇也突然停了下来，不再没完没了地嗡嗡叫，整个房间陷入了一片死寂。

"那你呢，你还好吗？"海伦问道，突然抬头看着朵拉，"你看起来气色不大好。"

先是疲惫，现在又是气色不好，朵拉讶异于海伦随口一说就能让人听来讽刺多过关心的本事。"我……还好。"她想了一会儿，"是的，挺好的。"她重复了一遍，接着，深吸一口气，终于说出了那句话，"事实上，我怀孕了。"

一阵令人窒息的沉默。

"只有七周而已，不过确定是怀孕了。"

不知道是因为终于在这紧张的气氛里说出了该说的话，还是因为压力一下子得到了释放，或者仅仅是因为那不断吞噬着她的恐惧，朵拉发现自己竟哭了起来。她的身体不停地起伏，恼人的哭泣声在这死寂的房间里显得格外刺耳。她无法控制地哭了足足有一分钟，湿漉漉的眼泪在脸上横流。她伸出手指在眼下徒劳地抹来抹去，想擦掉哭花的睫毛膏，然后用袖子擦了擦眼泪，伸手去拿茶杯。她羞愧难当，这完全不是她预想的样子。她喝了一口已然凉透的茶，从杯子上方看了看妈妈。海伦依然笔直地坐在那里，仿佛被冻在了椅子上，面部紧绷，突然失去了血色。朵拉疑惑地盯着她，期待着一句问候、一句恭喜，哪怕是一丁点喜悦的痕迹也好，但海伦一动不动，仿佛一座雕像。朵拉又等了一会儿。房间里没有一丝空气的流动，朵拉突然产生了一种奇怪的感觉：也许她根本就没在那儿，也许这不过是她的另一场噩梦，也许她只是一个幽灵。她觉得脑海里一片空白，仿佛失去了存在感，没有人能看见她。

终于，她再也承受不了了。"妈？"她开口问道，"你不说点什么吗？随便什么都行！"她的窘迫很快变成了愤怒。

海伦顿住了，茶杯举到一半，僵在大腿和嘴唇之间的半空中。她轻叹一声，仿佛一阵风刮过屋外的树梢。朵拉瞪着母亲："妈？我要生孩子了，你听到了吗？"

终于，海伦转过脸来看着女儿："我听到了，朵拉。"

"然后呢？"

"你想让我说什么？"

"这个，我也是第一次碰到这种事啊，妈，说句'恭喜'才是正常的反应吧。"朵拉再也无法抑制自己的愤怒。她从来不会这样对母亲说话；过去，她一直小心翼翼地避免冲突，努力当个和事佬。但这一次实在是太过分了。

"那就恭喜你。"海伦说道，朵拉发现母亲还是无法正视她的眼睛。

她骇然摇头："你就是无法为我感到高兴，是不是？"

海伦什么也没有说。

"我不知道自己为什么要来，还以为一切都好起来了。我原本希望我们能不计前嫌，还以为我怀孕的消息能……"她的声音越来越弱，"我错了，是吗？什么也没有改变。"

海伦继续面对着花园，似乎已经做好了送客的准备。朵拉感到仿佛一记耳光抽在脸上。血液上涌，她猛地把茶杯往桌上一摔，迅速站起身。接着，一连串的话毫无预兆地脱口而出。

"你知道吗，妈，"她一边说一边走向门口，"我几乎就要让自己相信我错了，这么多年我一直都在想象，我告诉自己，你内心深处还是爱我的，只是忘记了该如何表达，在那件事情发生之后……"她苦笑一声，"我为你感到难过，我以为你只是太、太受伤了，以至于不知如何向我表达你的爱。但现在，我知道自己错了。"她摇了摇头，发出一声轻轻的苦笑。"天哪，我错了！事实是你把那天发生的一切都怪到了我头上，你永远都不会原谅我，是吗？这么多年了，你还是连看都不愿意看我一眼。"

整个房间再次陷入了沉默。终于，海伦转过头来，看着朵拉。尽管隔得这么远，她还是能看到母亲的绿眼睛底部闪着琥珀色的光。"我……我……我想……我在努力……"海伦磕磕绊绊地蹦出几个字，又沉默了下来。她挫败地耸耸肩，再次转过身去面对着花园。

"'我……我'什么？你要说什么，妈？你有什么不能对我说的？为什么你到现在还要这样惩罚我？你到底是怎么回事？为什么不能跟我谈谈？"她已经走到了门口，但还是停了下来，满眼泪水，双目圆睁，无比地渴望母亲能告诉她，她错了；无比地渴望母亲能站起来将她拥入怀中，在她耳边低声诉说安慰的话语。但母亲一直扭过头背对着她，目光决绝地盯着窗外的树木。

朵拉盯着她看了一会儿，又一阵怒气涌上心头。她转过身，大步走出房间，用尽了全身的力气才控制住自己，没有摔门而去。

凯西

那是一个坏消息。自从朵拉跑进她的卧室，被自己宽大的粉色睡裙绊了一跤，随后蹦出那个问题的早上开始，凯西就是这么想的。

"什么是令人开心的意外呀，凯西？"她抖抖索索地窝在床尾，把双脚伸进被窝里。

"你从哪儿听来的？"凯西问道，被朵拉的问题和那紧贴着她皮肤的冰冷脚趾唤醒。

"昨天晚上妈在电话里跟维奥拉说的。"朵拉解释道。

"大多数意外都是以眼泪告终的，不是吗？爸爸经常那么说。"

"是啊。"凯西表示同意。擦破的膝盖，断裂的肢体，摔碎的瓷器，还有车祸——她想不到哪一件意外不会令人不快。没有什么好事，据她所知，会来自一场意外。

"是不是要送我们一只小狗？"朵拉满怀希望地说。

"嗯……"凯西从被窝里发出一声不以为然的嘟囔，那是永远都不可能发生的。

"你说会不会是学校的锅炉又冻坏了，我们都得在家待着？"

"我不知道，朵拉，"凯西不耐烦地叹了口气，"你为什么不拿你的问题去烦爸爸呢？大清早的。"

朵拉气哼哼地跺着脚走了，留凯西一个人继续窝在暖暖的被子里，正好让她有时间把脑子里突然出现的恶心想法赶走。不，意外永远不会带来什么好事。

那天早上，理查和海伦让姐妹俩坐下来，把这个消息告诉了她们。

"小宝宝？"朵拉惊叫起来。

"没错！"理查得意地说。凯西和朵拉面面相觑。

"这就是那个令人开心的意外？"朵拉问道，扭过头看着妈妈。

海伦忍不住大笑起来："你该不会在偷听我打电话吧？"

"没……好吧，或许是吧。"朵拉脸红了。

"是的，我想是的。"海伦微笑着承认，"我们本来没打算再要孩子的，谁也没有料到。不过现在看来，我们都对此感到很开心。"海伦伸手捏了一下理查的手，"希望你们也一样。"

"你们为什么不采取避孕措施？"凯西口无遮拦地说。

理查咳了一声。

"什么是避孕措施？"朵拉好奇地问。

"这个，"海伦耐心地解释起来，"避孕措施就是两个成年人之间发生性行为却不想要孩子的时候采取的措施。"

"就是十年级的莎伦·塔特本该采取的措施。"凯西故意对朵拉说。

"好吧，就像妈妈说的，性行为和避孕措施都是成年人之间的事情，彼此相爱的成年人之间。"理查强调，"你说得没错，凯西，我们是该采取避孕措施的，"他主动承认，试图掩盖他的尴尬，"可现在妈妈还是怀孕了，我们觉得这也很棒。所以……"他停顿了一下，语气里满满的期待，"你们俩怎么看？"

"我也觉得这很棒，"朵拉发出一声开心的叹息，"一个小妹妹！"

"也可能是小弟弟。"理查提示。

"一定是小妹妹。"朵拉肯定地说。

接下来是一阵沉默，凯西感到父母的期望都落到了她的身上。

"那么，凯西，你觉得怎么样？你高兴吗？"

"耶，"凯西终于开口了，"棒极了。"

理查大大地吐出一口气："我们就知道你们俩一定会很高兴的。你瞧，海伦，我就说吧，一个小宝宝！"他对她们露出一个大大的笑容。

"放心吧，在你们还没反应过来之前，就已经开始灌奶瓶换尿布了。"

"噢……换尿布，不用了谢谢！"朵拉咯咯地笑起来。

"一个小宝宝，"理查又重复了一遍，仿佛不敢相信似的晃了晃脑袋，"谁能想到这老房子又要迎来一个泰德家的后代了呢？爸爸妈妈要是知道的话一定会非常高兴。"

爸爸脸上柔软的神色让凯西不忍直视。她转过身，盯着厨房外面的风景。地上结了一层霜，苍白的一小片天悬在上方。在更高处，黑压压的乌云重重地压住大气层，仿佛要把它按进结霜的地表，慢慢窒息而亡。突然，她好想逃跑。不管外面有多冷，她只想跑到空旷的室外，跑啊跑，直到肺部炸裂，双腿瘫软。然后躺在地上，任由草上的露水浸湿她的衣服，爬满她的皮肤，变成冰做的外套裹住她的全身。

"呼叫凯西！"理查在她面前摇晃双手，试图引起她的注意，"天哪，你神游到哪里去了？听到我说话了吗？我问你要不要再来一杯茶？"

凯西摇摇头，继续盯着窗外。她连笑都笑不出来。一个小宝宝，这可不是什么好消息。

怀孕让海伦仿佛变了一个人。接下来的几个月里，她似乎在不断地膨胀、成熟，就像朵拉最喜欢的童书里的那颗巨大的桃子。她从来都不喜欢做家务，但突然，她开始洗衣服，做清洁，最不幸的是，还突然爱上了烹饪。直到理查温柔地提出，她应该把更多的精力留给即将出生的宝宝，而事实却是，他们谁都无法忍受她那精心准备却难以下咽的饭食了。

妹妹沐浴在海伦散发的光晕里，整天像只蛾子似的兴奋不已地围着她转。海伦说宝宝已经能听到她们的声音了，朵拉就恨不得把一切都说给妈妈的肚子听。凯西也尝试了一次，却什么也说不出来，她觉得非常难为情，就再也没试了，让朵拉去跟妈妈的肚子喋喋不休吧。

爸爸也是，兴奋得不能自已。每个周末都在家里忙来忙去，为新生儿的到来做准备。还有一个全新的婴儿房要粉刷，一个旧摇篮要打磨上漆。他搭了好些个木书架，堆满了新买的书和玩具，动力十足地干这干那，仿佛这样就能让婴儿快点出生似的。

随着海伦的身体一天比一天丰满，凯西自己的身体也在经历一系列奇怪而令人难受的变化。似乎就在一夜之间，一些羞耻的地方突然长出了毛发。她的皮肤冒出一些油腻腻的红色青春痘，一紧张就莫名其妙地发热出汗，尤其是每次学校里最漂亮的女老师麦金托什小姐在班上点到她名字的时候。最糟糕的是，原本只有粉色乳头的平坦胸部，也突然开始膨胀起来。她在卧室里对着镜子研究、触碰自己的乳房，又是烦躁，又是欣喜。她还不确定自己到底喜不喜欢这全新的器官，同时又对太过紧身的学校上衣感到难为情。她默默地希望海伦能够注意到，然后带她去购物，就像班上的其他女孩子一样：进行母女之间的成人仪式。她希望妈妈带她去买胸罩，一起喝杯奶昔，如果幸运的话，或许还能带她去打个耳洞，就像塔玛拉·拓普金斯一样。但海伦忙着过自己的生活，一心扑在肚子里的孩子上。时间一天天过去，没有人注意到凯西在飞速地发育，她越来越不耐烦，终于，她从海伦的钱包里偷了一张二十英镑的钞票，一个人去了布里德波特的百货商店。

她只是想买一个胸罩而已，这能有什么难的？她独自在一楼转了一会儿，试图鼓起勇气在内衣陈列架上随便抓一件。那里有小小的蕾丝内衣、运动胸罩，装饰着花朵和蝴蝶结的可爱款式，还有不知道干什么用的如同巨大的吊床般的复杂款式。终于，一位戴着金边眼镜的灰发导购出现在她面前，怜悯地看着她。"需要我的帮忙吗，亲爱的？"她低头微笑着对她说。

凯西差点没逃跑，不过，她必须买到胸罩才能回家，这个样子在学校里一天都撑不下去。她的上衣薄得近乎透明，一些男孩子已经开始盯着她的胸部了。

"我想买一个胸罩，谢谢。"终于，她小声嘟囔着说。

"那你可算来对地方了，我们去更衣室，好吗？我帮你量量尺寸，你可以试试不同的款式。用不了多久就能搞定，怎么样？"

凯西点点头，跟着这位女士进了更衣室。导购拿出一把皮尺，一边闲聊一边给凯西量尺寸。"你一个人来的吗，亲爱的？"

"是的。"

"第一个胸罩，是不是？"

"是的。"

"我还记得我的第一个胸罩，是我妈带我去埃克塞特一家可笑的小店里买的，难受得要死，跟现在的这些好东西没法比。你瞧，又软又有弹性，是莱卡（Lycra）的呢，简直就是女人的救星。要我说啊，必须给发明莱卡的家伙颁个大奖才行。妈妈去买菜了是不是？让你一个人像个大女孩一样来买胸罩？"

"我妈妈死了。"凯西自己也不知道为什么要这样说，在她反应过来之前，已经脱口而出了。

"噢！"导购女士手一抖，皮尺掉在地上摊成乱糟糟的一团，"我的老天，真对不起，看我又瞎打听，你这可怜的小东西。"接着是一阵令人尴尬的沉默。"好了，别担心，我亲爱的，我们一会儿就能帮你搞定，舒舒服服的，你可算遇到专家了，我这辈子还没见过一对我搞不定的胸呢。"

凯西对她弱弱地微笑，十分羞愧地发现她的眼里竟然起了泪光。她真不知道自己为什么要撒谎，但话已出口，后悔也来不及了。

导购女士为她大动干戈，量完尺寸之后，给她拿来四个胸罩，让她挨个儿试了一下。不到二十分钟，凯西就选好了她的第一个胸罩：乳白色的 32A，简简单单的纯棉款式，中间点缀着一个小小的紫色蝴蝶结。"她一定会为你感到骄傲的。"她把凯西送出店门时说道。

凯西不解地看着她。

"你妈妈呀，亲爱的，她一定会为你感到骄傲的。看看你，已经是一个成熟的女人了！"她朝凯西眨了眨眼，弄得凯西脸都红了。

回家的路上，凯西在想，导购说得不对，妈妈一点都不为她感到骄傲，她压根儿就没注意到自己正在成长为一个女人。就最近妈妈对她的关注来说，跟死了也没什么区别。凯西乘公交车回家，一路上都闷闷不乐，在心里默默地咒骂着妈妈，还有她那没出生的弟弟或妹妹。新胸罩的肩带卡在肩上，弄得她很不舒服。

到了晚上，她依然在跟整个世界生气。眼看着朵拉坐在餐桌前，低着头专注地为新生儿织一块丑不拉几的毯子，再次点燃了她的怒火。她跨坐在朵拉边上的一张椅子上，等着妹妹从腿上的黄色毛线上抬起头来看她。

"你没发现吗？"她说，"这孩子一出生，一切都会变得不一样，朵拉？"

朵拉看起来吃了一惊。她正在数针数，舌头仍然保持在双唇中间，一脸专注。"漏了一针！你说什么，凯西？"

"我说孩子一出生一切都会变得不一样。"

"怎么不一样？"

"婴儿需要很多的关注，妈妈和爸爸……他们会很累，没空管我们。"

朵拉点点头："嗯哼。"

凯西继续说："这孩子会成为他们的最爱，你知道，家里的小宝宝，总会得到最多的关注。你再也不是最小的孩子了，朵拉，我们没办法跟他比的，是不是？"

朵拉想了一会儿说："我不觉得这是一个比赛啊。爸爸妈妈当然会一样地爱我们。再说了，他们又开心起来了，不是吗？我喜欢这样。"

朵拉提起毛衣针，查看她的成果。凯西注意到，那长长的、三角形的奇怪织物上有好几个大洞，这毯子会是个灾难。但朵拉不以为然，这儿拉一下那儿拽一下，又开始用她的毛衣针慢慢地编织起来，发出均匀而有节奏的咔嗒声。

凯西摇摇头。"噢，朵拉，你也太天真了。爱信不信，你开心就好。不过你心里肯定知道我说的是对的，一切都要发生变化了。"她根本停不下来，体内涌起一股热腾腾的恨意，必须得发泄出来。"你最好心里有数，现在只剩下你和我了，朵拉，"她不停地说，"只有你和我一起对抗这个世界，你知道吗？"

朵拉似乎思考了一会儿姐姐的话，终于点了点头："我想是的。"

朵拉忧郁的神情让凯西冷静了一点，语调也柔和了一些："我们必须团结起来，你说是吧？像个姐妹的样子。"

朵拉再次点点头，但似乎不想再继续这个话题了。她低下头，继续缓慢而均匀地一针上一针下，直到凯西无趣地离开房间。

几天之后的一个晚上，凯西从睡梦中醒来，感到双腿之间有一股湿湿的热流。她打开床头的台灯，低头一看，发现白色的棉睡袍上有一小摊血迹。她叹了口气，月经终于还是来了。学校的生理卫生课上讲过这事儿，尼尔森太太不顾女孩子们的窃笑和打趣，坚持向她们解释，要准备一些毛巾和卫生棉，以备不时之需——"成为女人的第一步"，那是她对月经初潮的称呼。凯西很后悔没有听她的话。

凯西从床上爬下来，蹑手蹑脚地下楼走进卫生间。路过楼梯口的时候，她听到一个奇怪的呜咽声。还是等她先把自己收拾好再来管这事儿吧。

她把睡袍拉过头顶脱掉，用一块湿毛巾把自己擦洗干净。接着她在卫生间的橱柜里找到了一包妈妈很久以前用剩下的卫生棉，它看起来比老师在课堂上展示的要大得多。她撕掉卫生棉背后的纸条，把那巨大的棉片贴在一条刚从烘衣橱里拿出来的旧内裤上。肥大的卫生棉僵硬地卡在她的两腿之间，一点也不舒服，不过总算解决了问题。凯西匆匆抓过一套法兰绒睡衣套在身上，开始怒气冲冲地搓洗睡袍上的血渍。滚开，该死的污点！她突然想起《麦克白》里的一句台词。那印记从鲜红色变成了一块茶棕色的浅渍，但还是没有完全消失。她把那皱巴巴、湿漉漉的睡袍胡乱地塞进烘衣橱，关灯走向门厅。

天还没亮，但爸妈卧室门底下露出一丝光亮。有一声猫一般的叫声打破了夜晚的寂静。凯西朝门口走去，不确定自己是否真想这么做，但一点都不想回头。当她走到足够近的时候，发现门是虚掩着的。猫叫声越来越大，突然，叫声停止了，只听见爸妈在温柔地低声说话。她在门前站定，深吸了一口气，轻轻地推开门。眼前的景象令她忍不住睁大了眼睛。海伦和理查坐在床上，背后靠着一堆枕头。床单和被子在床脚堆成乱糟糟的一团。爸爸看起来衣冠不整，仿佛一夜没睡。他一条手臂护在海伦的肩膀上，两人一同用欣喜的眼神凝视着她怀中那个小小的包袱。一声刺耳的啼哭打破了宁静，海伦把包袱换到了另外一只手中，解开睡裙的扣子。一个小小的、粉红色的脑袋从包袱里露了出来，在海伦的胸前安静下来。"他饿了。"她听到妈妈说。

凯西感到一阵不适与愤怒，自己好像闯入了一个私密而神圣的时刻，而她却不是其中的一分子。她开始撤退，希望没有人注意到她的出现。但她还是不小心弄出了动静，理查抬起了头。

"凯西！"他惊叫起来，发现她就站在卧室门前，"快进来，来看看你的小弟弟。"

凯西不情愿地走进房间，礼貌地凑过去看那襁褓中的婴儿。他全身粉红，胖嘟嘟的，噘着一张小嘴，双眼紧闭。他的脸看起来有点肿，鼻子被挤得皱巴巴的，就好像在拳击场里打了十个回合似的。她可以看到他那薄得像纸一般的皮肤下面蓝色的血管在输送鲜红的血液，脑袋上有一小撮金色的头发，与爸爸的发色一模一样。婴儿忘我地吮吸着妈妈的乳汁，这突然让凯西想起他们去年夏天在普拉默农场看到的那一窝新生的拉布拉多奶狗，透明的黏糊糊的小东西，闭着眼睛叼着狗妈妈肿胀的乳房不停地蠕动。

"你看，"理查说，"他是不是很可爱？"

"嗯……"凯西表示同意，"我以为你们会去医院生孩子？"她看着海伦，用略带责难的语气说道。

"这个，原计划是去医院，但这孩子似乎有自己的想法。你真应该看看你爸爸当时的表现，凯西，他慌得不得了。要不是助产士在电话那头指导他，他完全不知道该怎么办。不过还好，孩子很快就生下来了。"

"说实话，我其实没做什么，主要是你妈妈和弟弟的功劳。"

门口传来一声响亮的嘎吱声，大家都抬头看去。

"发生了什么事啊？"朵拉打着哈欠说，"你们怎么都没睡？"

"快来见见你的小弟弟。"理查催促道，示意朵拉加入进来。

"他出生了？这么快？怎么没人来叫我呀？"

"快来，宝贝，快来看看他。"理查急着说。

朵拉才不需要被催促，她一下跳上爸妈的双人床，砰地落在床垫上。

"小心！"海伦叫起来，把婴儿护在自己的胸前。

凯西看到朵拉咬了咬嘴唇，看了她一眼。凯西给了妹妹一个意味深长的眼神，仿佛在说：看吧，早就告诉你了。

朵拉的脸唰地红了，匆匆移开眼神，怯怯地蹭到爸爸身边："对不起。"

"没关系，潘达，"理查柔声说，伸出一只胳膊搂住了她，"温柔一点就好，他还只有那么点大。"

朵拉点点头，用手指指海伦怀里的婴儿："他叫什么名字？"

凯西和朵拉快速地交换了一个眼神。先是卡桑德拉，再是潘多拉，两人都迫不及待地想知道海伦又想让这个泰德家的新成员承受何种希腊神话的磨难。

"他叫阿尔弗雷德，对吗，理查？"

理查惊讶地抬头看着海伦："我以为你想叫他赫克托尔呢？"

"不，"海伦摇摇头，"你看看，他就是阿尔弗雷德。"

"阿尔菲！"海伦欢呼起来，"跟爷爷同名？"

"是的！"理查笑了，声音里充满了爱意，"跟爷爷同名。"

"小宝宝阿尔菲，"朵拉满意地重复着，"这名字很合适。"

"是啊，"海伦说，"很合适。"

就在这时，小阿尔菲笑了起来，轻轻地喊了一声。

"他真是太可爱了，"朵拉叫起来，"看看他那小小的指甲。"就在海伦、理查和朵拉为小宝宝阿尔菲完美的十个手指和十个脚趾大惊小怪的时候，凯西悄悄地从那温暖的家庭氛围中溜走了。不，意外永远都不会带来什么好事，她打骨子里清楚这一点。

朵拉

　　朵拉沿着橡木地板的走廊一路狂奔，冲出大门，来到刺目的午后阳光下。她不知道自己要去哪儿，只知道无论如何必须逃离那座房子，必须把那个画面——母亲苍白而严肃的脸，无视她和她怀孕的消息——从脑子里驱逐出去。那一刻，朵拉无法忍受与海伦共处一个屋檐下。

　　她半跑半走地穿过花园和果园，对周遭的一切视而不见，不知不觉地踏上了通往悬崖的泥泞小路。在连续几周的春雨洗礼之后，地面像沼泽般湿软。她必须小心翼翼地跳过一个又一个散落在路面的水坑。她的平底芭蕾鞋扑哧作响，溅起无数水花，冰冷的雨水已渗入鞋底，弄湿了牛仔裤的裤脚，但她毫不在意。她大步前进，低着头，脑子里重复播放着温室里发生的一幕幕。

　　海伦的反应让朵拉着实大吃一惊。这场谈话从未让她觉得轻松，但朵拉现在意识到，当时她至少还敢希望从母亲身上得到一点点愉快或者支持的表示，尽管明知她仍沉浸在痛苦之中。现在呢，海伦似乎又在她们之间竖起另一层隔板，让那鸿沟变得无论如何都无法跨越。

　　她小时候记忆中的那个妈妈到底怎么了？那个会在午夜暴风雨肆虐时来到她的床上把她紧紧抱在怀里的妈妈去哪儿了？那个在她得水痘时用粉红色的炉甘石洗剂为她擦拭全身的妈妈去哪儿了？那个在她校服上缝名帖，为她准备午餐，每晚给她掖被子，清洗她受伤的膝盖，亲吻她发热的额头，为她擦去眼泪的妈妈，到底去哪儿了？她童年记忆中的妈妈和如今住在克里夫托伯的那个冰冷的女人之间似乎一点关系都没有。这让朵拉沮丧且痛苦地想要大哭一场。

她走到了小路的尽头，山楂灌木在小路两侧逐渐消失，朵拉发现自己正站在悬崖上，俯视着莱姆湾。她这才意识到，自己竟不知不觉回到了小时候常走的那条路上。左边是海滩，右边是饱经风霜的老教堂，正前方就是平静的大海，在阳光下闪烁着粼粼波光。阳光在海面上舞蹈，一丝银光在微风中荡漾，胸腔中的心慢慢平静下来。轻薄的云层在天空中高高地堆叠，空气还是暖的，朵拉知道太阳还要过几个小时才会下山。既来之，则安之，她想着，冷笑了一下，右转走向了教堂。

教堂与她记忆中一模一样，低调的白墙，装饰着彩色玻璃的拱顶，门口的屋檐上挂着一个拙朴的木质十字架。教堂外围是一堵斑驳的石墙，上百个坟墓散落其间，一座座墓碑仿佛从地底破土而出的野花，在微风中起舞。朵拉犹豫了一小会儿，径直穿过了木门。

她在墓碑前漫步了一两分钟，伸手抚摩那些温暖的石块，阅读碑文上的日期与逝者的姓名。有些坟前长满了杂草，碑石与废墟毫无二致，曾经精心篆刻的碑文在风雨的侵蚀下已然难以辨识。另一些坟墓则被照料得很好，细心摆放的鲜花暗示着亲友的哀痛还未消逝。她发现许多坟墓里躺着水手，那是经年累月里丧生于怒海的灵魂。朵拉缓缓地走向爷爷奶奶的永久栖身处，这才想起竟忘了带花。

十五年前，她也站在同样的位置，望着阿尔弗雷德和达芙妮的木棺被放入墓穴。那天的记忆已然模糊不清，但此刻她站在这里，突然想起那天爸爸冰冷的大手紧紧抓着她戴着手套的手。他抓得那么紧，仿佛一个溺水的人抓住了唯一的希望。葬礼之后，大家都回到了克里夫托伯，朵拉瑟瑟发抖地站在门口，看着村里的一群老人像潮水般涌来。她的脸蛋很快就被他们宠爱的手捏肿了，冰箱里塞满了他们带来的炖菜和蛋糕，门都差点关不上。过了一会儿，她终于意识到凯西的决定是对的。她离开了成人世界的悲痛仪式，上楼去找姐姐。

"凯西？"她摇了摇姐姐门上的把手。

"怎么了？"里面传来模糊的回答。

"我能进来吗？"

她听到一声叹气，接着是椅子腿刮过地板的声音。朵拉又试着转动了一下门把手，门开了。凯西回到了床上，手里拿着一瓶指甲油。

"你在干什么呢？"

"你看不见吗？"

她知道最好什么也别说，凯西又在闷闷不乐了，一丁点火星子就能把她点着。有时候就算是最平常的一句话都能害她被赶出姐姐神圣的房间。于是她安静地坐在那里，远远地看着凯西动作优美地给每一个脚指甲涂上黑色的指甲油。妈妈要是看到一定会气疯的。

"凯西？"她终于忍不住了。

"嗯哼？"凯西头都不抬一下。

"你觉得人死了之后会是什么样的感觉？"

凯西抬起头，用她那双清冷的蓝眼睛看着朵拉，手悬在瓶子和脚趾之前。她似乎思考了一会儿。"我觉得死亡的感觉可能还不错。你知道，就是平静……安宁……"她顿了一下，"就像泡热水澡一样，漂在水里，脑子里什么也不想。"

"那就不会痛喽？"

"对，死了之后你就什么也感觉不到了，一切都停止了。"

朵拉记得，听了这话之后她感觉好多了。她看着凯西俯下身子，取下了脚趾间的纸巾卷，用一根手指碰碰脚指甲，然后满意地转向朵拉。"我好无聊，你要一起吗？"

"去哪儿？"

"外面。我受不了这里到处都是老年人，简直要窒息了。"

朵拉不需要被问第二次。她跟着姐姐走下楼梯，抓起厚外套，穿上鞋子，跑到了后花园。她们在草地上摔了一跤，然后顺着小溪一路跑到果园，静静地看着她们丢下去的木棍顺着溪水流入大海。

朵拉被骤然涌来的回忆击中，尽管太阳还保留着最后一丝温存，她还是冷得打了个寒战，不自觉地紧紧抱住自己。就是从那时起，一切都开始土崩瓦解了吗？没过几个星期，一家人就从伦敦搬到了克里夫托伯。就是从那时开始，事情就变得一发不可收拾了吗？仿佛一块编织细密的羊毛布料上出现了一个小小的窟窿，搬到多塞特是否就是那第一根松掉的线，最终一步一步将他们一家拆得四分五裂？

朵拉再次低下头，看着爷爷奶奶的坟墓。她没办法献上鲜花，但至少还有她可做的事情。她双膝跪地，开始清理丛生在墓碑周围的杂草，被潮湿的土地弄湿了膝盖也不管不顾。拔草的同时，她聆听着悬崖下方的海潮一起一伏，那声音竟奇妙地令人平静，仿佛她的一呼一吸，一进一出，一前一后，随着浪涛的节奏永恒地律动。

她拔光了每一根长在爷爷奶奶坟前的杂草，终于站起了身，向地平线远眺。太阳在天空中失去了霞彩，缓缓沉入地平线。朵拉知道自己必须回去了。这么晚了，开车回伦敦是不现实的，她必须在老宅里过夜。

她强打起精神，依然无法直视爷爷奶奶的墓边那一块更新，也更干净的墓碑，接着转身走向教堂，穿过木门，回到那条带她回家的泥泞小路上。

海伦

那是一个混乱的早晨，一如往常。尽管已经是学期的最后一天，大家还是像疯子似的在家里乱跑，着急忙慌地希望能准时出门。海伦恨不得把头发都扯光。

"妈，你看见我的运动鞋了吗？"

"就在门边，你昨天放的地方，朵拉。"她转身把牛奶和麦片碗扔到桌上。"阿尔菲，下来！你会摔伤的。"阿尔菲正以一种十分危险的姿势挂在一把餐椅的椅背上，咧着嘴对她笑。"阿尔菲，我是认真的，快下来。"

他终于慢慢地爬了下来。

"凯西在哪儿呀？"

朵拉耸耸肩："还在床上呢。"

海伦哀号一声："那孩子！"她冲出厨房，站在楼梯底下："凯西！快下来，上学要迟到啦。"

理查从楼上下来，正在与一条领带搏斗。他刚冲完澡，头发还湿漉漉的，脸颊因为刚刮过胡子而发红，在他苍白的皮肤上显得十分刺眼。"早上好，亲爱的。"

"你能不能去叫凯西下来，她又要错过校车了。"

理查气冲冲地转身爬上楼梯。

说实话，有时候她觉得自己仿佛是在照顾四个孩子，她一边想，一边走回厨房。

"我找不到，妈妈，没在那儿。"

"什么没在那儿，朵拉？"

"我的运动鞋。"

"要是你每天晚上都听我的话把鞋子放好，我们就不用每天早上陪你瞎找了，你想过没有？"

朵拉翻了个白眼，跺着脚朝温室的方向走去。

海伦急匆匆地走进厨房，继续专心做早餐。"你叫她了吗？"她一边问理查，一边灵巧地在他身边腾挪，把吐司从烤面包机上取下来的同时往杯子里倒满了橙汁。

"叫了。"

"她下来了吗？"

"我过去的时候她还在床上，但她听到了。"

理查在餐桌前坐定，伸手拿了一片吐司。"你买橘子果酱了吗？"

"你知道我这星期忙得不得了，哪有时间去商店？"她的口气很重，原本并没有打算这样气急败坏，不过还好，理查没有接茬儿。

"我下班后顺便去趟超市行吗？"他小心翼翼地说。

"不用了，"她摇摇头，过了一会儿又加了一句，"谢谢。"

理查耸耸肩。"你知道，"他一边说一边在全麦吐司上涂黄油，"要是凯西能按时上床睡觉，起床就不会这么麻烦了。"

海伦叹了口气。她也尝试过，但凯西现在进入了叛逆期。没有人能告诉她的大女儿什么该做，什么不该做。"你找到了吗？"看见朵拉走进了厨房，她抓住机会问道，为能换个话题而感到庆幸。

"找到了。"

"在哪儿找到的？"

"阿尔菲的玩具箱里，一定是他放进去的。"

理查露出一个宠溺的微笑："这孩子。哈喽，潘达，你睡得好吗？"

"挺好的，谢谢。"

海伦无法忽视理查投来的那个意味深长的眼神。他总是拿两个女儿做比较，这不公平，她们是那么不同，可以说是两个极端。朵拉脾气像爸爸，温和而可靠；凯西则要活泼得多，但这并不是件坏事。

"说到阿尔菲，"海伦说道，"他去哪儿了？"

三个人都安静了下来，等待着小男孩捣蛋的声音，但令人不安的是，什么声音也没有。

"好吧，"海伦叹了口气，"我去看看。"

过了一会儿，她在书房里找到了他。阿尔菲一个人坐在沙发上，正专心致志地看着电视，身上还穿着他的小恐龙睡衣，一头稻草般的头发比往常更加凌乱。他的身边有一堆玉米片，空空的包装袋躺在地上，罐子的边缘在那堆玉米片底下露出了一个头。

"你自己去拿早饭吃了对吗，阿尔菲？"她一边问一边审视着那一堆食物。他点点头，伸出一只胖胖的小手抓了一把玉米片塞进嘴里，眼睛一直盯着电视上的动画片。

"你饿了是不是？"

他再次点头。"阿尔菲撒了玉米片。"他抬起头，那对矢车菊般的蓝眼睛望着她，"对不起，妈咪。"

她所有的沮丧都在这一刻烟消云散了。"没关系，下次叫妈妈或者姐姐好吗，我们会帮你的。"

"我自己可以。"他坚定地说，显得无比独立，又抓了一把玉米片塞进嘴里。

"好啦，阿尔菲，我们不可以自己拿早饭吃，明白吗？"

"为什么？"

"因为如果我们都自己拿早饭吃，橱柜里的食物很快就会吃光的。"

他抬起头兴致勃勃地望着她。"为什么？"

"因为妈咪一周只去一次商店。"

"为什么？"

"因为妈咪很忙，又要工作，又要照顾你们。"

"为什么？"

"因为这就是妈妈该做的。"

"为什么？"

海伦叹了口气。他似乎开启了十万个为什么模式。她选择了最安全的答案："没有为什么。"好像起作用了。他扭头去看电视，总算安静了一会儿，接着突然转过身给了她一个微笑："妈咪真好。"

她咧着嘴对他傻笑起来，听到这话，她的心都要化了。

终于，在几次把凯西拽出房间的尝试、一场与洗碗机的搏斗、一句给丈夫的简短再见以及一场与阿尔菲的塑料恐龙争夺战之后，海伦终于把两个女儿打发上校车，把阿尔菲安顿在儿童座椅上，自己也跳上了驾驶座。这一天与平时没什么两样。

她刚开到小路的尽头，一辆拖拉机出现在前方。"该死的！"她咒骂了一句，愤愤地朝方向盘上捶了一拳，又要迟到了。

"该死，该死，该死。"阿尔菲在车后座咿呀学语。她从后视镜里看着他胖乎乎的笑脸，感到一阵内疚。理查总是提醒她不要在孩子们面前说脏话，她却总是忘记。

"兔子，兔子，兔子，阿尔菲，妈妈说的是兔子。"她装作愉快地说。

"该死！"阿尔菲对她咯咯直笑。他已经快三岁了，机灵得很。

海伦叹了口气，这无疑又要成为她的一个污点了。她已经被阿尔菲托儿所的肯德尔太太记上了黑名单。就在昨天，她被叫到一边谈话，肯德尔太太严厉地指出她每天下午必须按时来接儿子回家。如果只是一次两次迟到的话，他们也不会太在意的，但当迟到变成常态，就很令人讨厌了。不过，她还是安慰自己，再坚持最后一天，从明天起，阿尔菲和姐妹俩就可以待在家里过暑假了。她再也不用为那些心不在焉、哈欠连天的学生熬夜备课了；再也不用在多赛特的乡间疯狂疾驰；再也不用为晚接阿尔菲而感到愧疚了；至少有六个星期可以放松。

内疚，是她这些日子以来最常见的情绪。她热爱她的工作，但事实证明，要平衡生活中的每一个部分实在是越来越困难了，她始终有这样一种感觉：自己似乎什么也做不好。妻子，母亲，职员——她用尽全力想扮演好每一个角色，像完成一幅复杂的拼图一样把这些碎片都拼起来，但她总感觉一片拼图刚刚就位，桌子就被弄乱了，另一片瞬间不知所终。上周末她跟理查抱怨过，但他只是轻描淡写地说如果她真的顾不过来，不妨放弃大学的工作，弄得她更加恼火。家里不缺她的那份工资，他指出，如果她能花更多的时间料理家务的话可能会更好一些。他还自作聪明地指出会客室的窗帘已经蛀坏，需要更换了，书房的书架上落了厚厚的一层灰。

"怎么了？"他问道，对她愤怒的表情感到不解，"你为什么那样看着我？我只是想帮你……我知道你喜欢这份工作，但我们不应该眼看着这房子越来越乱。你不需要为了我们让自己承担这么大的压力，为什么不放松一下呢，好好享受一下这里的宁静，不需要每天急匆匆地赶去埃克塞特。"

她差点就把手里的奶锅甩到他头上。他该不会真的以为她会放弃自己的工作回家来擦书架吧？他就这么不了解她吗？她完全没想过要放弃工作，至少不是现在。这份工作是少数几样能让她感到兴奋的事情，只有在工作的时候，她才能感觉到自己还是自己，而不是一个邋里邋遢的家庭主妇，一个精疲力竭的母亲。

海伦跟着那辆拖拉机又过了一个 U 形弯口，差点又要爆出一句不适合被后座上那双稚嫩的耳朵听到的话，这时候，拖拉机终于转进了路边的一片草坪，给她让了路。前方的道路突然通畅起来，二十分钟后，她已经穿过托儿所的停车场回到车里了。幸运的是，这回她总算避开了怒气冲冲的肯德尔太太，把阿尔菲塞到一个她叫不出名字来的漂亮保育员手里，然后愉快地朝儿子挥挥手说再见："玩得开心点，小伙子，下午再见喽。"阿尔菲的下嘴唇才开始轻轻颤动，那姑娘就立刻拿起脚边的一个红色火车吸引他的注意力。她依然不愿离开儿子，但她无法否认的是，没过几分钟，当她回到车里，打开收音机，一脚踩在油门上的时候，她已经爱上了那种感觉。她知道那是一种什么样的感觉：纯粹的、不折不扣的自由。如此地渴望这种独处时光真的正常吗？她忍不住思考起来。这是不是说明她不是一个好母亲，或者好妻子？她露出一个忧伤的苦笑，转入双车道，把脚放松下来。她已经知道自己不是个好妻子了，不需要理查来提醒自己，但他最近偏偏还要不停地指责她。昨天晚上的争吵也不例外，她都不记得是为什么而吵了，只知道两个人吵得很凶，理查那些刻薄的话语还在她耳朵里回荡。

"我们真的要一直生活在这种混乱中吗？"他质问道，用力地把一口都没动的晚餐扔进垃圾桶，"我再也忍不下去了，我的要求很高吗？”

“不高，你的要求当然不高！”她反唇相讥，“凯西的要求也不高！朵拉的要求也不高！阿尔菲的要求也不高！你们每个人的要求都不高，但全部加起来，你就会发现我被朝着四个方向拉扯。我再也没有自己的时间，我都不记得自己是谁了。”

“噢，得了吧，别这么夸张。别的女人都能把工作和家庭平衡得很好，而且我这周末已经告诉过你了……”

“也许你应该娶那些超级女人才对！”

就这样，所有的家庭摩擦和烦心事像滚雪球一般越滚越大，变成了一场愤怒的闹剧。她看着理查站在厨房里，嘴巴一张一闭，发出查理·布朗式地“哇——哇——哇”，她的全部注意力都集中在他那一小撮从鼻孔里冒出来的鼻毛上，它正随着他说话的动作无能为力地晃来晃去。在那一刻，她明白自己对他的爱已经褪色到无法辨认。她不知道自己对他到底还有什么样的感觉，但那早已与他们年轻时的浪漫柔情相去甚远。她有些眩晕地站在那里，思考他们到底是怎么走到这一步的。这些年来，她一直在思考，为什么当初自己会接受他的求婚，他们压根儿就不了解对方啊。她能得出的唯一结论就是，他用一个虚假的承诺引诱了她。那承诺并无恶意，却也不失狡猾。在他求婚的那天晚上，理查坐在她的面前，满眼爱慕与希望，看起来是那么浪漫，那么自然，让她不由得说服自己，理查就是她的真命天子。他不单单是聪明迷人，或者是他妈妈口中的那种金龟婿而已，他看起来还那么充满热情与冒险精神。

但时间一年一年地过去，海伦发现理查的真情流露与冒险精神只不过是一时的闪现，只是在求婚的那一刻才炙热燃烧的那一点小小的火苗，从此以后便消失殆尽了，她对理查的失望也在压抑中日益滋长。她逐渐明白，当时他的某些让她心生幻想的表现已经不再是他能力所及的。他似乎也对她的失望心知肚明——他怎么可能察觉不到她的沮丧、尖锐和情绪波动——但他的小心翼翼，他试图平息她怒气的温言软语反而让她更加暴躁。说实话，她倒是希望他能大吼大叫，暴怒一场，让她看到烈火般的激情。但相反地，她每天都在忍受他那谨小慎微的眼神，他那干巴巴的保守的观点，他那小心翼翼的亲吻，他那衣柜前放得整整齐齐的鞋子，还有他那一成不变的叠报纸的习惯，这每一件小事都让她的怒气不断增长，就像一根绷得紧紧的弹簧，下一秒就要怦然断裂。

事实上，他们已然达到了夫妻关系中的一个关键点，某种怎么也过不去的胶着状态。现在看来，他们之中任何一方想要靠近一点，或者主动求和，结果总是事与愿违。他出于好意想让她减轻负担，却反而让她感到戒备与愧疚，而她每次想要硬生生地吞下自己的沮丧与失望，却只会让她在表达的时候显得更加歇斯底里，无可避免地对他大发脾气。那几次笨拙地试图和解最终反而让他们渐行渐远，就像两块互斥的磁石。

说到底，她还是在哀叹她原本想要的，原本坚信两人能共同分享的那种生活。她想要阳光、文化、熙熙攘攘的都市生活、旅行和冒险。窝在这么一个令人昏昏欲睡的海边小城，在他从小长大的老房子里度过一生，简直想都不敢想。她从一开始就告诉他自己想要一份事业，她希望能长居伦敦，他父母的生活不适合她，再看看现在，他们俩活得仿佛达芙妮和阿尔弗雷德转世。这一切都是因为他那过分的家庭责任感，她抛弃了自己的梦想和抱负，就为了实现他那死去的父母了不起的遗愿。

一切都怪那栋该死的房子！它似乎永远挡在两人中间，在他们本就摇摇欲坠的关系中投下一片巨大的黑色阴影。她不是傻瓜，她很清楚，一旦搬进了这栋房子就不会再搬走了，除非被装进棺材里抬出去，否则他是不会离开克里夫托伯的，她只是不想让自己也走上同样的道路。她还没到四十岁，远没有老到安心在宁静的乡村里过退休生活的地步。光是想想就让她打了个寒战。

海伦独自坐在小小的汽车里，加快了车速，摇下车窗，任由轻风吹乱她的发丝。天气预报说这个周末气温会上升，她对即将到来的假期心存感激。但现在，她能一个人安静地独处，开车去上班，还有温暖的阳光，就已经足够了。多么好的一个早晨，为不快乐的婚姻而闷闷不乐也太浪费了。海伦拨开所有关于家庭的思绪，开始思考即将面对的一天。她有一堂课要讲，还有几份论文要批，然后就自由了。她调高收音机的音量，让双脚放松下来。终于，她感觉到自己的血液在翻涌，皮肤在夏日的微风中微微刺痛。终于，她感觉到自己还活着。今天会是美好的一天。

二十分钟后，海伦在教师停车场停好车，奇迹般地没有迟到。她试图不去看对面的车子，但没有成功。那辆小小的名爵轿车已经停在那里，凹凸不平的引擎盖在阳光下愉快地闪着光。她感到一股突如其来的热流在身体里流窜，努力压抑住那种感觉。她抓起散落在后座上的书和纸张，向古典文学院走去。只不过是一个家庭主妇傻傻的幻想而已，没什么大不了的。

"最后一天面对那些家伙了，是吧？"查尔兹校长也刚从车里出来，见她经过便叫住了她，"今天中午我们去酒吧庆祝一下，你来吗？"

"好的。"她被打了个措手不及，慌忙同意。去年她就把期末的教师聚餐给忘了。

"好，好，"一头灰发的校长满意地点点头，"看来今年的聚餐出勤率挺高。我还想听听你这学期的课进行得怎么样了呢，学生反馈不错。"

"太棒了！"海伦假装兴奋地叫了一声，"中午见。"

为了避免各种寒暄，她快步走向走廊的尽头，开门走进办公室，随着门在身后被关上，她总算舒了一口气。也好，那就不用去教师餐厅吃午饭了，没有任何可以偶遇他的机会。

光是想想与他再次会面的可能都让她的胃部由于欲望而抽搐。她瞥了一眼门背后小镜子里的自己，一头齐肩长发被风吹得凌乱而卷曲，脸颊也泛起粉色的红晕。她精心打扮，想努力让自己看起来年轻一些，却又小心地避免显得太刻意。她认为自己的穿着恰到好处：长及小腿的亮色印花半裙，合身的白衬衫，棕色宽腰带和皮靴。作为一名三个孩子的母亲来说，她看起来很漂亮，尽管她现在漂不漂亮也无所谓了。她叹了口气，似乎外表确实已经无关紧要了。

海伦走进阶梯教室时，一半的位子还空着，几个从不准时上课的学生已然落座。她走上讲台，整理好文件，最后过了一遍幻灯片。到了上午九点半，她做好了准备，最后几个学生也终于拖拖拉拉地坐到了位子上，海伦把教室的灯光调暗，清了清嗓子，开始讲课。

"在荷马的所有作品中，《伊利亚特》是最受人称道，也最著名的一部。这部悲剧的核心是关于一个女人：特洛伊的海伦。女儿、姐妹、妻子、通奸者、受害者……抑或是罪人？"她暂停了一下，为了创造戏剧效果，"数千年来，她被冠上各种各样的名号。"

她在教室里扫视了一眼，在昏暗的灯光下，一些学生已经开始在笔记本上疯狂记笔记了。她看到一两个学生交叉着双手靠在椅子的后背上，眼睛盯着大屏幕。在教室的右上角，一个学生把头枕在课桌上，正准备开始睡一个小时。她轻点按钮，展示了一些详细描绘海伦的壁画和花瓶的图片，最后暂停在一张幻灯片上，那是十九世纪英国画家伊芙琳·德·摩根的著名画作。

"毋庸置疑的是，她是古代神话中最迷人的女性角色之一。她的美丽让千艘军舰为她而战，甚至早在《伊利亚特》之前，她就已经是一个颇具争议的形象，频频被写入悲剧。"

海伦的余光瞥到阶梯教室的门开了，一个男人逆光的身影出现在门口。他悄悄地坐到了离门口最近的一个空位子上，门被再次关上，教室重新陷入昏暗。这出人意料的闯入只持续了一两秒钟，但海伦仅凭剪影就准确地认出了那位不速之客的身份。

"我们……我们知道……呃，我们都知道，当然了，海伦是一个绝世尤物。"

海伦努力保持镇定，把注意力集中在讲课上。她扭头看向屏幕，硬生生吞下不适感，继续下去，"但我们必须深入文本，才能真正地理解这个人物的精髓，以及她所代表的东西。如果我们去看欧里庇得斯于公元前五世纪所写的戏剧《海伦》，就会发现其中对这个女人截然不同的描写。在开场的画面中，海伦站在……"

她很快就忘记了那位不速之客，全身心沉浸在讲座中。没过多久，海伦发现自己已进展到了提问环节。与往常一样，本科生们总是不愿走到聚光灯下，但今天，奇迹般地，有个学生竟然举了手。海伦惊喜到差点没跪下："好的，珍妮，你有问题要问？"

"嗯，是的，我想问一下，期末论文有没有可能延期？"

海伦的心沉了下去。她原本希望至少是跟讲座内容有一点点关系的问题。"论文需要下学期第一天提交给我。如果你没办法在截止日期前提交，可以单独来找我沟通。其他同学还有问题吗？"就在她快要开口祝大家假期愉快的时候，一个低沉的声音打破了沉默。

"我有问题。"

海伦的心又沉了一下，"呃，好的，这位……"她假装叫不出他的名字。

"格雷，托比亚斯·格雷，驻校艺术家。希望您不介意我今天旁听这场讲座，简直精彩绝伦。"

"谢谢，格雷先生。"海伦十分正式地回答，"您的问题是？"

"您刚刚讲到海伦面临着家族义务与个人欲望之间的冲突，我很感兴趣，"他继续说，"您觉得荷马对她的困境持什么态度？是在警告女性不要去做通奸这种蠢事吗？还是说他想表达的是海伦有权与帕里斯一起私奔去特洛伊，追随她的内心呢？"

海伦深吸了一口气，感觉到学生们的眼睛全都直勾勾地盯着她。"这个，您提到了很好的一点，格雷先生。这个冲突正是我要求学生在论文中探讨的一个主题。"她强迫自己躲开他那热切的目光，眼神在教室里四处扫视，"我认为这不仅仅是一句'对与错'能概括的。海伦的生命中有各种各样的因素，这场悲剧是各种力量共同作用的结果。海伦是一个身处危机中的复杂的女性角色，现在我就不再做更多的解读，非常期待下学期在大家的论文中读到大家对于海伦的困境有更多细致的阐释。"教室里一阵哀号，那些还在听讲的学生意识到自己没有机会一窥海伦的理论了，论文只能靠自己了。"现在，还有什么问题吗？"

没人回答，只有一些窸窸窣窣的翻动纸张的声音，学生们已经开始收拾东西准备下课了。

"那么，好吧，祝大家都有一个愉快的假期，同时期待在明年的'古代世界性与性别'课中看到你们的身影。"

学生们起身拥向门口，教室里瞬间充斥着叽叽喳喳的说话声，大家都为即将到来的自由而兴奋不已。海伦摇了摇头，收拾好自己的东西。她永远都搞不懂这些本科生，当年她念大学的时候大家的反应可要积极得多。

"哇！"托比亚斯跳上台阶向她走来，"讲得棒极了，海伦。"

"哈喽，"她无地自容地发现自己竟脸红起来了，"你来这儿干什么？你今天不应该也在上课吗？"

"我昨天上完了最后一课，今天只是来整理一下办公室，临时决定过来看看古典文学系都在讲些什么。你不介意吧？"

"不会，我只是怕你觉得无聊。"海伦知道她这么说就是在等他夸奖，但她不得不承认，他的肯定对她来说的确很重要。

"讲得好极了，你天生就适合讲台，你知道吗？那些孩子都看呆了。"

"哈哈！我可不这么认为，你没看到金·温斯洛在后排睡得可香了。"

托比亚斯笑着摇摇头："你对自己太苛刻了，据我所知，金能来上课就已经是个奇迹了。"

海伦笑了起来，随后两人陷入了一阵尴尬的沉默。

他清了清嗓子："听着，你愿意跟我一块儿吃午餐吗？放假前开心一下，我请客。"她感觉到他的眼睛正紧紧地盯着自己，于是立刻移开目光，假装去整理讲台上的一沓文件。"再说了，"他继续道，"我又不需要写你的论文，你可以跟我好好讲讲海伦的家庭义务和个人欲望之间的冲突。"

她知道他在跟她调情，已经不是第一次了，但这是他第一次约她出去，她胳膊上的毛发都因为兴奋而直立起来。"我得去参加教师聚餐。"她一边说,一边不自觉把那些文件弄得皱巴巴。

"噢,太可惜了。"托比亚斯失望地说,"我知道一家很棒的小餐馆……看来只好等下次了。"

海伦突然感到一阵巨大的慌乱,"也许我能想办法不去……"她还没有意识到,就已经脱口而出了。

"真的吗?"

"是的,就是学院里的几个老古董,有的是机会聚餐。"

"太棒了,海伦,你确定吗?"

海伦想了一会儿:"我得假装头疼,然后趁他们都走了之后悄悄溜走。不然他们可能会觉得被冒犯,你懂的。"

"有道理。"他冲着她粲然一笑,眼角的褶皱都是那么迷人,她感到自己的身体深处涌出一股热流。

"等他们都走了我再打你电话好吗?到时候一起出发,你觉得怎么样?"

"没问题。你不会后悔的,海伦,这餐馆棒极了,他们有最好吃的蟹肉意面。"

她笑了:"听起来不错。"

从那一刻起,海伦的手表上的指针似乎就开启了慢动作。她试图借由填写表格和整理参考书来让自己忙碌起来,但没有什么能把她的思绪从托比亚斯身上转移开。

那是很久以前的事了——至少三年——她第一次阴错阳差地来到他的画廊避雨。那天她又跟理查大吵了一架,怒气冲冲地夺门而出,一路开到了布里德波特,只想离那房子越远越好。她在街上漫无目的地瞎逛,突然下起了暴雨,不得不找个地方避雨,就这样走进了一个不起眼的画家工作室,除了让自己不被淋湿之外没有任何别的念头。

她进来的时候展厅里空无一人，于是她把滴水的雨伞靠在墙上，兀自欣赏挂在墙上的画作，一下子就入了迷。

那是一些描绘多塞特海岸的深色油画，自然释放在这片土地上的全部力量，都在画布上体现得淋漓尽致，真实而富有冲击力。她在展厅里漫步闲逛，仔细欣赏着每一幅画作，一阵刺激感如潮水般涌来。它们完美地捕捉到了自从搬来海边之后，她内心深处那翻腾不息的风暴。她明白，自己遇到了某种绝妙的东西，或是绝妙的人。

"需要我帮忙吗？"一名年轻男子出现在她身后。他个子很高，肌肉发达，宽宽的肩膀，一头剪得极短的黑发。他的面部线条分明，晒成古铜色，一双明亮的棕色眼睛，迷人的笑纹在嘴角两侧延伸。他穿着简简单单的牛仔裤和被颜料弄脏的浅蓝色衬衫，袖子卷起，露出光滑的肱二头肌和凯尔特风格的文身。"你需要什么帮助吗？"他又问了一声，用一块布擦了擦手。

"只是到处看看，没问题吧？"她回答道。当他靠近的时候，海伦感觉到一丝异样的感觉。胃部莫名其妙地翻腾了几下，她无法直视他的眼睛，只好扭头去看身边的一幅画。

"你喜欢这幅画吗？"

她感觉到他靠得更近了，只好逼自己去看那画布："是的，非常喜欢。"

"自然啊，我们都蒙受她的怜悯，不是吗？"他转过头，对画室窗外的糟糕天气点了点头，"我猜，这就是你来这儿的原因吧？来躲雨？"

海伦感到很尴尬，但他只是对她笑了笑："这没什么，我总是在下雨天接待更多客人，你不用不好意思。你是我今天的第一个客人，所以我很高兴见到你。"

海伦点了点头，露出一个羞涩的微笑，突然对自己邋遢的样子感到无地自容。他说话带点盖尔语口音，或许是爱尔兰语，她不是很确定，她对口音没什么研究。

"这就是我的兴趣所在。"他再次审视起那幅画来，画中描绘的是一艘小小的航船，在庞大的怒海中显得无比渺小。"自然的残酷，"他顿了一下，"多么震撼人心，不是吗？"

她意识到自己还在盯着他看，立刻移开目光去看那幅画，慌忙点了点头。她不确定他到底是在说天气还是在说他的作品，无论如何他都是对的。他靠得更近了些，她感觉周身被一股暖流所包围。

"让我带你参观参观，"他突然笑着提议道，"我叫托比亚斯，托比亚斯·格雷。"

"我叫海伦。"她说道，握住他伸来的手。两人肌肤接触的瞬间，一股电流穿过她的手指，惊得她向后一跳。

他的笑容更明朗了："来吧，楼上还有好多画呢。"

她花了一个小时的时间跟着他在两层楼的工作室里四处转悠，听他解释他的创作技巧和灵感来源，最后惊讶地发现自己站在门口的台阶上，手里拿着一幅用棕色牛皮纸和绳子包好的巨大油画，口袋里还被塞了一张写着他电话号码的小卡片。

"要是这幅画和房间不相称的话，就给我打电话，"他一边说一边带她回到街上，"可以换一幅。你高兴对我来说很重要。"他顿了一下，"其实……没事也可以打我电话。"他眼睛里调皮的神情说明了一切。

她说不出话来，只是羞红了脸，头也不回地转身跑回街上。

海伦又看了看表，还有二十几分钟学院的教员们才会一起出去聚餐。她闭上眼睛，连假装工作都做不到了，索性彻底投降，陷入对托比亚斯的回忆中。

那一天，她回到家拆开包装之后才真正地意识到那幅画有多棒。它美极了，挂在壁炉上方看起来很完美。她光是看着它就觉得浑身充满了力量，那画布还令她想起那双直视着她的深棕色眼睛。她坐在那里，把那张写着他电话号码的卡片在指尖上翻来覆去，告诉自己永远都不可以再见他。

她确实没有再见他。事实上，那种灼热的感觉重新点燃了她的腹腔，驱使着她热情地扑向理查，令她欣喜的是，他也用同样的热情回应她。六个星期之后，她看着验孕棒上那条淡淡的蓝色线条，又是害怕又是惊喜。阿尔菲，她一想到他就不自觉地微笑起来。他是她的最后一个孩子，一件意想不到的礼物。每每想到他那一头乱糟糟的金发，咧嘴傻笑的样子，还有那令人忍俊不禁的笑声，她就感到自己身体里的一小部分融化了。他是那么可爱，所有人都这么说。

当然了，总有那么些时刻，哪个家庭又不是如此呢？阿尔菲会对朵拉的变装游戏感到厌倦，哭闹着不肯睡觉，或者突然使性子。他只要闯进凯西的房间或者乱碰她的东西，就会引起一阵狂风暴雨。更多的时候，阿尔菲不是这儿擦伤了就是那儿碰坏了，好奇心像一个小小的神风导弹似的催促着他去四处探索，可小男孩不都是那样吗？你总不能用棉花把他们包起来吧。

没错，正是阿尔菲让她关于托比亚斯的早期想法变成了遥远却令人快乐的回忆。有时候，她会出神地盯着壁炉上方的画作，想象着可能发生的一切。但那仅仅是一种潜藏在心底的罪恶快感罢了，最多不过就是幻想，无论如何都不可能变为现实的。

直到四年之后，她回到埃克塞特大学开始新学期的讲学，发现当地小有名气的画家托比亚斯·格雷居然正式成了驻校艺术家。那时候，她终于明白这或许就是命运的安排，她的人生即将变得复杂起来。

她无数次地点击电子邮箱的刷新键，呆呆地望着窗外的学生走向学院食堂，就这样又过了好几分钟，突然传来一记敲门声。

"进来！"海伦松了一口气。

"我来看看你好些没有。"是乔安·怀特，为人亲切的学院秘书，正探头探脑地在门口张望。

海伦揉了揉太阳穴："对不起，乔安，我的头还是很疼，可能得回家休息了。"

"噢，真可怜，你看起来脸有点红。"这女人同情地说，"真不巧啊，学校刚要放假了。"

"是啊，真是太不巧了。"海伦说着，努力装出一副遗憾的样子，"我很抱歉去不了聚餐了，你们玩得开心点哦，假期快乐……"

"好的，谢谢你，海伦，你也是。"乔安轻轻地关上门。过了一会儿，海伦听到其他教员都离开了学院。她等到外面完全安静下来才拿起电话机，他几乎瞬间就接了起来。

"他们都走了，我又是个自由的女人了。"

托比亚斯低声一笑："你知道吗，海伦，我多么希望你是一个自由的女人。"

这是他第一次说出自己的欲望，海伦感到自己的呼吸都要停止了。她到底在干什么？她疯了吗？她可是个有夫之妇，家里还有三个可爱的孩子。她真打算赌上这一切，就为了跟一个连熟悉都算不上的男人调情？再说了，她听学校的小道消息说托比亚斯也结婚了，他的妻子又该怎么办呢？也许是她会错意了，他可能只是想跟她做朋友而已。上帝啊，她怎么像个初中生一样？真是荒唐。

她闭上眼睛，现在还不晚，趁还没有人受伤，她还可以停止这一切。她可以跳上车，不到一个小时就可以回到克里夫托伯。回到那干巴巴的老房子里,盯着那一堵堵令人窒息的高墙,面对一堆堆还没有洗的脏衣服,思考给阿尔菲做些什么当下午茶,面无表情地躺在她打呼噜的丈夫身边,眼睁睁地看着自己的人生缓慢逝去。

"两分钟后停车场见。"她说着,挂了电话,趁自己还没改变主意。

他们沿着 A30 高速出城,海伦开着自己的车跟在托比亚斯的后面,小心地尾随着那辆饱经风霜的名爵轿车。她打开收音机,试图不去思考自己疯狂的行为。每到一个路口,她都希望自己能掉头,回家,停止这一切,可她就是做不到。她全身都因期待而兴奋不已。

又开了几英里之后,他们驶下高速,穿过一片漂亮的田野,路过几间油画般的小房子和一台古老的苹果榨汁器,来到了"国王之手"酒吧门前的石子路。两人并排停好车,下车步入阳光里,托比亚斯一脸坏笑地看着她:"我真高兴你来了,总觉得你会改变主意,所以一路上一直从后视镜里看你是不是掉头走了。"

"我是有过这念头。"她承认。

"好吧,我很高兴你没走。你随时都可以逃跑,可我们都走到这一步了,至少进去喝一杯再跑吧。"

海伦点点头,两人踩在嘎吱作响的石子路上,托比亚斯温暖而坚定的手护着她的后背,一同走进那个烟熏雾缭的酒吧。

他们在角落里找了一个安静的卡座,托比亚斯去点单。海伦在天鹅绒的沙发上落座,紧张地环顾四周。他们离家好几英里远,可她还是忍不住觉得会被人认出来。吧台那边的一个男人似乎一直在盯着她看,有那么一会儿,她差点以为他认识她或者理查。

"你看起来真可爱,我喜欢你现在的发型。"托比亚斯拿着两杯酒回来,把酒杯放在两人面前的桌子上。他棕色的眼眸里跳跃着戏谑的神情："你怎么脸红了？"

"我没有。这里有点热，仅此而已。"

托比亚斯笑了。两人都很清楚这不过是个谎言。

她抓起她的红酒杯："干杯。"

"干杯。"他缓慢地啜饮一口，视线从未离开她的眼睛。

"你饿吗？"他一边问，一边把他的玻璃品脱杯放回到杯垫上。

她耸了耸肩。"还好。"胃部因极端的兴奋而翻腾个不停，她知道自己一口都吃不下。

"我也不饿。"他附和道。

他们坐在那里看着对方，突然同时紧张得笑了出来。

"有点奇怪，是不是？"

"是啊。"

"你知道吗，我一直在想你……自从你闯进我画室的那天起。在学校看到你的时候我简直不敢相信。那一定是个预兆。"

"你还记得我？"海伦又惊又喜。

托比亚斯点点头，有些害羞地扭了下头："现在我们坐在这儿，我却不知道该说些什么，是不是糟透了？"

海伦十分吃惊，托比亚斯竟然也会紧张。"我也是。"她坦承。

"说话不是我的强项，我擅长用画笔来表达。"他停了一下，"你知道吗，我很想把你画下来。你的骨架非常完美，你的皮肤……白得发光。"

海伦低头看着自己的红酒杯。

"对不起。"

"没关系。"

"我不想吓到你。"

"我知道。"

慢慢地，他们适应了这个环境，开始喝第二轮。两个人都开始放松下来，话也多了起来。托比亚斯很好相处，他用学生和画廊里刁钻顾客的故事逗她笑，很快两个人就开始谈笑自如了。

"告诉我，"他突然问道，"像你这样的女人为什么要躲在这个令人昏昏欲睡的海边小镇？"

"你这话是什么意思？"海伦一边问，一边盯着他遍布文身的肱二头肌看，努力控制自己不伸手去抚摩它。

"你就是跟这里的女人不一样。"

海伦受宠若惊："不一样？我不这么觉得。我过去也以为自己与众不同，梦想着干出一番事业，你懂的，活出点样子来。但现在已经过了十七年，我好像终于梦醒了，发现自己只不过是个人到中年的家庭主妇，做着英国中产阶级的美梦罢了。可真够丧气的！"

"在我眼中你才不是这个样子，海伦。"

"我原来从没想过会搬来多赛特，"她承认，"十分肯定自己要是被困在这种地方一定会疯掉的。"

"那你为什么会来这儿呢？"

"因为这对我的家人来说很重要。"

"你把家人放在第一位。"

海伦点点头。

"家庭责任战胜个人欲望，"他笑了一下，瞬间又严肃起来，"你是个好女人。"

海伦耸耸肩。那个瞬间，坐在托比亚斯面前，让她感觉自己是一个十足的坏女人。她瞥了一眼他的手表，现在是下午三点半。怎么会发生这种事情？

"你要走了吗？"他问。

"不，我喝太多了，哪儿也去不了，至少现在不行。"海伦确实醉了，酒精和欲望让她头晕目眩。

托比亚斯点点头："我也是。"

"那我们现在干什么呢？"

他看了她一会儿，缓缓地从口袋里掏出一个大大的黄铜钥匙串，上面只挂着一个钥匙，视线从未离开她的眼睛。"这是楼上一个房间的钥匙。你现在还可以离开，我绝不会看低你的，海伦。我没有在给你压力。"

她什么也没有说。

"可是，"他继续说，"如果你愿意……如果你能感受到我现在的感觉……"他伸出一只手，轻柔地抚摸她的脸颊，而她也顺从地把脸贴近他掌心的弧度，仿佛那是世界上最自然不过的事情。他伸出大拇指拂过她的双唇，那奇妙而充满情欲的动作让她觉得天旋地转。

"我比你老。"

"那又怎么样？"

"我结婚了。"

"我也一样。"

"我有三个孩子。"

"我知道。"

"你还是想要我？"她问。

他点点头："自从那个疯狂的雨天，你走进我工作室的那一刻起，我就想要你了。"

海伦说不出话来，只好闭上双眼。就是现在，她应该走出去开车回家，再也不要见这个男人一面。就是现在，她应该站起来，感谢他的酒，离开这个酒吧，离他越远越好。

她睁开眼睛，钥匙串在桌上向他们眨眼。她伸出一只手，把它放在自己的掌心，小心地掂了掂它的重量。"没有人可以知道这件事。"

托比亚斯笑了。

"我是说真的。"

他点点头："没有人会知道的，这是我们的秘密，海伦，我保证。"

她满意地点了点头，大口吞下杯里剩下的酒，然后面对着他。

"那么，你来吗？"她问。

他们沿着狭窄的楼梯上楼，轻笑着搂抱在一起穿过走廊进入了他们的房间。托比亚斯关上门靠了上去，气氛突然凝重起来，他看着她的眼睛。"你还好吗？"

海伦点了点头："你呢？"

托比亚斯点点头："你确定吗？"

海伦再次点头。

他向她走去，将她拉进自己的怀抱，深深地吻下去，直到她主动贴紧他的身体，被欲望冲击得头晕目眩。他将她推开一臂的距离，凝视着她说："天哪，你真美，脱下你的衬衫，让我看看你。"

"我……呃……"她意乱情迷。

"嘘。"他伸出一根手指放在她的唇上，"不要说话。"

海伦慢慢地脱下了上衣，吸引着托比亚斯的目光，努力克制用双手挡住胸部的冲动。很长一段时间以来，她都没有在理查以外的男人面前赤身裸体了，她知道自己的身体已经不再是年轻时的样子。这是生育与时间的流逝带来的结果。托比亚斯似乎感觉到了她的不安，他微笑着再次将她拉进自己的怀抱，热切地亲吻她的双唇。她逐渐忘记了紧张，投入地享受这种融化于体内的丝绒般的温暖。

"你真可爱。"他低声耳语，"我要把你画下来，你站在那束阳光下，双眼紧闭的样子。"

他伸出手，用指尖追随着她锁骨的轮廓，缓缓地向下移动到腰部。有那么一会儿，他们双手紧握，凝视着彼此的眼睛。接着，他伸手解开她腰间的皮带。当他将她的裙子褪下，跪下来亲吻她的时候，海伦感到自己在微微颤抖。他的嘴唇触碰到她肌肤的那一刻，她忍不住轻叹一声，闭上了双眼。

当她再次醒来时，心里满是愧疚，托比亚斯依然躺在身边，赤身裸体地在那丑陋的印花被单上伸展着四肢，都没来得及遮一遮。她凝视着他宽阔的肩膀，浓密的毛发从胸口一直延伸到小腹，覆盖住他肌肉颀长的双腿，他沉睡的脸庞泛起红晕，长长的睫毛轻轻颤动。他充满男子气概，睡着的时候却又出奇地脆弱，几乎像个小男孩一样。她感到又一阵欲望席卷全身。太阳在空中低垂，整个房间沐浴在琥珀色的暖光里。她探身过去抬起托比亚斯的手腕，看他手表上的时间。

"糟糕，糟糕，糟糕。"她从床上跳了下来。托比亚斯慵懒地睁开一只眼睛："怎么啦？"

"我迟到了。"她在房间里跑来跑去，捡起散落一地的衣物，一边穿上衣，一边套裙子，差点摔倒在地。她的双腿之间黏糊糊的，但她没空理会，没时间洗澡了。

"你该不是要走吧，这么快？"托比亚斯在床上呻吟。

"我必须得走了，阿尔菲还在托儿所等我呢。肯德尔太太这星期已经为这事儿说过我两次了。"

"要是我没说错的话，"托比亚斯打了个哈欠，"难道不是你付钱让她们照顾你儿子吗？"

"是啊，"海伦恼火地叫道，狂乱地搜寻内衣，"但是她们下午五点半就关门了，照这个样子我恐怕下午六点多才能到。"

"告诉她们堵车就好了。"

海伦在房间另一边的古董写字台下找到了内裤，把它随手塞进包里。"你不懂，不光是她们，还有可怜的阿尔菲，他在等我呢。"一阵内疚感扑面而来。她想象着他一个人待在托儿所，肯德尔太太不耐烦地在他身边走来走去。她到底是在干什么？竟然在这样一个房间里，和这个男人一起？她有家庭，有丈夫，还有需要她的孩子们，老天啊！

托比亚斯读懂了她脸上的表情，从床上跳了起来。"不，不，不，不要这样，海伦。"他双手抓住她的肩膀，强迫她与自己对视，"不要为我们刚才所做的一切感到愧疚，我们不是坏人，我们没有伤害任何人。只是两个成年人在一起找点乐子而已。"

"但我们都各自结婚了，托比亚斯。"

"没错，我们是各自结婚了，但我们不属于他们，不是吗？你不是理查的一件物品，他不能把你锁起来……"

海伦想要开口反驳，公平地讲，理查从来没有让她产生过那种感觉。但托比亚斯把手指放在她的唇上，不让她说话。她闻到他身上自己的味道，用力咽了口气，沉浸在令人头晕目眩的愧疚与情欲当中。

"海伦，你值得拥有一点点幸福。相信我，我们没有做错事，好吗？"

海伦不再说话，她不觉得自己没做错事。

"好吗？"托比亚斯又问了一遍。

"好的。"海伦叹了口气。

"那么，下一次我要什么时候才能再见到你呢？别告诉我要等到秋季开学的时候，我可等不了那么久。"

"我不知道……暑假要到了……孩子们……"海伦紧张地含糊其词起来。

"我会给你打电话的。"海伦正要开口反对，他举起了一只手，"没关系，如果你不能说话，就说打错了，我就会挂断。"

海伦点点头。她抓起手提包，穿上鞋子："对不起，我真的得走了。"

"我理解。"他用力地在她唇上吻了一下，仿佛要最后占有她一次。"不后悔？"

她微笑着看着他，与他棕色的眼眸四目相对，他的身体紧贴着她。她能感觉到他又坚硬起来了，一不小心呻吟出声。他得意地对她微笑。

"不，"终于，她说道，"不后悔。"

那是一个闷热的夏天，充满欲望与危险的刺激。有好几次，她羞愧不已，试图终止这段感情。但最后总是无法放弃托比亚斯。每一次当她燃烧着情欲和愧疚离开托比亚斯，她都会告诉自己，这是最后一次。但他就像毒药，她怎样都离不开。他和理查完全是两种人。他是那么年轻，那么深情，那么懂甜言蜜语。他让她感到自己很美，感到被珍视。她企图说服自己，他是她唯一一个罪恶的快乐，唯一的一场探险。不与他在一起时，她时刻把别人放在第一位——理查、孩子们，她只不过想要找点乐子而已。她没有伤害任何人。只是两个情投意合的成年人之间的一点点无害的私情罢了。没有人会知道的。为了弥补内心的愧疚，他们越来越谨慎地选择偷情的时间和地点。他从未去过她家。而她则会去他的工作室，或者去一些没人知道的乡间小酒吧，甚至经常像少男少女一样把车停在路边，躺在金灿灿的麦田里。这一切都充满了魔力。夏天终于到来，它漫步在乡间，四处播撒温暖与美丽。在鸟儿啁啾、树木投下斑驳树影的日子里，躺在托比亚斯的臂弯，看着树缝里的蓝天，仿佛是世界上最自然不过的事情。在这里，她任由真实的生活逐渐远去，就像高高的天空中蕾丝般飘荡的云朵。

即便是到了假期的最后一周，明知很快就要开学了，她还是无法抗拒他。

"我知道，很快就要回学校了，但我现在必须见你。"他在电话那端喃喃地说，"我想念你的身体，想念你的肌肤，想念你的味道。"

海伦咽了咽口水。朵拉还在厨房，正朝嘴里倒麦片，一脸做梦不醒的表情。阿尔菲在厨房地板上玩用火柴盒做的小车子，不停地上演各种尖叫和碰撞的戏码。凯西在楼上，还没起床，享受着这个暑假最后一次赖床。这一天她应该和孩子们在一起。姐妹俩下周就要开学了，旋转木马般的现实生活即将开始。

"我保证，你来的话，我会从你脖子后面可爱的发际线一直吻到你的脚尖。"

海伦不由自主地叹了一声："我会去的。"

"真的？"

"是的，给我一个小时。"

"太好了。老地方见。"

"好的。"海伦放下电话，转头对朵拉微笑，"工作的事儿，对不起，亲爱的。"

朵拉抬头看看她，什么也没说，继续往嘴里塞麦片。

"我得去学校一趟，突然有事。你和凯西今天好好照顾弟弟好吗？"

朵拉停了下来，勺子停在碗和嘴巴之间，一动不动地看着妈妈。"今天？"

"是的，"海伦不耐烦地说，"就几个小时。"

朵拉叹了口气："我们必须得照顾弟弟吗？"

海伦感到气血上涌："是的，必须。"

朵拉顿了一下："这不公平。"她带着哭腔嚷道，"为什么是今天啊？"

"因为我有重要的事情要去做。"海伦叹了口气，"我得收拾办公室，整理文件，和院长沟通时间表。"谎言轻易地从她嘴里泄出。

"阿尔菲不能和你一块儿去吗？"朵拉问道。

"不行。"

朵拉站起来，把麦片碗扔进洗碗池，生气地踹了一脚冰箱。

"朵拉！"海伦尖叫起来，"够了！这一整个暑假我都没要求过你们什么。你们姐妹俩这几周过得舒舒服服，我连房间都没让你们收拾！现在就只想让你和凯西照顾阿尔菲几个小时而已。"她料想到凯西会发脾气，但朵拉通常都是听话的那个。海伦希望她可别进入叛逆期，有一个就够她受的了。

朵拉皱着眉头问道："那我们带他去海边总可以吧？"

原来这就是朵拉不高兴的原因——她想去海边。她们都很清楚家里的规矩：阿尔菲不可以去海边，除非有家长的陪伴。海伦看了看手表，又看了看朵拉，气不打一处来。她觉得姐妹俩已经差不多可以算是大人了。"你们可以带他去，但不可以分散，必须有人一直盯着他，而且不准下海游泳，明白了吗？"

"带上游泳圈也不行吗？"

"别得寸进尺，朵拉。"

"去海边！"阿尔菲在厨房地板上兴奋地尖叫起来，"可以吃冰淇淋吗？"他充满期待地问道。

"可以，亲爱的，你可以吃冰淇淋。"海伦从包里掏出一张十英镑的钞票，"这是给你们的。我相信你能照顾好弟弟，朵拉，别让我失望。"朵拉伸手接下那张钞票。"好吧。"

海伦舒了口气，现在走还来得及。

她花了十分钟的时间来准备。她脱掉牛仔裤，换上那件点缀着小雏菊的浅蓝色衬衣，托比亚斯会喜欢的。接着她抓过一把梳子梳顺了头发，在脖子和手腕上喷了点香水，往脸蛋上拍了些腮红。她照了照镜子。还不错，也没时间打扮了。她抓起手提包，冲下楼梯，在楼下对朵拉喊道。

"再见，亲爱的，一会儿就回来。"

"再见，妈。"厨房里传来朵拉的声音。

"要乖哦。"她又加了一句。大门在她身后关上，她感觉自己是个彻彻底底的伪君子。她跳下台阶，坐进车里，倒回车道的时候，看见朵拉和阿尔菲一起站在厨房的窗边。姐弟俩笑着冲她挥手，阿尔菲玉米色的头发戳到了朵拉的脸，逗得她咯咯直笑。海伦也笑着挥了挥手，接着冲出车道，扬起一片飞尘。只要她把油门踩到底，就可以准时到达，当然，前提是没有那该死的拖拉机挡道。

海伦很幸运。

她以最快的速度驶入了双向车道。当她开到一条小路，把右脚放松下来的时候，她才意识到，为了与托比亚斯幽会，她忘了和自己的孩子们吻别。

朵拉

◎ 十一年前 ◎

朵拉跺着脚走在沙滩上，空气像蜂蜜般浓稠。她一只手拎着阿尔菲的背包，另一只手攥着弟弟热乎乎的小拳头。凯西在前面和萨姆嬉笑打闹。她们低着头沿着海岸线向前走，一个金发，一个黑发。她气愤地瞪着她们，努力集中注意力走过那高低不平的石子路，心里第一百次埋怨妈妈。朵拉早就计划了一千种方式来度过这自由的最后一天，没有一种是像现在这样。

"快点，好吗？"她催促阿尔菲，"你要是不快点的话，我们就会跟不上她们。"

"太快了。"阿尔菲喘着粗气，在石子路上跌跌撞撞地走。

"要不是你非要穿那双雨鞋和那件傻兮兮的斗篷，也不至于这么慢。"朵拉气不打一处来。

阿尔菲坚持要穿超人制服去海边，无论她们怎么哄啊、劝啊都不听。

"你会很热的。"凯西试着劝他。

"你会被人当成傻子。"朵拉补充道。

阿尔菲十分坚决："我就要穿。"

"你为什么不扮成克拉克•肯特呢，在他变身为超人之前的样子？你可以穿平时穿的衣服，没有人能认出你来，就好像便衣行动！"朵拉继续劝他。

"干脆扮成隐形人好了。"凯西干巴巴地说。

"不，我就要当超人。超人是所有超级英雄里面最最厉害的。"

姐妹俩互相翻了个白眼。阿尔菲最近沉迷于卡通人物，她们已经听够了他的"最最厉害的超级英雄"了。她们不再管他的着装，决定把注意力转移到更令人恼怒的玩具上。

"你不能带乐高去海滩。"凯西一边说，一边扫视着阿尔菲放在门口的一堆东西。"会丢掉的。你看，"她说着，用脚踢了踢一个颜色明亮的塑料玩具，"你为什么还要带这辆车呀？电池都用光了！"

"那不是车，"他回答道，"是挖掘机。"阿尔菲抓住玩具在地上滑动起来，用十分专业的样子上下摆动铲斗，嘴里发出挖掘机的声音。

凯西叹了口气，姐妹俩都很清楚，跟他讲道理是不可能的，但朵拉还是耐着性子又尝试了一次："要不我们带个背包去吧？你来背，把它当作一个特制的火箭背包。"

"超人没有火箭背包。"阿尔菲纠正她。

"好吧，"朵拉继续说，"那如果超人要去海边，又想要带着他的那些特制工具，会把它们放在哪里呢？"

"裤裆里？"凯西说道。阿尔菲咯咯地笑了。

"谢谢你，凯西，真是帮上大忙了。不对，"她扭过头对阿尔菲说道，"他一定会把工具放在酷炫的火箭背包里的，是不是？"

阿尔菲不太确定地看着她。

"是吧，凯西？"朵拉急着说，向姐姐寻求帮助。

"当然。"凯西又懒洋洋地叹了口气，"听着，我一点都不在乎你们这些小孩子要带些什么玩具，但你们要是不赶快的话，我就自己去海边了，就这样。"

朵拉被这话戳痛了，不仅仅是因为自己被无理地分配到了"小孩子"这一组，更是因为这实在是太不公平了。"你不能这样，妈妈说我们俩今天必须一起照顾阿尔菲。"她争辩道。

"那你还不快点，不然我就走了，你一个人照顾阿尔菲吧。"

朵拉火冒三丈。该死的凯西，还有她的新朋友和她那居高临下的态度。妈妈也没好到哪里去，不是关着门打她的私密电话，就是冲去学校开什么重要的会。大家不都应该在放暑假吗？她可不想把这一天浪费在凯西和阿尔菲身上。今天天气酷热，她原本计划坐在沙滩上，双脚浸在海水里，从玻璃瓶里喝冰可乐，看那些晒得红红的露营者吵嘴、收拾东西开车回家。这本该是多么完美的一天啊。下周一，她一觉醒来就得把脚塞进鞋袜，拎起书包，开始爸妈一直说个不停的人生中最重要的一年，中考年。那些学科就像诅咒一般悬在她的头顶，还有萨姆·斯金纳。

凯西是在一个星期之前认识萨姆的。她和父母一起开着那辆浮夸的新房车来到露营地。她的穿着和其他少男少女没什么两样：破洞牛仔裤，脏兮兮的运动鞋，印着某个乐队照片的T恤衫，再罩上一件宽大的男士衬衫，她那一头黑色的长发像窗帘一般顺着苍白的脸颊垂下朵拉不清楚她们俩到底是怎么认识的，但她看见她们鬼鬼祟祟地出没在海滩上，在房车公园的污水桶后面抽烟，肩并肩坐在防波堤上，分享薯片，和男孩子们交谈。谁都能看得出来，朵拉变成了多余的，被萨姆——一个全新的高级版的姐妹——所取代了。

"我好渴，"阿尔菲在朵拉身边大声说，"能停一下吗？"他的两条小腿快速地移动，对他来说，要在这高低不平的石子路上跟上凯西和萨姆的大步子并不是一件容易的事。脚下的石子像滚烫的烤栗子般冒着热气。

"快了。"朵拉回答道，低声咒骂着姐姐和那个讨厌的女孩。

"嘿！"她朝她们喊道，"慢一点，你们俩！我们跟不上了。"

凯西的笑声从风中传来："就跟你说别带那些玩具，朵拉。"

她真恨不得杀了她。

尽管凯西连说都懒得说，朵拉还是很清楚她们正在往哪里走。前几天她看见凯西和萨姆悄悄地跟几个男孩子一起去了"岩洞"。她倒不是在监视她们，只是碰巧看到。人人都知道这些青春期的孩子去"岩洞"只有两件事：派对和亲热。"岩洞"是进行这两件事的绝佳场所。朵拉去过一次，不过是一群小女孩傻里傻气的探险，这时要再去一次的想法并不让她感到开心。但她没有别的选择，妈妈嘱咐他们不能分开。

还没到正午，日光已经直射下来，周身的空气涌起层层热浪，形成一片做梦般不真实的迷雾。沙滩闪闪发光，她似乎是透过游乐场的镜子在看它。朵拉擦掉眉毛上的一串汗珠，抬头去看姐姐。凯西和萨姆终于停了下来。她们站在那里，海滩最西边的角落，陡峭的岩壁在地平线与海岸的交界处劈出一个直角，两人暗淡的剪影紧贴着天际，她们聚精会神地望着大海。朵拉眯起眼睛，顺着她们的视线看去，只见沙滩那边出现了一个像血滴一般的小点。潮水退去了，时机把握得正好。

萨姆探出身去，在崖底一块凸起的石头上找到了落脚点。她一把将自己撑了上去，长头发在风中飘荡，接着伸手去拉凯西。凯西也爬了上去，侧着身子看向朵拉和阿尔菲。

"你们到底来不来？"她喊道。

朵拉叹了口气："来吧，阿尔菲，探险的时候到了。"

弟弟紧紧地攥住她的手，"别担心，"他说，抬头用那双圆圆的大眼睛看着她，"我有超人斗篷，我能保护你。"

他郑重其事地甩了甩斗篷，看起来那么可爱又严肃。朵拉低下头对他笑，接着转脸面对着悬崖。要是海伦知道她们在干什么的话，一定会杀了她们的。

"岩洞"是萨默顿的一个神圣地标，除了本地的少男少女之外，只有极少数年轻的外来度假者知道它的存在。在海滩的边缘，莱姆湾的悬崖峭壁向下倾斜，参差不齐的岩池与大石块中间，隐藏着一个神秘的洞窟，在石头的沟壑中极难被发现。"岩洞"的神秘之处在于，只有在退潮的时候才能进入其中，想要发现它的存在，也需要一定的果决与鲁莽。一旦发现，进入其中的困难又为它增添了几分危险与刺激。只要进入"岩洞"深处，就可以安全地远离潮水和人们的视线了，但要是错过了退潮的时刻，你就会被困在里面好几个小时，不得不等待大海的脾气过去才行。当地某个高中的传说是某人的哥哥在海边探险时无意中闯入了"岩洞"。这个人告诉了几个朋友，朋友们又告诉了几个朋友，消息就这样传开了。没过多久，那地方就成了少男少女们举行非法派对和秘密集会的场所了。随着名气越来越大，故事也越传越神。一开始，有人说那是走私犯的老巢，后来又成了一个疯疯癫癫的隐士的住所。最近，关于"岩洞"的传说变成了一个连环杀手埋葬受害者的坟墓。朵拉心里明白这些故事都是编造的，但依然十分不愿去那里。

就在朵拉和阿尔菲快要走到凯西与萨姆最后一次露面的岩石边时，萨姆突然从另一边蹿了出来。

"你得先把阿尔菲弄过去，"她提议道，"我从上面拉他一把。他那两条小腿可爬不上去。"

"这真是太疯狂了。"朵拉说，"我们为什么不去海滩上待着呢？那可容易多了。"她把目光从悬崖上的"注意落石"警告标识移开，无助地望向远处的停车场。它已经成了地平线上小小的一个点。

萨姆没有理会朵拉的恳求，扭头对阿尔菲说："你一定想去看看蝙蝠洞吧，是不是，阿尔菲？"

"耶！"阿尔菲嚷嚷起来，"蝙蝠！"

好极了，朵拉想，这下没有回头路了。她拦腰抱起弟弟，把他举过那块岩石，他的红斗篷在她脸上噼啪作响。

"伸出手来，"萨姆催促道，"好孩子，我抓到你了。"

突然，阿尔菲的重量消失了，她放开手，萨姆把他拉了上去。她只看见两只红雨靴在不停地踢蹬，很快从视线中消失了。

"我飞起来啦！"她听见阿尔菲的欢呼声从石头那边传来。他的声音带来了巨大的回声，洞穴中仿佛突然出现了一百个阿尔菲。她抬头望了望那令人眩晕的洞顶，忍不住打了个寒战，尽管天气那么炎热。

"你上来吗？"萨姆问道。

轮到她了。朵拉攀上石壁的边缘，在粗糙的岩石上寻找天然的落脚点。萨姆从上面伸出一只手，想去拉她，但她假装没有看见，她太骄傲也太烦萨姆了，一点都不想接受萨姆的帮助。就在她快要爬到顶端的时候，脚下突然一个打滑——踩到一个松动的石块。朵拉挣扎着稳住自己，整个人趴在岩壁上，惊慌失措地伸手乱抓，没想到手掌被尖锐的石头划破了，疼得她龇牙咧嘴。

"你还好吗？"

朵拉点点头，努力忍住眼泪。只是滑了一下而已，没什么大不了的。她看了看自己的双手，鲜血从满手的沙子中间涌出，小小的碎石已经嵌入了她的手掌。

"这看起来糟透了。"

"没什么，只是擦伤而已。"她不想承认这很疼，只是站在那儿看着手掌的伤口流出猩红色的液体。鲜血很快汇聚成一小摊，顺着手腕一滴一滴地落在岩灰色的石头上，在那温暖的石面留下一块宝石般的印记。

"你确定没事吗？"萨姆又问了一遍。

朵拉点点头。她抬起头来，只见悬崖在头顶俯视着她，阴森而冷峻。她把手掌抵到嘴唇上开始吮吸伤口，血液尝起来有金属的味道，那扑通直跳的疼痛终于减弱了一些。接着，她长出一口气，用力一撑把自己推上了岩顶，翻身跳进下方的黑暗里。

阴森森的石墙在石地上拔地而起，向内倾斜，在他们头顶上二十多米的高度会合。大约一指宽的阳光从石头穹顶上小小的缝隙中射入这洞窟。朵拉抬起头，刚看见一小片蓝色的天空就不得不低下头，她还没从洞外的热浪所导致的眩晕中缓过来。周围的石墙在不停地往下滴水，令人起鸡皮疙瘩的绿色青苔黏糊糊地泛着光。岩壁上画满了各式各样的涂鸦，名字和日期到处都是，有的是用石头划的，有的是画上去的，还有用刀刻上去的，大概是那些海誓山盟的小情侣的杰作。砂石地面上丢弃着过往的派对留下的垃圾：易拉罐、酒瓶、香烟蒂，还有一些更糟糕的东西，遍地都是。洞穴的角落里有一张废弃的渔网、一个腐烂的木托盘、一个被人遗忘的油桶，还有一些不合时宜的派对装饰品。

在洞穴后部中间的位置，地面徒生出一个低矮的石台，边上有一圈灰烬，显然曾有人在这里点燃篝火。那灰烬在黑暗的洞穴内泛出白光，仿佛被啃食干净的白骨。朵拉不禁打了个冷战。她想不通为什么会有人想来这里玩。没错，这洞穴非常私密，不会被人看见，但它同时散发着恶臭。这里的空气冰冷而凝滞，弥漫着一股腐烂植物和咸湿海藻的气味。这一切都令人毛骨悚然。

然而，阿尔菲似乎不这么想。他在洞穴里跑来跑去，大喊大叫，欢快的叫声在石壁上引起响亮的回声。一只海鸥不知从什么地方尖声呼啸着冲出来，猛扇翅膀，把朵拉吓了一跳。

"蝙蝠！"阿尔菲兴奋地喊道。她不忍心纠正他。

萨姆和凯西在洞穴的尽头。朵拉看见萨姆用脚趾踢了踢油桶，然后脱掉褪色的军绿色衬衫。她把油桶平放在地上，凯西坐了下来。萨姆用衬衫的下摆擦了擦两人面前的石台。它那样子十分奇怪，像极了她看过的一部印第安纳琼斯电影里的祭台——那电影把她吓得不轻。萨姆一边擦石台，一边吹出一声低沉而悠长的口哨，"看哪，凯西，"她喃喃地说，"一台完美的剥皮桌，棒极了。"

朵拉不知道是否该加入她们。她有点难为情，又有点不自在。来这里并不是她的主意，她以为大家会一起去海滩上玩。哎，算了，她一边想，一边气呼呼地挪到姐姐旁边，坐在油桶的另一端。"哈，真不错。"她挖苦地说。

凯西耸了耸肩："我们可没有逼你来，朵拉。"

"我也没别的选择呀，不是吗？妈妈说我们必须待在一起。"

"谁说我们必须随时都得听妈妈的话？你已经这么大了，朵拉，"凯西不屑地说，"你就不能自己做主吗？"

"可阿尔菲……这不公平……"她看见凯西对萨姆翻了个白眼。"哎，算了。"她不想再说了。

萨姆从上衣口袋里掏出一包万宝路淡味香烟，取出一支粗到变形的烟，用一个亮闪闪的打火机点着了它。她快速吸了几口，就把它递给了凯西。朵拉看着自己的姐姐长长地吸了一口，沉着而缓慢地吐出一串烟雾，似乎已经这样做过几百万次了。烟雾悬停在湿重的空气中，仿佛在她们之间织起了一张精细的蛛网。

"别这么吃惊，朵拉。"凯西说。

"我没有。"她在说谎。

"你有，你的眉毛出卖了你。"

"可是……要是阿尔菲说出去怎么办？"她回头去看弟弟，他正在沙地上开心地蹦来跳去。他找到了一根长长的棍子，正精力充沛地拿它抽打石壁，发出重重的钝响。

"吃我一棍，再来！"他对想象中的敌人大喊。

凯西耸耸肩。"那又怎么样，他们能拿我怎样？"

朵拉知道爸妈有很多惩罚凯西的办法，但她懒得说了，显然姐姐一点都不在乎。

"来一口吗？"萨姆问道，把烟递给她。

"不用了！"朵拉说，似乎太急了一点，"呃，不了，谢谢你。"她重复道，"我不抽烟。"这话听起来一本正经，朵拉忍不住脸红了。

萨姆漫不经心地耸了耸肩，把打火机放回口袋。她在洞穴的沙地上躺下，凯西也一样，用双手枕着后脑勺，闭上了眼睛。既然大家都已经进入了"岩洞"，朵拉不知道自己该干些什么了。她回头看了看阿尔菲，他正站在一块大石头上，面对着浅浅的岩池，拿根棍子在戳一样什么东西。

"小心点，阿尔菲！石头很滑。"他没理她。

很好，凯西和阿尔菲都不需要她。

她看看姐姐，凯西正在萨姆的耳边低声说话，引得她发出低沉而沙哑的大笑。她又看看阿尔菲，两个坏蛋里的小坏蛋，"你找到了什么呀，阿尔菲？"她喊道。

"一只螃蟹。"

"让我看看。"她慢悠悠地走过去，很高兴能转移一下注意力。她蹲下来，探出头去想看得清楚一些。那是一个灰色的小东西，身体几乎是透明的，小得令人失望。阿尔菲正在折磨它，用两只手握住他的棍子挥舞起来。

"冲啊，冲啊，冲啊，冲啊，冲啊，"他一遍又一遍地喊着，"冲啊，冲啊，冲啊。"

"你的斗篷浸在水里了，阿尔菲。"她提醒道。斗篷下摆有一片暗红色的水渍在不断向上蔓延，把它弄得又湿又脏，沾满了沙子。但阿尔菲似乎毫不在意，他瞧了瞧弄脏的斗篷，满不在乎地耸了耸肩，又转身面对着水塘。"冲啊，冲啊，冲啊。"

他们就这样待了一会儿，阿尔菲用棍子在岩池里戳来戳去，朵拉在一边看着，时不时地摸一摸海螺、长春花，还有一团像水泥般黏在岩石上的海葵。终于，阿尔菲厌倦了岩池，他们开始在石墙内部的凹洞里找乐子。两人默契地四处收集乱七八糟的漂流木，把它们拖回洞穴尽头，很快就堆起一大摞。他们谁也没问为什么要这样做，只是默不作声地埋头苦干，勤勤恳恳地堆呀堆，直到那些烂木头堆到快一米高。似乎只要一离开海滩，来到这个清凉安静的"岩洞"，就能将百米开外的海滩瞬间抛在脑后。阳光下汗流浃背的游客，三十摄氏度高温炙烤下的鹅卵石，近在眼前的新学期，这隐秘的世界之外一切的时间与海潮，统统都被抛在了九霄云外。

朵拉抬起头来，"现在几点了，凯西？"她大声问道。

姐姐从地上抬起头，看了看手表："十二点五十。"她说完又躺了下去，

一缕轻烟从她头顶慵懒地升起。

"还有多久涨潮？"

"噢，还早呢，别瞎操心了，好吗？"凯西不以为然地说。

朵拉忽然想起早上海伦给她的那张十英镑钞票，她的肚子也应景地咕咕叫了几声。阿尔菲咯咯地笑起来。

"我饿了。你饿吗，阿尔菲？"她问道。

"耶！"他兴奋地欢呼起来，"冰淇淋！"

她叹了口气，带阿尔菲一起走回停车场怕是需要一个世纪。

"凯西？"她大声说。

"干吗？"

"我们饿了，我准备去买冰淇淋，你们要吗？"

萨姆和凯西小声商量了一会儿："不用了。"

"给我们带几瓶可乐，好吗？"萨姆问道。

"好的，很快回来，你们看好阿尔菲，行吗？"

凯西在洞穴另一边嘟囔了几句。

"行吗？"朵拉又问了一遍。

"行。"凯西怒气冲冲地说。

朵拉对阿尔菲说："你跟凯西和萨姆一起待在这儿，我一个人去买会更快。我会给你带一个甜筒的。"

"可是……"阿尔菲正要抗议。

"只要二十分钟就回来，我保证。"阿尔菲不确定地看着她。"再说了，"她努力安抚他，"要是我们俩一起去买吃的，谁来堆漂流木呢？看看等我回来的时候你能堆多高，好吗？"她朝姐姐的方向瞥了一眼，真是太不公平了，她就这样不理他们。"不然你可以去找凯西和萨姆玩。"她愤愤地说。

"好吧。"阿尔菲同意了。"加双份脆棒？"他充满希望地问道。

"好的，"朵拉说，"加双份脆棒。一会儿见。"

"再见，凯西。"朵拉再次大喊一声，确保姐姐知道她走了。

洞穴那边传来一阵咯咯的笑声。

"再见，见，见。"她的声音在洞穴里回荡。

朵拉沮丧地摇摇头，她可真是个傻瓜。为什么给阿尔菲当一早上保姆的人是她？现在呢，大老远跑到海边去买冰淇淋的人又是她。真是太不公平了。她扭头看了最后一眼。阿尔菲正慢吞吞地朝凯西和萨姆走去，手里还拖着一根歪歪扭扭的漂流木。他的雨靴在地上嘎吱作响，小小的肩膀耷拉下来，满是不情愿。朵拉感到有些内疚，但又很高兴能离开那个臭烘烘的洞穴。她渴望阳光和新鲜的空气。

从"岩洞"里出来比进去容易多了。洞穴内部的石壁没有那么陡峭，还有人在石头上凿了一些坑洞，完美的落脚点，朵拉可以踩在上面很轻松地爬上去，再跳到石壁另一侧滚烫的鹅卵石上。没几分钟她就爬出了洞穴，双脚踩在鹅卵石上发出咯吱咯吱的声响。她掸掉手上的灰尘，眯起眼睛来适应外面的亮光。在阴冷的"岩洞"里待了这么久之后，洁白炙热的沙滩越发明亮得刺眼。

眼睛终于适应了光线之后，她发现两个三十多岁的年轻女人躺在洞口几米处的阴凉处，不远处就是悬崖的底部。除了这两个人之外，其他人都更愿意离停车场、冰淇淋车以及人群更近一些。那才正常，朵拉心想。她一边走，一边看了那两个女人一眼。其中一个脸朝下趴在浴巾上，另一个站了起来，饶有兴趣地看着她。朵拉发现那人留着一头长长的黑发，纤瘦的臀部窄得像条蛇，对于女人来说实在是太瘦了。啊，原来是个男人。

朵拉从他们身边走过的时候，那个瘦男人张了张嘴，白色的牙齿明晃晃的，不知是做了个鬼脸，还是笑了一下，与此同时他抬起一只手，愉快地向她打了个招呼。朵拉意识到自己从石壁上爬下来的狼狈样被他们看在眼里，十分尴尬，只好低下头默默地沿着海滩快步走开，任由背上的汗珠一串串地流下。她选择紧贴着海岸线，走在细碎的小石子上要比在海滩较远处的大颗鹅卵石上容易得多，大海还会时不时地朝她洒上一波清凉的水汽。

另外，从这条路去停车场人最少。走得离海越近，撞见用各种姿势朝拜太阳的裸体的概率就越小。

光屁股的小孩在大人和海岸线之间大笑着跑来跑去；摇晃着巨乳的女人们一个个被晒得通红，瘫倒在沙滩椅上；一群少男少女裸露着修长的古铜色肢体，穿着几乎什么也遮不住的比基尼，在她走过的时候突然发出一阵哄笑，她努力不去想他们到底在笑什么。一位正在给钓鱼竿装鱼饵的老先生对她友善地点了点头，她也礼貌地对他点点头，继续凝视着地平线和她的目的地：冰淇淋车。她这才意识到，要把冰淇淋原封不动地运回"岩洞"，不至于在路上化成一摊甜水，这本身就是个不可能的任务。该死的卡桑德拉。

终于，她离开了海岸线，慢慢地往岸上走。路过一个躺在沙滩椅上的救生员后，冰淇淋车终于出现在了她的面前。它停在防波堤的边缘，周身散发出粉色和淡绿色的光晕，宛如涅槃。她看到有人在排队，井然有序的样子，前面还有六七个人。她把手伸进短裤口袋里，摸到了海伦给她的那张脏兮兮的钞票。买冰淇淋和可乐是绰绰有余的，可要怎么拿回"岩洞"才是个问题。凯西和萨姆喝一罐可乐就够了，她们活该。

"要点什么，小姐？"轮到她了，一个圆滚滚的男人问道。

"两个甜筒，谢谢，加双份脆棒。再来三罐可乐。"

"好嘞。"男人转身去后面的大冰柜里摸索起来。

"拿着，"他一边说一边把可乐递给她，"冰冰凉。"

"谢谢。"她接过可乐，举起一罐贴在额头上。冰凉的金属刺激着她的皮肤，但她不管不顾，享受这清凉的爽感渗透皮肤，直冲大脑。接着她打开一罐，喝了一大口。气泡喷涌而出，喝得太快了，她被呛到了，冰凉的汽水从鼻腔冒出来，弄湿了她的 T 恤衫。

"渴坏了，是吧？"一个愉快的声音从身后传来。朵拉一转身，全年级最帅的男孩史蒂芬·佩奇就站在她身后，真丢人。她羞得满脸通红，"我……是啊。"她大脑一片空白，手忙脚乱地去擦白衬衫上黏糊糊的饮料，没想到把它弄得更脏了。

"暑假过得怎么样？"他问道。

"还行吧，谢谢，你呢？"她很高兴自己的声音听起来还算镇定。

"你知道的，老样子。"史蒂芬回答。

"是啊。"朵拉附和道。

"你在干什么呢？"

"现在？"朵拉问。

"对呀。"他笑了起来。

"买冰淇淋。"天哪，尽说些废话。

史蒂芬似乎毫不在意。他靠近了一点，双手插在牛仔裤的口袋里，低下头，抬起一双清澈的蓝眼睛从一头乱糟糟的棕发底下望着她。"酷，我也是。"

"然后我要去'岩洞'，我姐姐在那儿等我。"

史蒂芬抬了抬眉毛："岩洞？"

朵拉脸红了。人人都知道"岩洞"。"呃……是的，我弟弟也在。"她不希望他想歪。

卖冰淇淋的男人在他们俩头顶大声地清了清嗓子："两个甜筒，加双份脆棒，总共七英镑五十分，亲爱的。"

朵拉把十英镑的钞票递给他。就在她把零钱放进兜里时，史蒂芬开口了。

"你的手怎么了？"他问道，盯着她手掌上那道吓人的豁口看。

"摔了一跤而已，没什么。"她难为情地搓了搓手。

"好吧。你一个人拿不了这么多吧。"他说着，用手指了指她的饮料，"要我陪你走回去吗？"

"好啊，"朵拉再次脸红起来，"再好不过了，要是你不介意的话。"

"当然，等我一下，跟詹姆斯说一声。"朵拉看见史蒂芬对另一个男孩子点了点头。詹姆斯•布坎，也是同年级的，正站在防波堤上饶有兴趣地看着他们俩。

朵拉感到心在胸腔里怦怦直跳，突然有点想吐。冰淇淋滴到了手上，立刻被她舔掉，不想再把衣服弄脏。为什么要买甜筒呢？真是幼稚。天气这么热，她必须狼吞虎咽才能在冰淇淋变成黏糊糊的一团之前把它吃掉。她看到史蒂芬和詹姆斯聊了几句，后者对他咧着嘴笑起来，然后在他手臂上捶了一拳，跳下防波堤独自沿着海岸线走了。史蒂芬慢悠悠地朝她走来。

"可以走了吗？"

"嗯。"

"好，来吧，我来帮你拿东西。"

她把两罐没开的可乐递给他，一起向海边走去。史蒂芬悠闲地漫步，朵拉跟在他身边，着急忙慌地舔着两个冰淇淋的边缘。

"那么，这个夏天你都在忙什么呢？"

朵拉大脑一片空白："这个，你知道的，就瞎忙。"

史蒂芬点点头："我也是。"

接着是一阵沉默。朵拉盯着自己的拖鞋，心里默默希望手里的冰淇淋能与它的物理属性作对，始终保持冰冻的状态。

"我去布里德波特看了那部《王牌大贱谍》的电影。"终于，他开口说道。

"酷。"朵拉说着，眼看着一串白色的黏液从蛋筒上流了下来，渗入她掌心的缝隙里。

"是啊，很有意思。"又一阵沉默。

"你去游泳了吗？"朵拉试着打开话题，冲大海点了点头。

"不可能！对我来说太冷了。"史蒂芬回道。

"一下水就会觉得很舒服的。"

史蒂芬惊讶地看着朵拉："真的？"

"是的，现在的海水最温暖了，你知道，夏天一过……"她的声音越来越小。

"不错，也许我可以试试。"

"你应该试试。"

"好啊，我会的。"他对着她笑，朵拉感到胃里一阵翻腾。

"小心！"他大喊一声，盯着朵拉左手的冰淇淋。她刚转眼去看，整个香草冰淇淋球就从蛋筒上掉了下来，"啪"的一声摔在鹅卵石上。一波海浪涌来，冰淇淋消失在咸湿的泡沫中，不留一丝痕迹。朵拉看了看手里空空的蛋筒，叹了口气。

"噢，糟了！"史蒂芬骂了一句，"对不起，我该早点提醒你的。"

"没事，算了，"朵拉突兀地说，"我本来就不是很想吃。"

"嗯，你还有一个呢。"他说，指指她右手上的那个冰淇淋。

"这是给我弟弟的。"

"好吧。我们一定能做到。"史蒂芬说着，声音里突然充满了迎接挑战的激情，"我们一定能把这个冰淇淋完好无损地带给你弟弟，就像完成一个不可能的任务。"

朵拉咯咯地笑起来。

"别笑,"他说,"这是一件严肃的事情……"

"抱歉。"朵拉学着史蒂芬严肃的表情,努力不让嘴角咧出微笑的弧度。"来吧,全速前进。"

他们加快了脚步,避开跑来跑去的小孩,充气城堡和散落在沙滩上的野餐残余。朵拉注意到,大多数人不是趴在浴巾上,就是瘫在沙滩椅上,在猛烈的阳光下打盹做梦,接受着太阳火辣辣的炙烤。朵拉拨开一撮被汗水黏在前额的头发,跟在史蒂芬身边大步前进。终于,他们到达了海滩的尽头,两个人都松了一口气。

"我从来没去过'岩洞'。"来到悬崖跟前时,史蒂芬开口道。

朵拉很惊讶,她以为学校里最酷的孩子都来过这儿。"我也就来过一次,在今天之前。"她承认,"没什么特别的。"

"你是怎么进去的?"

"就从这儿爬上去,一般人找不到的。你看见崖面上的阴影了吗?就在那个树桩的左边。"朵拉用空出来的一只手指着一个长满疙瘩的树墩,它歪歪扭扭的,像极了驼背的老头子。

"看到了。"

"就在下面,那石头中间有个缺口,从海滩上根本看不到,都是光的障眼法,你必须凑得很近才能发现。"

朵拉和史蒂芬继续向崖面靠近,"看,现在看到了吧?"她问。

"噢,是的,"史蒂芬吹了声口哨,"一清二楚。"

"跟我来。"

朵拉跳起来扒住石壁,她一只手拿着冰淇淋,掌心伤口的疼痛还在提醒她摔伤的惨痛经历,但她告诉自己,这回不能出丑,决不能当着史蒂芬的面出丑。她错过了一个抓手点，差点失去平衡，但幸运的是手指够到了一簇金色海蓬子，它的根部牢牢地扎在石缝中，承受住了她的重量。终于，她落在了石壁的另一侧，进入洞穴内部清凉的空气中，大大地舒了一口气。

"你还好吗？"她喊道。

片刻之后，史蒂芬的脑袋从石壁顶上冒了出来。"我的老天，看你爬好像很轻松的样子。"

朵拉笑了。"你也不赖嘛……来，把饮料扔给我吧，然后踩着这些缺口下来。"

两罐可乐落在她身边的沙地上，接着史蒂芬也跳了下来。

"哈，哈，哈，"他一边说，一边观察周围的环境，"这就是传说中的'岩洞'了。"

"是的，看吧，我就说，没什么特别的。"

"你弟弟和姐姐在哪儿呢？"

朵拉抬眼望去，看见凯西和萨姆在原来的位置蜷缩在一起，凯西的几缕金发散在地上，和萨姆漆黑的发丝缠在一起。

"嘿，"她喊道，"我们回来了。"她不知道凯西会对她带来史蒂芬这件事做何反应。她希望凯西不要说些难听的话来让她难堪。

"你终于回来啦。"凯西坐了起来，揉了揉眼睛，似乎刚刚睡醒，"给我们带饮料了吗？"

"带了，只有一瓶，抱歉。"

凯西叹了口气，从朵拉手里接过饮料。

"不客气。"朵拉挖苦道，"这是史蒂芬。"她加了一句。

凯西把他从头到脚打量了一遍，"嘿，史蒂芬，"她终于开口说道，"我是凯西，这是萨姆。"

萨姆轻轻地挥了挥手，继续去拔发梢的分叉。

朵拉松了口气，看来凯西今天不会发作了。"阿尔菲在哪儿呢？"她一边问，一边环视整个洞穴。手里的冰淇淋基本上消失了，蛋筒的顶上只留下一个小小的白色圆球，插着两根软趴趴的脆棒。

"哈，哈。"凯西嘲讽地大笑两声。

朵拉看着姐姐，一脸不解："'哈哈'是什么意思？他在哪儿？我给他买了冰淇淋，已经快化没了。"

凯西在洞穴里看了一圈，转眼盯着朵拉，眼神十分奇怪："他和你一起走的，不是吗？"

"不，我叫他跟你们俩待在一起。"

"可是……你说你要带他一块儿走的。"

"我没有，我告诉你照顾好他。我走的时候还说'你看好阿尔菲'。我叫他去找你们玩。"

"不，朵拉，你说你会看好阿尔菲的，我听见你这么说的。你也听到了吧，萨姆？"萨姆耸耸肩，什么也没说。

"算了，别说了，凯西，他没跟我走，好吗？"朵拉一边说，一边气愤地巡视四周，"所以他一定还在这儿。"

凯西站了起来，掸掉牛仔裙上的灰尘，凝视着阴森的洞穴深处。

"阿尔菲？"她大声喊，"阿尔菲，朵拉给你买了冰淇淋。"

一片死寂。

"别开玩笑了，凯西，一点都不好笑。为了买这个冰淇淋我在大太阳底下走了整整二十分钟，快叫他出来，行吗？"

"我没开玩笑。"凯西直直地看着朵拉的眼睛，"我不知道他在哪儿。"

两个女孩四目相对，都想从对方的脸上读出些什么。朵拉希望姐姐突然笑起来，两手一甩，承认自己是个坏蛋，阿尔菲则从某个阴暗的地方咯咯地笑着跑出来，两人一起嘲笑她。但凯西只是茫然地瞪着她，直到朵拉不得不移开视线。她不敢去看姐姐脸上涌起的恐惧。

"好啦，他一定在某个地方，只是藏起来了……跟你们闹着玩儿呢。"史蒂芬开口了，试图打破突然凝重的气氛。

朵拉走到半个小时前她和弟弟一起堆的漂流木堆前，"阿尔菲！"她大声喊道，石壁传来阵阵回响，"你要是再不出来，我就要把你的冰淇淋吃掉了哦。嗯……好吃好吃……双份脆棒都是我的！"

令人窒息的沉默。

"阿尔菲！阿尔菲！快出来！"姐姐的声音也加入进来，音调更高，多了一份惊慌。

她们沿着洞穴的边缘搜寻，希望弟弟突然从某个角落跳出来对着她们坏笑。下一秒，朵拉想，他就会出现在我面前。她来到那个旧油桶跟前，就是姐姐和萨姆躺过的地方边上，明知阿尔菲不可能藏在那里，却还是把油桶翻了个身。"出来，阿尔菲。一点都不好玩，快出来，好吗？我们要回家啦。"

那里什么也没有。她转过身面对姐姐："他在哪儿，凯西？"

"我不知道。"她回应着，几乎是在喃喃自语。

"你最后一次看到他是什么时候？"

凯西想了一会儿："没多久以前，就在你走后。"

朵拉恼怒不已地把手指插进发间："我不在的那么长时间里你都在干些什么？你没看见他吗？没听见任何动静吗？"

"没有。"她的眼睛垂了下来。

一个男性的声音清了清嗓子。朵拉转过身，看见史蒂芬，她差点忘了他的存在。

"听着，他要么就在这里，是吧？要么就是从'岩洞'里出去了，有这种可能吗？他多大了？"

"他才三岁……"凯西哭了出来。

"他有没有可能踩着这些落脚点爬出去到了海岸上，你们觉得呢？"史蒂芬的声音十分冷静。朵拉突然意识到幸好有他在。

"我……我不知道。"

姐妹俩面面相觑。没错，朵拉发现爬出去比进来要容易得多，但阿尔菲真的能全靠自己爬出去吗？

"我猜……要是他学着我的样子……或许可以。可是这样的话我在回来的路上就会看到他啊。除非他走了另外一条路……你知道，穿过岩池……"朵拉的声音越来越小，没有人敢往这方面想。

凯西突然抽泣起来："噢，天哪，我们必须得找到他。"她用恳求的眼神看着萨姆，"我们一定要找到他，好吗？"

萨姆不自在地动了动："好，好，我们好好想想。"

"他有可能去冰淇淋车那里了，"史蒂芬说，"也许想去找朵拉。我们在这里再搜索一遍，确定他不在这儿的话，就去海滩上找他，好吗？"

"好。"萨姆和朵拉异口同声地说。朵拉拍拍姐姐的手臂，"好了，凯西，没事儿，我们会找到他的，好吗？"

凯西什么也没说，只是跑到洞穴的尽头，大声呼喊阿尔菲的名字。

在接下来的几分钟里，四个少年把洞穴翻了个底朝天，四处寻找阿尔菲的踪影。他们搜遍了各个角落，呼喊他的名字，一开始还不忘用哄劝的语气，随后越来越惊慌，甚至希望在淤泥地上找到小小的脚印。他似乎就这样凭空消失了。片刻之后，他们回到洞穴中央，大家心里都很清楚，必须得去"岩洞"外面继续搜索。他们一个接一个地爬上石壁，再跳到海滩上，谁也没有说话。

此刻距离她第一次离开"岩洞"去买冰淇淋只过了半个小时左右，但当她的双脚落在洞穴另一边滚烫的鹅卵石上时，朵拉感到外面的一切仿佛都发生了倾斜。从表面看去，海滩依然像明信片上的照片般完美，阳光照耀着上千名愉快的游客，空气中飘荡着人们快乐的呼喊和咯咯的笑声，涂满防晒霜的粉红色肢体仿佛热锅上的烤香肠般泛着油光。露营地的绿草坡在远处斜斜地延伸，彩色的帐篷和篷车点缀其间，在明艳的日光里对他们眨眼。阳光似乎更加猛烈了，朵拉感到裸露的肩膀在烈日的暴晒下开始刺痛发紧。

海鸥的鸣叫、冰淇淋车微弱的喇叭声，还有孩子们的尖叫声，全都混杂在空气中，汇成一支狂乱的乐章。大海另一端的某个地方起风了，朵拉用手挡住阳光，眯起眼睛向海里看去。她看见浪花的顶部有一些小小的白点，随着波涛涌向地平线，直冲岸边，海水拍打在石灰岩上，沉闷的巨响在耳边清晰可闻。她紧张地朝岩池望去，浪花涨得老高，在阳光下仿佛人造钻石般熠熠生辉，紧接着立刻轰然坍塌，消失在下一波浪花的跟前。

涨潮了。

她吞下一口黏苦的胆汁，带着更加强烈的紧迫感对凯西说："我们得分头行动。"

凯西点点头，似乎已经迷失在痛苦中。"我们去岩池那边找。"萨姆提议。

"好的，史蒂芬和我去海滩找，不知道有没有人看见过他。二十分钟后回到停车场集合，好吗？"她提高了音量，"好吗？"

萨姆和凯西点点头，转身就向岩池快步走去。

朵拉焦急地扭着手。

"别担心，"史蒂芬试图安抚她，"你看，他这会儿或许就在海边小店里捣乱呢，要么就在冰淇淋车前面排队想吃个冰淇淋。"

"希望如此，"朵拉说，"我真希望就像你说的那样。"史蒂芬握住了她的手，轻轻捏了一下。要是在别的情况下，她想，能和史蒂芬·佩奇牵手一定能让她高兴得发疯，在别的情况下……

他们看着眼前的海滩，突然觉得它是那么巨大。

"我们要分头行动吗？"朵拉问道，不确定该从哪里开始。

"我们一边一个平行前进吧，一个沿着海边，一个沿着海滩的最外侧，这样我们就可以同时搜索一片区域，其中一个人一定能发现他。"

朵拉点点头，对他冷静的逻辑深表感激。

"我想问问他穿着什么衣服，你还记得吗？"

朵拉轻轻抽泣一声，半是苦笑，半是哭泣："噢，我当然记得，他穿着超人制服。"

史蒂芬笑了："好吧，真有创意。今天海滩上应该不会有太多超人的，看来我们很快就能找到他。"

"是啊，"朵拉表示赞同，突然乐观了一些，"你说得对。"

两人一起朝停车场的方向走去。史蒂芬选择了更艰难的路线，穿过滚烫的鹅卵石走到海滩的最外侧，朵拉则沿着海边走上买冰淇淋的那条路。她急切地搜寻着小男孩的身影，时不时地低下头去，在沙地上徒劳地寻找弟弟的脚印。接近停车场的时候，她在海滩上露营的人群中寻觅那一抹红色和蓝色，见人就问有没有见过一个穿着超人制服的小男孩。

但每一次回答她的都是一个宠溺的微笑和果断的摇头。她会不时地转过头去凝视水面，望着海浪以越发猛烈的姿态抽打着海岸。她看见一个套着救生圈的小女孩，爸爸就在她身后的水里。突然涌来一股大浪，小女孩消失在了泡沫中。几秒钟之后，她又冒出了水面，头发乱七八糟，四脚朝天，当她看见爸爸从身后游来，意识到自己安全了的时候，脸上的惊恐立刻变成了狂喜。父女俩在她面前追逐着充气玩具，一路玩到岸边。朵拉再也看不下去了。她把视线转回到海滩上的人群中，不顾一切地想把那突然浮现在脑海中的想法驱逐出去：阿尔菲不戴充气臂环就不会游泳。

史蒂芬在防波堤旁与她会合。他边朝她走来边摇头，朵拉感到又一丝希望破灭了。

"抱歉，没有人见过他。"

朵拉忍不住咬自己的指甲："现在我们该怎么办？"

他们决定再次分头行动，史蒂芬前往商店，朵拉则步行回到冰淇淋车旁，在防波堤附近搜索。一对老夫妻微笑着坐在长椅上，安静地凝视着地平线；一家人被太阳晒得红通通的，正为谁把东西搬去营地而争吵；一位满面愠色的老父亲正在吃炸鱼薯条。他们谁也没见过她的弟弟。几分钟后，凯西和萨姆出现了，两人急匆匆地走来，满脸通红，汗流浃背。朵拉眯起眼睛去看，满心希望她们身后突然出现一个金发小男孩的身影，却事与愿违。她们越走越近，朵拉发现凯西的膝盖擦破了，正在流血，她的臂弯里夹着什么东西。凯西发现了他们，跑了过来。

"他在这儿吗？"她上气不接下气地问。朵拉摇了摇头。

"噢，朵拉，"她倒抽一口气，举起一块湿漉漉的布料，"他的超人斗篷，萨姆在岩池的石头上找到的，都湿透了。"

朵拉吞了吞口水："你确定？我是说，这真的是他的吗？"

凯西没说话，只是用一种奇怪的眼神看了她一眼，让她的胃里一阵翻腾，眼泪差点夺眶而出。

"那现在怎么办？"朵拉问道，意识到自己呼吸困难。

幸好，萨姆站了出来。

"朵拉，你该回家去，看看阿尔菲是不是找到办法回去了。要是他不在家里，你得给你爸妈打电话，告诉他们事情的经过。我们三个会继续在这里搜索，我想我们该去找救生员，甚至找更多的人来一起搜索。"

凯西痛苦地呻吟道："噢，阿尔菲，我的天哪，他到底在哪儿？我们惹上大麻烦了。"

朵拉觉得天旋地转，阿尔菲的样子像海浪般铺天盖地地涌进她的脑海：阿尔菲站在岩池边缘，一波巨浪冲了过来；阿尔菲在海滩上被神秘的陌生人领走；阿尔菲在萨默顿危险的小路上游荡，一辆巨大的篷车从他身上碾过；阿尔菲蹚着水走进浪涛里，小小的雨靴很快就灌满了海水；阿尔菲站在悬崖边摇摇欲坠，斗篷在风中疯狂地摇摆。这些景象充斥着她的大脑，让她僵在原地动弹不得。她不想离开海滩，必须得找到阿尔菲才行。

"朵拉！"史蒂芬抓住她的肩膀晃了晃，"朵拉，去吧，快！"

她看了他们三个最后一眼，转身就跑。

海伦

朵拉回来的时候，海伦正坐在温室里出神，后门"砰"的一声巨响宣告着她的到来。自从女儿说出怀孕的消息以来，她已不记得过去了多久，只见晚霞开始轻抚树梢，温暖的光线斜映着温室，饱经风霜的木栅栏发出得了风湿病的关节般嘎吱嘎吱的声响。海伦知道自己没处理好，即便按她的标准来说都是如此。是时候做出补偿了。她僵直地站起来，开始收拾杯盘，将瓷器放进托盘里拿回厨房。

接着，她疲倦地爬上楼。

海伦在阿尔菲的房间里发现了朵拉，她坐在床边的旧摇椅上，面对着花园，裤子上沾满了泥点。海伦站在门口，悄悄地观察女儿的侧脸：她优雅的脖颈绷得紧紧的，皮肤苍白，海藻般碧绿的眼睛，鼻梁精致笔挺，面颊上出现了一些斑点，蓬乱的黑发松散地拢起，在脑后扎成一个马尾。虽然已长成一个年轻女子，但朵拉看起来和海伦记忆中的那个小女孩没什么两样，几年前她还在家里跑来跑去，双手抱起咯咯直笑的阿尔菲，蜷缩在理查的腿上研究字谜。她们到底是如何走到今天这一步的？两个受伤的女人，彼此无法交流，只能相互揭伤疤、捅伤口。

朵拉显然意识不到自己有多迷人，现在想来，这恐怕都是她的错。她试图回想自己上一次夸赞两个女儿的时候，却一次都想不起来，心里一阵懊悔。她知道，自己不是个好妈妈，在每一个孩子人生中的关键时刻，她都缺了席。如今，她正在为此付出代价。现在改变还来得及吗？

朵拉叹了口气，在椅子上换了个姿势。是的，她很美，美丽而忧愁。

海伦望着女儿，突然意识到，十三年前的自己也曾坐在同一把摇椅上，日日夜夜温柔地哄阿尔菲入睡。她想起他身上婴儿爽身粉的香味，他那柔软得不可思议的皮肤，还有他在她胸前有节奏的吸吮。母亲与婴儿在每一个晚间时光紧密相连，那是一种亘古不变的自然力量，正如海边的潮起与潮落。如今，由于某种奇怪的命运轮转，朵拉坐在她面前，身怀六甲，心烦意乱。

她早就知道这一天总会到来。她已经在脑子里想象过一百万次了。女儿回到家，与她分享即将当妈妈的喜讯。她和理查甚至在两个女儿还很小的时候就讨论过这个问题，想象着她们的婚礼和外孙们出生的辉煌时刻。他们当时活得多么无忧无虑啊，充满了各种天真的假设，那些时刻只能是充满欢喜的。她为朵拉感到高兴。她当然高兴啦。但海伦万万没有想到的是，自己在听到朵拉怀孕的消息时，体内竟涌起一股妒意。那纯粹生理上的野蛮力量将她肺里的空气攫走，令她说不出话来。她为自己竟产生如此丑恶的感觉而瑟瑟发抖。她怎么可以嫉妒自己的女儿？她一定是个恶魔，才会在女儿即将拥抱一个新生命时产生这种强烈的嫉妒。莫非是因为女儿被赋予了全新的开始，而留给自己的却只有过错、悔恨和铺天盖地的悲痛？她不会再有第二次机会。她曾拥有自己的人生，但都被她挥霍殆尽了。

但她总算咽下了那升腾的妒火，将它扼制并掩埋，压抑在弥补朵拉的迫切需求之下。她多想走向女儿，把她拥进怀里，安抚她，告诉她一切都会好起来的，可她就是做不到。她似乎被恐惧、懊悔以及决不能把事情弄得更糟的情绪钉死在当下，动弹不得。于是她只好呆呆地站在那里，一动不动，屏住呼吸，直到朵拉突然扭过头来，惊讶地发现母亲正在门口望着自己。

"我没听见你的声音。"女儿的声音十分平静，她将布满泪痕的脸转向窗户，显然还在生气。

"是的。"海伦回道，不确定该说些什么。她不知道如何开启这个悬在半空中的话题，但她还是逼自己走进房间，坐在床脚，抚平身下的蓝色床罩。

"对不起。"海伦停顿了一下，朵拉没有插话。她知道现在是她表达的时候了。"我没想到……我不知你想要我说什么……在楼下的时候。"她深吸一口气，继续说下去，"你觉得怎么样？怀孕的感觉还好吗？"

朵拉的目光停留在窗外的花丛中。"每天早上都想吐，到了晚上又累得要死，这辈子第一次这么累，简直累到了骨子里。"

"我怀凯西的时候也是这样的。"海伦微笑着回忆过去。"再过几周就会好的。"她又停顿了一下，然后接着说，"是意外怀孕吗？"

她看到女儿畏缩了一下，意识到自己说错话了，于是试图补救："我是说，你之前看起来很沮丧的样子，我还以为你不太想要这个孩子。"海伦私底下揣测丹可能对朵拉不太好。他看起来是个不错的小伙子，但这种事谁也说不准。

朵拉叹了口气，终于转过头面对着母亲："我很害怕。"

海伦过了好一会儿才说出话来："害怕是很正常的，大多数新妈妈都有这种感觉。你的身体正在进行一场巨大的变化，荷尔蒙大量分泌……"

"不，不只这些。"朵拉打断了她，"我是在害怕过去，害怕那件事，我怕它会再次发生。我已经感觉失去了一个家庭，再组建一个家庭实在有太多责任要承担了……我不敢想象再失去一次的感觉。不行，那会让我崩溃的。"

终于，又说到那件事了。海伦合上双眼，在脑海中努力搜索安慰的话语："那件事……是场可怕的悲剧。但已经结束了，一切都过去了。"

"你怎么知道一切都过去了，妈？我的意思是，说实话，我们谁也想不到，你知道……没有人能够想象那件事的发生……和它造成的后果。"朵拉的话断断续续，她似乎已经说不下去了，但突然又急切地脱口而出，"我觉得自己无法承担当妈妈的责任。你知道，我还在想，要是那天我不那么做，或许事情就不会变成现在这样。我的意思是，我到现在都觉得自己还是一个孩子，和那天在海滩上的小女孩一模一样，怎么可能去当一个母亲呢？"

"事实就是这样，朵拉，你当时确实还只是一个孩子，一个小女孩而已。"海伦把手指放在皱起的眉头上，努力缓解越来越强烈的头疼。"如果一切重来，我们都会做出不同的选择。"她终于承认了。天知道她有多想让一切重来。她背负了那么多的悔恨。她不知道现在是否该承认自己的愧疚，说出自己肮脏的秘密。但朵拉又开口了。

"我放不下，我每天都会想起那件事。"

"我们都一样，亲爱的。可到了某个时候，你必须对自己说：'那不是我的错。'"

"真的吗？"朵拉用探寻的眼神看着母亲，"你真的这么认为？"

海伦咽了口气。她明白朵拉想听的是什么，她明白朵拉亟须得到宽恕。而她此刻就可以大声地说出来，那些话从出事那天起就在她脑子里预演了一遍又一遍。说出来，说出来，她鼓励自己。

可又一次，令人窒息的恐惧令她无法开口。几秒钟之后，她看着朵拉眼中燃起的希望迅速熄灭了。她因自己的懦弱而满脸通红，挣扎着想转移话题。"有时候我一觉醒来，发现自己就在这里，在这座房子里，就感到很大的宽慰。有时候又完全不是这么回事，我还没睁开眼睛，就知道自己根本没有力气下床，因为下床就意味着又要面对黑暗的一天，面对我们的未来，面对困在可怕的黑洞里的生活。"海伦停了下来，直直地看着女儿，继续说下去，"没有他……也没有彼此。"

朵拉点点头，她完全理解。他们一家人被生生地撕扯开来，散落在风中，困在各自的炼狱里。

"你有没有想过，或许警察弄错了？"

海伦凝视着花园："没有。"她在说谎。

"我有，我一直想不通。"

海伦想起每天每夜在自己脑子里轮转的各种可能，心痛得倒抽一口冷气。

"对不起，这对你来说是不是太残忍了？"朵拉问道。

"不，谈论他是件好事。我们从来都没有……"她说不下去了。

朵拉点点头："丹说这对我们俩来说都是个好机会，他觉得我们应该伸出双手把握住它。他认为这个孩子对我来说是个全新的开始，但他无法理解，根本就没有什么'全新的开始'，不是吗？那件事根本就没有一个句点，也没有空白页，我们的人生就这样莫名其妙地继续下去了。可我还是必须得来这儿一趟，我放不下……这种不清不楚的感觉。"她停了下来，不自觉地摸了摸肚子，"我经常做梦。"

"什么样的梦？"

"我梦见自己在下坠，溺水，还有一次梦见自己失去了一件非常非常重要的东西，有可能是任何东西，但我就是想不起来。当我意识到它不见了的时候……永远不见了，那感觉真是太可怕了。我一直做这样的梦，一遍又一遍。还有一次，在地铁上，正是高峰期，我突然崩溃了。我吓坏了，好像自己突然掉进了一个裂口，那种……无力挣扎，窒息的感觉，差点把我撕得粉碎。"

海伦再次合上双眼。

"对不起，妈，我知道这一定让你很痛苦。可你有没有想过，总有一天我们会找到事情的真相？"

"都过去这么久了，真相真的还重要吗？丹说得没错，你应该用双手抓住这次机会。"

"我也这么希望，"朵拉坚持说，"真的。我也不想把丹推开。我只是不知道，当我明知自己正站在危险的悬崖边时，到底要如何才能向前迈出一步。你是怎么做到接受这一切的？你就不想知道真相吗？"

"根本就没有什么真相，朵拉。难道你觉得我们没去找过吗？我们找了又找，但什么也没找到。我必须得接受，这是我这辈子最难的事情，但我无能为力。"

"可还有那么多的疑问没有解答……"

海伦看见女儿闭上双眼，用手揉自己的太阳穴，那动作跟理查一模一样，她的呼吸都暂停了。

"我就是不相信……除非……"

"朵拉，"海伦喝住她，不顾一切地阻止即将从女儿嘴里脱口而出的话，"你必须放下这件事，是时候了。"

朵拉摇摇头，"不，"她平静地说，"我做不到。"她把脸转向窗边，"我做不到。"

海伦叹了口气，机会再次擦肩而过。她为自己不敢说出真相而感到羞耻，她甚至连试图去减轻女儿的心理负担都做不到。不过就算她说了出来，坦承自己的罪过，也无法改变已经发生的一切。破碎的早已破碎，说什么都无济于事了。

朵拉留下来过夜，海伦帮她铺好床。朵拉洗了个澡换好衣服后，两个女人坐在厨房里，一起用晚餐。这实在是一顿令人不快的晚餐，两人都因为下午谈了一半的话题而感到尴尬，但谁也没有再提起那一天，或者朵拉怀孕的事。到了晚上九点半，朵拉开始喊累，就回房睡觉了。

海伦在客厅里面对着嗡嗡作响的电视机独自坐了一会儿。她丝毫没有注意到电视机的噪声，而是在脑海中幻想朵拉躺在楼上，在那张她第一次来克里夫托伯时躺过的大铜床上的样子。当时她也怀着身孕，肚子里是凯西。仿佛某种恶毒的玩笑，历史正在重演。尽管她努力地安慰朵拉，却还是无可避免地感到恐惧。

她无法对朵拉保证她的恐惧是没有来由的，因为在内心深处，她也不知道那恐惧源起何处。海伦从痛苦的经历中学到了一点：生活总能把它最糟糕的一面抛给你。要是她还能对女儿说点什么，要是那场对话能重来一遍的话，她会以那天下午她未能做到的赤裸裸的坦诚，告诉女儿，快跑，跑得越快越好，甩开生活即将赋予她的所有眼泪、悲伤和剧烈的疼痛。

海伦坐在客厅里思考朵拉的困境，过去的回忆如旋转木马般在脑海中掠过，仿佛一张张褪色的拍立得，一下子全部涌上脑海：姐妹俩在海岸上捡贝壳，穿着泳衣的纤瘦身体被太阳晒得黝黑；圣诞节时理查一个人躲在书房，垂着一头金发专注地在制图板上忙碌；阿尔菲咯咯地笑，坐在洗衣篮里任由朵拉拖着在打蜡的木地板上疯跑，胖乎乎的手脚用力地挥舞；凯西因违反宵禁而被骂了一通，在楼上气呼呼地跺脚；她的丈夫在她面前奔跑着冲向黄金角，大衣在风中肆意翻飞；阿尔菲用豆子在餐桌上摆出一个笑脸；她的三个孩子，两个金发、一个黑发，一块儿低着头把夏日的雏菊串成花环；最后，是朵拉惊慌的脸，在一个夏天的午后闯进厨房，带来那个将他们的世界撕成碎片的可怕消息。

过去的一幕幕如海浪般冲蚀着她的堤岸，终于，海伦努力维持的平和面容消解殆尽。电视机在客厅的墙面上投下彩色的光影，海伦的眼泪像一条无尽的河流般流淌。她哭泣，为这十年间持续不断的悔恨；她哀悼，再一次，为那个从他们的生命里永远离开的小生命。

海伦

海伦回到家时，整个房子死一般的寂静。她开门进去，把门在身后轻轻地关上，将额头抵在清凉的墙壁上靠了一会儿。厨房里的古董冰箱传来熟悉的哼鸣声，老房子在地基上低声呼吸，发出轻柔的回响，唯独没有一点人声。孩子们还在外面，也许正在海滩上大吃冰淇淋、大喝冷饮呢。她微笑起来：这是假期的最后一天，稍微放纵一下也无伤大雅。她要给大家做一顿扎实的下午茶，尤其是为了理查。他从伦敦风尘仆仆地坐火车回来，一定很高兴能吃到一顿自家做的饭菜。

她的脸颊泛着红晕，快乐得有些眩晕。托比亚斯对她很粗暴，她此刻还能感觉到高草野地间他的身体压在她身上的重量。他们这次私会毫无浪漫可言，只有淫荡与仓促。但海伦屈服在他的欲望之下，为他急于占有自己的渴求而兴奋不已。事后，她躺在他的臂弯里，沉溺在他口中没有丈夫、妻子、孩子与责任的白日梦中无法自拔。这是托比亚斯十分热衷的一个游戏，幻想另一个世界中他们俩的生活，她也乐得配合他。他们躺在温暖的草地上，筹划着幻想中的人生，任由长长的野草和铁杉的球穗在头顶的蓝天下蹁跹。

整理好情绪之后，海伦一边哼着歌，一边轻快地飘过过道，回家路上听的一首空洞的流行歌曲在她脑海中单曲循环。每次与托比亚斯偷情之后，她都觉得浑身充满了活力。仿佛一波电流穿透了她的身体，为她疲惫的四肢充满电，唤醒了她的头脑，在那短短几个小时的时间里，蒙在她的整个人生上的乏味蛛网被扫得一干二净。托比亚斯说得没错，他的出现对她来说是件好事。

她一边在过道里踱步，一边看手表，快到下午三点了。运气好的话，她还有时间在孩子们回来之前洗个澡，换身衣服。快要走下楼梯的时候，她转身看了看长镜里的自己。是的，她能看出自己身上的变化：她看起来更轻盈，更快乐了。对别人来说也是如此明显吗？就在她仔细审视镜中的自己时，突然发现印有雏菊图案的短裙上有一个深绿色的污渍：是草汁。一定是她和托比亚斯偷情的时候沾上的。糟糕。她拼命去搓，心里明白这污渍将永远无法从白色的棉布上去除干净，这条裙子算是毁了。她叹了口气，准备上楼，一只脚刚踩到楼梯上，就听见后门"砰"的一声。

"妈，妈，你在家吗？"

该死，是朵拉，他们回来了。

"在这儿。"她轻快地喊道，用手指拢了拢头发，不自觉地拍了拍脸颊。给她五分钟的时间也好啊！

朵拉出现在厨房里，满脸通红，上气不接下气，正在大口大口地喘气。

"他在这儿吗？"她喘着气说，双眼紧张地扫视着走廊。

"谁？"海伦强迫自己微笑，但无法克制地脸红起来。朵拉不可能知道托比亚斯的存在，绝不可能。

女儿的脸更红了，眼里明显有泪水。海伦紧张地咽了咽口水。

"妈妈，"她哭起来，"出事了。"

"什么事？到底发生了什么事？"上帝保佑，她暗暗许愿。她可不能知道他们俩的事情，绝对不可能。

"是阿尔菲，"朵拉抽泣着，"他不见了。"

海伦过了几秒钟才明白女儿的话，嘴唇上佯装的微笑凝固了。她摇了摇头："什么叫不见了？"

"我们哪儿都找不到他。"

海伦上前一步，抓住女儿的手臂，盯着她大大的眼睛："他在哪儿，朵拉？你弟弟在哪儿？"

朵拉不敢看妈妈的眼睛。海伦终于感觉到了第一缕恐惧，她把手指深深地嵌进女儿的手臂。朵拉吃痛地想要挣脱，但海伦不放她走。

"他在哪儿？"她再次问道。

朵拉爆发出一阵歇斯底里的哭叫："我不知道！我们到处都找遍了，他消失了。"

"消失？凯西在哪儿？"海伦停顿了片刻，"这该不会是你们这帮孩子合伙恶作剧来吓我的吧？我告诉你，这一点都不好玩。"

"不，"朵拉喃喃地说，"我发誓。当时我们在海滩上，我去买冰淇淋，我以为他和凯西在一起，可他一定是跟着我走了，现在我们找不到他了。噢，妈妈……"她说不下去了，泪水在脸上汹涌。

"凯西在哪儿？"海伦又问了一遍。

"她还在海滩上。"

海伦立刻行动起来。她的车钥匙还在客厅的桌子上，刚被她丢在那里没多久。"你这个傻丫头！我告诉过你们不能走散。你在这儿等着，我去找他，等我们回来再收拾你。"

"妈，对不起，我真的……"

海伦举起一只手，打断了女儿："我们稍后再来讨论怎么惩罚你，等阿尔菲回家再说。"

她没时间听朵拉哭诉，匆匆地跑出家门，跳上车，用最快的速度开上车道。

海滩离家很近。一开进停车场，海伦就告诉自己，她一定会看到凯西和阿尔菲伸着腿坐在防波堤上等她。她现在就能看到他们，两个金发的脑袋在午后的阳光下闪闪发亮，一边挥手，一边无忧无虑地晃着双腿。只不过是走散了一会儿而已，朵拉一定又在大惊小怪。

她把车停在残疾人停车位上，跳下车，奔跑着穿过一群正拖着沙滩椅、野餐篮、毯子和充气城堡准备离开海滩的度假者。几个人朝她投去诧异的目光，但她完全顾不上。她必须去前滩，找到凯西。

终于，她看见她了，就在她几分钟前设想的地方，站在防波堤前。可当她走近一点才发现，她想象中女儿身边的那个金发小脑袋不见了。凯西身边站着一个海伦不认识的女孩儿，一头长长的黑发，皮肤雪白。没有阿尔菲的踪影。海伦呜咽着向她们跑去。

"他在哪儿？"她抽着气问道。凯西没有回答。她尖叫起来："阿尔菲在哪儿？"她抓住凯西的手臂，用力摇晃，直到她整个人瘫软在她的臂弯里。她感到有人从身后抱住了自己，耳边传来一个轻柔的安慰声："冷静一下……我们正在搜索……海岸警卫队已经在赶来的路上了……我们会找到他的。"

"你不明白，"她说，面对着那个抱住她的女人，"他还是个小宝宝。"

"我能理解，这对你来说一定很痛苦，"年轻女人柔声说道，"你能否跟我过来一下，泰德太太……"海伦这才发现她穿着警察制服。她顺从地被带到一个小店铺的遮阳伞下，他们身边似乎聚集起了一大群人，但海伦完全无视他们的目光和私语，一个劲儿地扫视着人群，希望儿子的脸庞下一秒就出现在她面前。他们为什么都站在那里？为什么不去找阿尔菲？

海伦绝望地凝视着海滩。太阳逐渐西沉，离地平线越来越近，海面上聚集起一片琥珀色的云朵。她看见出海一天的渔船正回到岸边，一群海鸥嘎嘎叫着冲向野餐的残渣，度假者们被惊得四处跑动。远处的海边，一只塑料袋被风吹向他们所在的方向，一个小男孩追着塑料袋向他们跑来，海伦的心猛地一跳，但很快，希望就变为了失望，那并不是她的儿子，不是阿尔菲。她再次环顾四周，却发现凯西也不见了。

"我女儿去哪儿了？"她对身边的女警官喊道。

女警官一只手搭在她的手臂上："他们只是要问她几个问题。"

"我想见她，我想听听她说了些什么。他们把她带去哪儿了？"

"她在商店里，但你最好……"

海伦不等她说完就径直快步走向商店，却发现那里一个人也没有。她听到门后有人在低声说话，想也没想就闯了进去。

那窄小的储物间阴暗而拥挤。凯西蹲在一个警官面前的一堆箱子上，后者正在快速地记笔记。凯西目不转睛地盯着地板上的一块脏兮兮的油毡，双手不安地撕扯着一个箱子破损的一角，把那瓦楞纸板撕成无数小纸片，慢慢地撒了一地。海伦进来的时候，她紧张地抬头望了一眼，便继续低头盯着地板。

"你不介意吧？"海伦对警官说，"我是她的母亲，我想听听她怎么说。"这并不是一个问句。

年轻的警官点点头，继续询问凯西："所以你们是一起从营地走出来的？"

凯西点点头。

"什么时间到的海滩？"

"大概上午十一点，我们先和萨姆会合，然后一块儿去'岩洞'。"

"谁是萨姆？"海伦尖锐地问道。

警官看了她一眼，并不是生气，但显然不希望由她来提问。

"萨姆就是外面那个女孩吗？"他问道。凯西点点头："她是我朋友。"

"'岩洞'是什么地方，卡桑德拉？"警官问道。

海伦开始出神，她从没听凯西说起过"萨姆"。

"在海滩的尽头，"凯西继续说，"就在岩池边上的一个洞穴，我们年轻人有时会去那里玩……你知道……就是……找乐子。"

警察点点头："你可以带我们去找'岩洞'吗？"

"可以，但我们已经搜过了，他不在那儿。"

"好的，但我们还想再去看看。所以你在上午十一点左右跟阿尔菲和萨姆一起去了那个洞穴对吗？"

"是的，还有朵拉，我妹妹，她也去了。"

警察在笔记上加了几笔："你们一起在洞里待了很久吗？"

"是的，我们在那儿待了一个小时左右。后来朵拉说要去买冰淇淋。"凯西想了一会儿，"不对，应该不止一个小时。我记得她走之前问过我时间，那时已经快到一点了。"

警察点点头，继续记笔记。

"朵拉回来后问我阿尔菲在哪儿，我还以为她在开玩笑。自从她走之后我和萨姆就没见过阿尔菲了，我们以为他跟着她走了。"

海伦觉得胃里一沉，发出一声呜咽："所以你们俩谁也没有照看他？我是怎么嘱咐你们的？"

警察抬起一只手："抱歉，泰德太太，我知道这对你来说很难，但失踪的时间是最关键的线索。"

海伦点了点头，咬住自己的舌头。

"所以你最后一次见到阿尔菲是在今天下午快到一点钟的时候对吗？"

凯西点点头。海伦看了看手表，已经快下午四点了。

"你觉得他离开洞穴了吗？跟着朵拉去了海滩？你记不记得他说过自己想要做什么？或者想去哪里？"

凯西摇摇头。"他在洞穴里玩得很开心。"她突然想起了什么，开始小声抽泣起来，"他以为那是一个蝙蝠洞，以为那些海鸥是蝙蝠。"

海伦的双眼被泪水刺痛，她的小男孩此刻不知所终，孤身一人。

"朵拉去买冰淇淋的时候，你和萨姆在做什么？"

凯西脸红了："只是……聊天……你知道的……抽烟。"

海伦感到血液上涌。凯西竟然会抽烟？

"我知道了。"警察潦草地记了几笔，"你最后一次见到阿尔菲的时候，他身上穿着什么衣服？"

"一身超人制服。"

警察记笔记时忍不住微微一笑："你能描述一下吗？"

"蓝色的睡衣长裤，红色的雨靴，一件印着超人符号的蓝 T 恤，还有一件红斗篷。"凯西抬头看了海伦一会儿，又移开了目光。"妈妈在斗篷上缝了一个大大的黄色'S'。后来我们在岩池里找到了它，是萨姆找到的。"

海伦再次感到胃部一沉，她想要放声尖叫，但她强迫自己保持安静，手握成拳堵住嘴，用力咬自己的手。很疼，但她不在乎。

警察点了点头，似乎已经见过了那件斗篷。

"你是否记得阿尔菲在洞穴里脱掉过斗篷？"

海伦屏住了呼吸，但凯西摇摇头。

"那么他也许是离开洞穴之后才脱掉的斗篷，比如在岩池边？"

凯西缓缓地点了点头。海伦很想扑过去猛烈地摇晃她，但她只是更用力地咬自己的手，感受着牙齿下方传来的疼痛。

"好的，这些信息很有帮助，卡桑德拉。我们随后会问你和萨姆更多的问题，但现在已经足够了。你妹妹在这儿吗？"

凯西看了看妈妈，海伦摇摇头。

"抱歉，警官，我让她待在家里，万一阿尔菲自己回家了好有人照看。我以为那是最好的办法。她一告诉我这件事我就赶过来了。"

警察在笔记本上加上了最后一个细节，然后合上了本子。"好的，我们会去你们家里和朵拉谈话。"警察对着对讲机快速说了几句，然后站起来，"卡桑德拉，你的信息非常有帮助。"接着转向海伦："别担心，我们会找到他的，泰德太太。目前有两名警官正在海滩上寻找你的儿子，现在我来呼叫海岸警卫队，当然，这只是以防万一。我想他一定是在什么地方和别的孩子一起玩呢，要么就是海滩上堆城堡，你知道的，小孩子就是这样。"

海伦点点头，努力不去想他们为什么要呼叫海岸警卫队。

阿尔菲不会游泳。

海伦感到膝盖发软，但警察反应迅速，在她倒地之前就用强壮的臂膀托住了她。

"你想坐下来吗，女士？"

"不，不用，我没事。"她推开他。"我的丈夫，"她说，"他在伦敦，我得给他打电话。"她不敢想象把这个噩耗告诉理查的情景，但他必须得知道，他会知道怎么做的。突然，海伦无比地需要丈夫强壮的臂膀抱紧自己。他一定会找到他们的儿子。

"他在哪里工作？"

"泰德集团，菲茨哈丁路。"

警察点点头："我们这就联系他。"

　　海伦感激地点点头，离开了小商店，走到外面的一片噪声与困惑当中，仿佛身处水底。海伦明白，警察所说的话是非常重要的，但她实在无法集中注意力，一门心思地看着离开海滩的人群。她想冲他们尖叫，让他们都停在原地。她想让他们通通定在当下，自己好跑过去，在他们中间仔细搜寻阿尔菲的面孔。警察终于问完了所有的问题，海伦和凯西立即跑入人群，拦住每一个遇见的人，问他们是否见过一个穿着自制超人制服的小男孩。但不管问谁，答案总是一次又一次小心翼翼却充满同情的摇头。很快，海滩上的人越来越少，晒了一天的度假者从自己精挑细选的场地上撤回，长途跋涉回到停车场与营地。最后，只剩下她们与空无人烟的海滩，还有上千名漫不经心的游客留下的遍地垃圾。海伦边走边踢开易拉罐、塑料瓶、冰淇淋包装纸和空薯片罐，回到停车场。

　　到了晚上七点，海伦停下来给在家的朵拉打电话。她明白那不过是痴心妄想，如果阿尔菲已经回到家的话警察会告诉她的，但她就是忍不住希望阿尔菲能找到回家的路，不管用什么方式。

　　铃声才响一下，朵拉就接起了电话。"他回来了吗？"海伦问道。

　　"没有。"朵拉说道。

　　海伦快要挂电话的时候，朵拉继续说："要我去帮忙吗？我一个人在这里都快要疯了，或许我能……"

　　海伦挂掉了电话，对身边的一个警察说："我得去看看那个洞穴，带我去吧，趁天还没有完全暗下来。"

　　警察张张嘴想说点什么，但海伦的眼神阻止了他。他急促地点了点头："跟我来。"

　　海伦挣扎着爬进"岩洞"，棉布短裙对于攀爬岩石来说非常不便，草底便鞋在石头上危险地打滑。陪她一起来的警察十分灵巧地用他强壮的双手帮她爬了上去。当她的双脚终于触碰到洞穴内部的砂石地面时，她深深地吸了一口气。

这地方一片荒凉，阴冷潮湿，弥漫着一股来自黏糊糊的植物、死鱼，以及更糟糕的东西的恶臭。这些女孩子到底在想什么，为什么要来这种地方？海伦实在无法理解。她在洞穴里走了几分钟，下巴紧绷，伸出手在头顶的石墙上来回抚摩，仿佛希望自己的触摸能打开一扇秘密的门洞，把她的儿子从那将他偷走的地下世界中释放出来，回到她的怀抱。

"你们把这里每一寸都搜遍了吗？"她问道。

"是的，"警察表示肯定，"明天我们会派出警犬，如果到那时候还找不到他的话。"

海伦不解地摇摇头："为什么要派警犬？"

"您的女儿告诉我这是当地青少年的秘密基地。"他指着墙面，"从涂鸦上来看，他们并不是第一批访客。"

海伦看着墙上的喷绘涂鸦，打了个寒战。她不敢想象小小的阿尔菲在这种地方玩耍，这不是小孩子该来的地方。她咽了口气："我想我们该走了。"

警察点点头，两人一起回到石头间窄窄的空地。海伦自己爬了出去，落到了石墙的另一侧。太阳已经开始落山，阿尔菲一定饿了，他一定很想吃下午茶。

她们在海滩上一直搜索到天黑，一名年轻的女警小心地提醒她们该回家了。海伦不想走，她的儿子还没有找到，她不愿就这样回去。可在一片黑暗中，她们什么也做不了。海岸警卫队的直升机已经待命，准备进行夜间搜索。尽管搜索船队的灯光在海湾中依然可见，但就连他们也将很快返航。已经太晚了，天色也太暗了，他们必须等到日出才能开始下一轮搜索。

海伦艰难地爬上车，开车带凯西回家，她觉得自己的心都快要因为疼痛而裂成两半。母女俩都看见了后座上空空的儿童座椅，仿佛在指责她们的失职，两人谁也没有说话。海伦用尽了最后一点点意志力，让自己的脚踩住油门，而不是掉转车头，冲到海滩上，大声呼喊儿子的名字。

"爸爸回来了吗？"凯西终于开口问道，打破了沉默。

"是的，正在回来的路上，很快就到了。"显然母女俩都指望理查能想到办法。

海伦猛地一拍方向盘："他在哪儿，凯西？他到底去哪儿了？"

凯西焦虑地摆弄着牛仔裙磨损的下摆，"我不知道，"她喃喃地说，"我真的不知道，我以为他跟朵拉在一起，她说要带他去买冰淇淋。可后来她跟一个学校里的男孩子一起回来了……"

她们到家的时候，朵拉一个人坐在厨房焦虑不安地咬指甲，面前放着一杯动都没动过的茶。她们一进门她就跳了起来："他跟你们回来了吗？"

凯西摇摇头。朵拉一屁股坐回到椅子上，仿佛夜幕临近时突然委顿的向日葵。

海伦走到洗碗槽前，整个人靠在沥水盘的边缘。她低下头，大声地叹了一口气，压抑了许久的愤怒与焦虑释放出一小点。她无法思考，无法呼吸，仿佛进入了一个奇怪的微暗地带，一个平行宇宙，一切似乎都在发生爆裂。她站在那里，头低低地垂在水槽上方，眼神缓慢地聚焦在一个亮色的物体上。那是阿尔菲的塑料早餐碗。仅仅几个小时之前，她才把它丢在水槽里，里面还有半碗没吃完的麦片。一阵情绪涌来，她忍不住对女儿们大发雷霆："你们两个今天到底都他妈在干什么？"她的声音冷得像冰，眼里却有火在燃烧。她先是盯住朵拉，再看看凯西，接着又盯住朵拉。两个女孩紧张地交换了一下眼神，她能看见她们眼中的恐惧。

"看着我，"海伦喊道，"告诉我到底发生了什么。"

"是我的错。"凯西先开口，"是我提议去'岩洞'的，朵拉一开始不想去，但我说我一定要去，她就说那我们必须待在一起。"

海伦摇了摇头："我叮嘱过你们一定要看好他，我以为你们是可以信任的，你们已经不是小孩子了。"她难以置信地摇摇头，"我不明白，一个小男孩怎么可能在那么多人的海滩上突然消失。"

凯西羞愧地低下头。

"他才三岁啊，我的上帝！"海伦的声音颤抖起来，"他还只是个小宝宝。"

"妈，"朵拉哀求道，"我们真的……"

海伦摇了摇头："我不想听这些，朵拉。我叮嘱过你们要待在一起，而你却离开了你的弟弟和姐姐，一个人去买冰淇淋！阿尔菲跟着你走了，结果现在他失踪了。"海伦再次摇头，"我跟你们说过，一定要待在一起。"

"妈，"朵拉小声地哀求，"对不起。"

"对不起！"海伦对着朵拉大发雷霆，"你说对不起？你觉得一声'对不起'能帮到阿尔菲吗？他还在外面，孤身一人，在黑暗中……"

朵拉开始抽泣。

"你觉得一声'对不起'就没事了吗？"

朵拉摇摇头。

凯西张开嘴想要说话，但海伦举起一只手打断了她。

"'对不起'没法让阿尔菲回家躺在他温暖安全的床上。'对不起'没法让他不受伤害，吃得饱饱的，被爱他的家人环绕。我有很多话想听你说，但绝不是一句'对不起'，小姐！"海伦感到自己的身体在颤抖，但她无法停止。"我不知道你到底在想什么？"她继续说下去，难以置信地摇着头，"他只是个小男孩啊……一个小宝宝。"她顿了一下，突然所有的愤怒都远去了，她整个人缓缓地瘫倒在地板上，像一个离线的木偶。"噢，我的宝贝，"她哭了起来，"我可怜，可怜的宝贝……"一时间，厨房里回荡着她的抽泣声。一只手搭在她的肩膀上，但她生气地把它甩开了。

"妈……"她听到朵拉的哀求，"妈……"她不想听。

"走开，都给我走开。我一刻也不想看见你，朵拉。"

"妈？"这回是凯西。

"滚！"海伦尖叫起来，"都给我滚，你们两个！别让我看见你们！"

不用再说第三遍了。她听见姐妹俩跑出了厨房，朵拉恼人的哭声一路回荡，直到她上楼进入卧室。

海伦整个人蜷缩着躺在厨房地板上，直到背部开始疼痛，冰冷的厨房瓷砖隔着薄薄的夏裙麻木了她的肉体。这十分令人不适，但一想起她的小男孩还在黑暗中独自彷徨，就有一阵恐惧紧紧地抓住她的内脏，那点不适根本就算不了什么。她以为可以信任两个女儿，她以为她们俩已经大了，可以承担责任，但她错了。她叮嘱她们一定要待在一起，都是朵拉没有听话。只要他们待在一起，阿尔菲就不可能走丢。

大门传来钥匙开锁的声音。海伦僵硬地伸展肢体，站起来迎接丈夫。他脸色阴沉地走进门，身上的西装皱得不像样，伸手把她拉进怀里。他们就这样站了好久，拥抱着彼此，默默感受这沉重的气氛。

"我们的宝贝，"她喃喃地说，"我们可怜的宝贝，他还在外面。"她哭了起来。

理查轻抚着她的头发，像哄婴儿一般轻声哄她："我们会找到他的。"

楼梯上传来一声嘎吱声。海伦没有抬头，但她感到理查扭过了头，然后缓缓地张开双臂，将女儿温暖的身体拥入他们的怀抱。她呼吸着凯西的金发间散发出来的香甜气息，合上了双眼。理查说得对，他们会找到他的。

三个人就这样站在客厅里，紧紧地拥抱彼此，都深信天一亮阿尔菲就会加入他们的怀抱。当海伦终于睁开眼睛的时候，她抬头看见朵拉一个人站在楼梯上。她泪眼蒙眬地望着他们，一脸焦虑。海伦冷漠地看着她。她怎么能打破自己的承诺，留下阿尔菲和凯西一个人去找那个男孩？她目不转睛地瞪着朵拉，毫不掩饰眼底的憎恶，过了好一会儿才转身走进厨房为理查准备茶点。

"我跟警察谈过了，"过了几分钟，理查进了厨房，不安地坐在餐桌前说道，"他们天一亮就会开始搜索，还会派出警犬。我们一定会找到他的，海伦，我保证。"

海伦没有说话。她专注地凝视着壶嘴冒出的热气，心想如果把手放在蒸气上方，自己能承受多久那灼痛的高温。

"许多当地人也主动来帮忙，"他继续说，"比尔·德莱登明天一早就来。我们会组织搜查队，从悬崖到海滩彻底地搜一遍。阿尔菲也许只是迷路了，在悬崖边某个温暖的角落或普卢默农场的地沟里蜷起来睡了一晚。没过几天我们就会开始嘲笑他的，你看吧，等到他二十几岁的时候我们还会一直拿这事儿取笑他。"他的笑容不太自然。

海伦点点头，很想相信他。"至少这是一个温暖的夜晚，"她放松了一些，"感谢上帝，他穿着长袖长裤，我从没想过他对超人的痴迷会让我如此感激。"

理查微微一笑。

"你饿吗？"

他摇摇头。

"要我帮你冲杯茶吗？"

"不用了。"

水壶刺耳的尖啸声平息了下来，海伦关掉炉灶，不知道接下来该做什么。最后，她转身从餐桌边拉出一把椅子在理查面前坐下。木质椅腿刮在瓷砖上，发出缓慢而刺耳的声响。

"警察提议给我们配一名社工，但我没接受。"

海伦点点头。

"我们今晚恐怕都别想睡了，总不能吃片安眠药，然后在他们找到他的时候呼呼大睡吧。你觉得我做得对吗？"

海伦点点头。她明白他的意思。她不需要任何东西来麻痹她的疼痛，她需要在心里真真切切地感受每一次刀割。

"女孩子们还好吗？"

海伦耸了耸肩。

"可是楼上太安静了。"

"她们大概都上床睡觉了，这对她们来说再合适不过。我现在无法面对她们，朵拉实在是太令我失望了。"

理查抬起头看着她。

"我告诉她必须得和大家待在一起，否则谁也别想去海边。"

理查低头看看自己的手："我记得我们说好的，除非有你或我在场，否则阿尔菲不可以去海边。"

海伦愧疚地抬头看他："她们已经快成年了，理查，我以为她们信得过。可朵拉居然自作主张，一个人跑去买冰淇淋了，还去和一个学校里的男孩子见面。"

理查叹了口气，两人沉默地坐了一会儿。终于，他清了清嗓子："我不知道你今天还要工作，海伦，我以为你要过一星期左右才会返工。"

海伦感到脸颊泛起一阵羞愧的红晕。和托比亚斯一起躺在那片野地里，做爱，听着鸟儿展翅，蟋蟀唧啾，仿佛已经是上辈子的事情。"我必须得去……"她脱口而出，"我必须去学校和院长对时间表。"

理查点点头，"抱歉，我不是……不是要……"他举起双手，"这都不重要，我们会找到他的，明天一早就能找到他。"

海伦看着丈夫疲倦而痛苦的双眼，心里闪过一个念头：要不要告诉他。那只不过是一时的寻欢，不会被任何人发现。可现在把这秘密揭露在理查面前，告诉他自己出轨的事实，又有什么好处呢？难道能改善他们目前糟糕的处境吗？

不。

她做不到。已经有够多的事情要操心的了。再说，当时她在哪里又有什么关系呢？她可能真的会被叫去学校，同样的噩梦还是会发生。不，没有必要对理查坦承自己不忠的事实，这一切并不是她的错。海伦咽下肚子里那股不停翻滚的冰冷与空洞，伸手握住了理查的手。

她惊讶于他肌肤的温暖，用自己冰冷的手紧紧握住他的手。

"我一直在想，也许他会自己找到回家的路。"理查喃喃地说，"你说他知道怎么回家吗？"

海伦摇摇头，"我不知道。我也有过同样的想法，他是个聪明的孩子。"她看着窗外的一片黑暗，忍不住打了个寒战。"我一直在想，要是他能回家的话，他一定会回来的。"

理查警觉地抬起头："什么意思？什么叫'要是他能回家的话'？"

海伦咽了口气说："我多么希望那是真的。"她支支吾吾地说，"可是，他的斗篷，"终于，她小声地说了出来，"为什么出现会在岩池边的石头上？他为什么会在那里把斗篷脱掉？"

理查迅速地摇了摇头："这什么也说明不了。你不能这么想。我们要保持乐观，现在放弃的话就完了。"

"我没有放弃，我只是……"

理查抬起头："别说了，海伦，别说了。"他站起身，椅腿刮在瓷砖上发出一声巨响。"我要去洗个澡，今晚注定是个不眠之夜。"

海伦睡在阿尔菲的房间里。至少，她还能躺在他的床上，盖着他的小被子，闻着他那香甜的、混合着约翰逊沐浴液和香草味橡皮泥的小宝宝香气，柔软而甜美，仿佛夏日里轻柔的微风。她躺在那里，又进入了那个奇异的半梦半醒间的微暗世界，做着离奇而鲜活的梦。脑海中走马灯般疯狂闪过各种画面：托比亚斯闭着双眼在她身上运动，眉头逐渐凝聚起一粒粒汗珠；阿尔菲开心地用蜡笔在"岩洞"阴暗的墙壁上涂画；朵拉闯进家门时脸上吓人的神色；理查，强壮可靠的理查，用温暖的手捏紧她冰凉的手，一遍又一遍地安慰她。"我们会把他找回来的，我保证，我们一定会把他找回来的。"

她觉得自己一夜没睡，但她显然还是睡着了一会儿，因为理查突然把她从沉眠中摇醒，在她耳边低声说："天快亮了，该去寻找我们的小男孩了。"

他离开之后，海伦在小床上又躺了一会儿，任由阿尔菲不在的沉重事实再一次将自己包围。她感到喉咙底部痒痒的，那感觉缓缓沉入她的体内，仿佛一股冰冷的液体水银，流得越来越快，终于，在腹腔里沉淀下来，变成一潭沉沉的痛苦。她叹了口气，把自己从床垫上撑起来，每一个动作都伴随着哗啦作响的恐惧。天还没亮，但她能听见理查在楼下厨房里发出哐啷哐啷的声音，显然是在准备出门。走出房间之前，她仔细地铺好阿尔菲的小床。等他们把他带回家的时候，他一定会觉得很累。

在卫生间里，她把冰凉的水泼在脸上，凝视着镜中的自己，仿佛在看一个陌生人。她绿色的双眸充满了血丝，毫无生气，眼周全是晕花的化妆品。她也需要收拾一下了，身上还穿着昨天穿的衣服。

她脱掉 T 恤，解开胸罩，把皱巴巴的棉布裙顺着小腿褪下。它躺在地上，她又一次看见了那块深色的草汁形成的污渍，仿佛在控诉她的过错。海伦盯着它看了一会儿，突然哭着抄起裙子将它扔进了水槽下面的垃圾桶。她坐在浴缸边低声而痛苦地抽泣，整个身体都在发抖。她赤身裸体地坐在那里，双手环住小腹，满心希望她的宝贝能够回家，身体里最核心的地方因他的缺席而传来阵阵刺痛。

她下楼时，理查正开门请贝蒂和比尔·德莱登进来。比尔在门口尴尬地挪着脚步，饱经风霜的双手抓着一顶棒球帽，倒是贝蒂大方地走向海伦，一把将她拉进自己充满母爱的怀抱。

"可怜的孩子，你一定担心坏了。我去烧水好吗？给大家冲杯好茶？"

海伦把脸埋在贝蒂灰色的卷发间点了点头，为有人掌控局面而心怀感激。

"我们要出门了，海伦。"理查说，"去停车场和警察会合。我一找到他就给你打电话。"

海伦再次点点头，目送理查和比尔从大门出去。

"来吧，"贝蒂领着海伦走进厨房，"让我们把水烧起来。女孩子们很快就要起床了，你们都得好好吃一顿早餐，打起精神来——为了阿尔菲。"

海伦跟着贝蒂走进厨房，看着这个年迈的女人在厨房里忙上忙下，寻找茶包，把杯子在托盘上摆好。

"我得在你的茶里加点糖，海伦，"她说，"你气色不太好，需要喝点甜的。"

海伦再次点头，似乎失去了声音。她转身看着年初时自己钉在墙上的一张张彩色涂鸦，全是阿尔菲的抽象画大作。过去她无数次地看过这些画，但此刻，她仿佛是第一次看到一样，仔仔细细地端详起来，欣赏每一个笔触，每一抹色彩。其中一幅画名叫"海盗船与月亮"，另一幅叫"滑梯上的恐龙"。这些画令她痛苦万分，但她就是无法移开视线。他还在外面流浪，不知道在什么地方。他们会找到他的。

如果说第二天相比起第一天来情况有什么变化的话，只能说是更糟了。老房子里很快塞满了警察和不请自来的友人，人人都乐于帮忙，却没有人知道该怎么做。他们在房间里进进出出，不停地窃窃私语，而海伦则一直坐在餐桌前，难以置信地看着发生在她身边的一切。她的头始终保持一个姿势，面对着电话机，等待理查打电话来报告找到阿尔菲的好消息。

到了午餐时间，她朝窗外瞥了一眼，发现有几辆轿车，还有一辆大大的白色面包车停在车道上。

"他们想干什么？"她对一个警察低声说，后者正托着茶杯从厨房里出来。她心不在焉地发现，他手里拿着达芙妮最好的瓷杯。那警察顺着她的视线看向车道。"一群秃鹰，"他充满歉意地说，"媒体嗅到了大新闻的气味。"

海伦耸耸肩："或许他们能帮上忙呢？要是他们报道了这则新闻，或许会有人记起昨天发生的某些重要的事情呢？"

警察礼貌地点了点头，留她一个人在厨房里。

过了一会儿，贝蒂急匆匆地走了进来："要我给你做点午餐吗，海伦？你一早上什么也没吃，必须得吃点什么才行……"

海伦摇摇头："我吃不下，真的。"

贝蒂一脸担忧："好吧，女孩子们呢？我能为她们做点什么吗？"

海伦耸耸肩。自从早饭之后，她就没见过两个女孩子了。凯西无精打采地走进厨房冲了一杯茶之后就不知道去哪儿了。朵拉天一亮就走了，远远地跟在比尔和理查身后去了停车场。见到这一幕，海伦感到有些欣慰。

"你真好，不过真的别忙了，大家应该都不太饿。"

"好吧，至少让我做点三明治给那些警察吃吧？他们需要垫垫肚子才有力气干活。"

海伦点点头，离开了厨房。她不想看见也不想闻见任何食物。她觉得自己就像一条搁浅的鱼，被海浪冲上了沙滩，眼看着浪花离自己越来越远，竭尽全力地呼出最后一口气。每一次呼吸都让她疼痛不已，身体里面仿佛有一团烧灼的疼痛，每一次呼吸都标记着没有阿尔菲的一刻。

过了一会儿，朵拉在温室里找到了她。海伦没听到朵拉的声音，直到朵拉站在她身后几米远的地方大声咳嗽了一声，她才被吓了一跳，惊得不知所以。

"哦，是你啊。"海伦失望地转向花园。

"妈，我有件事想告诉你，很重要的事情。"

海伦转过身来，仔细地审视着朵拉："说吧。"

"昨天，我离开'岩洞'的时候，有两个人在洞口附近。他们躺在岩石边上的阴凉处，是成年人，一男一女，我记得他对我微笑挥手，挺奇怪的。"

海伦感到呼吸被卡在咽喉里。

"那个男人长着一头长长的黑发，"朵拉继续说，紧张地扯着 T 恤衫的袖口，"我一开始以为他是个女人。他穿着牛仔裤，T 恤衫，红色的，我想，没错，一定是红色的。"

"你看见那个女人长什么样了吗？"

"没有，我没看清楚。她躺在地上。"

海伦感到心在胸腔里怦怦直跳。目击者，他们一定看见了什么。为什么昨天他们没有出现？他们或许知道阿尔菲去了哪个方向，或许能帮上忙也说不定。这是她的一根救命稻草。

"你昨天为什么不说？"她突然暴怒，从椅子上弹了起来。

朵拉默默地退后一步："我忘了，昨天发生了太多事情。"

海伦难以置信地看着她："你忘了？"

"我也不知道怎么回事，我太担心阿尔菲了……"

海伦感到自己的身体在发抖。她抓住朵拉的手腕，大步朝门口走去。

"跟我来。"

她们半跑半走地经过铺着橡木地板的过道，抵达海伦的书房。她一把推开门，敲都不敲——这是她的房子，该死的——坐在里面的警察还没来得及说话，她就脱口而出："我女儿刚刚想起一件事情，很重要的事情。"她低头看着朵拉："说吧，把你告诉我的说给他们听。"

朵拉抬头看着她，警觉而害怕。

"说啊，"海伦催促道，"快说！"

理查在外面找了一天，很晚才回到家。他筋疲力尽，一脸灰暗。海伦从他的脸色就可以看出，不用问也知道搜索的结果了。

"警察希望去休息室跟我们谈一谈，你觉得怎么样？"

海伦点点头。她迫不及待地想要知道些消息，好有点盼头。自从她拽着朵拉去找警察之后，就再也没有任何消息了，她当然想去。几分钟之后，她走进休息室，坐在理查身边，两个人双手紧握。一位表情严肃的警官走到他们面前坐下。海伦端详着这个男人坐下时仔细地拉起裤脚的模样，注意到他的白衬衫衣领精心地上过浆。他有一双强壮的手和一张宽厚的脸。不用说，这时候一定有位爱他的妻子和幸福的家庭在等他回家，她感到一阵嫉妒，嫉妒他简单而无忧无虑的生活。

"你们的儿子已经失踪超过二十四小时了。"他开始说道。

海伦咬住嘴唇，点了点头。

"今天我们在搜救队和当地志愿者的帮助下搜索了大片区域，不用我说你们也知道，我们对阿尔菲的安全状况深感忧虑。"

理查紧紧捏住海伦的手，两个人都没有说话。

"地面搜索没有发现关于阿尔菲的任何线索。我们没有找到从洞穴里出来的任何足迹，也没有证据表明他是一个人走出来的，无论是跟着朵拉去停车场，还是自己找回家。除了海滩上的人群之外，没有目击证人出现。目前掌握的唯一证据就是在岩池里发现的衣物。"他看着他们俩的眼睛，"不需要我告诉你们，这着实令人忧虑。"

理查咳嗽一声："这并不意味着……他还小，可他并不傻，警官。"

警察轻轻点了点头："我知道，泰德先生。但岩石很滑，并且当时正是涨潮的时候，小孩子很容易被水吸引，只要一个浪头就可以把他打翻，那里的岩壁又非常陡峭。我们都知道，那是一个危险地带……"

海伦把头埋进理查的肩膀，试图阻止那些可怕的画面出现在眼前。

"这是非常现实的可能，我们希望你们能做好心理准备，你们明白吗？"

海伦无法动弹，她保持着那个姿势，把注意力集中在自己的呼吸上，吸入他身上温暖而令人安定的气息。

"朵拉在悬崖边看见的那对男女呢？"终于，她开口问道，转过头面对着警察，绝望地想要找到一丝盼头。

海伦感觉到理查轻轻动了一下。

"今天下午我们询问了您的女儿，"警察继续说道，"朵拉确实记得在去买冰淇淋的时候在'岩洞'附近见到过一男一女。她没能看得很清楚，但根据最基本的描述，我们已经可以展开调查了。我们会努力找到这对男女，希望能问他们一些问题。"

"好！"海伦表示赞同，"你们得找到他们，也许他们看见了阿尔菲往哪个方向走。"

尽管不易察觉，但海伦还是注意到，警察犹豫了一下。

"是的，有可能。"

"你们一定要找到他们。"她再次催促道，身体里突然涌起了希望。"他们一定看见他了，"她对理查说，"是不是？"

理查轻轻点了点头，没有看她的眼睛。海伦不明白，为什么他们都不把这当回事？这可是条真正的线索啊。"你知道吗，"她继续说，"我不懂朵拉之前为什么不提这件事。"

警察不等她说完就开口道:"我相信,泰德太太,在那种惊慌失措的局面下,她是真的忘记了。这很正常。而且你看,"他继续道,"她不记得在买了冰淇淋之后回到'岩洞'的时候见过他们,只有第一次离开'岩洞'的时候见过。"

理查又小声咳嗽了一下:"所以你觉得还有另一种可能性吗,警官?"

警察低头看着自己的大腿,一个肮脏的想法突然在海伦脑海中嗡嗡直响,仿佛一只脏兮兮的苍蝇。她努力把它赶走,但那嗡嗡声持续不断地骚扰着她,大声而执着。

"你觉得他们有可能把他带走了?"她说道,声音小得几乎听不见。

这回轮到警官转移视线了,他盯着他们头顶上方的空白处。"我们会尽量和所有相关人员谈话,一旦有任何进展就会第一时间告知你们。"

"你不可能从一个人潮拥挤的海滩上直接抓走一个小男孩,总有人会发现的,这根本就说不通。他一定还在外面,迷了路。他只是找不到回家的路而已啊,你们必须得找到他。"她的声音越来越歇斯底里。理查伸出一只手搭在她的胳膊上,试图让她平静下来。

"嘘,亲爱的。"他柔声说,"这时候心烦也帮不上什么忙,是不是?不会对阿尔菲有任何帮助。"

海伦咬紧牙关,不再出声。该死的朵拉,她怎么能忘记这么重要的信息?先是不听话离开弟弟和姐姐去找班里的男孩子,现在又是这一出。就因为她忘了这么重要的细节,不知道浪费了多少宝贵的调查时间。她也生凯西的气,她当然生气,但朵拉的过错让她怒火中烧。

"如我所说,"警察一边说一边从他的椅子上站起来,"只要我们有任何线索，你们会在第一时间得知。我们一定尽全力去找。现在，你们俩都该试着休息一下。别站起来了，我自己出去就好。"

理查对他表示感谢，将海伦拉进自己的怀抱。"你要坚强，"他说，"我们都要坚强。"

海伦点点头，但她感觉自己的心正在慢慢地皱缩，像一段被火焰啃食的老木桩，正在缓缓坍塌成一摊冰冷的灰烬。

那天晚上下雨了。海伦听到卧室的窗外传来雨点打在树叶上的声响。她翻身摸索理查，却发现他的那一侧空荡荡的，立刻感到一阵惊慌。她从床上起来跑到窗边。天气变坏了，夜空黑得像墨，厚重的乌云围裹住月亮，海伦最远只能看到果园。阿尔菲还在外面，不知道在什么地方。但无论他在哪儿，都是大雨滂沱。

她披上睡袍，快速走下楼梯到达厨房。那里一片黑暗，空荡荡的，除了洗碗机低沉的嗡嗡声之外，什么声音也没有。一定是贝蒂走之前打开的。她从后门出去，踩在湿漉漉的后院地砖上，几乎察觉不到赤裸的脚底下石头湿滑的触感，以及打在她头发、皮肤和睡衣上冰冷的雨点。

猫和狗[1]。阿尔菲一定会这么说。他还没领会到这不过是一个夸张的表达方式，每到下大雨的时候，他都会跑到窗前，期待着天上掉下小猫小狗。这回忆令她刺痛。她在花园里游走，沿着湿滑的小路走到果园的树下。她不知道自己去向何方，也不知道这一切都是为了什么。她只知道自己不可以躺在房子里，而她的儿子还在外面，不知道在什么地方，独自担惊受怕。

1　猫和狗：原文为"cats and dogs"，在英文中"to rain cats and dogs"意为"瓢泼大雨"，是一种常用的夸张表达。

大雨顺着她的脸颊流下，混合着温暖咸湿的泪水。她感觉到自己的身体在湿冷的衣服下颤抖，但她还是继续向前走，义无反顾。阿尔菲就在外面，她知道的。

"阿尔菲！"她哭喊起来，声音绝望而高亢，"阿尔菲！你在哪儿？"

她的哭喊没有任何回应，只有雨水打在梨树叶子上的噼啪声，还有远处浪涛的翻涌。

"阿尔菲，是妈妈啊。你在哪儿啊？"她呼唤着，"阿尔菲！"她停下来仔细听，依然什么都没有。

海伦感到膝盖受到了阻力，潮湿的野草扎进她的睡裙，但她毫不在意。这算不了什么，对比起他所遭受的一切，这根本就算不了什么。她需要感受到他全部的疼痛，仿佛这样就能离他更近一些。

海伦躺在湿漉漉的草地上，整个人蜷缩成一个小小的球，双膝抵住胸口，任由暴雨冲刷着身体。她不断地抽泣，一遍又一遍地呼喊他的名字，对着天空尖叫："把我带走吧，把阿尔菲还回来，把我带走吧。要我做什么都可以，只要让我的宝贝回来。"直到声音沙哑，身体不受控制地颤抖。但她依然躺在那里，除非阿尔菲回到她的身边，否则她无法移动半步。因为她知道，她的生命里不能没有他。

她在冰冷的雨水中躺了许久，直到一双温暖强壮的臂膀将她轻柔地托起，抱回屋内。她感觉自己被湿衣服紧紧裹住，接着又被包进了一条毯子。她感觉到一个热水瓶被放到她的腿上带来一阵刺痛，一杯甜甜的茶被端到在她的唇边，牙齿不由自主地打战，还有理查打电话叫医生时焦急而温柔的声音。可是她只想大声哭喊："让我去吧，让我去受折磨，让我去感受这份痛苦"。因为在心底里，她知道这跟阿尔菲所遭受的一切相比根本就算不了什么，不管他在哪里。

吃了医生给的粉色药片之后，接下来的几个小时依然糟糕透顶，就像坐了一遍又一遍的过山车。上一秒，她还感觉一阵自信心突然涌来，打心眼里认定她的宝贝就在外面，生龙活虎地等待被找到。但哪怕是最小的一样东西——洗衣篮里他那件被番茄酱弄脏的衣服，卫生间里他的漱口杯和牙刷，或是后门口他那排成一列的小鞋子——都足以让她重新跌入绝望与愧疚的旋涡。她的睡眠断断续续，刚睡着没多久就突然醒来，再一次经历阿尔菲不在的噩梦。与此同时，搜索工作依然持续而无果地进行着。

每个人都想帮忙，每个人都想提供力所能及的支持，加入搜索阿尔菲的队伍中来，但没有一个人像理查那么拼命。似乎是为了弥补阿尔菲失踪那天自己的缺席，他几乎完全不休息。天一亮他就出门，几个小时之后才回来。他回来也只是洗个澡，换身衣服，然后立马出门，通常会停下来和依然驻扎在车道尽头的记者们说几句话。一个小男孩的失踪可以写成悲惨的头条新闻，让报纸大卖。海伦起初还能接受他们，但也越来越忍受不了了，她觉得他们越来越阴险，很难不对他们发火。理查则更宽容，觉得记者对这件事的兴趣或许能逼出一些线索，或者敦促警察全力搜索，所以他进出的时候常常停下来跟他们说上几句，汇报搜索的进展。

理查出门搜索的时候，朵拉总是像个影子般跟在他的身后。海伦看着她进进出出，面色苍白而焦虑。有那么一两次，她在厨房门前看见朵拉隔着餐桌坐在贝蒂对面，后者伸出手擦掉女儿脸上滚落的泪珠。海伦看不下去了，她想不出什么话来宽慰女儿，所以她总是在被朵拉发现之前静悄悄地离开厨房。

凯西一如既往地安静而隐蔽。她会一连好几个小时窝在自己的房间里，只有到了晚上，所有人都回房睡觉之后才会出来一会儿。海伦听见凯西在他们的卧室门口走过时地板发出的嘎吱声。偶尔在白天，海伦也会看见她出现在花园里，在长长的野草间穿行，伸出手指摩挲达芙妮生前种下的艳粉色日本银莲花，抚摩那些叶子缓慢变成金黄色的美国梧桐。尽管离得很远，海伦还是可以看见女儿的嘴唇在疯狂地开合，似乎是在自言自语，抑或是在绝望地祷告。

海伦明白，应该和女儿们亲近些，她们也需要安抚和同情，但她就是做不到。她必须独自待着，与她的痛苦和悲伤相依为命。她什么也做不了，于是她们就像相隔遥远的行星般环绕着彼此运行，疏远而孤立。似乎每一个人都被锁在自己的私密领地中，各自痛苦。没有人能直面彼此，没有人能看着彼此的眼睛，没有人能鼓起勇气来诉说自己遭受的折磨。她们被撕得粉碎，就像那些金黄的树叶，在清冷的秋风中飘散，坠落。

当没有阿尔菲的四十八小时变成七十二小时，七十二小时又变成可怕的整整四天，海伦甚至在神经紧绷的状态下，都开始注意到那些围着她转的人开始变得面色阴沉起来。只要她一经过，人们的嘴唇就会抿成一条细窄而僵硬的线条，双眼目视着下方。她不小心听到很多人在讨论海湾里的浪潮。有一天早上她下楼的时候，甚至听到一位高级警官在说找到尸体的可能性，一股可怕的凉意蹿上她的脊柱。

尸体。

他们在说的是阿尔菲的尸体，他胖乎乎的小腿，调皮的笑脸，还有那不管梳多少次都不肯乖乖听话的金发。在这之前，她一直心存幻想，期待着总有一天他会被带回家，疲惫地微笑着，裹着毯子，在洗澡睡觉前还要吃一顿炸鱼薯条和豆子。她允许自己想象理查带他回家的情景，他会得意地把他高举在肩头，享受着邻居们宠爱的微笑和欢呼。可当她听到那些严肃的谈话时，她突然意识到，那些想象不过是自我纵容的幻想罢了。

后来，第一周过到一半的时候，突然出现了一件令人振奋的事情。

警方检查营地登记表时发现一名被判过刑的恋童癖在阿尔菲失踪期间出现在海滩。他从未主动露面，就在阿尔菲失踪的那天离开了。海伦甚至希望阿尔菲被这个恋童癖绑架了，至少那样的话他还有希望活着回来。理查和警察之间进行了一系列的长谈，海伦根本不敢去听。但最终，证据表明那个人与阿尔菲的失踪毫无关联。那天他在莱姆里杰斯玩宾果游戏，拥有无懈可击的不在场证明。似乎只是一个怪诞的巧合罢了。至于朵拉在"岩洞"附近看到的那两个目击者，依然没有任何踪影，似乎所有的线索都走进了死胡同。他们又回到了过山车的下坡路段，而车厢正朝一个深深的黑洞加速冲去。

时间在迷雾中消逝，新的一天与过去的一天融为一体，直到第十二天，那个拥有强壮双手与和善面孔的好警察回到了老房子。他以惯常的姿势坐在客厅里，告诉海伦和理查，第二天搜索行动就会被叫停，问询将回到警局展开。没有任何线索，没有任何犯罪证据，没有任何疑点。似乎阿尔菲的失踪只是一场不幸的海滩意外。

"就这样不找了？就这样不找了？"海伦喃喃地说，"你怎么能这么说呢？我们的儿子失踪了，除非我知道他身上发生了什么，否则我怎么能放弃呢？他可能还活着啊！你说，你们是不是还没找到朵拉见过的那对男女？他们在哪儿？你们在调查些什么？我们的儿子可能被他们带走了，"她抽泣起来，"他们有可能带走了我们的儿子！"

"泰德太太，"警察柔声说，"已经快两个星期了，我们调查了所有的可能性，但恐怕我们还是相信最有可能的情况就是阿尔菲在岩石上玩耍的时候不小心掉进了海里，几乎没有生还的可能。那个地方的海水非常深，海浪又很猛。"他暂停了一下，继续说道，"我恐怕，泰德先生、太太，我们可能永远都找不到他的尸体。"

海伦闭上双眼，用手捂住自己的耳朵。

"再找几天吧，求求你了，警官，"理查哀求道，"如果是钱的问题，我肯定……"

"这不是钱的问题，"警察向他保证，"当然，我们会一直敞开案卷，一有进展就展开调查。但我们必须缩小行动范围，转移资源。过些时候会有一场问询。"

"你们不能这样！"是朵拉。她站在门口，双眼因恐惧而瞪得老大，面色憔悴而苍白。她看起来糟透了。"你们不能这么做！你们得继续找啊！"她尖声叫道，"你们必须去找他，他还在外面呢，我知道的。"

海伦转眼看着女儿。"出去。"她低声嘶吼。

"可是妈，他们不能这样，他还在外面呢。"

"我说了出去。你已经做得够多的了。"

"我……我……我只是希望……"朵拉紧紧攥着门把手，血色从脸上一点点褪去。海伦不让她继续说下去。

"要不是因为你，阿尔菲现在还……"

"海伦！"是理查。"朵拉，你妈妈急疯了，她不是那个意思。你去厨房帮我们烧壶水好吗？过一会儿我就过去跟你解释。"

"你觉得这是我的错？"朵拉喃喃地说，目不转睛地盯着海伦。

"朵拉，快去厨房，快去！"理查命令道。朵拉转身离开了房间，海伦望着她离开的背影，开始坐在椅子上前后摇摆起来。她用力咬住自己的嘴唇，品尝着涌出的鲜血，就像一曲诡异的挽歌从身体里溢出。

"是我的错，这一切都是我的错。我是他的母亲，"她哭起来，"我是他的母亲啊，我应该保护他的。他那么无辜，还只是个小宝宝。都是我的错，对吗？我才是那个应该保护他的人。惩罚我吧，惩罚我吧，不要惩罚我的宝贝。"

她被击中了，被一把大锤猛烈地击中。他的失踪是她的错。都是因为她，她的宝贝才不见了。一个母亲应该保护她的孩子，一个母亲应该在孩子遇到危险的时候像只母老虎般勇猛搏斗。可她呢？她就是一个耻辱，一个怪物，只顾自己的私欲，不管孩子的安危。是她害了阿尔菲，是她害了他们所有人，她再也无法承受这种愧疚和耻辱了。要是她没有接他的电话，要是她对他说一声不，要是她和自己的孩子们待在一起，而不是跑去和托比亚斯玩那肮脏的游戏，要是……

正当海伦默默地清点自己不堪重负的罪恶时，理查一把将她拉进自己的怀里，紧紧地抱住她。"嘘，"他说，"嘘，别再说了，听到了吗？"

她能听见他的心在毛衣底下怦怦直跳，听起来实在是太快了。

警察低头看着自己的鞋子。"抱歉，真的很抱歉。"他不敢看他们的眼睛，"我代表警队向你们表示诚挚的哀悼。"

海伦哭出声来。

"抱歉，但我们真的尽力了，希望你们理解。"

他们理解不了，他们做不到。

但他们也确实没有什么可说的了。搜索行动即将结束。

第二天，警察们整理好文档，在厨房里喝了最后一杯茶，洗掉自己用过的杯子，与这个家庭郑重告别。就连那个仅剩的记者，在车道尽头固执地守了最后两天之后，也收拾好东西离开了。重大新闻的气息消散了，再没有新的悲剧可以挖掘。整个世界似乎都放弃了阿尔菲。可他们还在，他们四个留下来捡拾生命的碎片。一个四分五裂的家庭，再也无法回到从前。

朵拉

周围的空气一片凝滞，很显然，公寓里没有别人，但当沉重的铁门在背后砰地关上时，朵拉依然忍不住想大喊一声："丹，我回来了！"

鸦雀无声。

她把旅行包丢在门边，向起居室走去。回到家令她很高兴，她非常期待见到丹，所以当她发现没人在家时，多少有些失望。朵拉穿过那空旷得出现回声的白色房间，走到丹房门紧闭的工作室前。她很清楚里面有些什么：一个朴素的水泥地房间，高高的屋顶上开着天窗，周围是宽大的玻璃窗，一个完美的雕塑家工作室。丹第一眼看到这个空间就爱上了它。那是他们第一次来看房，当丹在房间里轻手轻脚地走动，抚摸那砖砌的墙面时，朵拉就知道这公寓注定是属于他们的。在这里，他设计雕塑，铸造蜡模，把熔化的铜倒进模具。

失蜡法，一门制作铜像的古老技艺。回忆突然涌上心头：那是他们第二次，还是第三次约会，丹带她参观他在卡姆登租的现代工作室，那儿摆着几座刚完工的铜像，正准备运往布里斯托的美术馆。那是一些轻微扭曲的大型人像，姿态自然得仿佛是相机随机捕捉到的一般。

一位老人立在角落，痛苦地弓起背部，伸手去捡地上的某样东西。一个活力四射的小男孩飞起一脚踢向足球，袜子松松垮垮地垂在脚踝。一个修长的身影——是一名商人，她猜，从他手里的公文包来判断——志得意满地迈出大步，手机贴在耳边，嘴巴大张，似乎正在发号施令。一名疲惫的年轻女子一只手上挎着一个购物篮，踮起脚尖，另一只手伸向前方看不见的食品货架。这些人像以其金属厚重的存在感，令这个小小的工作室显得拥挤不堪。她缓慢地绕着它们踱步，为每一个精妙而生动的细节感到惊叹——指甲、头发、结痂的膝盖。每一座人像都真实得不像话，却又在某些维度上略显离奇而扭曲，颇具印象主义风格。她越是认真地去观察，越是感觉它们模糊成了一片片不可名状的熔岩。

丹向她解释他为了塑造这些人像而执行的那些艰苦卓绝的工序，她坐在那里听得入了迷。在此之前，她从来没有想过这些事情。她一直以为，他只不过是抓起一大块金属，这里切切，那里凿凿，直到他想要的样子呈现出来。可事实完全不是这么一回事。他首先需要制作一个黏土模型，每一个角落都必须完美无缺，为最终的铜像成品打下基础，这令她觉得不可思议。当他对这个模型的所有细节都十分满意时，他会在它的表面抹上厚厚的一层蜡，接着再抹一层黏土。最终，这个了不起的多层模型就塑成了，他会将其加热，把蜡完全熔化并排空，两层黏土之间就形成了一个空洞。这时候，他才会把熔化的铜注入其中。

"这非常昂贵，每一步都不能出错。"他承认。

"是啊，我看出来了。"她一边惊叹，一边抚摩着商人的铜袖子，袖扣是象棋中卒的形状。"可是制作黏土模型和涂蜡的这么多功夫，只是为了倒入金属而创造出一个空洞，多令人泄气啊？就这样看着它熔化，凿碎，不觉得是种浪费吗？为什么不直接用黏土来雕刻呢？"

"但是你看，这正是铜塑的妙处所在啊！"丹热情洋溢地感叹道，"当你去除掉黏土的那一刻，它就像一只美丽的蝴蝶般破茧而出，出现在你的面前。那是纯铜塑造的真相揭晓的时刻。铜有一些独一无二的特性，坚固，永恒，无比真实。"

"可那些早期的雕塑呢？你知道，就是用黏土和蜡做的那些？"你花了那么长的时间去雕琢它们，只是为了最终将它们舍弃。我一想到这件事就觉得有些伤感。失蜡法，听起来多么悲伤！

丹哈哈大笑："你太多愁善感了。你得这么看：那些早期的雕塑是必不可少的，正是它们赋予了这些站在你面前的铜像以生命。要是没有它们的存在，铜像也将不会存在。这一切都是必经的步骤，一个生命周期。"

朵拉点点头，依然将信将疑。"我不知道自己会不会有这么多的耐心。"她承认。

丹摇了摇头，"这不需要耐心，只是纯粹的热爱，或者，"他坦承道，"更多的是执念。我有一种执念，热衷于捕捉人类生命运动中细小的瞬间，一切都有可能发生的瞬间。我努力寻找那些时刻，将它们捕捉下来，凝固在时间里。"他停顿了一下，摇了摇头，"事实上，不仅仅是那样，不只是凝固而已。对我来说，挑战就在于将流动的时刻永久铸留，用我能找到的最为耐久而稳定的材料。毕竟，比铜更为耐久的材料是很少的。转瞬即逝的瞬间对比耐久的实体，你发现其中的奥妙了吗？"

朵拉有些困惑，可她知道自己喜欢他的雕塑。它们那么生动，那么激动人心，为这昏暗的工作室注入了活力。现在想来，她发现，就是在那一刻，自己爱上了他。看着他站在自己的作品中间，红通通的脸蛋被一束光照亮，尘埃的颗粒在他周身起舞。她能感觉到他的激情，某种温暖、震颤、真实得可怕的东西在她体内激荡。已经过去快三年了，如今，她站在这里，站在他们共同的家中，站在紧闭的门前，倾听他的声音。房间里没有任何响动，只有一片宁静，她知道他出去了。有那么一会儿，她想要偷偷溜进工作室，看一眼他最新的成果，但还是克制住了这股冲动。在他不在场的情况下这么做不太好，鬼鬼祟祟的。以后有的是时间进去好好看看。此刻，她最需要的是一杯茶。

厨房里到处都是丹的痕迹。喝了一半的咖啡杯，一堆脏盘子堆在沥水盘边，摇摇欲坠。电话机旁丢着一个素描本，上面画满了潦草的涂鸦和草稿。朵拉随手翻了翻，瞥了眼丹那独一无二的笔触下粗糙的画作——女人的脖颈、臂膀、双腿、肩膀。深黑的炭笔勾勒的肢体，在白色的纸页跳脱出来，令画面显得有些惊悚。素描本边上是一沓来自供应商的发票，看来这个周末成果颇丰。她很高兴，既然他是在埋头工作，那么没有陪她去多赛特也就情有可原了。她转身走向水槽，去清洗那些脏杯子。这时她发现了他留在桌上的便条，压在一个脏兮兮的麦片碗下方：

欢迎回家，宝贝。我们想你了。

和灰熊们一起喝酒。

快来吧，吻你。

朵拉微笑起来。他们私底下把那些出没于附近酒吧的暴躁老头子称作"灰熊"。她捡起格姆雷的水盆，冲洗干净，从水龙头里接满水。把水盆放回到地上的时候，水洒到了地垫上。也许她根本就不想喝茶。这样的夜晚适合着舒缓的爵士来一杯冰镇白葡萄酒，在周一清晨的真实感降临之前，好好享受周末的最后时光。她关掉电水壶，抓起了钥匙。

她从萨默顿开车回家的时间掌握得很好，天还亮着，于是她沿着达斯顿的小路漫步走向酒吧，周围充斥着外城区的喧嚣。回到伦敦就像被裹进一条舒适的毛毯，令人安心的交通噪声和喧嚷的人声汇合在一起向她涌来，让她几乎察觉不到自己的声音。这一切如海浪般冲刷着她，形成了一幅有声的幕布，仿佛一台旧冰箱友好地哼唱。朵拉抬起手臂来放松一下肩膀，突然意识到，把克里夫托伯一成不变的生活秩序和风景如画的多赛特乡村抛在身后，真是一种莫大的解脱。那是一场对峙，最终她还是失意而归。她没有找到自己想要的东西。

整个城市似乎都在庆祝新年里第一个真正温暖的周末。一辆车快速驶过，摇下的车窗里传来欢快的嘻哈音乐。她路过一对情侣，两人正手拉着手漫步，突然停下来深情拥吻。过马路的时候，一群穿帽衫的孩子踩着滑板飞驰而过，大声地笑骂着，充满了年轻人的自信和大胆。城市在夕阳的微光中脉动。朵拉意识到自己已经等不及想见到丹了，于是加快了脚步。

狐狸酒吧好巧不巧地坐落在离他们家几步远的地方。"近得吓人，"丹开玩笑地说，"过不了一个月，我们都会变成酒鬼的。"他们俩买下这套公寓的第一个晚上，就坐在这个酒吧摇摇晃晃的木桌子边，喝了一整瓶红酒来庆祝。

丹和朵拉爱极了这地方，这可以算是他们的第二个家。那是一个阴沉沉的冬日午后，跟着那位油腻的房地产中介参观完纽扣工厂之后，他们第一次闯进狐狸酒吧。正是在那熏人的火炉边，他们坐在一条邋遢的红丝绒长椅上，讨论买下那套公寓的利与弊。两人都想保持理智，于是让话题围绕着漏水的屋顶、破旧的地板、年久失修的厨房，还有脏兮兮的墙砖展开，可两人打心眼里都认为这房子简直就是为他们量身定制的，并且随着谈话的进行，兴奋感愈加难以掩盖。正是在那里，他们对彼此露出柴郡猫般兴奋的笑容，清脆地碰撞酒杯，最终决定买下这个属于他们的第一个家。接着就是签订合约，拿到钥匙，过了几个月后，他们又回到了那里，一边喝酒一边咯咯地笑，为即将展开的大工程而惴惴不安。

朵拉推开重重的木门，进入酒吧黑暗的内部。一群像得出奇的男人东倒西歪地坐在酒吧各处，全都长着啤酒肚和双下巴。她看见丹坐在另外一边，在他常坐的桌子边，正低着头在看报纸，桌上放着一杯喝了一半的苦啤酒。她趁机打量他，享受这个罕有的视角，像个陌生人一样，置身事外地悄悄观察。

他坐在他最喜欢的带轮靠背椅上，那椅子对于他修长精瘦的身形来说明显太小，可朵拉知道他是不会换座位的。不管她对他说多少次，坐在那椅子上让他看起来很不舒服，他还是会不自觉地走过去坐下。他似乎就是喜欢那把硬邦邦的硌着骨头的椅子，十分乐意被那朴素的扶手和靠背箍在中间。现在，他就坐在那里，两条长腿叠起来，宽宽的肩膀佝偻着，仿佛一个巨人来到了小人国。他还穿着工作用的背带裤，脸上有一抹红色的黏土，显然刚从工作室出来，从家里乱糟糟的样子也不难判断出来。他可爱的脸蛋静止不动，棕色的双眸盯着眼前的报纸。他一定很累了，她突然意识到，因为他戴上了那副金边眼镜，平常都是不需要的。他的黑发垂到耳边，在颈边开始打卷，看来很快就得理发了。他翻了一页报纸，开始不自觉地抚摩格姆雷的脑袋，后者忠诚地躺在他的脚边。那只拉布拉多犬睁开一只眼睛，舒服地在主人的掌心里蹭鼻子。

朵拉很懂格姆雷的感受。他们第一次见面的时候，朵拉最先注意到的就是丹的双手。当时她正在一个朋友的新书发布会上喝一杯温热的霞多丽葡萄酒，有人过来介绍他们俩认识。"朵拉，你必须认识认识丹，他是爱丽丝的堂弟，一位真正的艺术家。"朵拉不知道爱丽丝是谁……大概是和这本书有关的某人吧，但她并不在意。他伸出手跟她打招呼时，她注意到了他的双手——大而粗糙，掌纹极深，摸起来有种砂纸般的触感，骨节粗大，一条鲜红的伤疤横贯整个左手背。朵拉盯着那双手，不由得出了神。那是一双艺人的手；那双手的主人了解什么叫意外和痛苦，什么叫疼痛和愈合；那双手的主人明白自己是谁，清楚自己要去向何方；那双手属于一个真正的男人，一个真正活过的人。她站在那里，说不出话来，跟他握手时脸颊抑制不住地泛起潮红。她控制不住自己，没法不去想象这样一双手摩挲她的肌肤时会是什么样的感觉。她很幸运，当天晚上就体验到了那种感觉。起初，朵拉并没有计划坠入爱河，她宽慰自己，那不过是纯粹的欲望，一种令人招架不住的热切与饥渴罢了。她很喜欢他在床上带给她的感觉，让她忘记了自己是谁，身处何处。当她和丹在一起时，她可以简单地活在当下，那感觉很不错。她并没有计划要向他敞开心扉，把自己的秘密向他全盘托出。他们只是见了面，吃了晚餐，上了床而已，第二天一早总归要离开彼此的住处，小心翼翼地走完各自的羞耻之路，直到下一次的重逢。

可后来，事情发生了变化。不知不觉中，有一种感觉悄悄蔓延到她的心头，每一个早晨的离开都变得越来越艰难。她发现自己在他离开的时候会想念他，渴望被他的臂膀环绕，渴望他的双唇吻过自己的肌肤。不仅如此，她还希望与他共度床上之外的时光。她想和他一起在白雪皑皑的樱草山长时间地漫步，手拉手去看电影。她想要周六清晨的报纸和鲜榨的橙汁，还有周日下午和朋友们懒洋洋地晒太阳、喝啤酒。最重要的是，她意识到，她想要和他分享她的生活。

这个想法吓了她一跳，可她无论如何不能失去他。这么久以来，他让她感觉到前所未有地清醒。她不得不跟心底里那个不断尖叫着"不要！不要让他离得太近"的声音斗争。他已经进入了她的生活——还有她的心里。

似乎是感受到了她的凝视，丹在酒吧的另一边抬起了头，对着她所在的方向皱起眉头，努力聚焦视线，接着露出一个大大的笑容。朵拉快走到他面前的时候，他从座位上站了起来。

"嘿，你这就回来了，真棒。"他将她拉进自己的怀抱，在她唇上印下一个深深的吻。"你还好吗？"

"挺好的。来得很是时候吧？"她说着看了看表，"路况还不错，看来大家都在原地享受阳光。如此美丽的夜晚你在这儿干什么呢？我以为你会在工作室埋头苦干，或者至少在外面享受最后一抹阳光。"

"不啦，你懂的，我是那种喜欢窝在酒吧里的老古董。你怎么样？"他再次问道，眼里满是关切，"累不累？要不要去透透气？我们去外面怎么样？要来杯饮料吗？"

"丹，别大惊小怪了，我只是怀孕而已，身体好得很。在这儿就挺好的，不过我最想喝的还是金汤力加冰，再来一片青柠……"

丹给了她一个担忧的眼神。

"开玩笑的啦！"她举起双手投降，"给我来杯橘子汁吧，不加冰。"

"这就去。"

格姆雷没精打采地摇摇尾巴，算是欢迎朵拉的到来，于是她弯腰拍拍它的脑袋。"嘿，格姆雷，你想我了吗？"格姆雷又摇了摇尾巴，打了个哈欠，露出粉红色的舌头，充满肉味的口气热乎乎地喷在她脸上。

"就当是吧。"

朵拉回到桌边坐下，伸手去翻丹看过的报纸。那是一篇关于用环保材料翻新房子的文章：全都是一些污水箱、堆肥桶、太阳能板之类的东西。挺好，要是能负担得起的话。她这么想着，把报纸推回丹的座位上。丹很快就回来了，在她面前放了一杯橙汁，把自己重新挤进那个椅子。

"回家感觉怎么样？"他问道。

"还不错。只是有点想你和格姆雷。你的周末怎么样？进展顺利吗？"话题转变得太过生硬，不过丹没有在意。她知道他是一个耐心的人，懂得等待时机。

"都挺好的，整个周末都待在工作室里。"

"我看出来了。"

丹不解地看着她。

"是公寓啦……乱成一团！"

"啊，是的，真抱歉。我本来打算收拾的，可是格姆雷，它非逼我来酒吧庆祝，不答应都不行。"

"你们俩在庆祝些什么呢？"朵拉微笑着问道。

"噢，你知道的，"丹大大地摊开双臂，"美丽的阳光，肉店老板送的骨头，新雕塑动工，你回家……"他停顿了一下，看着她的眼睛，"还有孩子的到来。"

朵拉伸手拿起饮料喝了一口，浓稠而过甜，是那种在西班牙阳光明媚的某棵树上没有晒够太阳，却在货架上长时间吃灰的橙汁，在她舌尖留下了一种毛茸茸的触感。"雕塑进展如何？"她问道，"你要跟我说说吗？"

丹平静地看着她："抱歉，暂时不行，这可是个惊喜。不过我对它很满意。这个周末开始做黏土模型。对我而言，它是独一无二的，一场真正的'叛逆'，就像他们所说的那样。"

"听起来很有意思。"

"是啊，我很激动。格林姆肖给的佣金不错，足够我们付账单，但也算不上丰厚，不是吗？"朵拉点点头。

"对了，差点忘了，你爸爸来过电话。"

"是吗？"朵拉顿住了，"出什么事了吗？"

"没有，一切都好，他邀请我们共进午餐，你觉得如何？如果你不想去的话，我可以编个借口出来。"

朵拉想了一会儿："我觉得我们应该去，已经好久没见他们了。再说了，还得把我们的新消息告诉他们，是吧？"

"你的意思是……"丹的声音越来越小。

朵拉耸耸肩："我这不是已经告诉妈了吗？"

"好吧。"丹好不容易才吐出两个字，显然被搞糊涂了，"那就跟我说说家里发生的事情吧，你妈妈还好吗？"

"噢，老样子，没什么变化。"

"所以没有任何突破了？"

朵拉停顿了一会儿："我想是的。"

"真的吗？"丹一边问，一边嘬了口酒，"她一定为宝宝的到来感到高兴吧？"

朵拉听到丹的声音里充满了希望，那种期待压得她喘不过气来，只好措辞谨慎地回答："嗯……更多的是震惊吧，我想。高兴？恐怕没有，她几乎没表达出任何高兴的意思。"

"可她总说了些什么吧？"丹继续问道，"自己要当祖母了这种消息可不是每天都能听到的。"

朵拉不知该如何解释自己和海伦之间的对话。她不想让他知道自己的眼泪，不想让他知道自己是如何懊丧地尖叫着从温室里夺门而出，也不想让他知道两人之间尴尬的沉默，以及第二天她是如何爬回车里一路开回家的。丹了解一点点关于阿尔菲的事情，但他不可能明白，也不可能理解，那件事对他们所有人到底有多么深的影响。她不想令他失望，真的不想，但又无法对他撒谎。"我们谈了谈，关于怀孕的事情……还有关于阿尔菲。我终于鼓起勇气问她是不是认为那件事是我的错。"

"她怎么说？"

朵拉想了一会儿："她说是时候该放手了。"

"你看吧，她说得没错，你知道的。"

朵拉摇了摇头："可她就是不肯说，你看，她无法说出那句'朵拉，那不是你的错'。"

丹摩擦着手上的一抹黏土："我敢肯定她的意思是……"

"不。"朵拉摇摇头，"我受够了一直为她找理由，我过去一直在这样做，可我现在真的受够了。她说我当时还只是个孩子，她说我该放手。可当我问她是否觉得那都是我的错的时候，她无法回答。你看，我是对的，她一直都在怪我，怪我弄丢了阿尔菲。"她大声说出这些话的时候，感觉到眼泪在眼眶里翻涌。丹向她伸出手来，温柔地捏了捏她的手。

"好吧，或许你在那里的时候就有了答案，尽管那十分令人痛苦。也许你就是得去一趟多赛特，发现自己永远没有办法重建与你母亲之间的纽带。现在你终于可以告诉自己，你已经努力过了，不是吗？如果你和她的关系真的如你所说的那么不正常，那么……也许你近期内不该再见她了，要是那样能让你感觉好一些的话？"

朵拉点了点头，咬住自己的嘴唇："我只是希望……你知道的……我只是想要……她是我的妈妈啊。"眼泪静静地滚落她的脸颊。

"我懂的。"丹再次捏了捏她的手。

"有那么一次，"朵拉说，"好久好久以前，那时候阿尔菲还没有出生。我们刚搬到克里夫托伯不久，爸爸不在家，一阵猛烈的龙卷风从海上袭来。"她轻笑了一声，"我还以为房子都要被吹走了呢。"

丹宠溺地对她微笑。

"凯西和我爬上妈妈的床，我们三个就躺在那里倾听外面的狂风暴雨。我们紧紧抱在一起，盖着温暖的被子，共享那个时刻。你知道妈妈对我们说了什么吗？"

丹摇摇头。

"我永远不会忘记。她低头用她最温柔的眼神望着我，对我说：'别害怕，只要我们在一起，其他的一切都不重要。'"朵拉低声抽泣起来。"当时我确信她是爱我的，为了我她什么都愿意做。可现在呢？"她耸耸肩，"我向她寻求帮助，希望她能给我一个答案，可她就差没把我扫地出门了。"

丹用他温暖的手指揉搓着她的手。

"可是这好像也不重要了，什么都没有改变，不是吗？该发生的还是发生了，我们依然每天都得面对这个现实。"

"没错，可是你必须得接受，朵拉。接受现实，继续走下去，好好地生活，尽你所能地与你身边那些爱你的人一起好好地生活下去，不要沉湎于过去。"

朵拉突然涌起一股怒气："我没有沉湎于过去，丹。我在好好生活呢，现在就是。老天给了我这样的生活，让我别无选择……所有好的、糟糕的事情全都一股脑地塞给我。可我就是无法不去想……发生在我身上的那件事。我们所有人都一样。我没法忘了他。"

她停了下来，试图控制住眼泪，抬头恳切地望着丹。"你不明白吗？阿尔菲的事情发生在我身上，在我们所有人身上。我就是无法忘了他，无法放手，无法面对我在这件事情上的过错。这样的我要如何继续，如何成为一个无辜婴儿的好妈妈？这是一条新生命啊，我的老天！一切都是我的责任，实在是太沉重了，我做不到。"

"这是我们两个人的责任，朵拉。我和你一起承担，记得吗？我会一直在你身边。"

朵拉再次抬头望着丹。他的眼里充满了爱和关切，让她几乎想要大哭一场。"噢，上帝啊，都怪荷尔蒙，让我这么情绪化，真抱歉。"她一边道歉，一边伸手接过他递来的手帕。

"朵拉，我不知道还能怎样帮你，但有一点是可以肯定的，你必须得做出决定了，时间不等人。"

"我知道。"

"你明白我的感受，对吗？"他真诚地望着她，"朵拉，我想要留下这个宝宝，比什么都想。但要是你认为自己还没准备好……如果你有别的打算……那么……"他的声音越来越小。

"我以为回多赛特找妈妈谈谈会有帮助……可我感觉手里还是只有拼图的一小片，你明白我的意思吗？"

丹摇摇头，他不明白。

"我只是还需要点时间。"

丹叹了口气，举起杯子喝光了最后一口酒。"我准备回家了，你呢？"

她把那杯喝了一半的橙汁留在桌上，杯底凝结了一圈水珠，在深色的桌面上留下一个丑陋的白色污渍。她心不在焉地擦了擦，便站起来跟着丹走出了酒吧。

他们沉默地走在半明半暗的夜色中，朵拉希望丹能停下来拉住她的手，可他全程保持大步前进，总是比她快一步，格姆雷忠诚地跟在他的脚边。这可不是她想象中的重逢。这个城市令人舒缓的氛围离她远去，她听见远处传来警笛的尖啸，看见街边到处都是垃圾、碎玻璃和狗屎。就连纽扣工厂那熟悉的剪影似乎都蒙上了一层不祥的阴影。他们静静地爬上楼梯，当丹把钥匙插进大门的锁扣时，两人都松了一口气。

"你想喝点什么吗？"她开口问道，努力化解他们之间紧张的气氛。

"不了，我得在睡前再干点活儿。"

朵拉感到十分挫败，但还是任由他去了，没有再多说。她站在沙发边，望着他走向工作室，推开门，打开灯，决绝地把门关上，将自己与整个世界，以及更重要的，与她，隔绝开来。她叹了口气。她明白他想听的是什么。她明白，他需要听到她亲口说，她想要这个孩子，这是他们人生中最美好的事情，她等不及想要当妈妈了。可她就是做不到。

她吓坏了，害怕这件事会对他们的关系所造成的任何变化，害怕为人父母所要承担的责任，最重要的是，害怕会失去这个正在她体内不断成长的小生命，以及她和丹共同缔造的一切。家庭是脆弱的，她比任何人都更清楚这一点。可是丹，从他所有的言辞来看，却无法理解这一点。他没有办法理解，因为他没有经历过她的生活。这么长时间以来，她把自己保护得好好的，活得就像丹的一座雕塑，内里温暖的黏土和柔软的蜡早已被挖空，只留下一个虚无的空洞。她一个人熬了过来，避免付出太多，进而躲避所有可能产生的疼痛。可现在，她不再是一个人了。丹出现了，接着又是他们的孩子。她到底是怎么让自己落入这种境地的？

她叹了口气，继续审视起居室。他们为数不多的几张桌子上堆满了生活垃圾。她把格姆雷领进厨房，抓起一个黑色的垃圾袋，开始有条不紊地收拾起来。旧报纸、账单、蔫掉的花朵、空酒瓶、吃了一半的面包边，还有烧成奇形怪状的蜡烛，统统丢进垃圾袋。她把丹的艺术杂志整齐摆好放进书架，把脏杯子和碗碟拿进厨房。她花了二十分钟来洗餐具，接着又花了十分钟来掸灰尘和挥舞吸尘器，等到她完工的时候，整个公寓又恢复了一尘不染的状态。她又望了望工作室紧闭的大门，从门缝透出的光影就能猜出里面发生的事情。他不是在潜心工作，就是还在生她的气。无论如何，她今天注定是要一个人去睡觉了。

那天晚上，她梦见自己潜入水底去寻找硬币。水是浑浊的绿色，但她看见它们在水底闪烁着银色的光，吸引着她。她一次又一次地下潜，手指在淤泥间摸索，每次抓到那冰冷的金属时，肺部都烧灼般地疼痛，于是她一次又一次地浮出水面，得意扬扬地大口呼吸。

还剩最后一枚硬币，她看见它在对她眨眼，她不能把它留下。她深吸一口气，将身体沉入水下。肺部开始疼痛起来，硬币就在眼前，她看见了，只有几米远。她伸长手臂在黑暗中摸索，却只感觉到砂石在指间游走，什么也没有摸到。

她必须浮出水面，她的身体需要空气，但头脑却还在坚持。就在那儿啊，再坚持一秒钟就好，加油。

双手盲目地在水底拍打，突然，她摸到了什么东西，不是冰冷的金属，而是某种像肉体般温暖的东西，是一个人。她在黑暗中睁大了眼睛，惊恐不已。她无法呼吸，身体在着火，头晕眼花。她努力想浮上去，可那东西抓住了她，强壮的手指紧紧地抓住她，不肯放手。

她用尽全力挣扎，最后的求生本能浮现出来，整个身体在水底剧烈地抽搐。

但那只手依然抓得又稳又紧，绝不放她走。

终于，她猛地一扭，挣脱了它死神般的手掌，浮出水面大声尖叫。

她在闹钟的尖啸声中醒来，时间是早上七点。她关掉闹钟，在床上又躺了一会儿，倾听雨点砰砰打在屋顶上、雨水有节奏地滴落在床边的水桶和锅子里的声响，等待噩梦渐渐远去。又是一个潮湿的周一清晨：她不知道要怎样才能打起精神来洗澡、更衣、坐地铁去上班，那种反胃的感觉已经开始在身体里面涌动，她连眼睛都还没睁开啊！之前几个清晨当她想吐的时候，丹表现得非常体贴，为她做了茶和烤吐司，还帮她端到床上。她伸出一只手去摸索他，却什么也没有摸到。他的枕头还好好地躺在她的身边，十分蓬松。他没有上床，一定是在工作室的沙发上睡了一晚。

　　她讨厌分床睡，这代表着他们还在生对方的气。她摇摇晃晃地走进浴室，在热水中放松了几分钟，接着穿好衣服，走进厨房，一边走一边吞咽胆汁。她煮上茶，给格姆雷倒了一碗狗粮，这才注意到昨晚刚塞满的垃圾桶里出现了一团毛茸茸的东西。她伸手去摸，提着一条毛茸茸的腿把这神秘的东西拎了出来。一只泰迪熊，是那种有着茶色绒毛和活动关节的经典款式。价签还没摘掉：65英镑，不便宜。丹一定是买给宝宝的。作为一只泰迪熊来说，它实在非常可爱：圆圆胖胖的小肚子，还有大大的爪子和耳朵。朵拉看着它，它那黑漆漆的眼睛用一种哀伤而忧郁的表情注视着她，让她无法忍受。她把它放在餐桌的对面，系好垃圾袋，坐下来凝视了那泰迪熊好几分钟。接着，在改变主意之前，她抓起了电话机。

　　"哈喽？"嘟嘟声才响了第一声，电话的另一端就出现了这个声音，似乎那个人一直站在电话机旁，就为了等到她的电话。

　　她做了一个深呼吸："爸，是我……是朵拉。"

凯西

凯西坐在床上，身边堆满了复习笔记。她本该好好准备历史高级水平考试，但脑子里乱糟糟的，一心想着床头柜里那枚小小的蝴蝶胸针。一阵刺痒蔓延过她的肌肤，令她无法忽视。

把笔记本踢到一边，她探身过去从抽屉里取出那个镶着钻石和珍珠母贝的胸针，放在手里一遍一遍地把玩。它太美了，即便是在这个阴雨绵绵的下午，依然闪着温柔的光。她凝视了它一会儿，拨开别针，将针尖对准自己的指尖，测试了一下它的尖锐程度。很好。她把袖子卷到手肘上方，将针尖抵住臂弯苍白的肌肤，这个部位最为敏感，也很容易隐藏。接着，她深吸一口气，用力刺了进去，金属刺穿了她的皮肤，她痛得整个人缩了起来。

红宝石般的鲜血在针尖周围溢出，她看着血珠越来越大，缓慢而痛苦地拔出针尖，一边深呼吸，一边欣赏着那尖锐的金属留下的杰作。她将这组动作重复了好几遍，满意地看着血流在自己的皮肤上呈现纵横交错的纹理，温暖的鲜血开始顺着胳膊缓缓淌下。她感到有些眩晕，于是躺了下来，任由一波接一波的疼痛冲刷着自己。能感觉到疼痛也是一件好事。

当那种刀割般的刺痛感逐渐转化为持续的钝痛，凯西回到了现实，一世界的烦心事再次汹涌而至。她在那儿躺了一会儿，思考自己的人生到底有多糟糕。比上个周末杰西卡·哥德斯坦在橄榄球俱乐部的舞会上当着她的面和查理·辛普森亲热还要糟糕；比她的妈妈告诉她除非通过高级水平考试否则别想打脐钉还要糟糕；比试图专心复习历史却被隔壁朵拉那烦人的流行音乐吵得火冒三丈还要糟糕；甚至，比被下个不停的大雨像个囚犯一样困在家里还要糟糕。是的，生活糟透了，比所有这些东西加起来都要糟糕，除此之外，还有一些别的东西。

她用一张纸巾按压鲜血淋漓的手臂，探出身去用力地拍墙："声音关小点，行吗？"

朵拉最新的女团流行曲降低了一两个分贝，变成了一种隐约可闻的噪声。稍微好了一些，可她还是无法集中注意力。宗教改革实在无聊，朵拉又乖乖待在房间里，楼下的空间突然变得安静而诱人。妈妈一个小时前离开了——维奥拉过来住几天，她们俩开着她那辆小破车去当地的农贸市场大采购了。理查在房间里安安静静地工作，她能听见的唯一声响就是远处传来的除草声，大概是比尔在花园的某处干活。

整个房子都是她一个人的。她拉下袖子，盖住伤口，把胸针藏回去，然后离开了房间，蹑手蹑脚地路过朵拉的房间，前往维奥拉暂住的客房。她非常轻地敲了敲门，以防万一，随后推开了门，潜入房间，把门在身后轻轻地关上。她站在那里，仔细听了一会儿，朵拉的流行歌曲还在模糊地播放，她知道自己不是一个人。

维奥拉的箱子打开着扔在床脚，一堆五颜六色的衣服从里面溢出来，摊了一地。凯西拎起一两件衣服——维奥拉的穿衣准则只有两条：剪裁贴身，颜色鲜亮。凯西拿了几件衣服对着镜子比画了一番，每一件都让她皱眉头——不是她的风格。她把每件衣服都小心翼翼地放回原处，接着来到了梳妆台前。维奥拉不是一位整洁的女士，桌面上堆满了各种瓶瓶罐罐，还有镜子、粉盒、口红、眼影、珠宝和丝巾。她抓起一瓶香水，对着瓶嘴闻了闻，一股刺鼻的花香充斥着她的鼻腔。她把香水瓶放了回去，又拿起一罐看起来十分昂贵的乳霜。这回她先谨慎地闻了闻，再挖出一坨抹在自己脸上，接着又选了一支宝石红色的口红，将它涂满自己的嘴唇。最后，她为眼睛画上了两圈浓重的黑色眼影，站远一点从镜子里欣赏自己的妆容。她看起来就像朵拉的辛迪娃娃，尤其是被水彩笔乱画一通之后的样子。透过浓重的彩妆，凯西看到了自己紫色的眼袋，就像第四天的瘀青一样——最近她一直睡不好。她用一张纸巾擦掉口红，胡乱抹在自己的黑眼圈上。床头桌上摊开放着一本平装书，封面上印着一行推荐语，承诺给读者带来"热辣且欲罢不能的"阅读体验。维奥拉鲜红的蕾丝睡裙从枕头底下露出一角，几双高到不可思议的高跟鞋在床下一字排开，除了这些以外，整个房间没什么意思。

凯西溜出房间回到走廊，下楼寻找其他禁忌的宝藏。

妈妈的办公室显然是第二个寻宝之地。阿尔菲出事之后，海伦更是经常把自己关在里面埋头读书。凯西有时候会想她到底记不记得自己还有两个活得好好的女儿，知不知道自己有多久没关注过她们了。不过，被忽视也是有好处的，有些事情她的大多数朋友去做的话会被禁足好几周，而她总能免受惩罚。

房间十分昏暗，空气中弥漫着一种纸张、皮革和海伦身上的柠檬香味混合在一起的气味，凯西打开灯走到桌前，坐在真皮写作椅上转了好几圈，直到头晕目眩才不得不停下来。桌面上放满了纸张，她拎出几张来翻了翻，又把它们放了回去——都是些无聊的工作笔记。她把桌子的抽屉翻了个遍，丢开一包薄荷糖，海伦的订制文具、弹力带、回形针、圆珠笔和几本便利贴。就在她快要放弃的时候，她的手指碰到了什么东西的边缘，塞在抽屉的背面。她好奇地抓住了那东西，把它拉了出来。当她看清自己手里的东西时，凯西的心跳都漏了一拍：那是一沓阿尔菲还是小宝宝时的照片。它们已经变得破旧不堪，似乎被数以千计的摩挲和洪水般的眼泪侵蚀得不成样子。凯西盯着它们看了一会儿，沉浸在她的弟弟露出牙齿的明朗笑容和湛蓝的双眸里。其中一张照片记录了他脑门上的一个大伤疤：凯西还记得当时他的头磕在咖啡桌上时那吓人的声音，以及接踵而来的惊天动地的哭号。还有一张照片拍的是他坐在秋千上的样子，胖嘟嘟的小腿乱踢乱蹬，在蓝蓝的天空下一次比一次荡得更高。在另一张照片中，他从一顶装饰着花朵的大草帽下面凝视着镜头。一定是奶奶的帽子，她想。在她翻阅这些画面的时候，喉咙底部逐渐形成了一块令人难受的肿块。她把照片塞回原处，"砰"的一声关上了抽屉。这让她明白打探别人的隐私是会付出代价的。

正当她第二遍确认所有的细节都恢复原状并准备离开的时候，电话铃响了。凯西想也没想就伸手抓起了听筒。

"哈喽？"

"海伦，是你吗？别挂电话。"

凯西咽了咽口水，她不认识这个男人的声音，但他的声音里有一种不顾一切的感觉，让她停了下来。

"海伦？"

"是。"她小声说。

"海伦，听我说。求你了，我快要疯了，我必须见你一面。我知道你不想再和我有任何瓜葛，可我就是不能放你走。我吃不下，睡不着，也没有心思画画。只有老天知道，我真的努力过，可没有你，一切都是错的。你是不是也像我一样？你难道一点都不想我吗？"

凯西定在原地，被电话那头的话语麻痹了全身。

"海伦，说句话吧，求你了！"男人恳求道，"我求你了。"

凯西不知道还能做些什么，只好轻轻地把听筒放回原处，迅速离开了母亲的书房，脸颊因震惊和愤怒而烧得通红。

她跑到院子里点了一根违规的万宝路女士香烟，整个人都在发抖。这时候维奥拉向她走来。

"没事儿，"维奥拉看到她吓了一跳，"我不会说出去的。还有吗？"

凯西松了一口气，掏出烟盒递了过去。

她望着维奥拉，后者一只手紧握着一个鸡尾酒杯，另一只手正努力从烟盒里捻出一根香烟，一堆手镯随着她的动作发出丁零当啷的响声。终于，她成功了，捏起一根香烟塞在两片红唇之间，俯身去够凯西给的火。有那么一瞬间，火光点亮了维奥拉的圆脸，下一秒，两人又再次跌入黑暗之中。她们并排站着，一边抱紧自己取暖，一边友好地一块儿吞云吐雾。

"真不敢相信这都快夏天了，你能相信吗？"维奥拉大笑起来，"居然还这么冷！"

"是啊。"凯西附和道。她觉得自己该试着寒暄几句："市场好玩吗？"

"噢，比格拉斯顿伯里还要泥泞，到处都是嬉皮士，卖些贵得要死的有机蜂蜜和麻布衣服。不是我的菜，说真的。"

凯西在黑暗中微笑起来。

"不过呢，那儿有一个很美的小花摊，卖一些迷人的手扎花束，我挺喜欢。"

凯西知道维奥拉经营着自己的花店，于是礼貌地点了点头。"你很喜欢自己的工作，是不是？"

"是啊，"维奥拉说，"真的很喜欢。我挺幸运的，我可没法忍受每天做一些自己讨厌的事情，就像不少可怜的人那样。我爱花。噢，我知道很多人觉得花又轻浮又没什么必要，可是你能想象一个宝宝出生的时候没有庆祝的花束吗？你能想象一个新娘从长毯上款款走来手里却没有一束捧花吗？你能想象一个病人在医院里却没有任何美丽的东西来让他振奋一下精神吗？你能想象一个没有鲜花的墓碑吗？"凯西听到最后一个例子时忍不住打了个激灵，但维奥拉沉浸在自己的独白中，似乎并没有注意到。

"我的工作标志着时间的流逝，就像那些植物生长凋零的春夏秋冬。鲜花为生命中每一个重要的时刻喝彩，追随着我们自始至终。"维奥拉陶醉地摇晃着脑袋，"如果你这样想的话，一名花艺师的工作其实相当了不起。"

凯西点点头，在这之前她从未这样想过。

"你还好吗，亲爱的凯西？生活待你如何？"

"噢，你知道的。"凯西用运动鞋的鞋尖踢着石板上的青苔，"还好啦。"

"我还记得我当年准备高级水平考试的时候，简直是彻头彻尾的折磨。我一心就想着和朋友们出去玩，参加派对什么的。"

凯西点点头表示同意。

"有没有男孩子追你呀？别担心，"她急忙补充了一句，"我不会告诉你妈妈的。"

凯西摇摇头："没有啦。"

"这我可不信，像你这么漂亮的女孩子，追求你的男孩子应该快把你们家的门都敲破了才对。"

凯西在黑暗中平静地看着维奥拉,有那么一秒钟,她在想要不要告诉她,可下一秒她就改变了主意。维奥拉很酷,可她还不知道自己是不是可以信任她。

"朵拉呢?"维奥拉继续八卦,"她有男朋友了吗?"

凯西耸耸肩:"我不清楚,我们不会聊这些东西,这些日子大家基本都是各过各的。"

维奥拉又吸了一口烟,朝着夜空吐出一口烟雾。"你们姐妹俩都不好过吧,是不是?你觉得你爸妈承受得住吗?"

凯西又耸了耸肩:"他们惨得不行,我们也一样。"

维奥拉轻轻点了点头:"是啊,这需要时间。不过你一定很期待去上大学吧?一个全新的开始?"

凯西咽了口气,轻轻点了点头:"你上过大学吗?"

"我?"维奥拉笑了出来,"噢,没有,我不够聪明,读书还是你妈比较擅长,是吧?我当时太容易分心了。"她咯咯地笑起来。"是啊,实在太容易分心了……告诉你哦,光是想想再读三年书就把我吓得不轻。我等不及要进入真实的世界了……找一份工作,赚点钱,开始真正地独立。"

凯西饶有兴趣地看着她:"所以你不后悔没去上大学了?"

"噢,这我可说不好。现在回想起来,我也不知道当时为什么那么急着要进入社会。再过三年无忧无虑的时光又没什么坏处——搞不好还能找到人生伴侣呢。差不多百分之二十的人在大学里遇到了将来的另一半,你知道吗,凯西?"维奥拉又深深吸了一口烟,"百分之二十耶!想想吧,你的真命天子或许现在就在那儿等着你呢。"

"嗯……也许吧。"凯西微笑着说,"你的真命天子肯定也还在某个地方等你呢。"

"真的吗？"维奥拉问道，"那可就太好了。人总得有点希望是吧。"

她们静静地肩并肩站在那里，一起抽烟，发抖，直到凯西终于鼓起勇气，把话题引向她思考了一个下午的方向。"你觉得我爸是我妈的真命天子吗？"

维奥拉吃惊地抬起头："当然了，怎么，你不觉得吗？"

凯西耸耸肩："我不确定。"

"你的父母是天造地设的一对，凯西。"

"嗯……"凯西又想到电话另一端那个坚决的声音：我爱你……你难道一点都不想我吗？他到底是谁？

"相信我，凯西，"维奥拉大喝一口鸡尾酒，继续说道，"他们俩经历的事情能摧毁最深的感情。但他们会好起来的，只是需要一点时间来愈合。"

凯西抬头注视着黑暗的天空，浓重的乌云终于消散了，她看见几颗闪着银光的星星在夜空中起舞。一点时间来愈合，这真的是他们所需要的吗？

"是的。"维奥拉轻声说，"你们都需要一点时间。"她突然清了清嗓子，"话说回来，九月去大学报到……开始为你自己的未来打拼……这对你有好处，凯西，我打赌你已经等不及了，是不是？"

凯西再次点头，但没有说话，希望酒精的力量能鼓励维奥拉继续说下去。可她似乎突然就缄口不语了。

"天哪，外面真是太冷了。"她终于开口道，"我们该进去了，凯西，不然他们该找我们了。"

凯西点点头，没有问出有关电话那头的神秘男子的一丁点信息，这让她很失望。

"噢，香烟的事情一个字也别提，好吗？"

"当然。"凯西表示同意，跟着摇摇晃晃的维奥拉一起穿过后门，走进了温暖的厨房。

凯西通过了考试，没有人比她自己更吃惊的了。她打开信封，盯着那张露出来的纸，看到成绩的那一刻，她感到难以置信，一阵冰冷的恐惧感爬上心头。

"怎么样？"海伦在餐桌的另一边紧张地问道。

她点点头："我通过了。"

"所有科目？"

"是的。"

如释重负的感觉似乎将她的父母暂时性地从痛苦的麻痹状态中唤醒。当天晚上，理查甚至开了一瓶香槟来搭配海伦那不算太灾难的晚餐，一家人用达芙妮和阿尔弗雷德最好的水晶杯来举杯庆祝。

"干得漂亮，凯西，你是我们大家的骄傲。"

凯西知道自己不配成为家人的骄傲，但还是把香槟一饮而尽。酸涩的液体在她嘴里滋滋冒泡。

"所以这就意味着你九月就要去爱丁堡了。"海伦说道，有些伤感。

凯西注意到朵拉的头在她的盘子上方垂得更低了。她一点都不羡慕妹妹，被困在多赛特，在这个阴森的老宅里继续晃荡整整两年。

"我们得去采购一番，"理查说，"为你的新住处添置些东西。送你去学校一定很有意思，我已经一年没去爱丁堡了。"

凯西决定此刻就是提起这个话题最好的时机。"事实上，爸，"她开口说道，"我在想能不能搭火车去爱丁堡，就我一个人？我希望自己来做这些事情，你知道，在宿舍安顿下来，认识新朋友。"她看见父母交换了一个眼神，但她还是继续说下去，"过几个星期你们可以一起来看我，看看我适应得怎么样。到那时我应该能带你们到处转转了，正好也开始想念家里这些熟悉的面孔。你也可以来哦，朵拉。"精心排练的话语终于说完，她屏住呼吸等待家人的回应。

海伦伸手去取水杯。理查把餐具放在盘子上，缓缓地扣起十指，那是一场"讨论"即将展开的标志。

"你想要一个人去学校？"他开口问道，"搭火车过去？"

凯西点点头，切开盘子里的最后一片鸡肉，不敢与他对视。

"可你的行李怎么办？"

"一开始不需要带很多行李。只要带一些衣服、书，还有床单之类的就行。大多数东西都可以去那里再买，是吧？"她看了看他们，露出一个鼓舞人心的微笑。"我只是很想迈出这一步，去走自己的路，为自己的未来打拼。"她故意用了维奥拉说过的那些词，听起来十分正派，像是爸妈会认同的那种。"你们能理解的吧，你们……在经过了这么多的事情之后？"她屏住呼吸。这是自去年的葬礼以来她第一次提起阿尔菲。她不知道自己是不是越线了。

理查缓慢地点点头，清了清嗓子："我想我能理解。海伦，你怎么看？"

海伦叹了口气："我明白，你需要一点自己的空间，可你怎么能保证自己的安全呢？这会不会太孤单了？大多数学生都是家长送去的，我们一定尽量不让你感到难堪。我们真的不介意开车去一趟，就当是周末旅行也好。"

"你们还是可以来的，妈，过几个星期就好，等我先安顿下来。"

"是啊，我们一起去看你也是个不错的主意，是吧海伦？"理查又尝试了一次，尽全力让自己的声音听起来充满激情，"也许我们可以在圣诞节之前过去，顺便去购物，找个不错的酒店住几天？"

"好啊。"凯西表示赞同，抓住这个话题继续说下去，"那个时候的爱丁堡应该很美。"终于说到点子上了。

"你一个人去这么远的地方真的没问题吗？你得在伦敦换乘，要是迷路了怎么办？"海伦又担心起来。

"妈，我就要离开家去独自生活了。要是我连从多赛特坐火车到爱丁堡都办不到的话，可就真要有麻烦了，不是吗？"

"嗯……"海伦支吾着，担忧地皱起了眉头。

"这么说你已经打定主意了？"理查最后问了一遍。

"是的。"凯西说。

"好吧，我看就这么办吧。"理查顿了顿，"不过如果你改变主意的话，也没关系，我会很高兴开车送你的。"

"我知道，爸，谢谢。"她知道自己不会改变主意。

"把水递给我好吗，亲爱的？"

凯西如释重负地呼出一口气，这件事似乎就这么敲定了。

理查在餐桌上探身将水罐递给海伦。凯西注意到当理查的手指不小心碰到海伦的手指时，她惊得轻轻一跳，仿佛他的触碰烫伤了她。没错，最好还是离开这个家。

凯西离开的前一晚，朵拉轻轻地敲响了她的卧室门。凯西让她进来，看着妹妹目不转睛地盯着她床前的巨大背包。

"全都打包好了？"她问道。

"没错。"太迟了，朵拉已经看见了她手臂上密密麻麻的红色伤痕。她迅速褪下袖子跳到自己的床上，不去看妹妹惊恐的表情，希望她什么也别说。房间里一片沉默，凯西打开日记本开始狂乱地写写画画。

朵拉明白姐姐的意思，于是抓起一本丢在床头的旧杂志，心不在焉地翻起来。"明天你几点走？"

"九点钟妈会带我去车站。"又是一阵沉默。

"你太幸运了。"

"是吗？"

"是！你可以逃离这里，在一个全新的地方开始全新的生活。"

凯西望着妹妹："大学可不是什么人间天堂，朵拉。说到底还是一所学校，只不过被美化了而已。依然有人指挥你在什么时间做什么事情，写作业，交作业……看什么书，参加什么考试。那不是真正的自由，也不是真正的逃离，你懂吗？"

"那也比什么都没有的好！"朵拉悲戚地哭叫起来，"而我还要被困在这里，只有我和妈……还有爸，当他偶尔在家的时候。"朵拉停下来，盯着杂志上的"本月最佳姿态"，眼珠狂乱地移动着，突然翻了一页。"你还能想象有什么比这更糟糕的吗？"

"嗯……"凯西咬着笔帽，她也不想处在朵拉的境地。"会好起来的，"她在撒谎，"没过多久你也会离开这里的。"

"我能去看你吗？"

凯西过了好久才重新开口："当然了，只要爸妈同意，你就来吧。"

朵拉点点头。姐妹俩都很清楚爸妈的情绪可以有多不稳定，上一分钟还保护欲爆棚，要知道她们的一切动向和所有的社交活动；下一分钟就变得冷漠而疏离，仿佛忘记了两个女儿的存在。

"有时候我真想不顾一切地离开这里。"朵拉突然说道，"我不懂为什么爸妈要留下来，这让一切都变得更糟。你知道，要是我们一起搬走，去别的地方开始新生活……或者回伦敦，也许日子会好过一些，也许我们又会找到家的感觉。"

"也许吧。"凯西说。

"不过这样的话，要是阿尔菲回来了，他就不知道该去哪里找我们了，是不是？"

凯西摇摇头，朵拉还没有明白。"也许爸妈并不想让生活恢复原状，这才是问题所在。"她说，"他们在享受这种痛苦，乐于沉湎其中。"

"我不明白……"朵拉继续刨根问底，"他们看起来对什么都提不起兴趣。"她咬着嘴唇，"凯西……"

"怎么了？"

"你会常常想他吗？"

"不会。"凯西决绝地说。又是一个谎言。

"我会。"

凯西一点都不想谈论阿尔菲。她坐起来，啪地将日记本合上丢到床边，希望立即终止这个话题。日记本砸到被子上的时候，几张封得好好的蓝色信封从纸页间散落出来。收信人全都是凯西。寄信人煞费苦心地把凯西名字中字母"i"上的小圆点画成了一个小小的爱心。凯西迅速抢回信封，把它们塞回日记本中，但还是太晚了：朵拉已经发现了。

"你不准备拆开这些信吗？"她一边问，一边盯着信封。

凯西耸耸肩："不。"

"是谁寄的？"

凯西叹了口气："萨姆。"

"什么？去年夏天的那个萨姆吗？"

"没错。"

"她想干什么？"

凯西再次耸肩："我不知道，我都没打开看，不是吗？"

"为什么不看？"

凯西懊丧地皱起眉头，她要怎么跟朵拉解释？她最不想做的事情就是面对萨姆那些装在看似无害的蓝色信封里的文字。她只想彻彻底底地忘掉萨姆，忘掉海滩上那个不堪忍受的日子。

朵拉好像读懂了她的心思。"你有没有想过，或许阿尔菲的失踪就是我们俩的错？"她小声问道，"你知道吗，我忍不住想……要是我们没有去'岩洞'……要是我没有离开你们去买什么愚蠢的冰淇淋……"

"朵拉，你能不能闭嘴？"凯西突然暴跳起来。

朵拉被刺伤了，泪珠在眼眶里翻滚。"我们从来不谈论他，没有一个人提起他，就好像他不曾存在过一样，这快要把我逼疯了。我只是找个人谈谈他，谈谈那件事情……几分钟就好，就这样而已。"

"朵拉，我不想再说第二遍了。"凯西气得满脸通红，"你给我闭嘴！闭嘴！否则就给我滚出去！"

"为什么你不跟我说话了？我们曾经形影不离。现在你根本就不理我了，好像连跟我待在一起都忍受不了。"

"朵拉，我再警告你一遍。"

朵拉叹了口气，站了起来，当着凯西的面把杂志摔在地上。"这个家里的人都是怎么了？你们都无视我。我只是想要记住他而已。我已经开始忘记阿尔菲了，这让我很伤心。"朵拉看起来快要哭了。

凯西觉得自己坏透了，但还是忍不住说了出来："你难道没想过记住他只会让我们更伤心吗？这就是为什么我们都在努力忘记他。你呢，恨不得过五分钟就要提一提阿尔菲，这一点帮助都没有，朵拉。

难怪爸妈都几乎不说话了，搞不好也是因为你。难怪我迫不及待地想要逃离这个破地方，我只想一个人静一静，离你远一点！随它去吧，行吗？我的老天，你已经不小了，别整天像个小孩子一样！"

朵拉没有再说一个字。她走出凯西的房间，砰地甩上了门。

凯西躺在床上，堵住耳朵不想去听妹妹的哭泣声。等到朵拉的卧室门传来"砰"的一声，她才伸手摸出枕头底下的日记本。在改变主意之前，凯西抓住那四张浅蓝色的信封，将它们和里面的信纸一起撕成无法辨识的细小碎片，看着它们像火后的灰烬般纷纷飘落。不管里面写着什么，都再也无法伤害她了，那些文字不复存在了。

她躺在床上，闭上眼睛，感觉手臂内侧爬升起一股刺痒的感觉，热乎乎地一跳一跳。她努力无视那种感觉，可它越来越强烈。终于，再也忍不住了，她骤然睁眼，伸手打开抽屉摸索那个小小的蝴蝶胸针。她无法抵抗。凯西摸到了胸针，用那带血的针尖一下又一下地刺穿自己的皮肤。

那天晚上，她的噩梦回来了。她惊叫着醒来，枕头已被汗水和泪水浸湿。她明白那只不过是一个梦，但还是打开了床头的台灯，急切地想要赶走那个潜行在脑子里的黑影。在梦中，她回到了"岩洞"，不顾一切地用手刨着石墙，尖叫着，捶打着，对那无情的岩石呼喊阿尔菲的名字。尽管此刻她已经清醒过来，还是能依稀感觉到那坚硬的石头割裂了她的手掌，以及碎裂的指甲和流血的皮肤所带来的钝痛。她浑身剧烈地颤抖，把被子拉到下巴，紧紧地裹住自己。

她曾以为一切都好起来了，前几周她一次都没有再梦见他。可刚才，阿尔菲又回来了。该死的朵拉，该死的争吵，为什么她就不能像他们一样呢？天知道他们谁也不想重温去年的那一天，一夜又一夜的噩梦，仿佛一场卡在回放键上循环播放的恐怖片。

实在是太可怕了。她的胃里翻腾起来。

她绝望地环顾四周，努力地找点什么东西来分散注意力，好让自己不去想那个噩梦，阻止它变为现实。她试着去数对面架子上的唱片，一张、两张、三张、四张……各种画面从四面八方向她袭来。

噢，上帝啊。她站在海滩的尽头，因为抽了太多大麻而晕头转向，皮肤被晒得通红，正跟萨姆一起跌跌撞撞地在岩池中间搜寻。她们都带着哭腔，用沙哑而惊慌的声音呼喊阿尔菲的名字。她的舌头因为大麻的作用而变得沉重，她非常口渴，渴得要死，几乎发不出声。她记得一阵突如其来的海潮冲过岩石，灌进她的拖鞋，那水冷得能让她尖叫起来。接着，萨姆喊了一声。她转过身，只见她把什么东西高高地举过头顶。别开玩笑了，她想，我们翻遍海滩是为了找我的弟弟，不是来捡垃圾的。可当她的眼睛对上焦之后，她才意识到那是什么，吓得倒抽一口冷气。原来，萨姆举在手里的深色物体，是阿尔菲的超人斗篷。

她跌跌撞撞地跑过去，摔了一跤，膝盖磕在岩石上，但她站起来继续往前走，直到与萨姆会合。

"不！"她大声喊，"不，不，不，不，不。"她哭起来。

萨姆在旁边看着，惊讶而沉默。

她记得自己把手指插进发间，用力拉扯自己的头发，一遍又一遍，努力想搞清楚这突然严重到失控的情况。她转过身，看着潮水拍打在身边的海滩上，在水里搜索阿尔菲的踪影。

"这并不意味着……你知道。"萨姆努力想安慰她，对着海浪的方向点点头，"也许他只是觉得太热了，就把披风脱掉然后去海滩那边了，去找冰淇淋？有可能。"她继续说，"也许他去找你妹妹了？"

凯西满怀希望地看着她："你说得对。"她不再去想手里那块湿漉漉的布料。"他搞不好现在就在停车场呢，和朵拉还有她的朋友在一块儿。这什么也说明不了。"她擦干眼泪，突然充满了希望。"我们应该去找朵拉和史蒂芬，看看他们是不是已经找到了他。"

"是的。"萨姆表示赞同。

突然，她们都恨不得赶快离开这寥无人烟的地方，回到热闹的海滩上，被熙熙攘攘的游客和度假的家庭所包围。

凯西闭上双眼，用力吞了吞口水。再次睁眼时，她看见床头灯的光洒在被子上，照亮了布料上的一小圈粉色玫瑰印花。她发疯般地用手指给被套打褶，希望眼前晃过的景象赶快消失，但无济于事。

海伦从停车场的那一边向她跑来。尽管在那种糟糕的情况下，凯西依然记得当时妈妈看起来很奇怪。她一改平时从容不迫的形象，穿着草底鞋跌跌撞撞地跑过停车场的柏油路，面目扭曲得吓人，仿佛一张舞台表演用的希腊面具，半是狂怒，半是惊恐。

"他在哪儿？"海伦上气不接下气地说。凯西没有回答，她又尖叫起来："他在哪儿，凯西？"妈妈抓住她的胳膊拼命地摇晃。她依稀记得自己瘫软得像个破旧的娃娃，任由妈妈对她大力地推搡，胳膊上都出现了瘀青。她什么都说不出来。

"小姐，你是卡桑德拉·泰德，对吗？"一个身穿警察制服的高大男人满脸担忧地看着她。

"是的，是我。"

"我需要问你几个问题，帮助我们找到你的弟弟。你能跟我过来一下吗？"

凯西点点头，任由他领着自己走进海滩上的一家商店。那里又热又闷，但至少能离开那些人灼灼的目光，也算是个解脱。她可以回答他们所有的问题，就连海伦突然冲进这个让人产生幽闭恐惧的小储藏室，站在门边带着几乎毫不掩饰的反感对她怒目而视时，她也没把目光从地上那个奇怪的大象形状的污渍上移开。她尽自己所能地认真回答每一个问题，唯一漏掉的细节就是那些她知道无论如何不可以说出口的事情，比如萨姆分享的、熏哑了她的嗓子、让她舌苔增厚的大麻烟，比如那缓缓拂过她的大腿和牛仔裙底的萨姆的手指，比如萨姆丝绒般柔软的双唇在她唇上的触感，还有她温柔而甜美的双唇。的确，她漏掉了一些细节，但她知道那对搜救没有什么帮助，说出来也无济于事。

恐惧永无止境。每每想起和母亲一起在海滩上搜寻的那几个小时，她还是会忍不住打寒战。她们来来回回地走着，直到凯西觉得自己快要被脚下那些鹅卵石叮当作响的碰撞声给逼疯了。她还记得，当警察小心地暗示她们该回家的时候，她竟然感觉松了一口气，尽管满心愧疚。但那还不是最惨的时候。妈妈在厨房里对她和朵拉大发雷霆，凯西从未见过她如此生气，她被吓坏了。她试图站出来说几句，她有些话想要说出来。很显然海伦把事情都怪在了朵拉头上，怪她一个人离开"岩洞"去找史蒂芬，而凯西想要说的话，想要维护妹妹的话，都卡在了嗓子眼，被她连着燃烧的耻辱生生咽了下去。

几个小时后，理查回到了家。凯西听见石子路上传来车轮的摩擦声，他快速的脚步声，以及大门在他身后砰地关上的声音。她擦了擦自己红肿的双眼，离开了卧室。

当她下楼时，她看见爸妈在过道里相拥。妈妈背对着她，但她可以看见理查的脸。他苍白而焦虑，半张脸隐藏在过道灯投下的阴影里。他一只手抱着海伦，另一只手轻抚着她的头发，她在抽泣，双手紧紧地圈住他。他用一种低沉的呜呜声对她说话，凯西在一个纪录片中看见过一匹马对着它的幼崽发出过同样的声音。他一定是听到了她的脚步声，在她走近时抬起头来，两人四目相对。凯西突然停下了脚步，不确定是否该加入他们。有那么一瞬间，他们似乎都悬停在时间里：凯西被冻结在楼梯上，一只脚还抬在半空中；理查抬头望着她，海伦棕色的头发把他的手衬得格外苍白，他眼睛眨都不眨地盯着她。她读不懂他的表情，就好像他根本就没有看见她。她很害怕。接着，突然，那个时刻消失了，他点了点头，召唤她过去。她飞快地冲下楼梯，理查张开臂膀，他们三个人紧紧抓住彼此，哭泣，拥抱。

她记得他们就这样站了好久，生命仿佛按下了暂停键，每个人都迷失在各自的痛苦中。

就好像他们都在溺水，在彼此紧紧地拥抱里缓慢地溺水。

这时她已经完全清醒了。她知道，无论是现在就伸手去关掉床头灯还是再过几个小时，都无所谓，这个晚上她注定是睡不着了。所有的回忆都涌现在她面前，赤裸裸的，令人不堪忍受。已经过去了十二个月，但一切依然如第一天晚上那样刻骨铭心。她瞥了眼床头桌，闹钟显示凌晨三点十四分。还要熬几个小时天才会亮。她把被子拉到下巴，合上双眼，但无济于事。

警察们收拾东西离开的那天，萨姆打来了电话。理查把听筒交给她的时候，凯西的心一沉。她知道不可能奢望自己与父母一起就此消失，但还是忍不住那样去想。她一点都不想和萨姆说话，她们最好坚持各自的说法，把过去的一切统统忘掉。她从爸爸手里接过电话，转身背对着他。

"哈喽？"

"是我，萨姆。"

"嗨。"

"你还好吗？"

凯西不知道该说什么，于是保持沉默。

"有什么进展吗？"

"没有。"

这次轮到萨姆不说话了。除了换手拿听筒的声音之外，没有任何声响，两个女孩的呼吸声清晰可闻。

"警察有再找你谈话吗？"

凯西转身看了看爸爸。他一边凝视着窗外，一边清洗水池里的杯子，看起来仿佛身处一百万英里之外。她清了清嗓子："他们让我们每个人都录了口供……可现在他们认为不会有其他可能了，他一定是从岩石上滑了下去。"她的声音小到几乎听不见，那些字眼太难说出口。萨姆发出一个搞笑的窒息声："天哪，凯西，这太糟糕了，我都无法接受。"

"你也不需要接受，不是吗？他又不是你弟弟。"这些话脱口而出时，凯西突然意识到，她第一次在提起阿尔菲时使用了过去时态。她为这个发现感到恶心。

"我知道，我的意思是……"萨姆努力寻找合适的字眼，"我很抱歉，这实在是太糟糕了。我非常，非常抱歉。我不知道该些说什么。"她又停顿了一下，"凯西，你有没有告诉警察关于……"

凯西不想再听下去了："我得挂了，别人还要用电话。谢谢你打过来。"

"等等，凯西，别挂——"

萨姆还没来得及说完，凯西就挂断了电话。

"那是谁呀？"爸爸问道，依然面对着窗户。

"哦，只是学校里的一个朋友——为阿尔菲的事情表示惋惜。"

理查点了点头："真是个好人。"

"是吧。"她离开了房间，以免他再问什么别的问题。

凯西一直在等那怪罪的重锤敲响她的房门。她知道，那不过是早晚的问题罢了。如今，善意的陌生人和警察们都走了，她再也无处可逃了。她已经准备好接受父母的质问和怪罪。那都不算什么，她已经怪罪过自己一百万遍了。但她知道，父母的怪罪会更令人难受。要看着爸妈的脸，对他们承认，是的，都是我的错，比她想象的还要难以忍受。可这都是她应得的，长远来看，这不失为一种解脱，她想。她在房间里待了好几个小时，为那终将到来的敲门声做好准备。

她错了，那敲门声从未响起，取而代之的是无休止的争吵。

第一场争吵是由葬礼引发的。

理查想办葬礼，海伦不想。

"根本就没有遗体。"一天早上，海伦一边心不在焉地把盘子和刀具扔进洗碗机，一边说道。自从警察走后，她一直用那种毫无起伏的声调说话。"既然连遗体都没有，为什么还要举行葬礼？那场谈话简直就是个笑话，不过就是单纯的推测和臆断罢了。我不知道你是怎么能那么冷静地听他说完的。"

凯西僵住了，她正在洗衣房里叠衣服，一点都不想引火烧身。

"因为这是正确的做法。"理查回道，"就像葬礼对于现在来说是正确的做法一样。我们需要和他说再见。"

"我会说再见的，"海伦说，"等我看见他尸体的那一刻。"

"亲爱的，你知道那一刻可能永远无法到来。警察已经对我们解释过了。所有的证据都指向失足溺亡。"理查试图耐心解释，但他的声音里出现了一丝棱角。这对他们两个人来说都是一场令人筋疲力尽的谈话。"听着，你能不能停一停？这很重要，盘子可以等会儿再洗。"

厨房里传来碗盘砸在桌上的哗啦声。"我就是不明白你为什么这么急着走出来，理查。我一直觉得你应该是最想找到答案的那个人。你是那么在意细节的一个人。"凯西听到母亲声音里的怒气。"难道我们不应该先弄明白我们的儿子到底出了什么事，然后再放弃希望去过自己的生活吗？"海伦顿了顿，"你知道吗，有时候我多么希望自己能忘了他，多么希望自己能忘了这场噩梦，可我还需要点时间。"

"我没有忘记他！"理查狂怒起来，"你怎么能把我想得那么不堪？"他沉默了一会儿，凯西必须屏住呼吸才能听清他接下来的话。"我已经被阿尔菲的事情掏空了。自从他失踪的那天起，我每天每夜都生活在这个噩梦中，就像你一样。我每一刻都在问自己，要是我当时能做点什么……也许事情就不会是这个样子……要是我能好好保护他，做一个好父亲……"他的声音颤抖起来，"也许我就能救他。"

"你觉得我不这么想吗？"海伦大哭起来，声音突然变得歇斯底里，混合着痛苦和狂怒。

"我不知道，海伦，你真的这么想吗？我到现在都不知道你那天到底去了哪儿，为什么会让两个小孩子带他去海边。我们家有规定，严格的规定，阿尔菲不能去海边，除非我们两个大人至少有一个在场。"

"噢，得了吧理查，你口中的两个小孩子，早就不再是小孩子了。她们都十几岁了——几乎要成年了。我必须得去学校，你说我该怎么办，带阿尔菲一起去吗？"

理查无视那个问题："朵拉告诉我你让她们照看阿尔菲，她说你允许他们去海边玩，还说你给了他们钱去买冰淇淋。"

两人都没有说话。当海伦再次开口时，她的声音低沉而冰冷："理查，你是不是背着我找朵拉谈话了？你是把那天的事情怪在我的头上吗？你是说这一切都是我的错吗？"

他没有回答，而是换了个话题："我就想知道到底学校里有什么事情那么重要，不能等到开学再做。"

"我的天，理查，你居然说出这种话。我难道问过你什么事情那么重要非要你在伦敦待那么多天，工作那么长的时间吗？"

"那是两码事。"

"是吗？为什么？"

"因为我不是那个应该在暑假期间照顾孩子的人。"理查对她大吼。

海伦刚要开口说什么，但理查的吼声盖过了她："要是你早告诉我你要去工作，或许我会把事情移交出去，那天我就可以在家办公。可你从来没提过要回学校的事，我怎么可能知道？"

"那是临时的安排，"海伦尖叫起来，"院长要我们过去讨论时间表和——"她突然停了下来，"你是认真的吗，理查？我们这是在干什么？你真的想让我证明自己吗？还是说你只是想找个人来怪罪？那你怎么不怪两个女孩子？你怎么不怪凯西，她和她那个新朋友一起整天不知道在干什么？你怎么不怪朵拉，她本该好好照看阿尔菲的时候却一个人跑到停车场去找男孩子玩？"凯西屏住了呼吸。

"别傻了，海伦，这件事不能怪朵拉。"

理查的声音又安静了下来。凯西听不到他接下来说了什么，耳朵贴在门上都听不到，但她听到了海伦的声音。

"拜托，拜托不要再说了，"她抽泣起来，"这一切没有一点帮助，这一切都不会让阿尔菲回来。"

"我知道。"理查冷冰冰地回道，"正因为这样，我才觉得我们应该举行葬礼。"

就这样，他们一轮接一轮地争吵，就像一个装满了悲痛和愤怒、攻击和泪水的旋转木马。

凯西踮着脚尖抱着衣服走出洗衣房，她再也不想听下去了。

最后，理查赢了。几周后，葬礼在一个清冷的秋日午后举行。凯西慎重地穿上一条黑色的旧裙子和一件黑色的高领毛衣，挽着不断抽泣的妹妹走向教堂。教堂里都是人，长椅上坐满了熟悉的面孔。她在教堂后面走过时看见萨姆和她的父母正站在那里。有那么一秒钟，她们的目光交会了。萨姆似乎正焦急地凝视着她，好像有什么话想说，但凯西不能停下来和她说话，只是对她点了点头，继续向前走，努力无视那女孩在整个葬礼期间一直盯着她后脖颈的眼神。

她记得自己跟着大家一起无声地唱赞美诗，还有胃里那令人恶心的仿佛牙医电钻般的感觉。不知道是谁，把阿尔菲最喜欢的玩具放在棺材边上。看着他最喜欢的木头小火车放在那里，实在令人心碎。还有他那辆蓝黄相间的三轮自行车，让人想起他骑着它在家里来来去去的那些疯狂的时刻，他不停地撞在踢脚线上，吵得海伦都快要疯了。她将再也看不见他在家里到处乱窜时脸上肆无忌惮的笑容；再也不会发现他偷偷闯进自己的房间，手里沾满她的化妆品，长长的项链松松垮垮地挂在他小小的身体上，一脸的愧疚；他再也不会开心地用舌头去接雪花，夸它们"好吃"；再也不会不停地缠着她陪他玩宇宙飞船和恐龙，求她读自己最喜欢的故事；他再也不会把他小小的脑袋靠在她的腿上，问她，太阳升起来了，月亮去哪儿了。

她记得爸爸站在讲台前，颤抖着双手和声音，追忆他是"漂亮的小男孩"，直到声音不再连贯。牧师上前局促地拍了拍他的肩膀，致以安慰的话语。她记得那空空荡荡却令人心碎的小棺材被抬起来，送进外面灰暗的光线中时，妈妈那撕心裂肺的哭声。她记得自己站在墓地里，一动不动，双唇紧闭，身体僵硬，生怕只要稍微动一动，哪怕只有一秒钟，她就会张大嘴巴用最大的音量喊出："都是我的错！是我杀死了他！"

葬礼之后，真正意识到了阿尔菲再也不会回家的事实，他们四个发现自己不得不开始捡拾生活的碎片。现在回想起来，凯西发现，那段时间才是最最难熬的。他刚失踪的那几天不管有多么痛苦和混乱，总有些迫在眉睫的紧迫感和压力支持着他们继续下去。一种催生于极端情况的肾上腺素给予他们力量，让他们每天早上起床，更衣，下楼，直面那些可怕的日子。可在葬礼之后，"正常的"生活叩响了大门。

他们每一个人都以不同的方式来应对。

爸爸消失了，成天躲在阴暗的卧室里，面对墙壁躺在阴影中。当他终于起身时，也与那影子毫无二致——他整个人苍白得像个幽灵，在房子里轻手轻脚地走动，往常开朗的笑容和愉快的天性统统不见了。

妈妈则以更为反复无常的方式悲痛着，海浪般一波接着一波。她开始处理家庭事务，总是双唇紧闭，表情僵硬而紧张。突然，努力维持镇定的压力似乎将她压垮，她就会躲起来，在一个母亲的悲痛中土崩瓦解。凯西听见她在浴室门后哀声恸哭，在阿尔菲的房间里抱着他的枕头抽泣，一夜接着一夜。

说实话，她恨不得躲开他们所有人。她不愿看见爸爸那写满痛苦的脸，不愿听见妈妈的深夜哀哭，最重要的是，她不愿直视朵拉的眼睛，看见里面的迷茫和痛苦，还有她脑子里那些不断掠过的问号。朵拉的脸就像一面镜子，它所做的一切就是把聚光灯反射在凯西的脸上。于是她尽自己所能地躲开她，不是忙着做功课，就是和朋友们出去玩，参加各种派对。只要待在家里，她就把自己锁在房间里，门上牢牢地贴着"请勿打扰"的告示。

讽刺的是，她在学校里竟变得前所未有地受欢迎。每个人似乎都想接近这个真正经历过事情的女孩。她听见他们在她身边窃窃私语，用手肘轻推彼此，当她在走廊里走过时用几乎毫不掩饰的惊愕表情盯着她，就连她第一天返校时也不例外。突然，她被邀请去和那些最受欢迎的女孩子一起玩，参加那些最疯狂的派对。当她睡不着，被噩梦惊醒，甚至压根儿不敢把头贴在枕头上的时候，她会偷偷溜出去，不顾一切地逃离这个老宅的束缚和那浓到令人窒息的悲伤。

与新朋友一同到来的是新的体验：酒精、药物、酒吧、性。只要能麻醉疼痛，她什么都做。她爱上了将陌生人递过来的烈酒一饮而尽时腹腔里传来的温暖的刺痛，以及吞下那些悄悄塞进手里的白色小药片时整个世界笼罩在蜜糖般光晕里的快感。突然，一切都好起来了，每个人都在微笑，每个人都很快乐。他们跳舞、鼓掌、大笑。她在闪光灯下疯狂地旋转，希望那一刻永远不要停止。

酒吧关门后，她把所有人都拉去海边。"我们去看日出吧，"她大喊道，"一定很有意思。"车子在小路上急转，所有人都被甩到一边，她肆无忌惮地哈哈大笑。终于，车子停在防波堤旁的转弯口，凯西带头走向海边的鹅卵石。

"还有谁？"她一边怂恿他们，一边脱掉自己身上的衣服。

"你疯了吧？"

"别闹了！水太冷了。"

"胆小鬼。"她嘲弄道，脱掉胸罩，褪下短裙，整个人一丝不挂，站在那里咯咯地笑。她冲进冰冷的海浪，任由海水将自己淹没，直到无法呼吸。

"她疯了。"她听见他们在窃窃私语。"你知道她弟弟的事吧？""那女孩儿有很严重的问题。"

渐渐地，她的新朋友们一个接一个地在黑暗中离开，留下她一个人在鹅卵石沙滩上瑟瑟发抖，抽烟，咒骂自己不敢在水下待得再久一些。

她一个人去快餐店，坐在靠窗的位置，望着可乐罐上凝结的水汽慢慢流下，薯条在冬天的空气里逐渐凉透。就在那儿，她遇见了那个戴着细金婚戒、开一辆连保险杠贴纸都开始脱落的福特车的男人，他说如果你想更快一点，就叫得更大声吧。他把车开到无人经过的暂停区，对她的身体做了一些让她在事后坐在浴缸里好几个小时的事情。咸湿而滚烫的泪水滴入逐渐冰冷的水中，她不知道自己为什么依然感觉不到任何东西。

就是从那时起，她开始伤害自己。那是唯一能让她感觉到真实的时刻；那是唯一能让她有所感觉的时刻。金属穿透皮肤的刺痛，温热的鲜血从手臂上滴落，在掌心形成血泊，落在洁白的陶瓷浴缸里，这让她感觉到自己还活着，感觉到自己是真实存在的，感觉到不再失控。最重要的是，这让她感觉受到了惩罚，为了她所做的一切，为了那件她永远无法对另一个人启齿的事情。

那些个夜晚，她多么希望世界末日的来临。要是她能让地球在转向新的一天之前慢下来哪怕是一毫秒，她也愿意。但清晨永远如期而至，永远那么糟糕。每当黎明的微光突破夜色，宿醉用一面巨大的锣鼓敲打在她的太阳穴上，疼痛就开始了。她在被褥下瑟瑟发抖，浑身布满伤口和瘀青，紧紧地闭上双眼，希望把生活的现实阻挡在外。她多么希望一切都能结束。爸妈竟能如此闭目塞听，这让她不禁战栗起来。他们不仅对她神秘的夜间活动毫无察觉，最重要的是，对她那痛苦背后不堪忍受的真相视而不见。

凯西看见窗帘之间的空隙里形成了一片三角形的灰色光亮，很快就要天亮了。她回想起昨天晚上和朵拉的争吵，感到十分愧疚。她不想谈论阿尔菲，但也没必要那么过分。无论如何，她才是那个即将离开的人，而朵拉还得继续忍受两年与爸妈以及那段可怕的回忆朝夕相处的日子。她的妹妹还没有办法逃离。

她再次试图闭上眼睛，最后一次。现在她觉得累了。那个夜晚有一半的时间她都在脑海里重温那段悲剧，再一次承受那种强烈的悲痛，以及无法言说的愧疚，这令她疲惫不堪。她等不及想要离开多赛特，把这一切都抛在脑后。终于，身体在床垫上开始舒展，头脑进入一种甜美的无意识状态，就在这时，一个奇怪的声音把她的意识拉了回来——像是一声轻柔、悲伤的叹息。她以为自己在做梦，但那声音又出现了。

凯西紧紧闭上双眼。不要，不要，她默默地哀求，不要再来了，千万不要。

一阵轻轻的脚步声，接着是另一声叹息。

走开，她在心里默念。你不是真的，我知道你不是。

可那声音又来了，一声轻柔的叹息飘在空中，从卧室的角落里传来。

她的心在胸腔里剧烈地跳动，血液涌上了她的耳朵。她真的不想睁开眼睛，可最终，病态的好奇心战胜了她。她试探性地睁开一只眼睛，快速地瞥了一眼卧室角落的阴影处。一个小小的身影蜷缩在那里，她恐惧地睁大了双眼。

他被笼罩在阴影中，身形难以辨认，但那两只目光逼人的蓝眼睛正从黑暗中悲伤地直视着她。她从轮廓中勉强分辨出他那一头乱发，还有那条被他拖着到处走的旧毯子，正紧紧地攥在一只小手中。他就这样活生生地站在她面前，然而最令她害怕的是他眼中的神色——充满了极度的悲伤和责备。

"凯西。"他喃喃地说，"凯西，和我一起玩吧。"那是她的小弟弟，是阿尔菲。

凯西抑制住哽咽的哭声，在被子底下缩成一团，泪流满面。

"走开，"她在心里说，"快走开，我不是故意的，我不是故意要伤害你的。"

又是一声叹息，那气息是如此贴近，她发誓能感觉到它触碰到了她的皮肤。

"凯西……凯西……凯西。"

"别来烦我了，求求你，别再来烦我了。"

她就这样躲在被子底下默默地颤抖，直到清晨的阳光透过卧室的窗帘，楼下传来爸妈起床走动的声响。

最后，她们急匆匆地出门，海伦像个疯子一样开车把她送到了车站，只剩下几分钟的时间。她在售票处付钱的时候，开往滑铁卢的火车进站了。凯西最后一次投入母亲的怀抱，接着拎起她的大背包，爬上了最后一节车厢。火车驶离站台时，她轻轻地挥了挥手，看着妈妈的身影越来越远，终于变成了地平线上一个无法辨认的灰色小点。

随着妈妈消失在视线中，凯西长出一口气，终于解脱了。

终于，她想着，把手伸进大衣口袋，抓住了那个冰冷的蝴蝶胸针。

朵拉

三天过去了，依然没有凯西的消息。朵拉眼睁睁地看着爸妈以一种奇怪的虚张静静地生活着。从表面上来看，他们对于大女儿首次进入这个广大的世界表现出十足的淡定，很显然是在演戏，朵拉并不是傻子，她能看见他们平静的表面下隐藏的担忧。只要电话铃一响，爸爸的头就会情不自禁地一晃；每当凯西的名字出现在谈话中，妈妈就会发出一声轻轻的叹息。他们都迫不及待地想要听到来自爱丁堡的消息，实在是再明显不过了。

"今晚她一定会来电话的。"第三天晚餐时，理查若有所思地说，眉间的褶皱变得更深了，"她一定是玩得太高兴了，没时间理我们——出去认识新朋友，四处转转，搞清楚课程，完全有可能。"

"是的，"海伦表示赞同，"她一定很难找到一台电话。每个人都在排队打电话回家，是不是？要是她拿了我们给的手机该多好。"

"是啊，她竟然不要手机，真是非常独立，你知道，我就欣赏她这一点。别担心了亲爱的，我相信她会来电话的，等她的宿醉好一点之后。"理查试图缓解一下紧张的气氛，但并没有奏效。

朵拉静静地坐在那里。她私底下觉得凯西不打电话回家简直太自私了。她比一般的孩子都更清楚父母的心情不是吗？她有机会离开克里夫托伯在别的地方展开新的生活，并不意味着剩下的人也能这么幸运。嫉妒已经够糟的了，还得听爸妈为姐姐找借口……这简直要把朵拉彻底逼疯了。

第二天早晨，她坐在校车上去学校的时候依然在默默地生凯西的气。大雨倾盆，大颗的雨点打在车窗上，在玻璃的对角线上形成一条条小河。校车里又潮又湿，司机每隔几分钟就用一块脏兮兮的抹布擦一下风挡玻璃——更糟糕的是，一切都臭烘烘的——潮湿的运动鞋，比利·科恩打开午餐盒大吃鸡蛋三明治时散发出的那股令人作呕的硫黄气味。她把头靠在车窗上，凝视着窗外，对路边的风景视而不见，眼前浮现的全是凯西在苏格兰招摇过市的臆想画面。

如果说这几个夜晚熬一熬也就过去了，那么接下来的两年简直令人无法忍受。她就是受不了成为家里最后一个留下来陪伴爸妈的人。没错，爸妈的身体是在家里，可灵魂呢？不知道在哪儿。就好像和电影里的那些僵尸生活在一起，毫无生气的身体在房子里四处游走，直到突然发现了彼此的存在，就开始暴跳起来，龇牙咧嘴地攻击对方。

说实话，凯西也不怎么好相处，但至少她的音乐和化妆品还能让她分散一些注意力，还有不同款式的衣服可以借来穿。现在她走了，房子里出现了另一个龇牙咧嘴的缺口，另一个无法填补的空洞。没有人陪她说话，没有人和她做伴。那种孤寂会将她吞噬殆尽。

"嘿，最近还好吗？"

一声招呼把朵拉拽回了现实。她抬起头，发现自己正盯着史蒂芬·佩奇那双平静的蓝眼睛。他站在过道上看着她，乱糟糟的棕发被雨水打湿，正一缕一缕地往下滴水。朵拉感到自己的心跳漏了一拍。

"这个位子有人坐吗？"他问道，看着她身边的那个空座位。

她就像一只被车头灯照蒙的兔子。她红着脸，摇摇头，不敢相信地看着他坐在自己身旁用力地擦拭头发，把水珠甩了他们俩一身。

"抱歉，"他一边说，一边用袖子帮她擦干手臂上的水珠，"我在等车的时候被淋成了落汤鸡。"

朵拉的皮肤被他触碰的地方传来一股电流，他的大腿贴着她，传来一阵暖流。她咽了咽口水，快说点什么，她告诉自己，随便什么都好。

"是啊，"她终于开口了，"雨下得可真大。"雨下得可真大！她就这点能耐吗？她转过脸面对着窗外，不能让他看见自己滚烫的脸颊。

"你还好吗？最近都没怎么看到你。"她感觉到他在打量自己，脸上的热潮更烫了。

"是的，"朵拉说，"我很好。"事实正好相反。

"那个夏天之后我们就没怎么说过话……自从你弟弟……"他的话音越来越弱，两个人尴尬地四目相对，"我去参加了他的葬礼，你知道吗？"

朵拉点点头。当时她并没有看到他，但后来凯西说他来过了。她咽了口气："我知道。谢谢，你没必要这么做。"

史蒂芬耸了耸肩，"当然有必要。"他们又静静地坐了一会儿，他才开口道，"已经过去一年了，你们好受一些了吗？"

朵拉犹豫了一下。

"抱歉，"他举起双手，"这不关我的事，我不该问的。"

"不会，"朵拉说，"没关系。没有人敢提起阿尔菲，大家都小心翼翼地避开这个话题。事实上你能问起是件好事。答案是没有。"她补充了一句，"没有好受一些，至少现在还没有。"

"我没办法想象。"

朵拉合上双眼："就像带着一个伤口在生活。你以为它已经开始愈合，感觉好像好一些了，开始结痂了，可突然就发生了点什么，你听见了什么声音，看见了什么东西……任何东西……冰淇淋车的声音……一个小男孩学习骑自行车的画面……那伤口就像刚开始一样疼痛，一遍又一遍。实在是太可怕了。我真的不知道哪一天这种情况才会改变。"她抬起头看着史蒂芬，怕自己说得太多了。一句简单的"没有"就足够了。他正用同情的目光看着她。

"那一定糟透了。"

她耸了耸肩。

"你爸妈还好吗？"

她轻声干笑一下："这么说吧，我们家简直不是人住的地方。"

史蒂芬点点头，似乎想了那么一会儿："我在想……你知道……你想出来走走吗？我是说，和我一起。我们可以吃个比萨……或者看场电影？我和几个朋友周五晚上会去狗鸭区。我上星期考过了驾照，可以开车去接你……我是说，要是你什么时候想出去转转的话？"

朵拉的呼吸卡在喉咙里。史蒂芬·佩奇，传说中的史蒂芬·佩奇，真的在邀请她去约会吗？我去，我去，她恨不得大声尖叫，我当然想跟你出去约会，有哪个正常的女孩子会拒绝吗？她的心怦怦直跳，有一阵……那是什么？激动？还是快乐？在体内翻涌。

她正想努力给出一个完美的回应，把合适的语言组织成连贯的句子，就在这时，一阵狂风带来了更多的雨水，拍打在车窗上，玻璃发出噼噼啪啪的巨响，把他们俩都吓了一跳。

"老天，"史蒂芬说，"真是一场瓢泼大雨。"

瓢泼大雨，猫和狗。

朵拉感觉到跳跃在唇上的笑容逐渐消散，她一下就想起了小小的阿尔菲，在克里夫托伯的家里紧盯着那被大雨冲刷的玻璃窗，看着一场夏日风暴在远处的海上肆虐。"哪里有猫和狗，朵拉？"他问道，充满了孩童的稚气，"我怎么看不到呀？"

就这样，疼痛又回到了腹腔。在那短暂的幸福的几秒钟之内，她还以为自己已经忘记了那种疼痛，感觉自己又变回了那个普通的十六岁少女，第一次被自己喜欢的男孩邀请去约会。但那狂喜的感觉来得快去得也快。伤口再次被撑开，她感到它正在体内怦怦直跳，再次将她拽回深深的悲伤里。她不能和史蒂芬去约会。她在开什么玩笑？和他在一起只会让她回想起海滩上的那一天，回忆起她是怎么让所有人失望的。她不配忘记疼痛，她必须感受到全部的疼痛，真实而纯粹的疼痛，永不停止，为了阿尔菲。

　　"那么，你看呢？"史蒂芬问道，"周五晚上怎么样？"

　　"谢谢，"她说，"我那时候会有点忙。"

　　"噢。"史蒂芬看起来很沮丧，"跟我出去玩都吸引不了你吗？下星期，或者下下星期也行啊？"

　　朵拉摇摇头："恐怕不行。"

　　这回似乎轮到史蒂芬脸红了。"那好吧。"两人在尴尬的沉默中对坐了一会儿，终于，他在座位上动了动，打开背包，"我刚想到昨晚还有些作业没写完，你不介意吧？"

　　朵拉摇摇头，感到一丝刺痛。史蒂芬把头埋进厚厚的生物练习册里，朵拉又扭过头去看窗外。雨水就像泪珠般落在玻璃上。她伸出一根手指，沿着一颗水珠的轨迹在窗框上比画。她做得对，她对自己说。她不可能跟史蒂芬出去约会，那样做是不对的。

　　到了周末，爸妈的担忧已经生了根。"我要打电话了。"理查说，"已经是周六上午了，就算她昨晚跟新朋友一起玩到很晚，现在也该回到宿舍了吧，你们觉得呢？"

　　海伦点点头："已经过去了一星期，我们够耐心的了，是该打个申话过去。"

"你觉得会不会太早？"理查说。

"不会，打吧。"

理查在厨房的留言板上翻找写着凯西住处的一小片纸时，朵拉屏住了呼吸。他在电话机上敲出一连串数字，接着静静地等待回音。

"哈喽，是的，呃，哈喽。请帮我转接卡桑德拉•泰德。她的房号是132，来电人是她的父亲。"

朵拉脸红了起来，他的口气老牌而古板，她几乎能想象到电话那头无精打采的学生翻了个白眼，跺着脚去找凯西的样子。

朵拉坐在桌边，脑海里闪过各种想要问凯西的事情。她想知道她的房间是什么样子，有没有交到新朋友，还有最重要的，她能不能过去待几天。她可以睡地板，这没关系，只要能离开多赛特哪怕一小会儿，让她做什么都行。

几分钟过去了，她开始觉得他们是不是被忘记了，或许爱丁堡某处的一个接线员开了个小差，学生们在电话机旁来来去去，听讲座，参加派对，去酒吧，看体育比赛，而他们三个就这么站在那里，僵在原地。

终于，理查开口了："是的，我还在。"他听了一会儿，皱起了眉头。"抱歉，我不明白，什么叫她从来没有出现过？她差不多一周前就离开了家，也许你还没见过她吧？你知道大学生都是那个样子。"

又是一阵沉默，理查继续听。"这没道理啊！她一定报到了！否则她还能在哪儿呢？她还能干什么呢？"

朵拉悄悄地靠近电话，试图弄明白电话那端在说些什么胡话。

"不，我很抱歉，"他坚决地说，"你们的报到记录一定出了什么问题。凯西是上周六离开家的——"理查再次停下来去听，"不，她自己去的，一个人乘火车，她坚持不要我们送。"

这时候，朵拉突然明白了。

大学可不是什么人间天堂，朵拉……那不是真正的自由，也不是真正的逃离，你懂吗？

真相狠狠地一拳打在她肚子上：凯西没有去爱丁堡，她压根儿就没打算去。这就是为什么她非要一个人去的原因。不是因为她想要独立，靠自己去上大学，也不是因为怕被别人看见自己和家人一起，担心在那最初的磨人的几个小时里被他们拖累。而是因为她一开始就没打算要去那里。

理查挂掉了电话，转过头来难以置信地看着她们。一个更为紧迫的问题出现了：要是凯西没在爱丁堡，那她到底在哪儿呢？

"你说'帮不上什么忙'是什么意思？"理查面前坐着一位警察——令大家都额外痛苦的是，他就是去年负责阿尔菲失踪案的那位警官。理查懊丧地搅扭着自己的双手，"我们的女儿失踪了。"

"我理解你的担忧，先生，但凯西已经年满十八岁，在法律面前，她已经是个成年人了。她可以在任何时候离开家，这是她的人身权利，虽然我也理解你们对她的不知去向感到很难受。你们有任何理由怀疑存在违法行为或谋杀的可能吗？"

理查耸了耸肩，海伦看了他一眼："这一点都不像凯西。"

朵拉想起姐姐经常长时间地独自散步，很晚回家，甚至夜不归宿。又想到她在姐姐的手臂上看到的那些暴力的痕迹，那是凯西唯一一次无意间卸下了伪装，赤裸的手臂在朵拉面前诉说着痛苦的秘密。凯西没想到朵拉会看见那些伤痕，但那的确令朵拉夜不成寐。她在想现在要不要提起这件事，但最终还是决定闭嘴，默默地咬住自己的舌头。

"但你们没有任何理由相信犯罪的事实对吗？"

"我们怎么会知道？我们压根儿不清楚她在哪儿！所以我们才需要你们的帮助啊！"

朵拉为母亲的粗鲁感到羞愧难当，警官只是在做他的工作而已，甚至连她都明白这一点。

"她有没有给你们任何暗示或者线索？有没有什么朋友或家人是她可以投奔的？有没有在交往的男朋友？"

理查摇摇头。

"你们记得她离开家的时候是什么状态吗？是否心情低落？有没有伤害自己的迹象？"

朵拉用力咽了咽口水。

"当然没有！"海伦生气地大叫起来，"她一直期盼着大学生活。"

理查摇摇头："我们唯一能确定的就是她坐上了一列开往滑铁卢的火车，应该在中午的时候在伦敦下车，搭地铁去国王十字车站，转车去爱丁堡。"

警官清了清嗓子："伦敦可是个大城市。"

朵拉意识到，是时候说出真相了："她对我说了一些话。"她感觉到父母的眼睛死死地盯住自己，但她还是继续说下去，"她离开家之前的那天晚上，说了一些奇怪的话。她说大学不是'真正的自由……真正的逃离'。当时我不理解那是什么意思，可现在好像有点明白了。我想她也许根本没打算去上大学。"她顿了一下，"我想她有可能改变主意了。"朵拉抬头看着母亲，感到她的目光像匕首般锋利。

警官对她鼓励地点点头："很有用的信息，朵拉。她还说了些别的吗？她在伦敦有没有朋友，或者别人可以投靠的？"

朵拉摇摇头："那些朋友都是很久以前的了，在我们搬到这里以前，好多年前就不联系了，她没有人可以投靠。"

警察叹了口气："好吧，我可以让伦敦的交警查一下滑铁卢站的监控记录，看看上周末凯西所乘坐的火车到达的时间前后，或许能找到一些线索。我们或许能看到她在车站与某些人见面，或者她去了哪个方向。希望不大，但我总可以试试看。"他停顿了一会儿，"你们也可以拨打周边医院的电话问问。"他没有直视他们的眼睛。

　　"就这样？"海伦骇然失色，"又一个孩子失踪了，而你们却坐视不管？"

　　"海伦！"理查怒气冲冲地说，"你这么说一点都不公平。"

　　朵拉注意到警官的脸微微一红。"我理解您的情绪，泰德太太。我一定会尽我所能。但与此同时，你们可以考虑请个私家侦探——他们可以独立调查凯西的行踪，或许能帮你们找到她。"他站了起来，准备离开。"我很抱歉，帮不上其他什么忙。我相信她总会出现的，以我对凯西的了解，她是个十分机敏的孩子。尽量保持电话畅通，想开点。一有线索我就会告知你们。"说完之后，他就走了。

　　接下来的几个小时，阿尔菲失踪的痛苦回忆又回来了。理查快要疯了。他在家里走来走去，一个接一个地打电话，和海伦一起关在房间里进行一次又一次情绪激动的谈话，与此同时，不停地斥责自己为什么会错过任何一次发现凯西不对劲的机会。她真的逃跑了吗？会不会是被绑架了？也许她病倒了？甚至更糟的是，她有可能躺在哪个水沟里，没有人发现。他不是推家具，就是摔门，对那些无辜的物件大发其火。他突然变得野蛮而吓人，被惊恐折磨得面目全非。

　　相比起来，海伦就安静得多，似乎是惊呆了。她坐在沙发上，双手抱住膝盖，随着某种听不见的节奏不停地摇摆。她的嘴唇在翕动，但朵拉听不到她私语的声音。说实话，她也并不想听。她与父母之间保持着一定的距离，小心翼翼地观察他们，迷惑不解，惊恐万分，又不敢相信：难道真的要再来一遍吗？

似乎有某种自动巡航系统的指引，晚餐时间一到，三个人都不约而同地来到了厨房。理查说起私家侦探的事情，大家不自觉地把盘子里的食物推来推去。

"他似乎能力很强——事务所寻找走失人口的成功率有百分之九十八，而且他答应亲自处理凯西的案子。"

海伦点点头，清了清嗓子，似乎想说点什么，但最终还是保持沉默，把玻璃杯在桌子上转来转去，在那木头表面上发出恼人的刮擦声。朵拉看见爸爸对海伦投去恼怒的一瞥。

理查推开盘子："我真的觉得很无助，不知道该怎么办。"他的声音因痛苦而变得嘶哑，"告诉我，我到底该怎么办？"

海伦抬起头来，凝视着理查，似乎是第一次好好地看清了他。慢慢地，她向他伸出一只手。朵拉看见她的脸上出现了一种奇异的温柔，眼里溢满脆弱，让人明白原来她也同样惊慌失措。可就在她向理查伸出手的那一瞬间，他兀自推开椅子离开了餐桌，没有看见她的动作。

"抱歉，我没办法坐在这里吃晚餐，假装一家人其乐融融，好像什么也没有发生。"

朵拉看见母亲畏缩了一下，收回了那只手。

他走到门边时转头对她们说："有事的话就去书房找我。"

厨房门在理查身后关上，母女俩坐在那里相对无言。

警察没有食言，二十四小时后就打来了电话。当他把最新发现传达给铁青着脸的理查时，朵拉屏住了呼吸。

"他说了什么？"海伦喃喃自语，"我们又失去了一个孩子，是不是？"她把手指的骨节牢牢抵在牙间。

理查默默地放下听筒，转过来面对着她们。

"我不知道，亲爱的，我真的不知道。他们在车站的监控视频里找到了她。"

"什么时候？她在做什么？"

理查小心翼翼地解释，伦敦警察厅在模糊的视频里发现了一个符合凯西特征的女孩子于那天正午左右在滑铁卢站下车。她本应去坐地铁，但她没有，而是步行出了车站。她在西敏寺桥的路口走出了监控范围，但证据已经足够清晰：凯西是自觉自愿走出车站的，警方不会再继续调查，他们的职责到此为止。

"至少我们知道她没事，不是吗？"朵拉一边问，一边紧张地咬指甲，"我是说，她显然是自己跑掉的，而不是被……没有……"她的声音越来越弱。

理查叹了口气："我真的不知道，朵拉。"他摇摇头，"我什么都不知道了。"

"我们会找到她的，是不是？只是早晚的问题罢了。"

这一次理查无法回答。他伸手抓起电话，现在他只有一个目的：找到凯西。

朵拉的怒火让自己都感到惊讶，它就像白热的岩浆般在体内升腾。凯西怎么敢那样跑掉？难道在荣耀的光芒中离开家去上大学还不够吗？她已经有了一个完美的理由来逃离这个家，可对她来说还是不够。她非要更进一步，消失得无影无踪，让大家担惊受怕。她怎么敢这么自私？实在是太过分，太残忍了。她显然比世界上的任何一个人都更清楚这样做会让阿尔菲失踪时的焦虑和痛苦重来一遍，难道她一点都不在乎让他们受苦吗？难道他们就连一通电话、一封邮件都不值得，只配痛苦吗？

更重要的是，她为什么不把自己的秘密计划告诉朵拉？为什么不把她当作自己的密友？她们一起经历了那么多，凯西却一个人计划了一场逃亡，没有对朵拉透露一个字，这无异于最残忍的抛弃。

凯西几年前说的那些话到底算什么？那个曾严肃地对她说"现在只有你和我对抗这个世界了……我们必须并肩作战……姐妹之间就该这样"的姐姐去哪儿了？全都是放屁！凯西说的话都是放屁！这些回忆让朵拉的血液沸腾得更加剧烈，它们又一次地提醒她，她是多么孤苦无依。朵拉不确定自己这辈子是否还能原谅姐姐。

一种诡异的氛围降临克里夫托伯，就像一阵从海上涌来的浓重冬雾。气氛紧张得令人疼痛。海伦一直躲在自己的书房里，理查则总是在莫名其妙的时刻在房子里出入，他们两个，似乎没有一个在乎朵拉的行踪。朵拉发现自己常常一个人在克里夫托伯的走廊里晃来晃去，仿佛一个幽灵般的孤儿。她自己做饭吃，从洗衣篮里翻找衣服，每天晚上看着母亲的影子在书房门缝里移动，然后一个人上床睡觉。

时间缓慢地流逝，朵拉越来越难以忍受那巨大的孤寂感。她考虑过要不要给史蒂芬打电话，不知道这时候接受他的邀请是不是已经晚了，但她无论如何也无法鼓起勇气去拿起电话机——无处不在的自我怀疑令她无力与他联络。最终，她还是去找了妈妈。一天早晨上学之前，她鼓起勇气敲响了海伦的书房门。

"出什么事儿了吗？"海伦问道，从门后疲惫地看着她，"你爸爸打来电话了？"

朵拉摇摇头："我觉得你会想要这个的。"海伦看着朵拉递过来的茶，仿佛在看一种奇怪的无法识别的东西。"哦，谢谢。"她接过杯子，把它小心地放在身后的桌子上。

"牛奶都坏掉了，抱歉。"朵拉说道。没有人想到要去购物。

海伦点点头："你准备去学校了吗？"

"是的。"

海伦显然心不在焉："你找到什么可以当作午餐了吗？"

朵拉点点头。她翻遍了食品柜才找到一些葡萄干和一包放了很久的谷物棒。

"那就好。"

她们盯着彼此看了一会儿，朵拉看到母亲眼底下因痛苦和担忧而蚀刻出紫色的阴影，就像在看镜子里的自己一样。她想要伸出手去触摸她，被拉进母亲的怀抱，感觉到她温暖的双臂环住自己，呼吸她清爽的香气。那一刻，她意识到，自己愿意付出一切，只为了能被这个女人抱在怀里——这个在她小时候无数次抚慰过她，赶走她的噩梦，告诉她一切都会好起来的女人。她感到泪水在眼眶里翻涌，努力忍住不让它们滴下。

海伦看了一眼书桌："谢谢你的茶……"

"妈……"朵拉尝试着，不顾一切地想让这个沟通的裂口开得更久一些，"凯西会没事的，是不是？我是说，她已经十八岁了，很坚强。她能照顾好自己，你不觉得吗？"

海伦审视了朵拉一会儿，"是的。"终于，她表示同意，"我想是这样的。她又不是一个小宝宝，对吧？"

朵拉不知道海伦是否有意提及阿尔菲，但她听到这话的时候还是忍不住瑟缩。阿尔菲，那件事将永远不会过去，一直横亘在她们中间。她们真的能走过那个坎儿吗？妈妈再也不会接受自己了吗？

朵拉默默地转过身，走向大门。海伦在她身后关上了书房的门，传来一声最最轻柔的关门声。

第二天下午四点，理查从后门风风火火地走了进来。

"海伦，海伦，你在吗？"他看见朵拉从起居室走了出来，"朵拉，快，你妈妈在哪儿？"

"大概在她书房里吧，发生什么事了？"

"快去叫她，快！"

朵拉正准备去找她，海伦就出现在了客厅。"什么事？他们找到她了？"

理查径直走向妻子，小心翼翼地把她的手握在自己手里："你得保持冷静，好吗？"

"到底怎么了，理查？我的老天，快告诉我呀。"

"他们找到她了。"

朵拉感到胃部一沉，显然这不是什么好消息。

"快告诉我她怎么样，理查，你吓坏我了。"

"她……她……"理查似乎不知道该如何措辞。朵拉注意到他的双手在颤抖。她咽了咽口水。"她……她从桥上跳下去了。"终于，他说了出来，"跳进了泰晤士河。"

"什么？"海伦看着他，惊骇万分。

朵拉瞬间感到自己似乎滑入了另外一个世界，天地间呈现出一种失真的微光。

"她是不是……"

他摇摇头："不，她还活着，在医院里。"

海伦松了一口气。朵拉觉得她看起来好像快要瘫倒了。

"噢，感谢上帝。"

大家都在消化理查带来的可怕消息，房间里一片沉默。

"你说的'她从桥上跳下去了'是什么意思？"海伦终于开口问道。

"你的意思是……"

理查点点头："是的……她试图自杀。"他的脸色十分苍白，朵拉明白，要说出那个字眼有多难。

海伦摇摇头："不，这不可能，凯西才不会那么做。"她咬住自己的嘴唇。"不，一定是个意外，也许她是不小心摔下去的？"

三人再次沉默下来，朵拉的眼前出现了凯西伤痕累累的胳膊。

"不，是真的。"理查继续说，"有人看见她跳下去的——感谢上帝——他们及时把她捞了上来，送进了圣托马斯医院。医生对她进行了心肺复苏，为她治疗肺炎。她还得了一种严重的水蛭传染病。这段时间她一直在住院，似乎是报了个假名，所以我们花了那么长时间才找到她。"他把手指插进发间。"我雇的那个私家侦探刚刚来电告诉我的，我得立刻出门去见她。"

"我也去。"海伦想也不想地说。

"不，亲爱的。"理查温柔地劝她，"我觉得你应该待在这儿。"朵拉看见爸爸朝她的方向点了点头。"再说了，那伙计建议我们跟凯西要慢慢来。从他的办事能力来看，我觉得他是对的。我们最好不要吓到她。他似乎很清楚自己在说什么。我明天就会去见她，好声好气地和她谈谈，劝她和我一块儿回家。"

海伦摇摇头："这根本就说不通。"

"我知道，亲爱的。"

"你保证会带她回家？"

"是的。"理查说。

"很好，她应该回家和我们待在一起，至少在她好起来之前。"海伦似乎想了一会儿，继续说道，"我得给大学打个电话，他们一定会为她保留学籍的。我们把她带回家，过些日子等她好起来了，我们再亲自送她去学校。她就不至于错过这学期的大部分课程了。"

朵拉难以置信地盯着妈妈，简直不敢相信自己听到了什么。爸爸似乎也是一样的反应。

"海伦，你明白自己说了什么吗？"他肉眼可见地颤抖起来，"凯西差点自杀死掉，我不觉得大学学籍应该被放在第一位，你觉得呢？"

"可是，她不能就这么丢掉自己的未来。"朵拉听到这话忍不住畏缩了一下，但海伦似乎察觉不到自己话语中令人伤感的讽刺，继续说下去，"我们得帮她独立起来，现在可不是自怜自艾和搞这些愚蠢把戏的时候。她必须想想自己的未来和事业。"

"愚蠢把戏？"血色突然涌上理查的脸颊，"我可不觉得从泰晤士河上跳下去能被归类为'把戏'，你觉得呢？"

"不然呢？"

"我会说那是呼救……甚至更糟……是她认为生命不值得继续的标志。"理查再次把手指插进发间，"我真的不明白为什么我们竟然都没有察觉。很显然她变得更安静……更沉默了，自从阿尔菲……可我真的以为她没事。我竟然看不到她身上都发生了什么……"他愤怒地摇摇头，"我简直就是个瞎子！"

"这跟你没有关系，理查。"海伦脱口而出，"这是凯西的事。我只想要她回家。我觉得我也该去伦敦，要是能赶上晚班火车的话——"

理查打断了她的话："不，你在家陪朵拉，我会处理这件事。"

海伦再次摇摇头："她到底在想些什么？我都快担心疯了……"

"我明白，"理查说，"我也一样。至少我们现在找到她了，我会把她带回家的，我保证。到了周末一切都会恢复正常。"

朵拉听着他们的对话，一丝怀疑爬上了心头。他们现在应该很清楚了，跟凯西有关的事情从来都不会那么简单。

朵拉坐在起居室里翻看着无聊的周六电视节目，漫无目的地从一部《007》老电影跳到野生动物纪录片，这时候，爸爸的车子打着大灯出现在了车道上。她早就想好在凯西回家时要表现得十分冷漠——绝不让姐姐知道她造成了多少不安，自己又有多想念她，那只会如了她的意。可当那个时刻真的来临，她却发现自己和海伦一起站在门廊上，在黑暗中焦急地寻找姐姐的一头金发。她有太多的话想要对她说。

驾驶座的门打开了，灯光泄出，理查出现在黑暗中。他从座位上下来，摔上车门，疲惫地拖着脚步走向大门。朵拉伸长了脖子，可他身后并没有姐姐的影子。

"她在哪儿？"海伦问道，声音里有一丝尖锐的惊恐。

理查走到亮着灯的门廊，抬起头看着她们。朵拉看见他眼下的阴影，惊讶地发现他竟然变得那么老。

"她不愿意回来。"

海伦惊愕地开口："什么叫'她不愿意回来'？"

"就是那样。我尽力了，海伦，可她坚持要待在伦敦，我也不能强迫她。"

"可我以为她已经可以出院了？我以为她已经恢复到可以离开医院了？"

理查点点头，"是的，但似乎她就是想待在伦敦。我总不能把她硬生生地拽回来吧？"他平静地说。

"为什么不能？她应该在这儿，和我们在一起，而不是在伦敦一个人流浪，不知道做些什么事情。她要住在哪儿？靠什么为生？你说你会带她回家的。她都那个样子了，上帝啊！"海伦声音里的惊恐变成了控诉。朵拉默默地退回到阴影里。"我就知道我该一起去。"

"海伦，我真的不认为你去能有什么帮助。事实上，搞不好还会让事情变得更糟。凯西非常坚决，她执意要待在伦敦，不想回家。她没有多说，只是说她无法面对……我们所有人。她想要一些自己的时间和空间。"

"什么空间？"

理查盯着海伦看了一会儿，似乎想要说些什么，但还是改变了主意。"她说她需要想清楚自己到底是谁，这辈子到底想要做些什么。"他伸出手指插入发间。

"自己到底是谁？这辈子到底想要做些什么？"海伦摇摇头，"所以她就要这样抛弃掉好不容易考上的大学吗？"

理查耸了耸肩。

"我希望你告诉过她她到底在犯一个什么样的错误！"

"海伦，她已经十八岁了，我不可以强迫她。我尽力了。"

"尽力了？你尽力了？"海伦脱口而出，"你保证过要带她一起回家的。凯西这是要毁了她的人生啊，抛弃大好前程……就像我一样！"海伦抽泣起来。

理查小心翼翼地看着自己的妻子："你那是什么意思？"

"噢，算了吧，你不会理解的。"

理查懊恼地晃了晃脑袋："你至少可以试试看啊。"他停顿了片刻，接下来的话音平静了一些，"我做了我认为最好的选择，她是我们的女儿，我认为我做得没错。"

"做得没错？你把她丢在那里让她自生自灭！"她摇摇头，"这实在是太可悲了，真没用！你到底有没有尝试过改变她的想法，还是说你只是任由她想怎么样就怎么样？我们怎么知道她会不会再找一座桥跳下去？"她继续摇头，"我就知道我应该和你一起去。"

朵拉咽了口气,眼看着爸爸一言不发地从她们中间穿过,消失在了过道里。海伦也跟在他身后走了,留下朵拉一个人站在门廊上。她看了一眼室内,转身走入了夜色。空气中弥漫着一股清新的秋日气息,夹杂着落叶和篝火的味道。一轮银色的月亮从高高的云幕后透出苍白的光,院子里大部分的地方都笼罩在黑暗里。她能看清的最远处就是车道尽头的院门。

愤怒的吼叫声在身后回响,朵拉明白自己再也承受不了了。权衡片刻之后,她跳下石阶,走上车道,一步一步消失在黑暗里。

走到小路的半道上,朵拉突然意识到,外面比她想象中还要冷。她硬生生地抑制住回家拿件外套的冲动,继续向前走,无视皮肤上冒出的鸡皮疙瘩。她一点都不在乎父母的想法,他们甚至都不会发现她不见了,即便发现了,也随他们去吧。先是阿尔菲,接着又是凯西,他们都消失了,可最没有存在感的反倒是她。让父母也为她担心一回吧。

厚重的乌云遮蔽了月亮,朵拉努力让自己适应眼前的黑暗。有什么东西在她身边的灌木丛中沙沙作响,她听到远处传来一只狐狸凄惨的叫声。朵拉鼓起勇气,一个人在漆黑的室外的确恐怖,但她绝不会回头。她不知道自己要去哪里,也不是很在乎,只知道自己实在是无法在那个房子里再待下去了,再也不想听见那些永无止境的争吵和责难。她一直期盼着凯西回来,可现在,就连这都成了奢望。该死的凯西,世界永远都围着她转。她的情绪,她的脾气,她的需求,现在又是这一出,她把所有人都玩弄在股掌之中。不管从什么角度来看这件事情,朵拉还是想不通。凯西一定不是真的想要结束自己的生命吧?她知道她很不高兴,她知道她还在为阿尔菲感到悲痛……谁又不是呢?但她已经被大学录取了,拥有了一个名正言顺的逃离之所,为什么她还想要结束这一切呢？到底是什么让她跳下那座桥？怎么想都想不通。

朵拉就这样在黑暗中跺着脚一步一步地前进，跌跌撞撞地顺着小路一直走，在脑子里思考了一遍又一遍。

终于，不远处的光亮把她拉回现实。那灯光在婆娑起舞的树枝间闪烁着橙色的光。她走近了一些才发现，贝蒂·德莱登站在小木屋的窗前，一头灰发的她正低着头清洗碗盘，比尔则坐在一边的餐桌旁读报纸。真是一幅舒适而令人满足的景象啊。朵拉站在黑暗的小径上，望着这对年迈的夫妇有条不紊地进行他们惯常的夜间仪式。他们看起来是那么平静，那么正常。

贝蒂转身对丈夫说了句什么，只见比尔从餐桌旁抬起头，温柔地笑起来。她几乎都能从自己所站的草地上听见那低沉而好听的声音。为什么她的家庭生活就不能单纯一点呢，就像比尔他们那样？她上一次听见的父母用亲切而温暖的语气对彼此说话是什么时候？为什么他们都要把自己的人生搞得一塌糊涂？

贝蒂洗完了最后一个盘子，慢悠悠地去拿茶壶。这时候朵拉又往前走了几步，不小心触发了警报灯。她一下被淹没在耀眼的白光中，尴尬地僵在原地。贝蒂被吓了一跳，等到眼睛适应了室外的光线之后才终于发现了朵拉的存在。朵拉感到十分难为情，该死。贝蒂消失在了视线中，朵拉不知道接下来该怎么办，本能地把双手伸进牛仔裤袋，急匆匆地转身往回走。

"朵拉，是你吗？"是贝蒂的声音，从小木屋的正门传来。

朵拉转过身，羞愧难当。"是的，抱歉，贝蒂。"老太太站在门口的台阶上，朝着她的方向张望。"我不是故意要吓到你们的，我只是出来散个步。"

贝蒂点点头，朵拉十分感激，似乎不需要再做进一步的解释了。

"你想进来坐会儿吗？外面多冷啊，我刚把茶煮上。"老太太忍不住微微颤抖，用身上的羊毛开衫紧紧裹住双肩。

朵拉犹豫了一下，她不想贸然打扰他们，但她也一点都不想回家。

"进来吧，"贝蒂催促道，"陪我一起喝杯茶吧，比尔就知道埋头看报纸。我做了蜂蜜燕麦饼……"

这让朵拉改变了主意。她转过身，轻手轻脚地走向小木屋，跟在贝蒂身后穿过低矮的木门，进入温暖舒适的室内。走进厨房的时候，她不得不稍微低头。

"哈喽，朵拉。"比尔用一个温暖的微笑欢迎她，"什么风把你吹来了，在这么一个冷飕飕的秋天晚上？"

"我……呃……只是路过。想出来转转，你知道，呼吸一下新鲜空气……"

朵拉看见贝蒂瞪了丈夫一眼。"没错，"他笑了起来，"真是一个散步的好天气，是吧？"

朵拉点点头，庆幸自己不需要再解释什么。比尔感觉到了气氛的变化，叠起他的报纸，从餐桌边站起了身。"我要失陪了，电视上在播一个园艺节目，我可得看看，就不打扰你们两位女士享用茶点啦。"

"好的，去吧老头子，"贝蒂调侃道，"免得你总怪我不让你看那些虫子堆肥和多年生植物的节目。"比尔离开了房间，贝蒂在茶杯和饼干罐头之间忙碌了一小会儿，朵拉趁机好好观察了一下这个厨房。房间不大，但布局十分完美，裸露的石墙，大大的壁炉，锅架上挂满了亮闪闪的铜锅。窗台上的花瓶里插了一束漂亮的干花，一个角落里，比尔那双沾满泥巴的靴子放在暖气片旁的一张旧报纸上晾干。贝蒂那本宝贵的菜谱正摊开放在餐桌上，等待着她的下一次烹饪实验。
"你该去写一本烹饪书。"朵拉欣喜地说，目不转睛地盯着眼前那页密密麻麻的关于醋栗接骨木花冰淇淋的笔记。

"噢，我太老了。"贝蒂笑起来，"再说了，妇女协会的那帮人又该叽叽喳喳了。我都能想象到她们会说些什么：那个贝蒂·德莱登啊……总爱想些不切实际的事情！"

"才不是呢！"朵拉叫起来，"要我说的话，你的厨艺简直跟名厨迪莉娅·史密斯不相上下！"

"别瞎说了。"贝蒂大笑起来，脸颊上泛起一抹迷人的红晕，朵拉从她摆弄茶壶套的样子看出，她十分享受自己的那番恭维。"现在呢，"她一说，一边将托盘放到餐桌上，把牛奶倒进茶杯里，"来说说你吧，朵拉，你还好吗，亲爱的女孩儿？"

朵拉从贝蒂推到她面前的盘子里拿起一片蜂蜜燕麦饼，轻轻咬下黏糊糊的一角，思考自己该如何作答。最终，她决定说实话。"恐怕不是很好。"她顿了一下，深吸了一口气，继续说下去，"就好像一切都在四分五裂，贝蒂……"她又吸了一口气，"恐怕这全是我的错。"

"什么是你的错，亲爱的女孩儿？"

"一切都是。阿尔菲的失踪，凯西的……离开，爸爸妈妈整天争吵不休，都是我的错。"

"是什么让你这么想的呢？"老太太眼中关切的神色鼓励她继续说下去。

"因为这一切都得追溯到去年夏天，那一天我本该照顾好阿尔菲的，但我却一个人走开了。那一天我决定和一个学校里的男孩子闲聊，过了太久才回到'岩洞'。"她垂下了脑袋。"现在凯西逃跑了，爸妈再次崩溃了，两个人整天大吵大闹。我觉得这一切可怕的事情都是我造成的。"她干笑一声，"妈给我的名字起对了。那一天，在海滩上，似乎是我打开了潘多拉的盒子，把全世界的痛苦都释放到我们的生命里。就好像是我挖出了所有人的心，把它们砸成一百万个碎片，不知道该如何把它们拼回去了。"

朵拉的最后几句话脱口而出。她不敢面对贝蒂的凝视，但还是感觉到了老太太皱缩的手向她伸来，对她温暖的触碰心存感激。

"一个家庭承受不了那么多的痛苦，"贝蒂一边说，一边摇头，"太多的痛苦了。那不是你的错，朵拉，也不是任何人的错。阿尔菲身上发生了可怕的事情，但你这样责怪自己也不会有任何好处。"

朵拉叹了口气，贝蒂根本就不理解，没有人会理解的。他们又不需要住在克里夫托伯，生活在痛苦和悲伤中，不停地躲避父母那两张忧心忡忡的面孔，被饱受折磨的姐姐孤立，被过去的快乐记忆和各种各样的"如果"所嘲弄。

"好人身上总会发生可怕的事情，这确实令人伤心，却是生活的真相。但无论过去发生了什么，有一件事我可以确定：你们依然是一家人。"贝蒂说着，捏了捏她的手。"你们一定可以凭借这一点找回方向。"

朵拉摇摇头，"你错了，贝蒂。我们这个家庭从海滩上的那一天起就消失了……像阿尔菲一样。就好像我们和他一起溺水身亡了。"她垂下眼帘，"你知道吗，我已经记不起上一次我们中的任何一个人说过'爱'这个字是什么时候了。"

"可你的父母还是爱你的，朵拉，这还用说吗？也许他们目前无法明确地表达出来……他们有太多的事情要担心了……但你的父母一定是爱你的，朵拉。"

"不！他们根本就不爱我，也不应该爱我，因为这一切都是我的错！我再也不配得到他们的爱了，我不配得到任何人的爱。是我毁掉了一切，我摧毁了这一切。"泪水像小溪般流淌在脸上，眼前一片模糊，朵拉感到自己被拉进了一个散发出蜂蜜燕麦饼香味的温暖怀抱，不由自主地紧紧抱住这个老太太，任由她一遍又一遍地哄劝自己，直到过去了一个世纪那么久，眼里再也流不出更多的泪水。

"好了，好了，"贝蒂说着，递给她一块绣花手帕，"一切都会好起来的，你看。没有什么是永恒不变的。你们都会从这件事情里面走出来的，虽然很困难，但最终一定会的。"

朵拉摇摇头。她明白事情不可能真的一成不变，没有人能像那样活一辈子，但她就是看不到任何好转的迹象，而贝蒂显然相信他们一定会好起来。

"总有一天，朵拉，你会拥有自己的家庭，到时候你就明白了。"

"不，"朵拉激动地说，"我不要，如果拥有家庭就意味着有可能再一次体会那种失去的感觉，那我宁愿不要。"

贝蒂看着她。她能感觉到这个老太太并不相信她的话，但朵拉内心深处非常确定。她无法忽视胃底里传来的那种感觉，深知它们依然在那个最最黑暗的深渊里往下坠，还要过上很久很久才能落到底部。

朵拉

◎ 现在 ◎

朵拉在逃避。她明白这很不专业，她应该跟团队成员一起讨论日升麦片发布会的方案，但她就是打不起精神来——或者说是无法鼓起勇气。几个广告天才认为开几盒客户送来的"气泡麦片"样品能带来灵感，但那弥漫在空气中的酸甜麦片香气让她的胃翻腾得厉害。该死的晨吐。她用力吞了吞口水，盯着桌子底下的废纸篓，那是她唯一的选择。她可不能当着同事们的面冲进卫生间。她张开嘴做了几个深呼吸，接着闭上眼睛，努力想一些让她不那么反胃的东西。雪是个不错的对象，丝毫不会令人反感，冰凉，洁白，一片绝妙的空白，比"气泡麦片"好多了。

噢，又来了——一想到食物就想吐，她的大脑似乎正在对身体进行某种变态的折磨。"气泡麦片"，此刻是她人生的痛苦之源。她睁开眼睛，瞥了一眼桌上的情绪板，几个清爽可爱的小孩子咧着嘴对她笑，清一色的洁白牙齿和整齐发型，和父母一起坐在早餐桌旁。他们与她最近见过的孩子都不一样，但现在想要更换已经太晚了。

简报的主题是一场非常规的早餐麦片发布会，让孩子喜欢，并最终搞定家长的东西。其中的挑战在于，催生出强大的儿童购买力。但她眼前的不过是与以前看过的上千场早餐麦片发布会别无二致的东西，乏味到了极点。"气泡麦片"纵使有再多槽点，与"乏味"二字也是绝对沾不上边的。她品尝那膨化麦片的第一口就令她冲去卫生间大吐特吐。小孩子一定会为此疯狂，这是毋庸置疑的。一种能把你的牛奶变得像汽水般嗞嗞作响的麦片简直酷得无法用语言来形容，但那味道也绝不是一时半会儿就能接受的。

她举起一个故事板，挑剔地看着它。广告的主角是一个名叫"气泡队长"的超级英雄，以连环画的形式呈现。他正在早餐桌上与巨人们搏斗，从一个勺子出发飞向一片干巴巴的吐司，穿过一碗看起来令人毫无食欲的燕麦片，奋不顾身地与一碗黏糊糊的粥搏斗。广告结尾的口号是：你无法抵抗气泡的力量。这并不是她见过最独特的创意，但日升麦片的董事们不到一个小时就会抵达办公室，没有时间再做修改了。

她叹了口气，又到了她对于这个工作最不喜欢的部分：向客户推销连她自己都不相信的概念，把他们哄得舒舒服服，高高兴兴地走出公司，甘愿支付贵得吓人的广告费。有时候她讨厌广告这个行业。

她正准备强打精神振作起来的时候，创意总监莉拉出现在她的办公桌旁。

"你准备好了吗，亲爱的？"莉拉问道，顺便调整了一下手里的笔记本电脑和文件夹。"我要去楼上会议室做准备了……"她突然瞥见了朵拉的脸色，"噢，你看起来糟透了，没事吧？"

朵拉不由自主地笑了笑。娇小的莉拉有一身咖啡色的完美肌肤，一头浓密的黑发，还有一张钢铁般的利嘴，说话从不拐弯抹角。"我没事，可能是昨晚的外卖吃坏肚子了，没什么大碍。"

"你确定？我说句实话你别介意，你看起来真的不太好耶。"

"真没事，莉，很快就好了。只是闻到那该死的麦片就有点反胃。"

莉拉哈哈大笑："是啊，这就是我要上楼的原因。那玩意儿也让我反胃，还有我们在做的事情，是吧？多米尼克最好给我们发个大红包。"

朵拉点点头："我过会儿就上去，你先去吧。"

"好的。"莉拉担忧地看着她，转身走了几步，又回过头来说，"听着，别想多了，但你可能需要擦点腮红。"

"太苍白了？"

"这个，你知道凯特·布兰切特在《伊丽莎白》那个电影的结尾……"

朵拉虚弱地笑起来："不用再说了，我去上点古铜粉。"

日升麦片的董事们准时抵达，发布会顺利开始。朵拉介绍启动策略与"气泡队长"这个人物的设计理念时，客户代表纷纷微笑点头，给予鼓励。创意部的同事们按部就班地展示广告图样和故事板，到了播放样带的时候，朵拉感觉自信满满。日升董事们十分买账。

在他们调暗灯光准备播放最后一段样带之前，多米尼克站起身，对董事们进行演讲。"蒂娜，里克……"他带着迷人的微笑逐个报出董事们的名字，"我希望各位和我们一样为今天在这里所见的一切感到振奋。我们将贵司视为菲尔丁·菲集团皇冠上的一颗珍珠，能与贵司合作是我们的荣幸。更令人激动的是，'气泡麦片'将作为我们首个合作项目面世。我们的团队已经构思出了一些绝妙的点子，在接下来的几周中会向各位一一展示。"

日升董事们对多米尼克露出慷慨的微笑。他有种令人放松的能力，让他的客户感觉自己是世界上最最重要的人物。"长话短说，我们即将为各位播放一个短片，是'气泡队长'电视广告的精彩混剪，也是我们认为最有自信拿下这个广告的地方。我们全心全意地相信它一定会火，正如朵拉所说，只要抓住三到八岁孩子的心理，未来将不可限量。"

　　会议室的灯光适时地调暗，每个人的注意力都集中到了会议室墙上的等离子大屏幕上，朵拉调整了一下她的转椅，以便能有一个更好的视角。由于制作延迟，她也没看过这段录像，此刻她饶有兴趣地想看看莉拉和她的团队到底会交出一个什么样的成果，来踢这临门一脚。她看见莉拉在会议室的另一头对着她笑，显然很开心的样子，是个好兆头。

　　录像顺利地开始播放，穿插着一些电视广告的片段，还有"气泡队长"与日升麦片的主要竞品进行搏斗的画面。日升董事们坐在那里咯咯直笑，多米尼克转身对她眨了眨眼睛。接着画面切换到了一群看起来三四岁的小朋友，他们在草上跑来跑去，无忧无虑地嬉笑打闹。随着画面的推进，朵拉感到有什么可怕的东西突然攥住了她的胃。她坐在黑暗中，仿佛被屏幕摄去了魂魄。那些孩子都打扮成"气泡队长"的样子，穿着红色长裤、蓝色 T 恤衫，还有一条长长的自制斗篷。他们一边跑，一边笑着把气泡麦片抛撒在空中。"接我一招！还有这个！你无法抵抗气泡的力量！"

　　他们兴高采烈地又叫又嚷。到最后，一个可爱的金发小男孩转过身面对着镜头，天真无邪地微笑，嘴里还缺了一颗牙齿，他说："我爱气泡队长：他是最最厉害的超级英雄。"

　　朵拉感觉胃里一阵恶心，突然，毫无预兆地，她一弯腰呕吐在了日升销售总监那双亮得不可思议的皮鞋上。

　　多米尼克找到她时，她正双手抱着头坐在自己的办公桌前。他进去之前轻轻地敲了一下门，然后坐在她对面的椅子上。"你刚才到底是怎么回事？"

　　"是……呃，没什么，只是吃坏东西了。抱歉，我现在没事了。

真希望我没把事情弄砸。"

多米尼克不置可否地挥了挥手:"别想了,一双新鞋和一瓶除味剂就能搞定。日升非常喜欢我们的方案,已经进展到了第二阶段,效果很不错。我自己都不敢相信,他们竟然会喜欢'气泡队长'这种烂创意。"

朵拉露出一个虚弱的微笑。

"好了,"他继续说,"我现在担心的是你。最近几周你都心不在焉的,别告诉我这都是因为吃坏肚子,你可不至于这么没用,朵拉。要是你心里有什么事的话,我很想知道一下。"

朵拉惊讶地抬头望着他。多米尼克一般不打感情牌,他可是出了名的"斗牛犬"。她不知道该说些什么,告诉他真相?那么真相又是什么呢?自己怀孕了,却因为十年前的一桩悲剧而愧疚不堪,濒临崩溃?这对于"斗牛犬"来说是很难消化的。

"好吧,多米尼克,我会告诉你的,但不是现在,好吗?你得相信我。这是我自己的事情,我必须得理出头绪来。"她叹了口气,"你看能不能让我自己来处理,要是过几天还是没有好转的话,那么,你再回来把我这个麻烦的家伙炒掉也不迟。"

多米尼克担忧地看着她:"我很想帮帮你,如果可以的话?"

"说实话,多米,相信我,现在你实在帮不上我的忙。"

他盯着她看了一会儿,接着摊了摊手表示放弃:"好吧,我不会再问了。给你两周的假,在那之前我不想看见你回来上班,明白了吗?"

朵拉点点头,很感激他没有继续问下去。

他站起身,走向门口。"你今天干得漂亮,知道吗?"他走到过道的时候又加了一句,"我才不会炒掉你这个'麻烦的家伙'——如你所说，至少绝对不会因为你吃坏肚子就把你炒掉。再说了，"他对她心照不宣地眨了眨眼睛，"那双鞋丑死了。"

朵拉松了一口气。

"现在，快回家躺着吧，小姐，别再让我看见你把早饭吐到我的地毯上！"

朵拉还是觉得有点恶心，所以她决定先走一段路再去乘公共汽车。室外很温暖，从人行道上的水洼来看，她恰好错过了一场暴雨。空气依然微微湿润，对于伦敦来说是最为清新的时候了，所以她一边走一边大口呼吸，努力不去想自己吸入了多少汽车尾气。

她沿着老街一路步行，走过贴满宣传海报的铁路桥，路过一幅著名的班克斯涂鸦，穿越霍克斯顿广场，在一堆公营小区、街角商店和充斥着广告牌的维多利亚式建筑之间七拐八绕。小区里熙熙攘攘，夏日的花朵在废弃的床架和浴缸里绽放，鲜亮的色彩与灰色的城市风光形成鲜明对比。她看见一个荧光黄的警方公告在征集关于一宗袭击案的信息，一家酒吧门口银色的啤酒桶堆成了一堵墙。阳光小心翼翼地从云层间射出，仿佛是在试探外面是否安全。光线在银色的啤酒桶上反射，刺得她一时睁不开眼睛。

她继续在建筑的丛林间穿梭，直到运河出现在眼前。太阳还没有下山，碧绿的水面泛出粼粼波光，诱惑着她向水边的纤道走去。前后一个人都没有，她停下了脚步，凝视着水面，看着河水缓慢地流淌。一摊反射着彩虹光芒的油浮在水面上，一个空塑料瓶在桥边漂过，像个浮标似的一会儿上一会儿下。远离了交通和人群的嘈杂，空气突然安静了下来。朵拉喜欢这里。运河有一种出人意料的宁静，那不完美的、脏兮兮的水路莫名其妙地吸引着她。她在那儿站了好几分钟，目不转睛地盯着眼前那片幽暗的不断变换着形态的水域，直到一个骑单车的人按着铃快速朝她冲来。她侧身让他过去，接着继续沿着纤道往前走。

走到半路，她热得脱下了外套，看来太阳已经重获自信。运河那一边有两只鸭子在芦苇丛中戏水，朵拉希望自己带了面包可以喂它们。她时不时地路过一艘艘停泊在岸边的驳船，大多是些年久失修的老东西：斑驳的油漆、腐烂的木板，还有脏兮兮的油布船罩，但也有那么一两艘状态还不错。就在她停下脚步来欣赏一艘红蓝相间、挂着樱桃图案窗帘、甲板上种着一排天竺葵的小船时，她看见一个男人向自己走来。

他离她还很远，大概有一百米，但他的身形——还有他身边的小男孩——如同一记重拳打在她的身上。空气急促地进出她的肺部，血液从脸上抽离，她的瞳孔因震惊而放大，就像照相机的光圈寻找光线的样子。周遭的一切都褪色了，她的脑海中只剩下那两个朝她走近的身影。

还有五十米，但她很清楚地知道，那就是他：纤瘦的身体，蛇一般的胯部，一头黑色长发。

她知道，这就是那个海滩上的男人。

她目不转睛地看着他们越走越近。他身边的小男孩穿着校服，似乎有点跟不上。他急匆匆地走着，一个巨大的背包在身后跳上跳下。朵拉看不清小男孩的脸，他正忙着看自己脚下快速移动的路面，但那稻草般的金发在阳光下闪闪发光的样子，已经足够让朵拉头晕目眩。她伸出一只手扶在身边的驳船上。

三十米……二十米，她无法把视线从他们身上移开。

十五米，小男孩摔了一跤。男人拉了一把他细细的胳膊，一是出于恼怒，二是为了把他拉起来。他撇着嘴角咆哮着什么，朵拉看见男孩一头金发的脑袋垂得更低了。

还有十米，她定定地站在原地。

"快点，"她听见那男人催促道，抓着小男孩衣服的一角，"我就说我们要迟到了，没时间等你。"

朵拉完全无视了男人，她的眼里只有那个小男孩。她在心里默念，快抬头看看我。苍白而布满雀斑的皮肤，宽宽的嘴巴，和爸爸一样清澈的蓝眼睛，她在脑海里把这一切看得清清楚楚。她已经知道自己会看见什么了，但她还是需要真真切切地看一眼他的脸。她站在原地，连呼吸都停止了，直到那男人发现了她。他警惕地看着她，走过她身边时，伸出一只手护住小男孩的肩膀。

"我的鞋太紧了。"小男孩抱怨道。

听到小男孩可怜的哭叫声，朵拉的心跳都漏了一拍。太快了，我好渴，能不能停一下？她听见阿尔菲的声音在脑子里回荡，感觉自己的心碎成了两半。一定是他。

她想也没想就走到他们面前，挡住了路。她不知道接下来会发生什么，也没时间去思考这样做会不会有危险。她的脑海里只有一件事：看一看小男孩的眼睛。她必须确定那就是他。

"你想干什么？"男人问道。他被激怒了，气急败坏。"快看我，阿尔菲，快看看我。"她在心里默念。

终于，他抬起了头。男人抓住小男孩的手臂想把他从她身边拉开的时候，小男孩抬起了头，直直地盯着她。她看见了一张窄小的心形脸庞，尖尖的下巴……还有一双水汪汪的棕色眼眸，眼里充满了疑惑和害怕。朵拉急切地盯着他，心突然一沉。"爸爸？"男孩犹豫不决地叫了一声，眼神从朵拉身上转到男人身上，接着又转回来。

"快点，儿子，"男人粗声说道，又转向朵拉，"看着点路，小姐！"

"对……对不起，"她结结巴巴地说，"我以为……我以为……"

"傻子。"男人小声嘟囔了一句，和小男孩一起消失在纤道的转弯口。朵拉气喘吁吁地瘫软在湿漉漉的地上，全身不停地颤抖。

乘公交车回家的路上她一直在想，自己真的相信那是阿尔菲吗？已经过去十年了，他不可能还是一个小男孩。但当那个小男孩从运河边走来时，她是如此全心全意地告诉自己那就是他，哪怕只有那么一小会儿，也足以让她明白自己有多疯狂。那个小男孩最多八九岁的样子，而阿尔菲，要是还活着的话，如今应该十四岁了。

她把头靠在公交车那画满涂鸦的内壁上，望着金士兰路上一家家烤肉店和便利店在眼前掠过。她问自己，难道那就是她想要的吗？这么多年过去了，她依然希望阿尔菲还活着吗？难道这十年他真的以某种隐秘的形式活在世上，远离家人的怀抱？这是她无论如何不能对任何人提起的事情。

但如果要对自己说实话的话，那想法始终偷偷地潜伏在她脑海里最阴暗的角落，与八卦小报上那些关于恋童癖和人贩子的吓人报道藏在一起。

她知道警察追踪了每一条线索，也知道基于最可靠证据的调查显示阿尔菲已经死亡。警方甚至给他们发了死亡证明，于是葬礼才得以进行。那么她为什么还不放手？为什么没完没了地做噩梦？为什么总是惊恐症发作？为什么不顾一切地在人群中搜寻他的面孔？朵拉明白，如果自己要保持理智，就必须把弟弟还活着的念头从脑子里赶出去。但说总比做容易，她的头脑似乎总有本事跟她开那种折磨人的玩笑。

她叹了口气，伸出一根手指摩擦着某人煞费苦心地刻在前排座椅背后的一个小小的火柴人。这一天真是不容易：先是发布会，又是呕吐，最后还在纤道上来了那么一出。快到站的时候，她伸手按铃，接着像个老太太似的一步一步挪下车，慢慢地顺着人行道往前走，直到抵达纽扣工厂。她缓缓地爬上三楼，发现丹还没有回家，不由得松了口气。她拉上卧室的窗帘，脱掉工作服，钻进被窝。她希望自己能睡着，但两个小时过去了，门口传来了丹的开门声，她依然醒着。

周日清晨，吃完早餐后，他们开车前往奇切斯特。道路空旷得惊人，他们上午十一点刚过就到了目的地。朵拉看见楼上的一扇窗户在他们开进车道时动了一下。

"我们来早了。"丹说。

"是啊，好像被他们发现了。"

丹拔下车钥匙："准备好了吗？"

朵拉深吸一口气，不确定自己是否做好了准备。维奥拉很讨人喜欢，也确实让爸爸很开心——至少是阿尔菲出事后她见过他最开心的样子——可是见到他们两个人在一起，还是让她觉得有点奇怪。

"嗯，"她说，"我准备好了。"

丹看穿了她的心思："还是觉得怪怪的，是吗？"

她点点头："她跟妈太不一样了，那么……充满活力。可我是喜欢她的……要是没有她的话，爸爸一定会很孤单。"

丹假装抗议地举起双手："你不需要说服我，我知道她对他来说很合适。再说了她还相当性感……是罗宾逊太太（罗宾逊太太，经典影片《毕业生》中成熟性感的女性形象）的那种类型。"

"她都能当你妈了！"

"我只是说说而已……你爸爸为自己找了个很棒的伴侣，就这样。她能帮他保持年轻，毕竟对于她这个年龄的女士来说，她似乎相当的精力充沛呢。"

他刻意地强调"精力充沛"这个词，朵拉忍不住做了个鬼脸。"好啦，够了，我现在一点都不想去想这事儿，等会儿就要和他们两个坐在一起吃午餐，我已经觉得有点反胃……"

丹握住朵拉的手，突然认真地看着她。"会没事的，我是说，我们会好起来的。"他伸手把一缕散乱的长发拢到她的耳后，"真高兴我们一起来了这里，早就该来了。"

她想起了爸爸，想起自己上一次去见他和维奥拉是多久以前的事情，突然意识到丹是对的。他们彼此回避太久了。此刻坐在车里，看着丹的侧面，他英俊的脸上充满关切和善意，她忍不住微笑起来。"是啊，确实，"她说，"早就该来了。"

丹突然咧开嘴大笑起来。"现在我们要做的就是计划好逃跑路线。"他的眼里又闪烁起调皮的亮光，"你知道，防止当我们把有孩子的消息告诉你爸时事态失控。我可在多赛特见过那把挂在壁炉上的老式猎枪。要是我们没点准备的话，搞不好还没来得及说出'奉子成婚'这四个字就被他逼着走上红毯宣誓结婚了。"

这回轮到她把他拉进了怀里，嘴唇相碰时她还在笑个不停。

维奥拉打开了大门。"我就知道是你们，我在楼上听见车子的声音了。快进来，你们俩，快进来。"她热情地催促道，"别傻站在那儿。"

她把朵拉进自己温暖而肉感的怀抱，使她的鼻腔里充满了一股令人放松的烤肉和麝香香水的味道。维奥拉身上的某种感觉和气味，让朵拉回想起失落许久的童年时光，她的脑袋开始天旋地转，眼眶突然湿润了。该死的荷尔蒙，她想，悄悄擦了擦眼角的一滴泪水。

接着轮到丹了。

"快讨来，你这帅小伙子，让我也来抱抱你。"

丹顺从地被拉进维奥拉丰满的胸前，越过她的头顶向朵拉投去意味深长的一瞥。朵拉转身走入门厅，轻咳一声以掩饰忍不住的轻笑。

"快进来呀，"维奥拉热情地张罗着，"把这里当自己家就好。你爸在起居室呢。"

朵拉和丹走进门厅，双脚陷入了奢华的奶油色地毯里。

"朝这儿走，你们认识房间的对吧？"维奥拉在身后为他们指路。

"是的，谢谢。"朵拉大声说，沿着走廊径直走向屋后的休息厅。虽然次数不多，但每次朵拉来见爸爸都会为他选择了这样一种截然不同的人生而感到震惊。这一切都是那么不同，不仅仅是换了个妻子而已，尽管这是最明显的变化。这两个女人在朵拉眼里一直是两个极端：海伦严肃而冷静，维奥拉则是个曲线玲珑的性感尤物；海伦谨慎而内敛，维奥拉却是那么放松和热情；海伦全身散发着高雅的书卷气息，维奥拉则叽叽喳喳地热爱八卦和闲聊。她想这也许就是她们俩成为朋友的原因吧，在某种神秘力量的驱使下，被彼此的不同所吸引，就像正负电极的相互吸引一样。但爸爸的变化不仅仅体现在维奥拉身上，光是走进这房子的门厅就能感觉到理查如今的生活方式与多赛特的一切截然相反。

房子依然有种新鲜的气息，朵拉猜测它才刚建了几年。那是奇切斯特城区外的一处新地块，七座几乎一模一样的都铎式宅邸之一。长毛绒地毯，双层挑高的天花板，乳白色的内墙，还有设计精美的水龙头，一切都体现着精致时髦的城郊精装修风格。但时不时地还是能在米色的背景下发现一些维奥拉的个人风格。客厅的尽头挂着一系列油画，画的全是一些丰满的女性剪影，令丹的眉毛夸张地耸起，也让朵拉不得不憋住笑。

几乎所有能放东西的地方都有香薰蜡烛的身影，当然了，盛满鲜花的花瓶也是无处不在的。那些花的摆放大胆而随意，颜色鲜亮，让整个房间都充满了浓浓的花香。这一切对于朵拉的喜好来说有点过头，也与克里夫托伯那种杂乱无章的复古式浪漫相去甚远。朵拉尽量不去想太多，一想到如今住在泰德家宅里的竟然是海伦，那种讽刺感就令她生气。当年那么不想搬进去的海伦，如今竟成了克里夫托伯的女主人，而爸爸却退了出来，生活在这样一个时髦的郊区精装房里。说实话，她至今无法理解他怎么能就这样抛弃了过去的一切，但每次她都会得出一个同样的结论：这大概就是他想要的生活。毕竟，是理查离开了海伦。尽管不了解父母离婚的来龙去脉，朵拉还是能猜到应该是理查主动把多赛特的房子让给了海伦。她想他应该再也无法忍受住在那里，在阿尔菲出事之后。

维奥拉推开大门，带他们走进休息室。朵拉看见爸爸坐在房间尽头的一张皮质扶手椅里。周日的报纸摊开在他面前，电视机开着，屏幕上正在播放一节高尔夫球课，满眼都是绿油油的草地。

"看看是谁来了！"维奥拉夸张地大喊一声，仿佛朵拉和丹是突然到访。

理查抬起头，通过一副银边眼镜看了看他们，然后站了起来，"啊！你们来啦！我没听见你们的声音。"他走上前给了朵拉一个拥抱，"哈喽，潘达，你还好吗？"

"我很好，爸爸，你呢？"

"好极了，好极了，丹，"他转身向丹伸出双手，"你还好吗，年轻人？"他热情地握住丹的手上下摇晃了几下。

"很好，谢谢你，理查。抱歉我们来早了一些，交通比我们预计的要顺畅许多。"

"没问题，一点问题都没有。"理查让他们放心，接着迅速关掉电视机，收拾好他的报纸，"真高兴你们来了，我们一直很期待见到你们俩，是不是，维？"

"是啊，可不是嘛！"维奥拉笑得灿烂，"你爸爸这整个星期都在说这件事。"

"噢，嘘，女人，别告诉他们呀！"理查大笑起来，"他们会以为我们整天无所事事，只会坐在这里聊他们的事情呢。"

"好啦，我们这不是来了嘛。"朵拉有些尴尬地笑了笑。

"是啊，来了就好。"维奥拉附和道。

四个人站在那里面面相觑了一会儿。期待的重量在他们头上聚集，朵拉突然有种要窒息的感觉，成千上万没有说出口的话语忍不住要脱口而出。幸好，丹站出来解了围。他转身去欣赏窗外的风景："哇，看看你们把这地方弄得多美呀，花园看起来完全变了个样。"

他在说谎。朵拉没看出来这精心修整的花园与几年前有什么两样。不过幸好维奥拉立刻热情满满地接过了话题："理查在那儿忙活了好一阵子。那些灌木是我们去年种下的，现在长得多好呀！还有篱笆上的野蔷薇，明年夏天一定会开出许多可爱的花来。"

"那个东西挺有意思的。"丹继续说，指着草坪中间的一个庞然大物。"噢，你真这么觉得吗？我把它带回家的时候理查可气坏了，但我就是无法抵抗它的魅力。"大家都站了起来欣赏草坪中间的大石瓮，它持续地向空中喷出一股两英尺左右的水柱，令人浮想联翩。朵拉和丹礼貌地点点头，维奥拉自顾自地进行她的独白："我在什么地方读到过，花园里有流动的水是好风水的象征，会带来好运……还是健康……还是财富来着？噢，我不记得了。"她大笑着摊了摊手，"总之就是好东西啦！对了，温室下星期就会送来。"她兴奋不已地说道。

"真棒！"丹用一种过分热情的声音欢呼起来，"你们会把它放在哪儿呢？"

"那儿，最远的那个角落。我还是比较喜欢花，但你爸想自己试着种些蔬菜。理查告诉我，你的爷爷，朵拉，对园艺十分在行，所以我挺期待夏天结束时能看到一些得大奖的西葫芦和丝瓜的。当然了，前提是那些兔子不把它们吃掉。后面的田野里兔子都快成灾了。"

"我一直提议猎兔子，她又不愿意。"理查开玩笑道。

维奥拉在理查的胳膊上轻轻拍了一下。"他是不是坏透了？话说回来，我们的后院能放下你的一尊铜像，丹——要是我们能买得起的话！听说你现在是伦敦艺术圈的大红人呢！"丹微笑着，尴尬地挪着步子，对突如其来的夸赞感到无所适从，不知道该说些什么。但他很快就不需要担心了，还没来得及开口维奥拉就又喋喋不休起来。

"当然啦，大家都问我哪儿来那么多精力去捯饬花园，工作都忙不过来，可我就是喜欢——说实话，插花、做生意和实实在在地用自己的双手来挖土、种植是两回事，你得让一个生命成长起来，是不是？"

"确实不是一回事。"理查一边表示赞同，一边低着头宠溺地对维奥拉笑。他转过头对朵拉和丹说："你们知道吗，维奥拉现在已经有三家花店了？简直是个花卉王国。"语气中充满了骄傲。

朵拉私底下想，也许这就是他们的关系如此和谐的原因吧。理查一直是个安静的男人，更喜欢低头埋在书桌前，或者没完没了地看报纸，而不是去参加什么派对和晚宴。维奥拉的生意正好让她十分忙碌，大多数时候都顾不上理查，只在很少且必要的时候为他注入一些愉快的元素。而且没人能说她不为他疯狂，从她围着他忙个不停的样子就能看出来。她总是抬头充满爱意地望着他，自己说个没完的时候还不忘伸手摸一下他的袖子。

"听我说，咱们在这儿说了半天，都渴坏了吧，你们想喝点什么？我们有雪莉酒、葡萄酒，或许你想来杯啤酒，丹？"

他们拒绝了各种酒类，最终在"一杯好茶"上达成了共识。维奥拉风风火火地走出房间，留下朵拉、丹和理查三个人。朵拉注意到，爸爸的眼神一直跟随着维奥拉的身影。

"好了，坐一坐吧。"他说，"别一本正经地站在这儿了，我们可是一家人。"

"是啊。"丹附和道。

"那么，"理查对丹说，"听说你的生意很不错？"

"是的，最近还不错。"丹答道，把他接到的新订单和最近的展览都一五一十地告诉理查，理查则坐在那里不住地微笑点头。接着，他转向了朵拉："你呢，我亲爱的？工作还顺利吗？"

"挺好的，我刚刚接到了几个大项目。"

"真是太棒了，"理查欢呼起来，"你这个机灵鬼。午餐的时候我们一定要喝一杯庆祝一下。你们的家怎么样了？在哈克尼是吗？在伦敦住得开心吗？"

理查和丹开始了一系列关于伦敦房价和按揭利率的复杂谈话，朵拉借机好好地观察爸爸。他不再年轻了，但也称不上老。他的浅金色头发变白变少了许多，她能看见他头顶上露出了一块亮闪闪的头皮，上次见他的时候还没有呢。银边眼镜松松地挂在鼻尖上，脚上套着两只拖鞋，让他看起来有种老爷爷的感觉。尽管还算苗条，但他的蓝色羊毛衫下明显地鼓了起来。

从表面上来看，他和任何一个与增重和脱发做斗争的中年男人没什么两样，但朵拉能看见那些表面之下的细微变化，那是只有与他相识多年的人才能看到的变化。蚀刻在他眉间的皱纹变得更深了，以他的年龄来说都太深了一些。当他坐在舒适的扶手椅里，和丹一起谈笑风生的时候，眼里总会闪过一丝几乎不被察觉的悲伤，但在朵拉的眼中清晰可见。

丹刚把话题转到理查的建筑公司时，维奥拉急匆匆地走了进来，手里端着一盘叮当作响的茶杯和饼干。"我不知道你们喜欢伯爵茶还是英式早茶，所以我两种都煮了，是不是很贴心？"她看着房间里的所有人，脸上挂着天使般的微笑，没有人能不对她微笑。维奥拉那令人无法拒绝的善良天性就像草坪上石瓮中的水一样，从她身上源源不断地流淌出来。

"维奥拉可从来不会亏待客人！"理查开玩笑道，"我这肚子还多亏了她呢。"他一边说，一边拍拍自己发福的肚腩。

"那么，"维奥拉一边给大家端茶杯，一边问道，"我错过什么好消息了吗？"

"还有一件事。"丹朝朵拉的方向意味深长地看了一眼，她明白，是时候了。

"事实上，我们还有一个新消息。"朵拉承认。

理查从茶杯上方抬起头来："噢，是吗？"

"是的，是个好消息。"她决定乐观一些，"我怀孕了。"

有那么一会儿，谁也没说话。

"我们要有宝宝了。"她又试了一次。

朵拉看见爸爸的手在微微颤抖。他把茶杯和碟子放回咖啡桌，用力吞了吞口水，然后抬起头望着她。她不知道这到底是什么先抑后扬的把戏，还是真有泪水在他眼里翻滚，但他镜片后面的双眼似乎有点太过闪亮了一些。"你们倒是说话呀。"她催促道。

"亲爱的……"理查哽咽了，"亲爱的，那实在是……太好了。我的上帝，一个宝宝！我的宝贝闺女要有宝宝了！"

朵拉笑了："是的，这么说也没错呢！"

维奥拉站起身，抓住丹的手在他面前兴高采烈地扭了起来。"噢，一个宝宝！真是太好了，恭喜恭喜！"她又在丹的脸上亲了一下，在他长满胡茬儿的皮肤上留下一个鲜红的唇印。

朵拉转过身关切地看着爸爸。他似乎快要喘不上气了，不停地用手拨弄着衬衫的领子。"我知道，这对你们来说可能太突然了……"

"不，不，我亲爱的，没那回事儿。"他深吸了一口气，似乎终于找到了他的肺，"抱歉，这绝对是一件大好事，真的，只是有一点……出乎我的意料。我还以为只是订婚而已。"

"爸！"朵拉叫起来，"别告诉我你还那么保守，妈妈就是在你们结婚之前怀孕的，不是吗？"她这才发现爸爸眼里的亮光不是光线的原因。"噢，爸爸，你别哭呀，我们不想让你伤心的，我们还以为你们会很高兴。"

"我太高兴了。"理查摘掉眼镜，拿出一块手帕擦了擦眼睛，"真的，我真的很高兴。对不起，我像个傻老头子似的。"他用力地抱住朵拉，抱得她都快呼吸不过来了。

"你就是个傻老头子啊，理查！"维奥拉激动地说，"一个宝宝，这可真是个天大的好消息，正是这个家最需要的。"

理查又擦了擦眼睛，走向丹，在他背上拍了拍："祝贺你，年轻人。我希望你能照顾好我的女儿，还有我的第一个外孙。"

"当然了，理查，不需要担心这一点。"

"当然，当然，我知道你会的，你是一个多好的年轻人啊。"他又在丹的背上重重地拍了一下，然后尴尬地看着大家，"这个，我不知道你们怎么想，但我现在想喝点比茶更有劲儿的东西。必须得庆祝一下，你们觉得呢？"

"冰箱里有正合适的。"维奥拉站起来，快走到门边的时候突然意味深长地看着丹说，"噢，丹，你不介意帮我一把吧？我怕是够不到香槟杯。"她朝朵拉和理查的方向点了点头。

"当然。"丹跳了起来，给了朵拉一个鼓励的眼神，便跟在维奥拉身后走出了房间，让父女俩单独待会儿。

朵拉走过去坐在理查的椅子扶手上。"我很抱歉如果这个消息对你来说有点太突然的话，我没想要吓你们，这种事情实在很难处理……"她的声音越来越小，不知道还能说些什么。

理查眨了眨眼睛，再次取下眼镜，开始用衣袖擦起镜片来。"不，我亲爱的，我才是该说抱歉的人。我没有因为你们的消息而不高兴，这确实是个惊喜，而且是个极好的惊喜。"他停顿了一下，似乎不知道是否该继续说下去。"我一直期待着这类重要家庭时刻，举行婚礼，宝宝降生——努力生活为的不就是这些快乐的时刻吗？也许与我曾经设想的有些不一样，你知道，我们一家人在克里夫托伯。"他又顿了一下，"你妈妈知道吗？"

朵拉点点头。这是很长时间以来理查第一次提到海伦。

"她高兴吗？"

朵拉不知道该如何回答这个问题，但还是点了点头，只是有些犹豫。

"你说得没错，关于你妈妈和我。我们是意外有了凯西的，就在我们认识之后没多久。这至今仍然是我犯过最棒的一个错误，我一秒钟都不曾后悔过。"

"当你发现……当你知道你要当爸爸的时候……"朵拉顿了一下，又急切地说下去，"你知道那就是你想要的吗，立刻？你们俩对这件事感到高兴吗？"

理查轻笑一声："我们都吓了一跳，那是自然的。但当我们做了决定之后，就不再多想了。我记得我们先是坐火车去见她的父母，告诉他们这个消息。他们吓坏了，当然。"他发出一声苦笑，"接着我们开车回克里夫托伯见我的父母。"理查突然停了下来，似乎沉浸在了往事中。

"那一定很尴尬吧。"朵拉说。

"这个，那个年代大家都比现在更保守一些，但我们当时已经决定要结婚了，所以很快大家就看开了。"理查又沉默了下来。

"我们的消息一定让你想起了痛苦的往事对吗？关于妈妈……还有当爸爸……还有别的一切？"

"是的，我想是的。但这与我的回忆没有关系，也与我没有关系，这是你的人生，朵拉。我希望维奥拉和我表现得比当时你的爷爷奶奶得知海伦怀孕时的样子要好一些！"他笑了笑，停下来戴上眼镜。

"那句话怎么说来着，历史总是会重演？"

"噢！"朵拉大叫一声，"最好不要。"

理查意识到了自己的错误，"啊，当然不要。我不是那个意思……我不是指，阿尔菲。我永远不会那么想……"他的声音越来越小，"对不起，亲爱的，我太不会说话了，是不是？我非常为你高兴，朵拉，你一定会成为一个好妈妈的。"

"你真这么认为？"朵拉立刻抓住话头。

"当然了，你们俩都为此感到高兴吗？"

"丹高兴极了，他恨不得立刻当爸爸。倒是我花了一些时间来消化这件事……"朵拉承认道。

"你们有计划结婚吗？"

朵拉叹了口气："我真的不知道，现在看来那并不重要。我想我们俩都想借此机会让生活走上正轨。说实话，结婚又能带来什么好处呢？如今有多少夫妻能长久的呢……"她停了下来，突然意识到自己说了什么。

"好吧，这我也无话可说。"

两人沉默了一会儿。外面不知何处传来林鸽的啁啾声，把朵拉的思绪拉回到克里夫托伯的午后。她合上双眼，几乎能闻到刚刚修剪的草坪和咸湿的海风吹过美国梧桐的气味。

理查清了清嗓子，开口道："朵拉，我不想因为你妈妈和我在过去犯下的错误而对你现在的生活造成困扰。你知道吗，尽管我们之间发生了那么多的事情，我依然那么地爱你？"

"我知道。"朵拉伸出手，握住了爸爸的手。

"我最后悔的事情就是你妈妈和我没能把婚姻维持下去。我当时多么爱她啊。也许我做过最残忍的事情——尽管是无心的，就是试图用一个戒指来拴住她。不过我们当时都还小，那时候的人都会做那样的选择。但你和丹不一样，我能看出来。"

"是吗？我们真的不一样吗，爸爸？我一直在担心这件事。我知道阿尔菲出事之后大家都很难过，但我一直觉得你和妈妈能撑过来。你的离开让我很震惊。"她承认。

"是啊，我想是这样。当时凯西已经离开了我们，你也快了。似乎再也没有什么理由让我们两个人继续在那个大房子里晃荡下去，假装还是一家人了，那让我们痛苦不堪。"

"我能理解。"朵拉说。

"你知道，阿尔菲失踪后，我们一直饱受那么多未解的疑问和痛苦的折磨。太痛苦了，我们的心完全碎了，无法愈合。每一次我们想要安慰彼此，结果却只会把事情弄得更糟。我们不仅失去了沟通的能力，还失去了对彼此的尊重，两个人之间仿佛隔着一个深渊，不断地撕扯着彼此。"

朵拉很意外，爸爸竟然会对她如此坦诚。他们从来没进行过这样的谈话。她默默地听着，希望他继续说下去。

"我责怪自己。你妈妈一点都不想搬去克里夫托伯，我应该听她的，但我当时太自私了，一心想着搬回去。我忘了去倾听她的声音，忘了去真正地理解她想要的东西。那房子占了上风，开始一点一点吞噬我。我太想把这件事做好了，一心希望能像我的父母一样好好维护这房子，把它作为生活的重心，作为我们的骄傲和快乐。但我想错了，到最后，它已经不仅仅是为我们遮风挡雨的屋檐，还成了耸立在我们之间的一堵高墙。你一定也感觉到了吧，和我们住在一起的最后一段时光？"

朵拉点点头，她记得那是一种什么样的感觉。

"你知道吗，离开那房子是一种解脱。把一切关于它的责任甩掉让我有种重获自由的感觉。"他环顾客厅，仿佛第一次认真地审视自己身处的环境。"噢，我知道这房子跟你对我的设想相去甚远。别说出去，"他神神秘秘地说，"其实没有那些难闻的蜡烛和毛茸茸的坐便器套也挺好。"

朵拉忍不住笑了出来。

"但这能让维奥拉开心，看见她开心，我也很高兴，这是阿尔菲出事之后我想都不敢想的感觉。"

"我们都还在想念他，不是吗？尽管已经过去了这么久。"

"是啊。"理查说。

朵拉深吸了一口气："有件事我想问你，爸爸，你必须说实话。"

"当然了，宝贝儿。"他清澈的蓝眼睛直直地看着她的眼睛。

"你还在怪我吗，爸？你知道，关于那天发生的事情。"

理查看着她。他眨了眨眼睛，然后猛地摇头："噢，我亲爱的孩子，你该不会觉得那是你的错吧？"

朵拉什么也没说，她不想影响他接下来要说的话。

"朵拉，那是一个意外，一个可怕、悲惨的意外。那不是任何人的错。天知道我这些年都怪过多少人……怪我自己……怪你妈妈……甚至，愿上帝宽恕我，有那么该死的一瞬间，我还怪过凯西，因为她是大姐姐。我讨厌那样的自己。"他直视着她的双眼，"但你不一样，我从来没有怪过你。"

朵拉摇摇头："我不明白，我和凯西一样有错。那天阿尔菲一定是跟在我身后走出了'岩洞'，是我没有注意到。我应该更小心一点，应该早点回去的。"

"不！你们两个女孩都不该被怪罪。你们当时都还只是孩子。再说了，"他低声说，"这么多年来我学到了一点，怪罪任何人都是没有用的，阿尔菲不会因此而回来，不是吗？"

她摇摇头，很显然有些事情他还是不愿意告诉她，但她也没有继续逼问。理查不再说话了。最后，他终于抬起头看着她："还有别的事情，对吗？"

她耸耸肩："说实话，我觉得有点迷失自我。我好怕丹和我走不到一起。也许更让我害怕的是失去他——他，或者是孩子。我不相信自己值得拥有这样的快乐，而我真的不能再经历一次失去了。"

理查点点头："我理解，阿尔菲出事之后，我也不相信自己值得再次拥有幸福。少数几次我发现自己在笑，在享受一顿美餐，或者和谁一起打趣，最终都会羞愧难当。可后来维奥拉和我走到了一起，那是在我离开你妈妈以后……很长一段时间之后。我们在伦敦偶遇，当时我刚下班，她进城来疯狂购物。"他发出一声轻笑，"我记得那是在塞尔福里奇百货的美食大厅，一开始我没看见那是谁，是她在牡蛎酒吧里叫我的名字，我只看见一双鲜红的高跟鞋从一大堆购物袋下面戳出来。"

朵拉笑了，不愧是维奥拉。

"我们一起喝了杯酒……聊了一个小时左右。说再见的时候，我突然意识到在那一个小时的时间里，我笑的次数比阿尔菲失踪之后加起来的次数还要多。"他顿了一下，"我恐怕人生中没有什么是确定的。说这话让我心痛，但我真的无法保证，你接下来的人生不会再有痛苦。可你得回答我，朵拉，我们该怎么办？停止生活，停止去爱，就因为我们害怕受伤吗？是的，生活中并非事事如我们所愿。是的，生活会让我们受伤——甚至几乎把我们摧毁，但我现在明白了，我们也是可以被治愈的。我们可以变得更强大，我们可以在最意想不到的地方找到欢乐……与最意想不到的人一起。"

朵拉咽了口气，父女俩沉默了一会儿，显然都在各自的情绪中挣扎。"是维奥拉帮我走出这一步。"终于，他开口道，"她是我的救星，一个多么温暖又快活的人啊。她让我别总把自己太当回事儿。也许，最重要的是，我真的从过去的错误中吸取了教训。我学会了倾听她的话，尊重她的意志。我爱她对于工作的热情……爱她享受生活的欲望……还有她那种把人往最好处想的能力。我甚至学会了欣赏她对高跟鞋的热爱，不管多少次被踩中脚指头！我知道自己有多幸运才能得到重来一次的机会。也许丹和这个孩子就是你的机会，朵拉。"

朵拉点点头，两人继续沉默地坐了一会儿，直到理查再次开口。"你知道吗，如今最让我自责的是我们大家竟如此疏远。"

朵拉惊讶地抬起头："你的意思是？"

"你，凯西，也许在失去阿尔菲之后我应该更冷静一些。我当时完全迷失在了痛苦中，现在我知道自己当时应该更努力地走出来，为了你们姐妹俩。我确实忽视了凯西的所有问题。"他叹了口气，用手抚摩着鼻梁。"后来我爱上了维奥拉，我最不想做的事情就是强迫你们俩接受我和她的关系。说实话，我不知道你们能不能接受，我怕那会再次对你们造成伤害。也许是我太懦弱了，于是选择了被动一回。我一直希望你们能回到我……还有彼此的身边。"他想了一会儿，"你知道吗，看到你们姐妹俩依然如此疏远，我非常伤心。你和凯西之间还有联系吗？"

朵拉摇摇头："没有。"她要怎么向他解释呢？有一次她想方设法找到了凯西，可她要如何把这件事告诉他呢？她要怎么跟他讲，当时她站在伦敦北部一个脏兮兮的咖啡馆外面，透过雾蒙蒙的玻璃窗，看着姐姐在餐桌间翩然掠过，把一杯杯咖啡和一碟碟熏肉、煎蛋送到一群饥饿的夜班工人面前？她要怎么告诉他，当她看到姐姐因为一个客人说的某句话而微笑，一个温暖而轻松的微笑出现在脸上，那个小时候记忆中的凯西又回来了的时候，她是如何丧失了进入咖啡馆的勇气？

凯西站在桌椅之间，一只手提着一壶冒着热气的咖啡，看起来那么平静自在。正是那一幕打消了她最后一丝要与姐姐对峙的念头。她急匆匆地走回地铁，头都没回一下。很显然凯西不需要朵拉出现在她的生命中。她不是那个无数次出现在朵拉梦中的抑郁到想要自杀的女孩。经过了那么多的伤痛和悲剧，凯西似乎已经完好无损地走出来了，不需要她的陪伴。

那是朵拉最后一次试图与凯西取得联系，而姐姐这么多年一直在联系她。每年朵拉生日的时候，一张贺卡总会准时寄到——普普通通的鲜花图案和一句简单的"爱你，凯西"。没有任何信息、任何亲昵的表示，只有一次，在朵拉二十一岁生日的时候，贺卡上凯西的名字旁边潦草地写了一个电话号码。

朵拉想过要打过去，她把卡片留了好几个月，不停地在手里翻来覆去，希望自己下一刻就能迈出那一步。但她最终还是没有拨打那通电话。即便是在那些最寂寞的夜晚，除了酒精之外无人相伴的时刻，乡愁和哀痛最盛的时刻，她还是克制住了给凯西打电话的欲望。她只要回想一下凯西逃跑以及试图结束生命之后她所感到的疼痛，想一想凯西站在那个咖啡馆里，洁白的牙齿在灯光下闪闪发亮，一副对世上的一切都无所谓的样子，就会发现那根本就毫无意义。凯西很久以前就做了决定，如今她们已分道扬镳。

朵拉咽了口气，她不知该如何告诉爸爸自己对于凯西的感受，但还是对姐姐的状况十分好奇。"你最近见过她吗？"她问道。

理查点点头。"维奥拉和我六个月前见过她，她看起来过得不错。她住在牛津……已经站稳了脚跟，在做一项有趣的事业。"他顿了一下，"我知道她很想见你……"他让这个暗示悬停在空中，没有更进一步。"你看，朵拉，"终于，他继续说道，"我能理解你的恐惧，我这辈子已经花了足够多的时间希望自己能把你们保护得更好一些，把我自己保护得更好一些。可那样的话我还能和你们，和你们的妈妈……现在和维奥拉一起度过那些快乐的时光吗？我想你应该试着放开自己，你得去冒一些险。那句话怎么说来着？'常怀恐惧，罔过半生'。"

朵拉点点头，仔细想想确实是这么回事。

"你知道吗，潘达，我真的不知道什么标准答案，但我唯一可以确定的是，人们总能把太多的生命浪费在无关紧要的事情上：拥有一套大房子，每天繁忙地工作，拥有一个完美的家庭，以及所有与此相关的传统和期待。可到了繁华落尽的时候，那些都不再重要。我花了那么长的时间来醒悟，但现在我明白了，只有那些你真正放在心里的人，以及你对待他们的方式，才是最最重要的。所以你一定要好好珍惜丹，还有你的孩子。紧紧抓住他们，无论如何都不要让他们离开。紧紧抓住，我的孩子。"

朵拉再次点头。她无法作答，他的话语深深地触动了她。她想到爸爸这一生中无意间失去的那些人：他的儿子，他的妻子，他的家园——甚至她和凯西也在某种程度上缺席了。他们都离开了，而爸爸还在这里，在他那出人意料的新生活里，从过去的错误中吸取教训，欣赏维奥拉以及一切他所珍视的东西。

她伸手握住他的手，用力地捏住它。父女俩就这样坐在休息厅里，静静地，把握着彼此。

终于，丹回来了。他端着一托盘香槟酒杯，正因维奥拉说的某句话而哈哈大笑，似乎对房间里的情绪变化毫无察觉。"我们来啦，伙计们，"他大声宣告，"我们三个喝香槟……'有孩子'的那个喝气泡水。"他做了个夸张的手势，把杯子递给朵拉。

维奥拉拿着一瓶打开的香槟，在他身后风风火火地走了进来。"让我们来干杯吧。理查，你来说两句？"

"当然。"理查站起来，举起酒杯。他清了清嗓子，看着朵拉，然后开口道："致新的生命……致完满的生命，没有恐惧。"

维奥拉给了他一个温柔的微笑，大家举杯相碰，假装没有注意到理查湿润的双眼。

"好啦，厨房里有块香喷喷的烤肉等我去切呢。"维奥拉叽叽喳喳地说，"哪位好心的先生愿意陪我一起呀？丹？"

"十分荣幸。"

"好极了！你和朵拉先过去好吗？我在这儿收拾一下。"

他们接受了这个暗示。离开房间时，朵拉看见维奥拉围着爸爸转个不停，一边为他调整衬衫的领口，一边在他耳边小声地嘀咕什么，直到爸爸的脸上出现了一抹恶作剧式的微笑。他凑上去亲吻维奥拉的脸颊，突然发现朵拉正在门口看着他们，便从维奥拉的一头金色鬈发上方对她轻轻眨了眨眼睛。朵拉转身离开了房间，脸上挂着微笑。

午餐的氛围变得轻松愉快，大家都松了一口气。维奥拉同时扮演着女主人和喜剧演员的角色，早先沉重的情绪很快就被抛在脑后了。理查针对甜点讲了一系列老掉牙的笑话，丹一人分饰两角还原了他与一个他仰慕已久的著名艺术家之间的尴尬会面，引得大家哈哈大笑。似乎没有人再郁郁寡欢。

天色刚开始变暗的时候，他们告辞了。车子驶出车道时，朵拉转身挥了挥手。她看见爸爸和维奥拉站在房子门口，理查伸出一只手臂环住维奥拉的肩膀，而她则用充满爱意的眼神望着他。朵拉微笑着，扭头看着丹，握住他操纵挡位的手。"你说得对，你知道吗？"丹心照不宣地点头，"我一直都是对的。"他停下来，打了左转向灯，"不过我这次具体是在什么事情上说得对呢？"

"关于维奥拉。她对爸爸来说确实是件好事。"

他点点头，朵拉靠着椅背，车窗外迅速掠过的树篱化成了一团模糊的绿色。"罔过半生"这四个字在耳边回荡不休。自从阿尔菲失踪之后，她知道大家都在小心翼翼地过着半生不死的生活，只是以各自不同的方式。爸爸没有给她所有问题的答案，但已经让她明白下一步该去向何方。

当树篱变成街灯，她的双眼也逐渐闭拢，被那黑暗中朝她快速冲来的几百只橙红色猫眼所催眠。一张脸在她的意识里不断地沉浮。

凯西。

是时候去见见凯西了。

海伦

◎ 九年前 ◎

一切尘埃落定，让海伦感到讽刺的是，就在全世界都做好了准备翻开崭新的篇章时，她的婚姻也在同一时间终结了。

事情发生在千禧年前夜。举国上下都在疯狂地准备这跨世纪的大派对，但那天早上海伦一觉醒来，心里只想着煮开一壶水，把什锦麦片丢进碗里，也许该把暖气调高一两摄氏度。凯西依然不见人影，独自躲在伦敦的某个角落，杳无音信。朵拉去一个朋友家里过周末了。她和理查并没有庆祝的计划，她知道他们将会度过一个平静的夜晚，开一瓶红酒，把电视机音量调低，一起观看那些世界各地的喧闹庆典。她对此没有什么异议。

她趿着拖鞋下楼，穿过通风的过道，拉起睡袍的下摆走向厨房。就在她路过起居室那敞开的大门时，某种异样的感觉在她脑海中的某个角落轻轻推了一下。她几乎没有停下脚步，但第六感将她的双眼所没能消化的内容传达到了大脑。她缓缓地原路退回，站在敞开的门边朝里看，托比亚斯那幅镶着金边的阴郁风景画依然挂在墙上，一切都很完美——原封不动——除了画布上那一条条暴力的划痕，裸露出画布背后那雪白到触目的墙壁。似乎有人拿了一把美工刀在它身上发泄自己的怒火。

海伦的双腿颤抖起来。

她走进房间，坐在一个沙发的扶手上，近距离地审视画布上的伤痕。那样子看起来仿佛一件昂贵的装置艺术作品。要是将它挂在一个现代画廊的墙上，它绝不会显得格格不入。她似乎都能听见评论家们对它滔滔不绝地发表夸张的盛赞，夸奖其中的象征主义与艺术家那大胆而讽刺的宣言。只不过，这里并不是画廊。那唯一具有象征意味的宣言，只代表了愤怒，而非讽刺。只有一种可能。

理查知道了。

他发现了她的私情。

海伦紧紧抓住沙发扶手。距离那件事结束已经过去两年了，距离阿尔菲的葬礼，距离他们将一口空棺降入地下，对儿子说再见，已经过去两年了。她一直希望时间会冲淡她的愧疚，但每天早晨醒来，她依然无法原谅自己作为一个妻子、一个母亲的失职，无法不在镜子里的自己眼中看到除了憎恶与自我厌弃之外的空无一物。

她继续坐了一会儿，审视那残破的画布，不愿挪动，不愿面对那等待着她的冲突。但当她坐在那里，脑海中的情绪风暴逐渐平息时，她意外地发现，在愧疚与恐惧之中竟有一星半点的甜蜜，她意识到，那种感觉只有可能是解脱。她很快就要暴露自己的内心，那些肮脏的秘密即将和盘托出。一旦真相被摊在阳光下，被说出口，被承认，她就再也不需要撒谎或掩盖了。无论结果如何，是时候去面对所有的真相了，迎头直上。

天知道过去的两年里她有多少次想要对理查坦白。阿尔菲的葬礼之后，好几次话都到了嘴边，仿佛在溃疡上撒盐一般，让她痛到想要尖叫。但无论她内心有多么煎熬，她都明白不能再给心碎的理查雪上加霜了。

阿尔菲失踪后，她第一时间结束了那段私情。将自己的罪过对理查坦白无疑会为她自己带来内心的平静，但她意识到，这对于一个几乎溺毙在痛苦中的男人来说，无疑是另一场致命的打击。从那以后，她始终无法摆脱那种恐惧。她每一次想对丈夫坦白的冲动，都会被这样一种持续不断的恐惧打消：这样做或许才是最自私的行为。在她的良知得到宽慰，在她向丈夫寻求宽恕时，难道不是把她偷情的重负转移到了她丈夫的身上吗？那将成为他所需要去承担、去消化、去以任何可能的形式面对的重负。说实话，她不认为他能承受得了。

葬礼之后是一段诡异的幽暗时光。支离破碎的记忆碎片浮上表面。她记得回家时坐的车里的皮革气味，还有在手里攥了一整个下午的潮湿手绢。后来她才意识到，手绢上绣着阿尔弗雷德·泰德的首字母缩写，与她失踪的儿子一模一样的首字母缩写。回到家里，理查瘫坐在厨房的一角，凝视着窗外的花园，手里托着一杯威士忌。

大卫·钱伯伦，他的合作伙伴，正焦躁地走来走去，时不时地拍拍他的肩膀，不停地表达自己的哀悼。海伦恨不得尖叫着把他们夫妻俩赶出去。比尔·德莱登和他的妻子贝蒂在当地组织的搜索行动中出了大力，这时也与他们一起回到家。贝蒂煮了茶，端出一盘盘的消化饼。比尔与凯西和朵拉一起坐在餐桌边，三个人沉浸在往日快乐的回忆中。他们想起去年夏天，阿尔菲努力地"帮"比尔翻后院的花圃。比尔向大家描述了阿尔菲笑嘻嘻地把一条肥大的虫子放在自己嘴上的样子，把两个女孩子逗得咯咯直笑。"嗯……"他说，"意呆利面[1]。"

三个人忍不住吃吃地笑，直到他们突然意识到阿尔菲再也不会把虫子认作意大利面了，笑声越来越小，化为无声的眼泪。没过多久，比尔和贝蒂就找个借口离开了。

只剩下维奥拉，穿着她的黑色紧身连衣裙，涂着过于鲜亮的口

---

1 意呆利面：原文"bagetti"，是年幼的阿尔菲对意大利面"spaghetti"的误称。

红，独自一人在厨房里忙上忙下，煮茶，做豆子烤面包。没人有胃口吃饭，但就餐至少让大家从那令人胆寒的悲痛中分散一下注意力。"你真是个天使。"海伦疲惫地抬起头对维奥拉说，接着又给自己倒了一杯酒。"谢谢你能来。"

"别胡说了，"维奥拉说，"你们这一家子现在最需要的就是关心和照料，我当然得来啦，也没什么别的事情要忙……"

她记得理查清了清嗓子："你们不介意的话……我想……我真的有点……"他的脸色十分苍白，说话结结巴巴，"我想去躺一会儿。"

"当然不介意。"维奥拉拍拍他的胳膊，"去吧，亲爱的，我来照顾女孩子们。"

海伦和维奥拉交换了一个担心的眼神。"他只是太累了。"她说，更多地像在自言自语，"真是漫长的一天。"可实际上那时不过才下午三点。

理查离开厨房不久，电话铃声响了。海伦冲过去，比凯西快几秒钟抓住听筒。"哈喽？"

"你能说话吗？"是托比亚斯。他们已经好几天没有通话了。

"是的，稍等一下。"她的语气礼貌而生疏。她转身对其他人说："是一个工作上的朋友，你们不介意吧？"

维奥拉点点头。"来吧，孩子们，我们去看看电视。看个老电影什么的？"凯西和朵拉起身走出厨房，不情愿地跟在维奥拉和她摇摆的腰臀后面，让海伦一个人打她的电话。

"你还在吗？"

"我在。你还好吗，我亲爱的？我整天都在想你。葬礼很令人难过吧？"

"是的，令人难以忍受。"她闭上眼睛，"他们说举行完葬礼之后我们会觉得好一些，可说实话，我觉得更糟了。没有他，整个房子都空荡荡的。我一直期待着他会在下一秒就冲进门来，嚷嚷着要吃点心，要我帮他找某个玩具。"

"我可怜的爱人。我也很想去教堂，可那样似乎不太合适。"

"是的。"海伦表示同意。

"我什么时候可以见你？我好想把你抱在怀里，用我的臂膀环住你，让一切都好起来。"

海伦对着话筒静静地喘了一会儿气。

"托比亚斯，没有什么能让我好起来。我的儿子死了，他离开我了。"

"我知道，对不起。我是说，我要怎么做才能让你感觉好一点呢？"

"我不觉得你能做到。"她顿了一下，突然理解了自己的话。这是她第一次承认，对他也好，对自己也好，她发现与托比亚斯在一起的想法令她感到恶心。

"好歹我试一试吧？"他恳求道，"我好想你。"

"这不是时候，我得和我的家人在一起。"

托比亚斯沉默了一会儿："你知道吗？我也需要你，海伦。"

海伦摇摇头："不，我必须在这里，和理查一起。"

电话另一端一阵沉默。

"你在说什么呢，海伦？"

她叹了口气，觉得很累，无力应付这场对话。"我不知道，我必须振作起来。我那天根本就不该去见你，那是个错误……一个可怕的错误。"她的声音突然歇斯底里起来，"你知道我有多内疚吗？阿尔菲失踪的时候，我却和你在一起做那种事，这快要把我逼疯了。你能想象你的儿子因为你的过错而死的那种感觉吗？我不能对任何人讲，这简直快把我折磨死了。我好孤单。"她发出一声痛苦的低泣。

"亲爱的，你不是孤单的，还有我呢。为什么不见个面呢？我们可以好好谈谈。你会觉得好一些的，我保证。我一定能让你好起来。还记得我让你多舒服吗？"

她的胃部一阵翻滚，"不，托比亚斯，"她说，"我现在不能做这种事，我的家人需要我。"

"所以我就不重要了吗？是这样吗？"他的声音里有一丝令人反感的牢骚。海伦不知道自己以前怎么没发现他有如此幼稚而以自我为中心的一面。她想起了他们在一起的诸多秘密时光，在旅店房间，在他的车后座，那些性欲与禁忌的火热刺激交融的时刻，感到胃里一阵翻腾。她被偷情的浪漫冲昏了头脑，竟然看不到那是一场多么糟糕而可悲的老套剧情。她扮演一位得不到理解的可怜妻子，将理查描绘成一个疏忽大意、无心爱恋的丈夫，而托比亚斯正好是那位浪漫的秘密追求者。她恨不得大力摇晃自己，她怎么让自己走到这种地步？怎么能赌上自己所在乎的一切，就为了这个？与理查共度的多年时光，共同经营的生活与家庭，就这样轻易地被她赌上，究竟是为了什么？毫无意义的一夜风流。

理查站在教堂外的样子突然涌上她的心头。他站在那里，面色苍白，痛苦不堪，双眼凝视着远处的地平线，双手各挽着他们的一个女儿，她们贴紧着他的身体以获取安慰。朵拉把脸埋在他的外套里，理查的双唇在缓慢地翕动，对女孩们诉说着安慰的话语，尽管海伦能清晰地感觉到他内心里散发出来的悲恸。她优秀、强壮的丈夫啊。她怎么能那么愚蠢？

"这时候，你确实不重要。"她回答道，她在很长很长一段时间里都看不清楚的东西，突然变得无比清晰。她已经失去了儿子，绝不能再冒着失去女儿和丈夫的风险。"抱歉，我也不想这么冷酷无情，但我们最好不要再见面了。此刻家人对我来说才是最重要的。"

"如果你是想要自己的时间和空间的话……"

"不，不是这回事。"

托比亚斯在电话的另一端沉默了。再次开口时，他的声音激动起来："所以，你就这么翻脸不认人了……几个星期的'托比亚斯，我想要你'，'托比亚斯，我需要你'，现在你想就这么结束了？"

"对不起，我不能再继续下去了。"

"那么就这样了？一切都结束了？"

"是的。"

"我知道了。"

两人沉默了一会儿。她能听见电话那头他的呼吸声，意识到自己没有任何感觉，什么也没有。她对他的迷恋就这样凭空消散了。

他又开口道："好吧，看来也没什么可说的了……"

"没错。"

他顿了一下："再见，海伦。"

"再见。"她说。

又是一阵停顿，他似乎还在等她回心转意，但海伦什么也没有说。听到电话挂断的声音时，她感到的只有如释重负。她在那儿坐了一两分钟，听着"哔哔"的忙音，任由家里熟悉的声音将自己淹没。

接下来的几天，她断断续续地在一些意想不到的时刻崩溃。她会感觉自己好多了，有时候几乎完全恢复了正常，但突然某样东西的出现，就会将一波无法忍受的悲伤朝她劈头盖脸砸来。可能是任何东西：沙发垫下的一个玩具，厨房里用来记录阿尔菲身高的铅笔痕，她包里的一袋没吃完的葡萄干。都是一些微不足道的小东西，却拥有无比强大的力量，足以将她肺部的空气瞬间挤出，让她冲进卫生间瘫倒在地，哭到浑身颤抖，痛苦不堪。夜晚是悲伤最盛的时候，她会走进阿尔菲的卧室，关上门，躺在他冰冷的小床上，将他最后一丝珍贵的气息吸入鼻腔，任由眼泪浸湿他的枕头。

而理查呢，他整个人都崩溃了。她的丈夫，往常那么强壮、可靠的他，彻底溃散了。直到他们将那小小的空棺降入地下的那一刻，理查一直都忙个不停。一开始，他每天一睁眼就去寻找阿尔菲。后来，阿尔菲生还的希望越来越渺茫，警方叫停了搜索行动之后，他又忙着安排葬礼。到了葬礼结束的那一刻，理查终于崩溃了。

葬礼之后，他在床上躺了整整一星期。什么也不干，就这么躺在半明半暗的卧室里，面对着墙壁，为他的儿子哀悼。她曾多么想去触摸他，不顾一切地抱住他，感受他坚实的身体贴紧着自己所带来的安慰。每当她在阿尔菲的枕头上垂泪，或在卫生间里独自痛苦地尖叫之后，她都会不自觉地向他走去，被内心里对丈夫的强烈需要所驱使。她会坐在阴影里，倾听他均匀的呼吸声，等待他开口说话，纠结是否要把那天自己的真实去向对他和盘托出。

可他始终没有开口，她也一样。

最后，还是她的话语打破了沉默，但并不是关于那场私情。她开始说阿尔菲的事情，在断断续续的语句中追忆他们的儿子。她说起他出生时的样子，她和理查站在摇篮旁看着他入睡的珍贵时刻。她记得阿尔菲做什么事情都急匆匆地，六个月就长出了第一颗牙，刚满七个月就跟在姐姐们身后满屋子爬，十一个月的时候迈出了摇摇晃晃的第一步。她提醒理查，阿尔菲说的第一个单词是"爸爸"；他长水痘时，他们在他床边守了一夜；有一次他发高烧，把身边所有的床单被套都吐了个遍；他的头发在阳光下闪着金色的光，她用婴儿车推他去布里德波特的时候，老太太们看到他都会停下来惊叹地赞不绝口。

她还记得他总是不停地把书架上的书抽出来，逼得她花了一早上的时间，把所有的书像沙丁鱼一般紧紧地塞进书架；她还记得有一年的夏末，他捡起樱桃树下腐烂的樱桃，将它们一颗颗丢在刚刚粉刷一新的房子外墙上；两个姐姐播放她们最喜欢的 CD 时，他总会跳起滑稽的舞步，在起居室里又蹦又跳，不停地转圈。她坐在床尾重温了一遍关于阿尔菲的回忆，有时大笑，有时哭泣，有时又哭又笑。与此同时，理查只是躺在那里，僵硬而沉默，背对着她，沉浸在房间里的黑暗中。

有那么一次，出于纯粹的渴望和寂寞，她趿着拖鞋上楼，默默地脱光衣服爬上床，将赤裸的身体紧贴住丈夫的后背。他醒着，她能从他呼吸的节奏感觉到。她在心里默默希望他能转过身，用双臂拥住她的身体。她只想要忘却自己，在他熟悉的气息与肌肤中埋藏她的痛苦。但理查只是躺在那里，一动不动，直到她终于转过身，默默睡去。

她又恼怒又无助，只好找维奥拉谈心。"我不知道该怎么办了，我真的很担心他……他不能一直这样下去……他会生病的……我不知道自己一个人能不能扛下去。"

"好啦，还有我呢。"维奥拉说，"我说过我没有什么急事要回去，也很乐意帮忙。"她停了下来，意识到自己忽略了海伦的重点。"我明白你的意思，这对你来说一定很难。我想他此刻一定伤心极了，这种事情对男人来说或许更难，在某些方面。"

海伦疑惑地抬了抬眉毛："噢，是吗？"

"你知道的，"维奥拉继续说，海伦茫然地盯着她，"我不是说这对你来说更容易，无论如何，你是阿尔菲的母亲。但理查是男人，是这个家的主心骨和守护者。我想他也许觉得自己辜负了你们大家，辜负了阿尔菲。尽管事实并非如此。"她急促地说，"我只是觉得也许他把责任都揽到了自己的身上，可怜的伙计。"

"可这不是理查的错！"

"噢，我知道！我很抱歉，这当然不是任何人的错啦。"维奥拉说，"你瞧我真不会说话。我的意思是，理查是个可敬的男人，我觉得他一定很难接受这件事，他一定希望自己当时要是能做点什么，或许能救回阿尔菲。你明白我的意思吗？"

海伦点点头，没有人比她更能理解那种感觉。她每天醒来都要面对无尽的悔恨，那天要是没有去见托比亚斯，而是陪着儿子该多好。要是她不那么做，要是那天早上她做了不同的选择，毫无疑问阿尔菲现在一定还活着。

维奥拉打断了她的思绪："你可以请个医生，也许他能为他做些什么……开点抗抑郁症的药……或者心理咨询？我知道现在有各种方式可以改善精神崩溃。"

海伦摇摇头："理查不是精神崩溃。"她顿了一下，"不是的，他只是在哀悼。他终于对自己的情绪屈服了。他从来就不是一个乐于表达自己的人，这就是自己默默消化一切的后果。"

维奥拉点点头。

"我不知道该怎么办，维。"海伦趴在桌上，"我们该从哪儿开始呢？一切都被摧毁了，我们怎样才能重新开始正常的生活呢？我一个人真的做不到。"

"我觉得你们恐怕要过上很长一段时间才能回到'正常的生活'。时间是一剂良药，总会好起来的。"维奥拉说着，拍拍她的胳膊，"试试看，耐心点。"

海伦耸耸肩，除此之外她还能怎么办呢？

最后，出乎所有人的意料，竟然是维奥拉说通了理查。那是她住在这里的最后一天，海伦问她是否愿意在走之前给理查端一盘茶和面包上去。

"你会介意吗？正好可以说声再见……就别指望他能说点什么了。"她阴郁地加了一句，"不然只是让他知道你要走了也好。"

"当然不介意，只要能帮上忙就好，你知道的。"

维奥拉端着托盘消失在楼梯尽头。几分钟后，她还没有下来，这激起了海伦的好奇心。她悄悄地爬上楼，站在卧室门口的楼梯平台上。房门半掩着，她看见维奥拉坐在床上她睡的那一边。理查背对着她躺在床上。维奥拉看起来很不自在，在床垫上不时地动来动去，一边低声与他说话，一边拨弄着袖子上的纽扣。海伦依稀能听到她在说些什么。

"这件事太令人伤心了，理查。你们都很想念阿尔菲，每一个人都在用自己的方式哀悼他。我理解你为什么想待在这儿，远离这个世界。我只是不希望你忘记，在你悲痛欲绝的时候，还有两个美丽活泼的女儿在楼下，急切地需要你。别忘了你还有一个那么爱你的好妻子。"

理查的方向传来一声轻微的叹息。

"海伦为你担心坏了，大家都为你担心。我知道等你做好了面对所有人的准备时就会重新振作起来，我也不想给你压力，真的。我只是想提醒你，阿尔菲已经走了，但你的家里依然充满了生命力，等待着你去享受，在你准备好的时候。"维奥拉停了一下，把散落的金发别在耳后，"好啦，听我一直在这里喋喋不休，其实我只是上来跟你道别的。我得走了，必须得回苏塞克斯去，我还得照料花店呢。秋天对于花店来说是旺季，很奇怪，是不是？可如果你们需要我的话，无论是你们，还是女孩子们，都尽管打电话。我会像道闪电一样迅速出现，为了你们中的任何一个人。"

维奥拉俯下身，轻轻地在理查的头上吻了一下。当她触碰到他的时候，理查触电般地跳了起来。他猛地坐起来，伸手握住她的手，盯着她那瞪得大大的黑眼睛。

"我做不到。"他用沙哑的声音对她说，"我没法活下去。我一直在想，他在水里……小小的身体被海浪冲来冲去，浑身瘀青，撞在岩石上，或者，"理查声音嘶哑，"或者，被拖到海底。我一闭上眼睛就看到他的皮肤被礁石刮得鲜血淋漓，他漂亮的脸蛋惨白而浮肿，鱼在啃食他的血肉……螃蟹夹住他的手脚……"

海伦颤抖起来。她的心都快从嘴里跳出来了。她不敢继续听理查的噩梦，但也无法挪开脚步。

"我不能跟海伦说这些，她已经够难过的了，我不想让她更难受，这对她来说不公平。噢，上帝啊。"理查抽泣起来，"我只想再抱一抱他，只要能让我再抱一抱他……再闻一闻他身上的味道……再摸一摸他的头发，我愿意付出一切代价。我可爱的孩子，我可爱的孩子走了。"

理查哭了出来，扑在维奥拉身上。他伸出双手环住她，头靠在她的肩窝里，毫不掩饰地大哭起来，全身痛苦地颤抖。

维奥拉显然不知所措。她一动不动地坐在那里，任由理查紧紧抱着。过了一会儿，她缓缓地抬起一只手，开始温柔地抚摩理查的脑袋。她的手抚摩着他，一下又一下，一下又一下，嘴里低声发出安慰的"嘘"声，一遍又一遍，直到理查的哭声越来越小。他们就这样坐了一会儿，似乎是感觉到了海伦的存在，维奥拉朝门边抬头看去。两个女人在理查的头顶四目相对，她们盯着彼此，一动不动，直到海伦张嘴说了一句无声的"谢谢"，然后转身离去。

几个小时后，维奥拉离开了。又过了一个小时左右，理查穿着睡袍下了楼。他走进厨房，把水壶架到炉子上。"你要喝杯茶吗？"他问海伦，似乎过去七天的自我隔离只不过是一场失真的幻梦。她决定顺着他的意思，假装这不过是寻常家事。"要，要，再好不过了，谢谢。"

"我想周一去上班。"他一边说，一边在堆满瓷器的橱柜里寻找马克杯。

"噢，好的，你确定吗？"

"是的。"他没有再说别的。就这样结束了。

海伦晃了晃脑袋，两年前的事情仿佛还在眼前。她的悲痛，她的愧疚也是如此。她又看了一眼墙上残破的画作，叹了口气，从沙发扶手上疲惫地站起身。外面很冷，她的关节僵硬而酸痛。她感到很累，苍老而疲惫。她拉起睡袍护住自己的身体，踏出房间走上冷冰冰的过道，准备好面对即将到来的冲突。

穿过起居室的时候，她像往常一样不去看餐具柜上的全家福照片，那是快乐时光的留念。自从阿尔菲失踪以来，没有人想要用胶卷留下任何记录。就好像生命在泰德家门前停住了脚步，再也没有任何值得庆祝的东西。这着实令人伤心，但她没有力气去扭转这个局面。只是保持最基本的运转就已经让她耗尽了力气。

理查恢复工作之后，海伦希望一切都回归正常。女孩们重新开始上学，海伦也回到校园开始新学期的工作。似乎有某种奇怪的力量，某种看不见的动力在推着她向前走。她起床，她穿衣，她去上班，她买菜，她做饭，她刷牙，她上床睡觉。她觉得自己就像一个女演员，在一个巨大而空旷的舞台上，扮演她自己的角色，痛苦一天接着一天。

她尽力避开托比亚斯，但他还是一直追求她。他会毫无预兆地出现在她的办公室里，用急切而压抑的声音乞求她回到他的身边。他会在她的办公桌上留下鲜花和字条，在她语音信箱里发一条条的信息，但海伦统统无视。她根本就无法面对他，无法面对他们的私情所带来的灾难。他写给她的每一个字，代表爱意的每一枝鲜花，对她来说都不过是一种痛苦的提醒，提醒着她内心汹涌的悔恨。阿尔菲的死吸走了他们之间的最后一丝激情，就像火焰吸走空气中的氧气一般。失去阿尔菲强调了一个无法逃避的事实，一个她曾因愚蠢而看不清的事实：理查才是她真正想要的人。只有理查。这时候，她才终于意识到他的可靠，他关于家庭和责任的强烈原则感，以及他不可动摇的善良与正直，从来就不是软弱的象征，也不是令人厌烦或恼怒的特质，而是值得钦佩与依附的品格。

可理查开始不同以往地缺席了。他越来越久地出差，偶尔回家的时候，他会在房子里漫无目的地晃来晃去，或者一个人去悬崖边散步，过几个小时才带着一身泥点和一头被风吹乱的头发回到家，眼里依然是同样失魂落魄的神情。到了晚上，照例锁上门，关掉灯之后，他们会回到卧室，毫无激情地换上睡衣，关掉床头灯，静静地钻进被窝。

"晚安，亲爱的。"他会呆滞地说，那语气仿佛一个年迈的老人，而不是一个四十出头的壮年男人。

"晚安。"她会简短地回答，然后转身背对着他，把被单拉到下巴，与此同时默默地渴望他温暖的触碰。她不记得他们上一次做爱是什么时候了。她花了十九年的时间在这段她自认为除了扼杀她的自由之外毫无益处的婚姻里挣扎，结果却发现如今她竟无比地渴望它所给予她的安全感与依靠。这不光是种讽刺，更是一种倒错。

但她明白，这一切都是她自作自受。凯西精神受创，隐匿在伦敦；朵拉不是把自己关在卧室就是找机会逃出这个家；海伦自己则像个迷失的幽魂般在克里夫托伯到处游荡。这个空荡荡的房子就是她要背负的十字架，是对她的惩罚。她知道这一切都在尽全力摧毁她，炼狱也不过如此。

在忍受了那么多的痛苦和悲伤之后，她依然胆敢希望理查还爱着她。她告诉自己，只要给他一些时间，就会好起来的。让他慢慢地放下悲恸，慢慢地疗伤，慢慢地回到她的身边吧，这一次，她会在原地等待他。

她在厨房外顿住了脚步。既然那段私情已经公开，也许他们可以开始采取必要的措施，一步一步地治愈他们的婚姻。再也不要有任何秘密和谎言。也许这就是他们必经的火海，只有这样才能让他们的婚姻得到净化。那是他们人生中最糟糕的两年，可她依然希望他们之间还能有未来。再说了，除此之外她还剩下什么呢？

她做好了准备，深吸一口气，推开厨房门走了进去。

理查坐在餐桌边，背对着她，在她踏进厨房的那一瞬间，他的身体突然变得僵硬。她还没来得及叫他的名字，他就开口了："多久，海伦？"他没有看她。他的声音像砂纸般沙哑，仿佛刚刚哭过。"你们之前持续了多久？"

她咽了口气："两个月……也许三个月，但都结束了，很久以前就结束了。那什么都不是，理查，对我来说什么都不是。"她的话听起来像极了电视剧里的陈词滥调，就连她自己都这么觉得。她走在帛边去看他的表情，但他躲开了她的视线，转身望着窗外。他的面前放着一张纸，海伦低头去看。察觉到了她的兴趣，他把那张纸推到她的面前。

"你也许会想留下来做个纪念。"

她探身去看他推过来的纸。那是一幅简单的炭笔素描，画的是一个全裸的女人躺在树荫下的样子。她那令人面红耳赤的姿态被画家专业的笔触勾勒得淋漓尽致。他甚至在这幅杰作的右下角留下了署名和日期。海伦盯着那画面，惊恐万分。

"你看起来很美。"理查说。

"我……我完全不知道……"她结结巴巴地说。

"别否认了，海伦，这显然就是你。正如很多年前你把那幅该死的画带回家时对我说的，他的确是个'天才艺术家'。画得和真人一模一样，是不是？"

海伦又咽了口气。讨论那段私情是一回事，但面对这样一个纤毫毕现的证据则完全出乎她的意料，令她羞愧难当。可怜的理查。

"怎么……你是在哪里找到的这幅画？是他给你的吗？"海伦脑子在飞速运转。

理查轻哼了一声："有人可怜我，决定把这证据寄到我的办公室。我昨天收到的。大概是他的妻子好心通知我吧，被戴了绿帽子的我！我猜她终于受不了丈夫拈花惹草的秉性了，决定自己来处理这烂摊子。"

海伦咬住嘴唇，她不敢想象理查打开信封看到这张素描的场景，尤其是在办公室里。"我不知道该说什么……已经结束了。你得相信我。很久以前就结束了，就在葬礼之后，我不可能……"她的声音越来越弱。理查抬头看着她，眼里充满了憎恶。

"你的儿子流落在外面，生死不明，你当然不可能睡到另一个男人——另一个已婚男人的床上啦。真是得体啊，海伦。"他的语气里充满讥讽，"真是高尚啊。"

"我为自己感到羞耻，理查。这几年来我一直生活在悔恨中。我想过要跟你坦白——我真的想过。"

"那你为什么不呢？"

"我不想增加你的负担，理查。我们都在为我们的儿子哀悼。那件事已经过去了，我觉得最好……"又一次，她的声音越来越小。

他们面对面坐在餐桌旁，理查面无表情地看着她，难以置信地摇了摇头。与此同时，那张白色的纸片一直摆在他们面前，如同一个刺眼的警示牌，提醒着他们这些年来他们之间到底出现了多少问题。

"你爱他吗？"终于，理查开口问道。

"不！"她惊叫起来，"上帝啊，不！他是一个错误，只是一时冲动。"

"什么时候开始的？我要知道所有的真相。别向我隐瞒任何细节。我不想再听到一句谎话，明白了吗？"

海伦点点头。"一开始只是暧昧。布里德波特那回是我们第一次见面，我去了他的画廊，买了那幅画。"

理查点点头。

"我们相互调情，只是这样而已。那时候我们刚搬来多赛特，一段非常难熬的时光，你还记得吗？"

理查再次轻轻点头，继续扭过头去看窗外。她看见他的眼角有泪水涌出。她多么希望能越过餐桌抱住他，但她控制住了自己。她欠他一个解释。"后来我怀上了阿尔菲。托比亚斯就……就被我抛在脑后了。那种事情再也没有发生了，本来就不该发生。你和我，我们当时多么快乐啊，你还记得吗？"她的声音里透着绝望。他一定要记得他们曾经拥有过的幸福，以及他们依然可以有的未来。

"那你第一次跟他睡觉是什么时候？到底是什么发生了变化？"

"那是我在埃克塞特教书的第二年，他被任命为大学的驻校艺术家。"

理查点点头。"继续。"他说道。

"我们偶尔在校园里碰面。后来在夏季学期期末的时候，他邀请我共进午餐。"

"所以你们就去吃午餐，然后不小心上了床，是吗？"

"不！不是那样的。在那之前我们还做了一段时间的朋友。"

理查怀疑地看着她："没有谎话，记得吗？"

"好吧，我们不只是朋友。我们相互调情，过了好几个月，我喜欢被关注的感觉。"她叹了口气。她明白，自己最好完全坦承。"我又寂寞又无聊，受够了妻子和母亲的身份，也受够了小镇生活。你和我，我们之间除了孩子、学校、午餐、账单和脏衣服之外什么也不谈。托比亚斯让我觉得自己很特别。他让我觉得自己充满吸引力，被需要。我喜欢那种感觉，我也喜欢过他。"

"所以都是我的错了，是不是？"理查轻蔑地问道，"我没有让你感觉到自己是个女人？我没有给你足够的关注？"

"不！这不是你的错，我也没有那样说，我只是试图解释我当时的感受。你必须得承认，那时候我们在经历一段难熬的时光。搬家……适应这座房子……"

"噢，是啊……这该死的房子……当然了。"他的声音里不带任何感情，但还有另一种东西，是一丝苦涩。

海伦没有注意到，这时候再来炒冷饭毫无意义。"暑假快开始之前我们第一次发生了关系，你知道，就是阿尔菲走的那个夏天。我们失去他的时候我就断了这段关系。只是几个星期的事情，最多两三个月。那是一个可怕的错误。我们已经失去了阿尔菲，我不能再失去你和女儿们了，永远不能。"海伦的声音沙哑起来，她在努力保持镇定。

理查感受到了她声音里的情感，转过头来第一次认真地看着她。他们的双眼对视了，她能看见他那双清澈的蓝眼睛后面正在翻涌的风暴。她伸出手，不顾一切地想要触碰他的身体。理查低头看了一会儿她伸出来的手，没有动，只是继续提问："为什么是他？为什么是托比亚斯？"

海伦摇摇头："我不知道。他正好出现了，他想要我。"

"你觉得他很有魅力吗，一开始的时候？"

"是的。"她承认，现在已经没有撒谎的必要了。

"你们见了几次面？你们总共睡了多少次？"

"我不知道……八次，也许十次？"她记不清了。

"你带他来过这里吗？你和他在我们的床上睡过吗？"

"没有！"

"孩子们知道他的事吗？"

"不！"她再次否认，"我非常谨慎，绝不会让孩子们发现的。"

"你想过离开我吗？"

海伦顿住了。她想了一会儿，意识到自己从来没有那样想过。无论她和托比亚斯之前多么激情四射，无论他们在一起时他为她描绘过多少傻气的白日梦，她从未真正考虑过要为了他而离开理查。

"没有。"

"真的结束了吗？"他继续问道，"你们结束之后你就再也没有和他在一起了？"

"是的，我发誓。我再也无法忍受了，一切都结束了。失去阿尔菲让我明白我们的婚姻对我来说到底意味着什么，理查。"她凝视着他，"理查，看着我！"他抬起目光，她直直地看着他的眼睛。"理查，我爱你。我犯了太多的错误，造成了太多的痛苦。说实话，我不知道我们的将来会是什么样子，但我能确定的是，我真的不想失去你，我承受不了。我们的婚姻一开始也许不是很美满，也许走了一些弯路……还有一些无比痛苦的时候……但有一点我可以完完全全地肯定，比任何事情都要肯定，那就是我真的想要和你在一起。"

她说的每一个字都发自肺腑。一起度过了十九年的时光，如今他们面对着彼此，中间隔着一个巨大的鸿沟，里面满是误解与伤痛，海伦终于看清了自己在制造分歧中所扮演的角色。她一直打心眼里责怪理查把她拖进了一个她根本就不想要的婚姻。她对于他把全家人从伦敦搬到这个海边小镇的决定横加指责。她越来越厌恶他对于克里夫托伯和父母回忆的责任感，认为他把这些事情放在第一位，看得比她和孩子的需求还要重。可现在，她终于明白了，错的是她自己。她看不到他是多么好，多么强壮、真挚、善良。她下定决心要厌恶他，厌恶他所代表的一切，只是为了给自己的不忠找借口。后来，在痛苦的风暴中，她任由他们之间的沟壑越来越宽。现在她终于意识到，她有多么需要这样一个尊重家族传统，将责任感根植于心底的男人，这样一个尽管内心痛苦得支离破碎，却还能把两个女儿高高举起的男人，这样一个每天清晨把黄油仔细地涂满面包，每天晚上关掉所有的灯，锁上所有的门，亲吻她，对她道晚安的男人，她需要这种温柔的依靠。因为这就是理查。经过了一切的一切，当尘埃落定在他们共同所剩无几的人生里，她最最想要的依然是理查。

"我们再试一次好不好？"她恳求道，"我们把自己锁在各自的痛苦中太久了，孤苦无依，茫然无措……幸好还有你，这个世界上唯一能理解阿尔菲的失踪和后来发生的一切对我造成打击的人，而我也是唯一能理解你相同经历的人。"她伤心地摇摇头，"这本可以让我们更坚强，而不是把我们扯得四分五裂。"她举起双手，"我知道，我怪我自己。可现在对我们来说真的太晚了吗，理查？要把这糟糕的一切扭转过来，在残骸下方找到一些美好的东西，真的已经来不及了吗？"

理查迎接她的目光，深深地凝视着她的眼睛，就这样过了好久好久。接着，缓缓地，一寸接着一寸，他在餐桌上方伸出一只手，扣住了她伸出的手指。他们就这样坐在那里，过了好一会儿，一句话也不说，十指交缠。

"我只是不知道我们要怎么走下去，"他轻声说，"我不能再承受更多的打击了。"海伦点点头，泪水在眼眶里翻涌。"但我不想一个人走下去。"海伦的呼吸卡在喉咙里。理查咽了口气，"也许我们可以慢慢来……"他终于说道，捏了捏她的手指，闭上了双眼。

海伦快要哭出来了，她知道这已经比她应得的好太多了。她无数次想象过这个时刻，每一次都以完全的毁灭为结局。得到了理查给的第二次机会，拥有了拯救婚姻的希望，已经是她做梦都想不到的好事了。

"你不会后悔的，理查，我保证。我爱你。我会证明给你看。如果要我用接下来的十九年来补偿你，我也会的。"

理查再次点点头，睁开了双眼。他深吸了一口气："我们都需要补偿对方，不是吗？我想这件事中我也不是完全无可指责的。我本可以成为一个更好的丈夫，对你更体贴一些。我有时没有去了解你想要什么……或者需要什么。让我们吸取过去的教训吧，好吗？重新开始？你和我从头再来一次，为了我们俩……为了女儿们，我想她们现在一定都非常需要我们。"

海伦想到了两个女儿，悲伤地点点头。她给这个家庭带来了那么多的痛苦啊，她不禁默默垂泪。理查伸出手，用手指擦掉了她的眼泪。他的触碰充满了同情，让她心存感激。她把脸埋在他的掌心，只想这样安静地休息一会儿。一滴泪水顺着她的下巴滑落，滴在两人之间的那张纸片上，正好落到炭笔的线条上，模糊了那女人的边界，将画面染成一团灰蒙蒙的迷雾，永远地抹去了原来的样子。海伦低头看了一眼，忍不住畏缩了一下。

"我们烧掉它吧。"她一边提议，一边擦拭鼻子，"让我们摆脱掉它，永远地摆脱掉。我一眼都看不下去了。"

理查点点头："好主意，让我们重新开始。"

他伸手拿起那张纸，但就在那时，纸上的某样东西吸引了他的目光，他突然呆住了，手还伸在半空中。

"怎么了？"海伦问道，发现了他的异样，"你看到了什么？"

他没有回答，只是继续盯着那张纸，脸上的血色在一点点褪去。

她再次低头看去，不确定他的目光到底聚焦在哪里。他似乎在看右下角托比亚斯的签名。在那个角落，托比亚斯潦草地写上了自己的名字，还有日期。突然，海伦的胃部一阵翻腾。

日期。白纸黑字写在那里。正是阿尔菲失踪的那一天。

海伦仿佛能看见理查脑海中的齿轮在飞速旋转，房间里骤然涌起狂风巨浪。终于，理查抬起头看着她，那双蓝眼睛里的宽恕消失殆尽，取而代之的是熊熊的怒火。"那天你和他在一起？"他的声音小到几乎不可闻。海伦无法回答。

"阿尔菲失踪的那天，你和托比亚斯在一起？"

她张开嘴，什么话也说不出来。

"我们的儿子一个人在海滩上迷了路，你却和那个男人在廉价的小旅馆里做那些肮脏的事？你和你的情人忙着交欢的时候，我们的儿子，我们可爱的儿子……"理查激动得声音嘶哑，但还是挣扎着，吐出了最后那句怨恨的话，"消失在海浪中……溺水而亡。"

她吓坏了。他眼中的神色是那么可怕。

"你说你那天在工作。你说你被叫去学校，没办法不去。"他的语速越来越快。"我的老天！"他摇摇头，"这么久以来，你一直都在瞒着我。你一直让我相信那只是一个可怕、悲惨的意外。可实际上你一直都知道，要不是因为你那无耻的勾当，我们的儿子可能还活着。是你杀死了他。"

"不！"海伦大哭起来。

理查摇摇头："你看呀，来，好好看看！"他捏起那张纸在她面前晃动。"证据都摆在面前了，你还有什么好抵赖的？你是个杀人犯，你谋杀了我们的儿子，应该把你关起来！我差一点就要被你给骗了，就差这么一点点……"他用拇指和食指比画着，"就差这么一点点。我的老天啊！你怎么能这么无耻？"

"理查，你不明白……"

"我有什么不明白的，海伦？"他咆哮起来，令人胆寒。理查从来不大声说话，她从没见过他这么生气。"你还有什么可以为你那令人恶心的肮脏勾当辩解的？"

她抬头看着他。他说得没错。她确实没什么可说的了，没有任何辩解的理由。他所指控的一切，都是她罪有应得。阿尔菲的死是她造成的，一切都是她的错。

"理查，求求你……"

"求求你……求求你……求我什么，海伦？"他怒斥道，"求你别离开我？"他故意捏起嗓子模仿她的声音。

"是的。"她小声说。

"你知道吗？我一直都知道，从一开始就知道，你从来就没有爱过我。"

海伦惊讶地看着他，不明白他在说什么。

"是的，没错，"他继续说道，"我知道你觉得我很蠢，我一直都知道。但我还是想要赌一把，我做好了等待的准备。我以为我可以让你看到什么叫作真爱，我以为我能让你爱上我。但我错了。"

"不！"海伦绝望地大喊起来，"我是爱你的，理查。"

"哈！"他讥诮地笑了一声，"爱？你根本就不明白这个字的含义，海伦。我受够了，我受够了这段病态的婚姻，我再也不想跟你有任何瓜葛，你听见了吗？我一秒钟都不想待在你身边，一秒钟都不想靠近你，你让我恶心。"理查在餐桌边站起身，他的动作那么猛烈，身后的椅子都被掀翻在地，发出"砰"的一声巨响，但他毫不在意。"我要上楼去了，你最好不要靠近我，海伦。"他狠狠地扭搅着自己的双手。"我不敢保证自己会做出什么事情。你最好离我远点。"

"理查。"她抽泣着，没有什么话可说，只好抬头恳求地望着他，任由泪水在脸上肆虐。

"什么？你想让我可怜你吗？是这样吗？别了，海伦，离我远点，我说真的。"

他转身大步走出了房间。房门在他身后被用力地摔上，海伦一个人站在厨房里，面对着掀翻在地的椅子，还有那张让她的生活土崩瓦解的纸片。她颓然倒地，淹没在自己的泪水中。

一个小时后，理查下了楼。他整理了一包行李，打了几个短促的电话。他走向车子，对她吐出最后一句话："我会打电话给你——过几天。让你知道我在哪里，万一女儿们需要我。"他尖锐地加上了这一句，很显然，海伦的感受对他来说已经一点都不重要了。

她几乎不可察觉地点了点头，咬住自己的嘴唇，生怕自己一张开嘴就会再次恳求、哭号起来。一切都结束了。没有什么可说的了。

片刻之后，理查的车子猛地驶离车道，只留下海伦一个人，与那空荡荡的大宅和瘆人的死寂为伴。

朵拉

◎ 当下 ◎

朵拉开车驶上不平整的路沿，注视着眼前这座摇摇欲坠的古老宅邸。她低头看了一眼手上的地址，潦草地写在一张脏兮兮的信封背面：天鹅府，小奥克星顿。地址显然没错，但这座耸立在车道尽头的老宅并不是她所设想的样子，与多年来她想象中破旧的寄宿公寓截然相反。从爸妈口中关于凯西的信息以及地理位置来看，她猜测这应该是吸大麻的嬉皮士和辍学的学生们聚集的公社，但这地方看起来完全与她的想象不搭界。这是一座辉煌的乡村宅邸。

十年是一段很长的时间。假装自己从小仰慕的姐姐并不存在整整十年，也是够久的了，朵拉在这方面颇有建树。如今，当她回望过去，关于凯西的记忆已是一团奇异的混乱，一系列童年的反光快照里掺杂着一段糟糕岁月的黑暗景象。是的，相对快乐的时光里隐匿着突然发作的坏脾气，动不动就摔门，阴郁的情绪，冲动的行为，还有长时间的自我封闭。那是一个令人困惑的旋涡，但让朵拉最刻骨铭心的是，被那个明明拥有了全世界却依然选择自我流放的姐姐拒之千里之外的感觉。是的，十年是一段很长的时间，朵拉相信自己已经可以控制愤怒的情绪。她已不再是原来的朵拉，那个天真、爱做白日梦的小姑娘，那个总是渴望取悦他人的好好先生，早已不复存在了。她拥有自己的事业、男朋友、家庭……如今，还有一个即将降生的孩子。可既然十年的时光能给朵拉带来如此巨大的改变，她不禁感到忐忑，不知道自己即将面对的会是一个什么样的人。这着实有点吓人，但朵拉明白自己已经躲得够久的了。她必须直面凯西，哪怕只为了却一个夙愿也好。

她不自在地更换着坐姿，一边回忆过去，一边绕过车道正中那个巨大的石质喷泉，几个苍白的石雕小仙子睁着一双双死气沉沉的眼睛瞪着她。她被瞪得浑身不自在，转身不去看那些石像。她在优雅的宅院前停好车，关掉引擎，深吸了一口气，一股新鲜的愧疚感向她劈头盖脸地袭来。她应该早点来看凯西的，应该更努力地踏出这一步。

她坐在那里，浑身僵硬，被愧疚与紧张的感觉所冲蚀。终于，她战胜了那股想要转动钥匙开车走人的冲动，抓起手提包，跨入夏日的艳阳中。

天气好极了，温暖的空气像毛毯般裹住她的全身，吹来一阵令人陶醉的夏日微风，远处高高的树枝上传来画眉的歌声。她的鞋子在石子路上嘎吱作响，当她走到那老宅雕梁画栋的正门时候，她停下了脚步，抬头张望起来。门廊矗立在她面前，阴暗而令人生畏，仿佛一张黑色的大嘴，与她身后明亮的一切形成鲜明对比。她打了个寒战，努力鼓起最后一点勇气，一步两阶地走上门廊，突然十分渴望与屋内的不管什么牛鬼蛇神打打交道。都已经走到这一步了，现在她只想以最快的速度把事情搞定，然后离开这个地方。她又向前走了一步，为了不让自己改变主意，毅然决然地按下了门铃。

一个梳着马尾辫、长着一对下垂眼睛的高个男子打开了门，满腹狐疑地端详着她。"你有什么事儿吗？"他一边问，一边紧张地看了看她身后的车道，好像觉得朵拉要把脚伸进门里硬挤进来似的。

"凯西在吗？"

"你是谁？"

"我是她的妹妹，朵拉。"

男人似乎放松了一点，上下打量着她。"你看起来跟她一点也不像。"

"是啊。"她附和道。她又等了一会儿，希望能被请进屋，但那男人动也不动，就这么挡在门口，直到他身后传来一个低沉的声音："是谁呀，雅克布？"

马尾男吓了一跳："来找凯西的，说是她的妹妹。"

门突然打开了，朵拉与另一个男人正面相对，被他那光滑的深栗色皮肤、乱翘的鬈发和高高的颧骨所吸引。他咧开嘴对她笑："你一定是朵拉吧。"他一边说，一边伸出一只手。"我是菲列克斯，菲列克斯•雷弗力•琼斯，很高兴见到你。我替雅克布说声抱歉，他是我们的阴谋论专家，总觉得来敲门的不是间谍就是记者，准备来破坏我们的'秘密花园'。"

朵拉礼貌地微笑，握了握他伸来的手，不太明白他到底在说些什么。

"凯西在等你呢。"菲列克斯继续说道，"快进来吧，她大概还在后面忙呢。我们这里好找吗？你是从伦敦开车过来的，是吗？"

朵拉再次点头，一边跟着这个名叫菲列克斯的男人走进恢宏的门厅，一边悄悄地打量四周，鞋底在大理石地板上发出恼人的嗒嗒声。大厅里东西不多：几双沾满泥点的靴子排成一列放在门边，一张老旧的橡木餐桌上放着一堆还没拆封的邮件，餐桌上方挂着一幅镶着金边的画像，画上是一位神色严肃、身穿黑色牧师袍的年轻男子，白色的硬领十分醒目，与画面上褪色的颜料形成鲜明对比——他似乎正在凝视着不远处，思索着一个不太美好的未来。墙上有许多灰色的阴影，大约是原本挂着画像的地方。除此之外，大厅里空空荡荡，唯有一个优雅的木质楼梯向上盘旋，这儿那儿的缺了几节扶手。

"雅克布，去把凯西找来行吗？我来招待朵拉。"

马尾男又向朵拉投来狐疑的一瞥，一言不发地消失在一道门后。

"别理他，"菲列克斯继续说，"等你了解他之后就会发现他其实是个很好的人。"

朵拉笑了笑，尴尬地挪着脚步，希望姐姐能快点出现。她心烦意乱，又瞥了一眼墙上的画像，画中的男人看起来相当不幸。

"那是我的曾祖父。"菲列克斯说道，顺着她的目光看去，"罗伯特·雷弗力·琼斯牧师，滑稽得不得了，是不是？"

朵拉勉强地露出一个微笑。

"天知道他是怎么追求到我的曾祖母凯瑟琳·斯旺女士的，不过感谢上帝他做到了，你看，不然我们哪儿来这样的生活？"菲列克斯伸手一挥，显然是指这宏伟的大宅。

"你和凯西好久没见面了，是不是？"菲列克斯问道，饶有兴趣地打量着她。

这回轮到朵拉满腹狐疑了。她心想，他是不是凯西的男朋友？关于她们的过去他到底知道多少？想到这里，她忍不住脸红起来。"是啊，"她说着，清了清嗓子，"确实过了很久，好多年了。"

"据我所知，她非常期待与你见面，向你展示我们的小成果。多亏她才有了'秘密花园'，这我得承认。"

"这么说你也在这里工作了？"朵拉问道，依然不清楚他一直说个没完的"秘密花园"到底是什么东西。

"是的，可以这么说，这是我的家，我拥有这座房子和这块地，恐怕我就是你们所说的信托基金养大的嬉皮士，被宠坏的富二代，用遗产过着做梦般的好日子，就差没有一头脏辫了。"

"这房子美极了。"朵拉说。

"是啊，可不是吗？当然这比起它的全盛时期来说还差远了，但对我们来说已经足够了。"

就在他们闲聊的时候，两个女人从前庭走过来，手里抱着几大箱蔬菜，对朵拉和菲列克斯投来羞涩的微笑。

"哈喽！"菲列克斯对她们打了个招呼，接着转过来对朵拉说，"那是斯嘉丽和索菲，我们的住家厨娘。你真该留下来吃晚餐，如果可以的话，大家都会欢迎你的。"

"谢谢你，"朵拉小声说，希望凯西快点出现，"可我恐怕还是得回家吃饭。"

"没问题，下回再来？"

幸好这时候雅克布回来了，身后还跟着一个人。

"她来啦。"菲列克斯说。

"嘿，朵拉，好久不见。"凯西说着，出现在雅克布的身后。她走向朵拉，唇上漾着微笑，一把将她拉进怀里。

朵拉顺从地投入姐姐的怀抱，感到十分僵硬与不自在。

"你怎么过了这么久才来？"凯西问道。

"抱歉，"朵拉说着，挣脱出来，试图好好看看凯西，"M25 公路简直是个噩梦……堵得不得了。"话一说出口她才意识到，凯西指的不是她今天早晨的迟到，而是过去几年来她的缺席。她脸红了，惊慌地在空荡荡的门厅里四下张望。这么快就开始犯错了，她一开始就不该来。

"天哪，听着，这只是个玩笑！"凯西哈哈大笑起来，和爸爸的笑声如出一辙，那声音把朵拉一下拉回了克里夫托伯，仿佛上一秒她们还坐在彼此的卧室里，翻遍杂志搜寻新发型和好看的衣服，讨论某个新出道的超模或过气摇滚歌星的八卦。朵拉放松了一点。她还是那个凯西，不管过去的这些年里她都经历了些什么。

"抱歉，我有点紧张。"朵拉承认道。

菲列克斯清了清嗓子："好啦，你们两位女士好好聊。很高兴认识你，朵拉，下回见。"

朵拉点点头："好的，谢谢你，我也很高兴认识你。"她转身面对凯西，"你看起来很不错。"她脱口而出。这是真的。凯西并不是朵拉这一路上想象的那种苍白病态的隐士模样，她看起来健康而微黑，好像刚从地中海度完假回来，或者刚经过一次昂贵的美黑疗程。朵拉吃惊地发现自己心里竟然涌起一丝妒意。凯西一直是她们两姐妹中更漂亮的那个。而姐姐似乎对她的恭维毫不在意。"我们去散散步怎么样？"她提议道，"走到房子外面透透气，你觉得呢？"

朵拉点点头："听起来不错。我也正想伸展一下腿脚呢，今天天气好极了。"

"好，我们走吧。"

朵拉跟在凯西身后，踏出大理石铺就的门廊，回到了阳光下。姐姐走得很快，两条长腿大步迈过车道，在房子的一侧踏上一条石子小径。朵拉小跑着跟上去，她注意到凯西比她记忆中更高了，她的头发在脑后编成一根粗粗的发辫，在阳光下闪耀着金色的光。她穿着白T恤、运动鞋、一条旧旧的李维斯牛仔裤，这身简单的装束让朵拉为自己精心挑选的夏装连衣裙和小猫跟皮鞋感到后悔。她原以为精致的打扮能让自己感觉冷静而沉着，没想到对比之下，反倒显得有些做作而过于正式了。

她们到了房子的后侧，眼前是一个雕刻精美的露台。站在挑高的露台上，能将屋后到山下的美丽风光一览无余，朵拉能从树木的间隙里看到远处的波光。但她们并没有如她所想地沿着草地走下山坡，凯西继续大步走过露台，下了几级台阶，最后穿过了一堵石墙上的一扇隐蔽的木门，朵拉得微微低头才能穿过木门。她盲目地跟在姐姐身后，又走了两三步之后，突然停在了原地。炙热的阳光令她不得不用手挡住眼睛。她环顾四周，惊讶万分。

她们进入了一个与世隔绝的花园，藏在房子后面高高的石墙内。最让朵拉吃惊的不是它的突然出现，而是那从四面八方涌来的色彩与香气。花园里繁花似锦，各种花朵像宝石般在她眼前流转，红宝石、琥珀、紫水晶、玉石，应接不暇。她看见鲜红的火钳花、纠缠不休的灯笼海棠、玫瑰、太阳花、粉得最艳的紫苑，还有向日葵、茎干笔直的景天和秋蓟骄傲地耸立在鲜艳的大丽花之间。一整个树篱的蓝色绣球花占满了墙面，重重的花朵在阳光下懒洋洋地低着头。她的脚下是一整片的薰衣草花海，浅紫色的花朵朝着天空绽放，浓烈的香气直冲她的鼻腔。她一转身，又惊喜地发现一丛丛枝繁叶茂的迷迭香、罗勒、薄荷，以及蓝绿色叶片的鼠尾草和百里香。香草花圃更远处是一片整整齐齐的蔬菜田，交错生长的豆类植株果实累累，一排排簇状的绿植散发出独特的香气，暴露了洋葱、韭葱和胡萝卜的存在，全都舒舒服服地长在肥沃的土壤里。最远处贴近石墙的地方架着一个摇摇欲坠的温室，在阳光下闪着银色的光。

简直太美了。一个精美如画的小花园，一个小小的绿洲，在这里，时间似乎都静止了。朵拉甚至有点期待一个厨房女仆在她身边匆匆走过，腰间挎着一个大篮子，手里拿着一把剪刀，准备采一些香草和蔬菜回去烹调晚餐。她不禁想起小时候在书中读到过的秘密花园，整个花园似乎都充满了生命的哼唱，充满了色彩、音律与香气。她惊叹不已地环视四周，尽情享受这场感官盛宴。肥壮的蜜蜂在花丛中嗡嗡地飞舞，将花粉播撒在夏日的微风中，蝴蝶在花圃间优雅地蹁跹，在这熙熙攘攘的昆虫世界之下，流淌着潺潺的溪水。令人心醉的水声引着她来到花园的中央，那儿竟是一个小小的睡莲池塘。一条挂满紫色铁线莲的拱廊从池塘向外延伸，一条低矮的木质长凳出现在它凉爽的庇荫下。凯西正朝那长凳的方向走去。她用手掸掉了什么东西，然后坐了下来，拍拍身边的空位："来，陪我坐会儿吧。"

朵拉穿过拱廊，边走边陶醉在丁香和罗勒的香气中。

"你觉得我们的'秘密花园'怎么样？"凯西一边问，一边扭头审视着花园，挑剔地看着一丛丛的植株，"这是我的小工程。"

朵拉顺着她的视线看去。"你的小工程？"她问道。

"是的，就是这个花园，你觉得怎么样？"凯西似乎被朵拉的怀疑逗乐了。

"这……棒极了……非常美。"朵拉冥思苦想，试图找出一个正确的词来形容这令人忍不住流泪的美。"这都是你干的吗？"朵拉挥了一下手。

"不单单是我一个人，但没错，是我干的。它让我这几年都忙个不停。"

朵拉惊呆了："你什么时候开始这么擅长园艺的？"

"我也不知道。"凯西耸耸肩，"就是有一天来到这儿，就开始挖起土来。当时这里还是一片废墟，到处都是杂草和灌木，更别说堆在那里的一大堆垃圾了。"她指了指温室边的一个角落。"但当我开始清理出一小片空地，挖出一个花圃之后，一切都变得清晰起来，地下埋藏着非同寻常的骨骼，等待着破土而出。大多数原来种下的植株还在那里，被表层的东西所掩盖。但它们只是藏起来了而已，等待着某个人让它们重获生机。"

朵拉坐在姐姐身边低矮的木质长椅上，沉醉在这令人着迷的景致中。她无法想象这个花园曾是与眼前这种接近完美的状态所截然不同的样貌。

"事实上这是比尔的主意。"凯西继续说道。

"比尔？"朵拉蒙了。

"是的，老比尔·德莱登。还记得吗？就是爸妈家的园丁。"

她当然记得。"比尔也来过这儿？"朵拉依然不明所以。

"是啊，我知道，他出现在这里的时候我很惊讶，被吓了一跳。他说他来牛津拜访一个老朋友，顺道过来看看我。显然是妈把地址告诉了他。"

"比尔·德莱登到这儿来看你？"朵拉摇了摇头。

"是的。说实话，当时我也不知道该聊些什么，一开始相当尴尬。后来我们开始聊多赛特，聊老房子，聊爸妈，聊你，还有阿尔菲……"

"你们聊关于我的事情？还有阿尔菲？"朵拉的脑子跟不上了。

"是的，没什么特别的，比如我们小时候求他用推车推着我们玩；有一次我们玩跳马的时候几乎打碎了他所有的花瓶；还有一次阿尔菲藏在一堆刚剪下来的草里，然后又在家里走来走去，把草弄得到处都是，被妈大骂一通。"凯西顿了一下，"你记得比尔教我们修剪天竺葵吗？我完全忘记了，但他还记得。多好的人啊。他去世了，你知道吗？"

"是啊，几个星期前我去见了妈，她告诉我的。"

凯西饶有兴趣地看着朵拉："你去见妈了？怎么样？"

"噢，你懂的，很艰难。"

凯西用她那双清澈的蓝眼睛盯着朵拉，但朵拉还没做好袒露心声的准备。

凯西耸耸肩："好吧，你想了解关于这个花园的故事是吗？我当时在伦敦当服务员，只是为了打发时间而已，没想到遇见了菲列克斯。我们成了朋友，他邀请我来这儿住几天，当时他刚刚继承这座老房子，也没想好该拿它怎么办。我来这儿度周末，结果就再也没离开了，怪不好意思的。天鹅府成了我的家。"

朵拉点点头，私底下又在想姐姐和菲列克斯到底是不是一对。

"后来，比尔来看我了。上帝啊，那都是五年前的事情了。我们在后院散步，是他发现了进入花园的门，这让他十分惊喜。当时这儿一团糟，但他看到了表面之下的东西。这一切全是他的功劳，真的。他发现了地表之下蕴藏的真正潜能。他建议我不要怕弄脏手。'把这当作一项小小的工程吧，'他说，'你看起来有的是时间。'这老家伙。"凯西大笑起来。

"我明白了。"朵拉说道，其实并不明白，完全不明白。她无法控制体内涌起的一股令人不快的怨愤。这么多年来，朵拉一直在愧疚与痛苦中挣扎，而她的姐姐呢，似乎过着电影《美好人生》中主人公的生活，隐居在这么一个古老恢宏的爱巢里，双手触摸土壤，头顶阳光明媚。可接着，她又一想，也许当你狠下心来离开家人，任由他们沉浸在痛苦和焦虑中，自己却没心没肺地在夕阳下舞蹈时，这美好的一切也不是没有可能。

"话说回来，我花了好几个月的时间才鼓起勇气。"凯西继续说下去，似乎没有注意到朵拉的怒火，"比尔的主意一直在我脑子里盘旋，可我只会在路过的时候凑近来看一眼，然后就被吓了回去。直到有一天，我一觉醒来，心想，就是今天了。我在橱柜里找到了几副旧园艺手套，当天下午就来到这儿，开始清理那些灌木。一两个星期之后，菲列克斯给我送来一些真正的工具，铁锹、修枝剪……铲子，还有推车。也没有太多，但足够让我说服自己继续下去。我做得越多，就越是难以自拔。这成了我的疗伤方式，如果你想听的话。"

"所以这就是菲列克斯所说的'秘密花园'吗？"朵拉问道，突然明白了。

"一部分吧，是的。"凯西说，"花园只是一个起点。我们开始种植蔬菜和鲜花，几个朋友加入进来，下地帮忙，后来菲列克斯意识到我们自己根本消耗不了那么多。为了不浪费，我们把多余的产物运到当地的农贸市场。全都是有机的，当然了，周边的有钱老头、老太太们都为之疯狂。现在不仅仅是水果和蔬菜，我们还做果酱、浓汤、蛋糕——甚至我们自己品牌的麦片！菲列克斯想到了'秘密花园'这个名字，十分贴切，你觉得呢？"

朵拉点点头，她能看到他们的产业是多么贴合如今一切都追求家庭自产、有机健康的潮流。"可你是怎么知道该如何去做这一切的呢？"她问道，依然为姐姐的才能感到震惊，"要是我的话根本不知道该从何下手。"

"我看书……看很多书，还有比尔的帮助。我把自己在做的事情写信告诉他，他也会回信给我，告诉我关于不同植物的所有信息和建议。他寄给我香草花园和蔬菜田的草图，所以我也在向他学习。"

"就像一个函授课程。"朵拉自言自语地说道，"可你确实有天赋，你很擅长园艺，一定是遗传了爷爷。"

凯西微笑着："是啊，大概是吧。现在其他人也来搭把手，就像一个合作社一样。我们分享利润，将一部分钱用来维护这座房子，菲列克斯在管理上一窍不通，但我们逼他去做。甚至还有一个连锁超市盯上了我们，想把我们的产品放到他们的商店里去卖，但我们对此有点忐忑，不想丧失了这份事业的精髓，把它控制在小规模、本地化对我们大家来说都十分重要。"

"菲列克斯是你的男朋友吗？"

凯西哼了一声："我和菲列克斯？上帝啊，当然不是，他只是一个朋友。"

朵拉点点头，不明白为什么自己的问题竟得到如此不屑的回应。虽然与菲列克斯接触的时间很短，他似乎是个很好的人。

她们的对话中出现了一段短暂的间歇，朵拉闭上双眼，深呼吸，试图缓解脖子和肩膀的酸痛。她的耳中充满了昆虫和鸟儿的叫声，突然，她觉得离开伦敦的感觉很不错。来到这里是个正确的决定，无论接下来会发生什么。她回过头，小心翼翼地看着姐姐，问了一个问题："所以，你……过得开心吗？"她的问题听起来比她预想的更加直接。

凯西审视了她一会儿，才开口回答："是的，我想是的。"她向后靠在饱经风霜的长椅靠背上，带着一丝微笑说道，"我喜欢这里，这儿有我的朋友，还有花园的事情要忙。对我来说已经足够了。"

"嗯……"朵拉说。她试图表现得愉快一些，但那感觉又回来了，一阵苦涩的怨愤在胃底翻涌。她想要了解更多，她们之间还有那么多的话没有说清楚。凯西却似乎已经不想再说了，她闭上眼睛，仰起脸来接受阳光的照耀。她们就这样静静地坐在长椅上，直到朵拉终于鼓足勇气问出下一个问题。

"凯西？"

"怎么了？"

"我得知道你为什么离开。你知道，不是你离开的原因，而是为什么你要用那种方式离开？"她顿了一下，"我是说，上一秒你刚从家里离开去上大学，而我被困在多赛特和爸妈在一起，下一秒你就进了医院，自杀未遂。接着爸爸离开了妈，和维奥拉同居，而我自始至终都困在多赛特，一个人孤立无援。"朵拉努力控制自己的情绪，但声音里还是出现了一丝责怪的意味。"你为什么不告诉我你的打算？为什么不跟任何人谈一谈呢？你难道不知道你那样离开会对我们所有人造成什么样的伤害吗？"

凯西摇了摇头，"那对你来说一定很难过。"她轻声说。接着又是一阵沉默，空气中唯有一只鸟扇动翅膀从一棵梨树上起飞的声音。当羽毛拍打空气的声音远去之后，凯西继续说下去。"说实话，我当时没有想到你们中的任何一个人。对不起，可那是真的。我知道你可能会觉得被无视了，好像我一点都不在乎，可我实在是无法忍受跟你们在一起了。只要待在克里夫托伯，我就觉得周围全是阿尔菲的影子……还有他的死所带来的各种情绪。我无法再看着你们饱受煎熬，实在是太痛苦了。我心里明白去爱丁堡也无法让我解脱，我只想要终止这一切。我想要逃离这一切……从爸妈所有的期待中逃离出来，从所有痛苦中逃离出来。我以为我的消失对你们所有人来说都是一种解脱。我以为我这么做是帮了你们一个忙。可后来回忆起来，我才知道自己错得不能再错了。"凯西转过身看着妹妹，哀伤地叹了一口气。"那太残忍了，是不是？"朵拉点点头，凯西再一次深深地叹气，似乎下定了决心。"我想是时候开诚布公地聊一聊了，让我们今天坐在这里把所有的秘密全都解开，如果这就是你所希望的话？"

朵拉什么也没说。她屏住呼吸，生怕自己一开口凯西就会改变主意，她给姐姐施的坦白咒就会突然失效。但凯西似乎没有动摇，继续缓慢而平稳地独白。

"那一天……"凯西顿了一下，脸上闪过一片阴影，"那天，阿尔菲失踪之后，你知道那对我们来说改变了一切，永远地改变了。他死后我整个人一团糟，我们大家都是如此，但我实在是太难受了。我吃不下，睡不着，我知道爸妈都觉得那是我的错，我知道他们都在怪我。"

"怪你害了阿尔菲？"朵拉惊呆了。凯西也在责怪自己？

"为什么不呢？毕竟阿尔菲怎么会在一个拥挤的海滩上就那样不见了？我应该照顾好他的。"

"我们两个都有责任，凯西。如果要怪你的话，那也应该怪我。"朵拉感到难受，这就是她最害怕的事情。但凯西用力摇摇头。"不，朵拉，你错了。相信我，这不是你的错，一点都不是。如果说我们这个家里有任何一个无辜的人的话，那就是你。你……和阿尔菲，当然了，可怜的阿尔菲。"

"是啊，"朵拉叹了口气，"可怜的阿尔菲。"

"你知道他们从来都不说，"凯西停了一会儿之后继续说道，"但我知道爸妈心里在想，至少我是那么认为的。每次我一走进房间，他们就会突然沉默，或者转过头去不看我。我发誓，每次我一进房间，爸爸就会出去。这一切都强调了我本来就知道的事情：那件事都是我的错！"凯西用运动鞋的鞋尖刮擦着地面。"我实在无法忍受了。我不顾一切地想要逃离，但没有地方可去。我得去上学，还要考高级水平考试。爸妈对我有那么高的期望……他们似乎比我自己还清楚我该成为一个什么样的人，该做什么样的事。我很迷茫，完全不知道自己想要什么。于是我试图用各种方式来逃避自己：你知道，派对，性，酒精，毒品。我只是不顾一切地想要感觉到什么，你知道，任何除了青春期的迷茫和对阿尔菲的悲痛之外的感觉。"凯西摩擦着牛仔裤上的一个污渍。

朵拉咽了口气，思考自己是否有勇气问出口。"所以那就是……那就是你割自己的原因？"

凯西把手腕转向外侧，两人都能看清那蛛网般沿着她微黑的手臂一直向上蔓延的银白色伤疤。朵拉一看到那景象便畏缩了一下，而凯西只是耸了耸肩。

"那是另一种掌控自己的方式，我想。"

朵拉点点头。

"你知道吗，当我得知高级水平考试的结果时，心里感到一种深深的绝望。一切都摆在我的面前，爸妈为我所规划好的未来。但他们其实什么也不知道。他们根本就不知道我离那个优秀的模范女儿有多遥远。我不是他们想象中的样子。我简直要窒息了……我想逃跑……想远离你们所有人。我无法面对再一次让你们失望的情景。这就是为什么我去了伦敦，这就是为什么我选择了自杀。"

朵拉觉得接下来的事情她都已经知道了，但凯西还在继续。

"当我在医院里醒来，发现自己还活着的时候，我整个人都崩溃了。我想都不敢想回到克里夫托伯的生活，尽管爸爸尽全力说服我，但我还是很坚决：我决不能回家。我无法面对你们。最后，我找到了一份服务员的工作，在一个脏兮兮的咖啡厅，那地方烂透了。工资极低，顾客都是些蠢猪……可后来我遇见了菲列克斯，我们成了朋友，他邀请我来这里，来到他家的老房子。我想其他的部分，正如他们所说，都是历史了。从那以后，我就开始好起来了，慢慢地与过去和解——与对阿尔菲的愧疚与悲痛和解。"

"这听起来很熟悉，我也对愧疚的感觉略知一二。"

"我告诉过你，朵拉，"凯西坚决地说，"你没有任何可以愧疚的地方，一点都没有。"

"你这样说，凯西，爸爸也这样说，丹也这样说，可都没有用。那一天我和你一起在海滩上，我和你一样都有错。要是爸妈哪怕是有那么疯狂的一秒钟觉得你有任何过错，那我也同样该被怪罪，不然根本就说不通。"

"相信我，朵拉，那不一样。"

"为什么？为什么不一样？我只比你小十八个月，并没有多大的差距。难道这多出来的十几个月就让你对阿尔菲的安全更多一份责任吗？"朵拉摇摇头，"我不这么认为。"

凯西审视着妹妹。"这就是你来这儿的原因，是不是？你还是放不下他，是不是？"

朵拉再次摇头。"对，我就是放不下。"她顿了一下，接着疾声说，"我放不下那一天在'岩洞'里的时光，我一直都在想个不停，你难道没有吗？"

"有时候，当然会，但不是每天。我想这样是对的，你觉得呢？"

朵拉点点头，但她现在更困惑了。在她的印象中，姐姐才是那个情绪不稳定的人，可现在凯西似乎已经与世界和解，而朵拉则在自己的人生里艰难地挣扎，被噩梦和惊吓弄得不知所措。

"所以你来这儿到底是为了什么，朵拉？过了这么久以后，这不仅仅是一次社交会面，是吗？你在寻找什么东西？我说得对吗？"

朵拉点点头："是的，没错。"

"好吧，说出来吧。我已经跟你讲了我的故事，是时候听你说说你的故事了。"

这时候没有必要再藏着掖着了，她决定说出来。"我怀孕了，凯西。"

"我的上帝啊！"凯西吃惊地看着朵拉，微笑起来，"这真是太棒了。你怎么不早点说，你这傻瓜！"她侧过身子，把一只温暖的手搭在朵拉的胳膊上。"我在这儿喋喋不休地说个不停，你就坐在那儿听着，可事实上你的事儿才叫重要！恭喜恭喜！哇，我的妹妹要当妈妈了！"

朵拉充满希望地抬头看着姐姐，凯西的反应出乎了她的意料，尤其是在经历过父母那更为沉默的反应之后。"你高兴吗？"她问道。

"当然啦，我高兴得不得了！我要当阿姨啦！"凯西咧着嘴大笑，但当她看到妹妹的表情时，笑容逐渐消失了，"你高兴吗？我想这才是更重要的问题。"

"是的，我想是的。我是说，我已经能够接受这个事实了。丹高兴坏了，但我却一连好几个星期都惶惶不安。是因为阿尔菲，你看。我不知所措，困在原地。我还在为阿尔菲的逝去而哀悼啊，又怎么能去庆祝一个新生命的到来呢？我那么惨烈地辜负了我的小弟弟，又怎么可能当好一个妈妈呢？我会是一个什么样的妈妈啊？凯西，你能告诉我吗？"朵拉深吸了一口气，继续说下去，"当妈妈的想法把我吓坏了。"她咽了口气，"我经常做噩梦，凯西，可怕的噩梦。在梦中我会丢失一些东西，很重要的东西。要是我再犯同样的错误该怎么办？一切都是那么脆弱，那么易碎。我不能再像那年夏天失去阿尔菲那样受伤一次了，那会让我彻底崩溃的。我不够坚强，你懂吗？"她的话语散落在空气中，彼此磕碰。

"你必须从这场自我谴责中走出来，朵拉。你错了，你错得太离谱了。"

"你怎么能这么说呢？你刚刚还在说是你对于阿尔菲的愧疚导致了你的崩溃，导致你想要结束自己的生命。"

凯西畏缩了一下："那不一样。"

"我不明白哪里不一样，有什么不一样的？"

凯西顿了一下，终于开口回答："我有感到愧疚的真正原因……你不知道的原因。"

阳光洒在朵拉的脸上，让她忍不住眯起眼睛，可尽管眼里尽是太阳的眩光，她依然清楚地看到姐姐的脸上爬过一丝恐惧。凯西的话缓慢地渗入朵拉的意识。那些词语进入她的大脑，在那里发出咔嗒咔嗒的声响，持续不断，令人烦躁。她任由那声音在脑海中回荡，与花园里的宁静形成强烈的反差。真正原因，你不知道的原因。

"来吧，"凯西突然说道，"我们去湖边吧。这时候那里美极了。再说，"她加了一句，"你的脸都晒红了。"

凯西已经站了起来，朵拉还来不及反对，她就已经走向了木质的门廊。朵拉别无选择，只能跟上去。

她们走出高墙环绕的花园，离开那宏伟的大宅，路过一个摇摇欲坠的凉亭和一棵古老的紫杉——它低垂的树枝几乎快要刮到地面了，终于来到了一片高草遍布的草地。凯西走得很快，她的后背僵硬，双肩绷得紧紧的，一直比朵拉快一两步。朵拉跟在她身后穿过高草，鞋跟陷入了泥泞的地面，必须小跑起来才能勉强跟得上。

一瞬间，她仿佛又回到了克里夫托伯，又变回了那个跟在凯西身后，急切地想要跟着姐姐去冒险的烦人小妹妹。走过草地的时候，她几乎能听见她那不跟脚的雨靴踩在水塘里发出"啪嗒啪嗒"的声响。她已经是个成年女性了，但此刻她感觉自己依然是那个八九岁的小女孩。要不是因为这实在是太荒唐了，她简直都要恼怒起来。她决定慢下脚步，以自己的步调穿越花园，不需要陪姐姐玩这个游戏。但当她走到池塘边的时候，凯西已经完全从视线里消失了。朵拉站在阳光下眯起眼睛，左看右看，寻找姐姐的踪影。

终于，她看见了凯西，池塘边的一个黑色剪影。凯西似乎弯下了腰，正在浅水里寻找着什么。朵拉小心地向她走去，刚走到她身边时，凯西向后一仰，将一枚鹅卵石掷向平静的湖面，两人望着它跳——跳——跳，接着沉入波光粼粼的水面之下。

"你一直很擅长这个。"朵拉说。

一只靛蓝色的蜻蜓轻点水面，浅水上划过几只划蝽，小飞虫在芦苇丛中如尘埃般起舞。湖的另一边，一只天鹅慵懒地游过破败的船屋，优雅地垂下脖颈在水里寻找食物。

"这儿真是太美了。"

"是啊，可不是嘛。"凯西似乎不想再说什么，只是站在水边，不断地把重心从一只脚换到另一只脚。要是朵拉不熟悉她的习惯的话，会觉得她很紧张。

终于，凯西打破了沉默。"来吧，我们去柳树下坐会儿，那儿很阴凉。"

她带头沿着河边的小道走向那棵古老的垂柳，分开它华丽的黄绿色帷幔，召唤她进入内部阴凉的世界。低垂的柳条在她们身后合拢，仿佛进入了一个私密而阴暗的房间。枝条在微风中默默地闪着微光，让朵拉想起夏天的雨。她脱下高跟鞋坐了下来，凝视着头顶的树枝。那画面很美，有点像坐在一个瀑布里面。

"朵拉，我有件事要告诉你，我从来没有跟别人说过的事情。"凯西深吸了一口气，继续说下去，"你知道吗，我那天有多愤怒，难以置信地愤怒。我到现在都还能感觉到，当你上楼告诉我妈妈那天要离开我们，我和你必须得带阿尔菲去海边的时候，那种整个人怒火中烧的感觉。"

朵拉咽了口气，不敢说话，姐姐终于要讲出真相了，她生怕自己会打断她的思路。

"你知道吗，萨姆和我有一个计划，那是我们在一起的最后一天。我们准备去'岩洞'，两个人静静地待在一起。我们……我们喜欢上了彼此。我被她迷得神魂颠倒。"她抬起头来，意味深长地看着朵拉，"我们只想单独待着，和你一起照看阿尔菲是我那天最不想做的事情。"

朵拉在树下诡异的绿光里睁大了眼睛："你是同性恋？"

凯西耸耸肩："是啊。"

朵拉缓缓地点头，一块小小的齿轮归了位。

"我不是爸妈想象中的样子……菲列克斯和我？不可能的。"

"你现在有女朋友吗？"朵拉好奇地问。

凯西害羞了，玫瑰色的红晕浮上她的脸颊。

"有那么一个人。只是刚开始啦……可她人很好……非常好。我们准备慢慢来。"

朵拉微笑起来，她意识到自己在为凯西感到高兴。

"好了，把我现在的感情生活放一放。言归正传，我那天早上一直在生闷气的原因就是，"凯西继续说下去，"你知道，妈把阿尔菲丢给我们，自己却跑去'工作'，当然那不过是句谎话。"

"谎话？"朵拉一个激灵，"什么意思？"

"你在开玩笑吧？"凯西难以置信地看着朵拉，"你到现在都还不知道？"

朵拉摇摇头。"知道什么？"

"出轨的事情啊。"

朵拉困惑地看着凯西。"什么出轨？"

"妈和托比亚斯·格雷出轨啊。"见朵拉一脸不解，她继续说道，

"就是那个画家，你还记得妈买回来挂在克里夫托伯的壁炉上的那幅丑画吗？那就是他的杰作。"

"妈和一个画家出轨？你确定？"

"是的，证据确凿。他打电话到家里来……很久以前，他把我当成了她。我过了很久都不知道他是谁，但最终一切都明朗了。我假装自己什么都不知道，最后还是爸爸说出了真相。原来阿尔菲失踪的那天，她就和托比亚斯在一起。我想这就是爸爸离开她的原因。"

"我的老天！"朵拉惊呆了，这太令人难以置信了。阿尔菲失踪的那天，妈妈竟然和另一个男人在一起。她回想起几周前与海伦见面的场景，还有妈妈那脆弱的样子。她想起阿尔菲的卧室，仿佛时空胶囊般原封不动，一切都与他失踪时的样子一模一样。她好像突然明白了什么。朵拉一直以为妈妈把阿尔菲的房间保持原样是为了惩罚她，时刻提醒她自己作为姐姐的失职。但现在她终于发现了另一种解读。海伦那么做是在惩罚她自己，仅仅是待在多赛特，住在克里夫托伯，让有关阿尔菲的记忆包围住自己，就是一种折磨。她为自己创造了一个监狱，时刻提醒自己作为母亲的失职。她曾那么疯狂地怪罪别人，一定是因为阿尔菲失踪时自己却与托比亚斯偷情的真相令她痛苦不堪，无法忍受。朵拉难以置信地摇了摇头。这么多年的折磨啊。凯西再次开口时，朵拉的脑袋依然一片混乱，被这惊人的发现所震撼。

"可你知道吗，朵拉，说到底，妈那天在哪里其实并不重要。"凯西的声音沙哑了，朵拉抬起头惊讶地看着她。"是我，是我杀死了他。"

那话语轻得仿佛耳语，却轻而易举地穿透了朵拉混乱的思绪，似乎要将她肺里的空气全部吸走。她惊恐地看着凯西眼里的泪水。"你在说什么呢？"

"那天在'岩洞'里，你不知道到底发生了什么，你们谁也不知道。"

朵拉突然想知道凯西真的还好吗,她看起来那么正常,可也许一切都只是假象。

"你在说什么,凯西?我不明白,你别吓我。"

凯西仰起头,突然不敢直视她的眼睛。"你第一次离开'岩洞'去买冰淇淋的时候,阿尔菲,他……他来找过我们。他很无聊,想要我们陪他玩。"

"等等,你是说当时他和你跟萨姆一起在洞里?"朵拉皱起眉头,不明所以。

凯西轻轻点头。"他不停地嚷嚷着要去捡木棍,找螃蟹,想要我们陪他一起去,我真不明白是为了什么。"

朵拉想起他们俩一起搭的漂流木堆。阿尔菲当时和凯西一起在洞里,可这说不通啊。她为什么要说谎呢?

"他一直在不停地烦我们,"凯西一边说一边苦笑,"你知道他有多爱发牢骚。我和萨姆都不愿意陪他玩,他很生气,站在那里用棍子敲打岩壁,不停地跺脚,一遍又一遍。咚,咚,咚,一遍又一遍,回声大得吓人,吵得不得了。"

朵拉的脑海里出现了弟弟的身影,他小小的拳头攥得紧紧的,穿着红色雨鞋的脚在洞里的砂石地上不停地上下跺跺。

"萨姆和我吸多了大麻,只想两个人单独躺会儿。我很绝望……萨姆第二天就要回家了。后来你离开了'岩洞',我知道那是我们最后的机会了。可阿尔菲不停地叫啊闹啊,叫啊闹啊,快要把我逼疯了。"

朵拉很容易想象那个画面:小小的阿尔菲跺着脚抱怨个不停,凯西绝望不已,处在暴怒的边缘,下一秒就要爆发。

"我也试着耐心跟他讲，叫他去洞穴那头找螃蟹，但他说那很无聊。我就叫他去别的地方躲起来，数到一百，然后我们会去找他。"

"他只是想有人陪他玩。"朵拉悲伤地说。

"哎，阿尔菲说他还数不到一百，他说捉迷藏很无聊。那时我终于忍不住了，我说既然他觉得洞里这么无聊，为什么不出去，我们可没叫他跟我们待在一起。"

朵拉难以置信地看着姐姐。

"我叫他……我叫他离我们远点。我叫他出去找你，不管你在什么地方。我叫他出去散步，去找个地方乘凉。但他还是闹个不停，'不'，'不'，'不'，不停地喊着'不'，敲他的棍子，咚，咚，咚。那时我终于忍不住说了那句话。"

"你说了什么？"朵拉的心在胸腔里怦怦直跳。

凯西用手捂住嘴，似乎无法再说下去，但突然脱口而出："我对他说，要是他觉得洞里无聊的话，可以出去游泳。"

朵拉咽了口气："可你知道……"

"是的，我知道他不会游泳。他也告诉我了，他说：'凯西，我不会游泳，我太小了。'可你知道我说了什么吗？"

朵拉僵住了，她不想再听下去了，但她也不希望凯西停止。

"我说：'可是阿尔菲，你是超级英雄啊，你什么都会，不是吗？你当然会游泳啦。'"凯西睁大眼睛盯着远处，一滴泪水从脸颊上滚落。

朵拉惊得说不出话来，只能默默地坐在那里。她不敢相信自己的耳朵。这么多年过去了，凯西从来没有对任何人提起过一个字。

"我知道那很残忍，我知道那么说简直是变态、扭曲，我到现在都不知道自己为什么会说出那样的话。我只记得他耸了耸小小的肩膀，转过身，爬出了'岩洞'。你想知道我看着他离开的时候心里是什么感觉吗？"

朵拉没有说话，她不确定自己能否承受更多。

"我感到如释重负。真真切切地松了一口气，他终于走了，萨姆和我终于可以单独待在一起了。"

朵拉吞下嘴里苦涩的味道。

"我们……朵拉，这没什么值得骄傲的……我们……你知道。后来你和你朋友一起回来了，似乎阿尔菲才离开'岩洞'没多久，但我立马意识到了不对劲。当你问他在哪里的时候，我想也没想就说我没见过他，我以为他跟你一起走了。"她摇晃着脑袋，"我到现在都不明白自己为什么会那么做。洞里那么安静……安静得诡异……我脑子里出现了一个可怕的画面：他跌跌撞撞地穿过岩池，天真愉快地玩耍，完全意识不到涨起的潮水和大量涌入海峡的浪涛。我仿佛看见他站在水边，看着浪花淹没他那双小小的靴子。我当时就知道……我就知道。"

"你知道他离开了'岩洞'……有可能去岩池了？"

凯西点点头，没有看她的眼睛。"我从来没有想过要伤害他，我永远都不会想去伤害阿尔菲。"

"可你为什么要说谎？你为什么不说出真相呢？我们或许能……我们或许能找到他的……"朵拉的声音越来越小，变成轻柔的耳语，"及时找到他。"

"我不知道……"凯西摇晃着脑袋，又一滴泪水顺着脸颊流下，滴到她的牛仔裤上，将褪色的浅蓝色布料染成深蓝。"我抽多了大麻，脑子很乱。我吓坏了，知道自己会惹上麻烦，所以下意识地说了谎，只是为了保护我自己和萨姆。"

"为什么萨姆也什么都没说？警察也盘问她了不是吗？"

"她只是照我说的做而已。我们分头去找阿尔菲的时候，我告诉她我们俩必须得统一口径。我知道正常人是不会把一个小男孩一个人打发去海边的，我知道正常人是不会叫一个刚会走路的小宝宝去海里游泳的！我告诉萨姆，要是警察知道那天我们在洞里做了什么，我们俩都会有麻烦……那些烟卷，还有我们所做的事情……他们全都会知道的。我对她说我们会因为吸毒而被抓进监狱。她害怕了，她不想那么做，但她还是照我说的做了，为了我。"

朵拉仿佛又看见了凯西床上撒满的蓝色信封，全都是来自萨姆的信。难怪凯西对它们讳莫如深。她晃了晃脑袋，将拼图一片一片地拼起来。"可我们在'岩洞'里找了阿尔菲那么久……我们浪费了那么多的时间……而你一直知道他就在外面？"她挣扎着消化凯西的真相，"你后来甚至对妈妈说你以为他跟我走了？所以她……她一直在怪我。"朵拉说不下去了。

凯西仰起头。"我知道，我真的很抱歉。"

"可你为什么要撒谎？"

"那天我看见妈妈的脸，看着她的眼睛，我就知道她要是发现真相的话永远都不会原谅我，我受不了。我告诉她我没见过他。当时我真的没有意识到，但那也许是我这辈子说的最糟糕的谎言，是吗？尤其是对于你来说。"

朵拉想起自从阿尔菲失踪之后，妈妈愤怒的眼神里掩盖不住的怨恨和责备，想起这些年来她背负的沉沉愧意，时时刻刻都折磨着她的疼痛，还有那一个又一个小时的殚精竭虑，想要凑满拼图，找出阿尔菲离开洞穴的原因，思考他有可能的去向。那么多年来，她无时无刻不在责怪自己，要不是因为她的离开，阿尔菲就不会一个人走出"岩洞"。她曾想象他跟在自己身后来到明亮的阳光下，在海滩上搜寻自己的踪影，随后不知是什么原因，转身走向了那危险的岩池。她一直觉得一切都是自己的错，都是她一个人的错。

"所以你看，朵拉，"凯西说道，打破了她痛苦的回忆，"我们都背负着各自的伤疤，承受着各自的愧疚，但我是那个最该愧疚的人，我每一天都会想起我把他送进了岩池，要是我一开始就说出实情，也许我们还有机会找到阿尔菲，也许他还活着。现在，我不仅辜负了可怜的阿尔菲，还让你们承受了那么多的痛苦。"

凯西伸手插入发间，将长发拨到脖子的一侧，焦虑不安地用手指解开发辫。"现在你知道我辜负了你，背叛了你。我恨自己，恨自己伤害了你。而你，朵拉，你没有做错任何事情。"她的声音不断地升高，"你听见了吗？你明白吗？"

朵拉闭上眼睛，她不想再听了。

凯西在她身边的草地上静静地垂泪，但朵拉无力安慰她。姐姐的话在她脑海中回响，胃部泛起阵阵恶心。

那天的片段一帧一帧地在她脑海里疯狂旋转。海伦开车出去与托比亚斯私会；凯西和萨姆在"岩洞"里双双躺下；阿尔菲用一根多节的树枝戳几只螃蟹；一个冰淇淋球消失在涌来的海浪里；阿尔菲的斗篷湿漉漉地搭在凯西的胳膊上；妈妈得知阿尔菲失踪时不敢相信的眼神。

这些画面充斥着她的脑海，让她头晕目眩。她用手指按压太阳穴，想让它们转得慢一些。现在她明白了，她什么都明白了。他们每一个人都在这场悲剧里扮演了一个角色，最终导致了阿尔菲的死亡，每个人都为此付出了代价。一天又一天，为他们的选择，为他们的失职，为他们的秘密，付出了代价。他们每一个人，凯西、海伦、她自己，甚至理查，都在愧疚与悔恨中度过了一生。凯西隐秘的欲望，她残忍的建议和谎言，海伦的私情，都是关键的拼图，将一切都组合起来，形成一幅完整的画面，是阿尔菲消失那天全部的真相。可实际上，朵拉发现，在这一切情绪的旋涡中，她唯一能够确定的是，眼泪也好，指责也好，悔过也好，自我惩罚也好，痛苦也好，都不能让阿尔菲活着回来。

"你恨我吗？"凯西的话语打破了她的思绪，"你恨的话我也完全能理解。这么多年来，我自己都很难原谅自己，更不要说你了。"她说得很快，几乎是脱口而出。

朵拉在闪烁着微光的树枝下一动不动地坐着。她无法回答。她一想到凯西所做的事情就觉得恶心。她为母亲的不贞感到惊愕。真相在她脑海里疯狂地打转。她需要一点时间。

当沉默越来越浓，她注意到姐姐突然枯萎了。她整个人瘫坐在柳树的树荫下，脸上满是泪痕，纵横交错的银白色伤疤在她的手腕上泛着光，在诡异的绿光下仿佛一串串精致的银手镯。朵拉不知道自己能否原谅她，但她很清楚，自己并不恨她。

"我不恨你，凯西。你这辈子已经恨自己恨得够多了。"

凯西唇间吐出一声轻轻的叹息，用祈祷的手势合上双手，将手腕转向自己，藏起胳膊上的伤痕。她们静静地坐了一会儿，凯西再次小声地说："你知道吗，要是能让时间倒流，我一定不会那样做了。我会为了保护阿尔菲而献出生命，心甘情愿。"

朵拉点点头："我想我们都会的。"

凯西突然不再盯着自己的双手，抬起头来对朵拉说："你看，朵拉，你没有理由非要在这里听我说话。如果你现在就回到车里，开车离开，再也不理我，我也不会怪你。但既然你还在这儿，我得让你知道，我在这个地方思考了很久很久。我知道，我们每个人都想回到那一天，让一切都重来一遍，或许事情会有不一样的结果。但我们做不到，无论我们做什么都没办法让我们的小弟弟回到人间了，不是吗？"

朵拉点点头，泪水在眼眶里打转。姐姐的话与她片刻之前的想法一模一样。

"所以我们现在能为阿尔菲做的最好的事情，就是向前看，尽我们所能过好自己的生活，为了他好好活下去，你觉得呢？"

朵拉擦擦眼泪，姐姐继续说下去。

"重新接纳我或许对你来说还太快了，鉴于我那天的所作所为……还有我离开的方式……我不会怪你的。"

朵拉咽了口气，不知道该怎么回答。

"让我再讲最后一件事吧，"凯西说道，"我说了那么多，想了那么多，其实帮我看清这一切的是比尔·德莱登。"她大大地伸展开手臂。"这个花园……全都是为了阿尔菲。我做的这一切都是为了阿尔菲。这是我获得救赎的唯一机会，如果你想听的话。让这个花园重新焕发生机，是我的自我疗愈。"凯西伸出一只手放在朵拉的胳膊上。"而你，现在体内有一个小生命在成长。"她意味深长地看着她，"你也是时候该放手了，朵拉。是时候向前看了。我们无法让他起死回生，但我们能在自己的生命里用自己的方式来铭记他。"

朵拉点点头，突然想通了。她所有的挣扎，所有的恐惧，突然全都如雪般消融了。她再也不用害怕，再也不用感到愧疚。她唯一欠阿尔菲的，欠她的家人和丹的，就是将自己的生命活到极致。"罔过半生"，爸爸的话语在耳边回荡。他们都忙于悼念死者，却忘了身后还有一世界的生命。

她们静静地坐了一会儿，听着那绿色的密室外昆虫哼鸣、鸟儿展翅。一缕阳光射入柳枝的缝隙，照在朵拉的腿上，像猫咪般温暖。她坐在那里，坐在姐姐身边，突然感到周身沐浴在宁静之中，那是她好长好长时间以来都没有过的感觉。她想象着妈妈在克里夫托伯的厨房里，摆弄着枝干纤长的玫瑰，理查穿着舒适的拖鞋，坐在他的米白色起居室里读报纸，维奥拉在身边忙上忙下；她想象着姐姐跪在土地上，精心栽培每一棵植物、每一粒种子，丹在他的工作室里，将黏土和蜡雕成美丽的作品。最后，她想到了她的孩子，她的体内那小小的蜷缩起来的生命，有着它自己完美的心跳。她想着他们所有人，感觉一波宁静在身体里流淌。

海伦

海伦正在厨房外的院子里清理花圃中的杂草和荆棘，突然听到电话机传来尖锐的铃声。她迅速起身，脱掉园艺手套向家里走去，希望在铃声停止之前接到电话。她很幸运。

"哈喽？"

"妈，是你吗？"

海伦的呼吸卡在喉咙里："朵拉？"

"是的。"

电话那端一阵沉默，海伦的脑海中充满了一大堆的疑问和思绪。朵拉为什么会来电话？自从年初见过那一次面之后，她们就没有再联系了。出什么问题了吗？宝宝还好吗？"出什么事了吗？"她问道。

"没事，一切都很好。"

"宝宝还好吗？"

"是的。"朵拉说道，声音里有一丝惊喜，"宝宝很好。我们都很好。"她加了一句。

"噢，那就好。"海伦稍稍放松了一些。

"我在想……我想也许……你愿意来伦敦玩一天吗？"朵拉吐出这个问题，海伦的脑海里骤然思绪万千。

"去伦敦？跟你见面吗？"

"是的。"

"什么时候？"

"我想下个周末——如果你没空的话我们可以——"

"不，"海伦脱口而出，"下周末没问题。"她在脑子里过了一遍自己的日程，有些事情可以重新安排，不成问题。

"你确定吗？"

"是的。"

"好的。"

又是一阵沉默。海伦能听到电话那端女儿安静的呼吸声。

"你还好吗？没出什么事吧？"

"没有，妈，一切都很好。"朵拉给了海伦一个咖啡馆的地址，在樱草山，是一家名叫罗西李的茶室，在一条远离闹市的小路上。

"旧地重游的感觉一定很不错。要是我找不到的话就给你打电话。"

"好极了，下周六上午十一点见，怎么样？"

"好的，到时候见。"

"好的。"朵拉又顿了一下，"再见，妈。"

"再见，朵拉。"

海伦听到电话挂掉的咔嗒声。她站在厨房里，将嗡嗡作响的听筒握在胸前，感到心里涌起一股出乎意料的暖意。

到了那个周六的早晨，海伦赶上去伦敦的早班火车，上午十点不到就抵达了滑铁卢车站。没过几分钟，她就坐上了前往乔克法姆的地铁北线。车厢里空荡荡的，但还残留着一整个星期里穿行其中的成千上万个身体的气味。她呼吸着那温暖的气息，思绪回到了和理查一起刚到伦敦北部生活时的情景，当时他们新婚燕尔，第一次当上爸妈，做什么都紧张兮兮的。似乎已经是上辈子的事情了，从那以后发生了那么多的事情啊。

一个与朵拉年龄相仿的年轻女子坐在海伦对面，她鼻子上戴着一个钻石鼻钉，在灯光下闪得耀眼，耳朵里塞着一对小小的白色耳机，正随着音乐声有节奏地点头。海伦和她目光相对，微笑了起来。女孩弯了弯嘴角，算是回礼，接着礼貌地将视线转移到海伦头顶的广告牌上。当然啦，她意识到，已经太久没坐地铁了，她都忘了地铁上的社交礼仪了。

　　海伦移开视线，开始摆动起手里的地铁票来，任由思绪飘回朵拉来电的那一刻。很奇怪，朵拉并没有透露邀请她去伦敦的原因。母女俩上一次见面是在克里夫托伯，朵拉宣布了她怀孕的消息，两人尴尬地交谈了一会儿，关于阿尔菲。从那以后，海伦一直为自己的处理方式感到懊悔。朵拉主动接近她，她却将女儿远远推开。又一次，她辜负了她的家庭。她不断地回想她们见面的场景，恨自己连对女儿说出真相都做不到，显然朵拉当时最需要听到的就是真相。海伦一直想打电话给朵拉，但每次走到电话跟前，每次站在厨房里，手放在听筒上方，迫不及待地想和女儿说话时，脑子里就会有一个声音不断地轻轻说：别做傻事，她不需要你，离她远点。事实证明，默默地走开，在生活琐事中转移注意力，投身于海边小镇的安静日常，的确要比拿起电话直面女儿容易得多。

　　说起克里夫托伯，实在有趣。自从他们搬来这里的那一刻起，她就觉得这房子是一个监狱，她只想不顾一切地逃离。后来，阿尔菲出事之后，这里就成了她的刑场。当理查最终离开她时，她无比清醒地意识到，克里夫托伯就是她所要背负的十字架。理查不想住在这里，这一点他在签订离婚协议时表达得很清楚，那么她就必须留下，在这庞大的老宅里终日忏悔。这确实是一个沉重的负担，到处都渗透着失去阿尔菲的痛苦回忆。

然而，这么多年过去了，意想不到的事情发生了。这座老宅似乎缓慢地渗入了她的骨髓，用它那沉重的石墙包裹住她，将她拉入自己舒适的怀抱。这也许是因为这地方还包藏着其他的回忆，关于和理查与孩子们在一起的快乐时光，那是如今当她觉得自己足够强大的时候能去回想的过往。又或许是这个令她忙碌起来的花园，简简单单地摘玫瑰，除杂草，从果园里捡苹果的农活，让她明白世间的自然规律，人生的潮起潮落，是永恒而无法避免的命数。就连她起初无比厌恶的，比如那叮当作响的雅家炉、落灰的古董和画作，以及在清冽的海风中嘎吱作响的漏风窗框，都开始有了老朋友的感觉。如今，她意识到自己已然承担起了管理员的职责，成了这座浩大的庄园里辛勤的管家。她似乎在保护这座老宅——也许是为了下一代？她竟然活成了这个样子，没有人能比她自己更惊讶。但要是她在过去的十几年里学到了什么道理的话，那就是，生命里永远充满了无法预计的变化和曲折，有好也有坏。

　　现在朵拉打来了电话，迈出了下一步，邀请她去伦敦，海伦忍不住想，这会不会是一个信号，标志着她们终于要回到正轨了。也许想象一下再次成为女儿生活里的一部分，期待一下分享第一个外孙诞生的喜悦，也不是那么荒唐的事了。她知道，自己不值得拥有这么多，但她还是抑制不住地冒出一些希望的泡沫。这或许是她最后一次与家人消弭隔阂的机会了。

　　这是九月里和煦的一天，首都要比海边的多赛特更温暖一些。海伦离开地铁站，开始在繁华的街边行走，路过那些排放出难闻的尾气、刹车发出尖厉嘶鸣的汽车时，她热得脱掉了外套，卷起了衣袖。她漫步走过一家看起来破破烂烂的干洗店，一间陈列着一排排干瘪果蔬的绿色鲜货店，几栋红砖砌成的公营公寓，左转进入了樱草山路。

右边的公园里青青的绿草仿佛在召唤她，但她还是沿着道路一直往前走，急切地希望能准时抵达咖啡店。

罗西李茶室安安静静地坐落在一条住宅区街道的尽头，周围是一排排优雅的维多利亚式建筑。茶室的门面装饰着一个漂亮的玫瑰色雨棚，室外的人行道上摆放着几副桌椅，配有印花桌布和椅垫，已经有顾客坐在那儿晒太阳了。她推开门，走进舒适的室内。

咖啡店低调的外观掩盖了喧嚣热闹的内部，桌边坐满了自信而专业的年轻人，不是拿着手机聊个不停，就是一边啜饮拿铁，一边浏览周末的报纸。海伦环顾四周想找个位子，却绝望地发现都已经坐满了，直到一只快速挥舞的手吸引了她的目光。

"妈！在这儿。"是朵拉。她坐在角落里一张双人桌边，面前已经放了一壶茶。看来海伦并不是唯一早到的人。她对女儿挥了挥手，避开拥挤的桌椅向她走去。

"哈喽。"朵拉站起身，海伦在她脸上轻轻一吻，捏了一下她的胳膊，感觉到朵拉T恤底下微微隆起的腹部，心里默默地感到高兴。"你看起来很棒，"她夸奖道，"光彩照人。"

"谢谢，妈。我喜欢你的新发型。"

海伦不自觉地拍了拍头发："比我想的要短一些，不过我已经开始习惯了。"

朵拉微笑起来："这发型很衬你。"

"谢谢。"

她坐在女儿对面，把外套叠放在腿上，用颤抖的双手抚平衣服。她突然紧张得不得了。"你感觉怎么样？"她开口问道，"晨吐还很严重吗？"

"不会，几周前就好多了。我现在感觉很不错。"

"太好了，那太好了。"海伦看着朵拉，能看出来她确实好多了。她的脸蛋圆润了一些，胸部也更丰满了，皮肤和头发都闪闪发光，充满了活力。她看起来美极了。

系着印花围裙的服务生来到海伦身边，礼貌地托着点餐的纸笔。

"你还想来点什么吗？"海伦问道。

"不用了，我喝茶就好，谢谢。"

"一杯黑咖啡，谢谢。"海伦对穿围裙的女孩说道，后者快速地记了几笔，点点头飘走了，留下母女两人。

"谢谢你来这儿，"终于，朵拉开口说道，"我当时都不确定你会来。"

海伦感到十分惊讶，朵拉真觉得她不会来吗？她们之间真有那么大的隔阂吗？她意识到自己错过了太多，心里很痛。"我很高兴接到你的电话。"她终于承认道，"我也想给你打电话，我真的很想，好多次我都快要拿起话筒了，可总有什么东西跳出来阻止我。我想我是怕你不愿意听到我的消息，是这样吗？"

她的最后一句话是个问句，但朵拉只是耸耸肩作为回应。"我当然想听到你的消息了。"她说道。

"真的吗？"

"是啊。"

"可我们之间有那么多矛盾……你上次来看我的时候。"

朵拉点点头。

"是我没处理好。"

朵拉再次点头。

我活该，海伦心想。

这时候，服务生端来了咖啡。海伦趁机转移自己的注意力，小心翼翼地撕开纸包，将砂糖倒进茶杯搅动起来，看着银色的茶匙在深色的液体中搅出一个旋涡，一圈，一圈，又一圈。就像她们母女间的关系一样，海伦突然想到，隐秘，深邃，有苦有甜。她停下茶匙，在杯边敲了敲，小心地将它放回茶碟上。

"所以，"她说道，"我们这不是见面了嘛。"她朝朵拉露出一个紧张的微笑，朵拉似乎想说点什么，但又闭上了嘴，研究起面前的塑封菜单来。她把菜单在手里翻来覆去，发出一种搞笑的"嗡呼""嗡呼"的声音。她们身后有个男人爆发出一阵驴叫般的高声大笑，等那声音停下来之后，朵拉才终于开口说话。

"几周前我去见凯西了。"

海伦惊讶地说："噢，是吗？她还好吗？"

"是的，她看起来好极了。"

海伦感到一阵宽慰。"她似乎找到了她的使命，是不是？"

朵拉点了点头。"是啊，确实如此。"接着两人又沉默了一会儿。

"我们谈论了阿尔菲失踪那天的事情。"

"是吗？"海伦的声音听起来很平静，但她突然感到嘴巴发干，于是用颤抖的双手去拿她的咖啡。

"凯西告诉了我一些我原来不知道的事情，关于那天，关于她自己……还有关于你的事情。"

海伦喝了一大口咖啡，非常烫，但她强迫自己吞了下去，舌头和喉咙都被烫得生疼。终于来了。她硬起心来，准备好接受朵拉的厉声指责，却对朵拉接下来的话感到惊讶。

"说实话我并不想深究下去，我进行了很多自我反思，得出的结论是，我们在那一天所做的一切导致我们最终失去阿尔菲的决定都已经不再重要。他走了，我们都得接受这个事实。也许现在是时候该停止自我折磨，停止悔恨了。"

海伦看着朵拉，十分困惑："你知道……你知道托比亚斯的事了吗？"

朵拉缓缓地点头。

海伦感到自己脸红了，羞耻感依然强烈。"你知道吗，你上次来看我的时候我就想告诉你，我真的很想，但我就是说不出口。我至今都对自己当时的选择感到害怕。"

朵拉点点头。"没关系，妈，我已经想通了一些事情。我们四个人都在愧疚和悲痛中度过了那么多年的时光，不是吗？那么多的怀念和渴望，那么多的悲伤和痛苦，没有一种情绪能让他回来，也没有办法改变那一天的任何一个时刻……没有办法移动那个海滩上的任何一粒鹅卵石。"

这回轮到海伦点头了。她低头看着自己的腿。她不想哭，现在不可以。

"我只想告诉你，我现在对一些事情理解得更透彻了，我想让你知道，你说得对，是时候该放手了。"

海伦的余光看到朵拉在温柔地抚摩她隆起的肚子。这样一个下意识的亲密之举，让海伦忍住许久的眼泪终于决堤。她坐在那里，低着头，默默地流泪。朵拉往她手里塞了一张纸巾。

"拿着。"

"对不起。"海伦抽着鼻子，用纸巾轻拭双眼。她花了几分钟调整情绪，然后抬起头看着朵拉。"我真的不想在你面前崩溃，事实上我今天是想跟你道歉的。"她看见朵拉轻微地歪了歪头。"你知道，为你上次来看我的那天我的行为道歉。我知道当时我没有表达出来，但当你告诉我你怀孕的消息时，我心里高兴极了。这是个天大的好消息，你和丹会成为一对很棒的父母，我丝毫不怀疑这一点。"

朵拉扭头去看别处。

"朵拉，请看着我，我必须告诉你，这很重要。"

朵拉抬起头，海伦看到女儿的眼里盈满了泪水。

"说出这话让我很难受，但当我听到你的消息时，我心里竟然有一小块地方感到嫉妒，你知道吗，朵拉。我知道那听起来很傻。我是你的妈妈啊，知道你怀孕了我比谁都高兴。但我就是忍不住嫉妒你获得了这个重新开始的机会。一个新的生命，一场新的征程。"海伦顿了一下，将手指插入发间。"变老不是一件容易的事情，当你看着镜子里的自己时，你会清楚地看到时间流逝的痕迹。"

"如果你很难受的话就不要解释了，妈，我不想再把事情弄复杂了。"

"不，朵拉，我必须得说出来。我不是在博取你的同情。我犯了错——很多很多的错。现在我每天都生活在悔恨中。直到失去的时候，我才意识到我曾经拥有过的东西：你爸爸、阿尔菲、你们姐妹俩。但也许这件事中也有好的一面，也许我犯的错能以某种方式帮助你。"

朵拉再一次缓缓地点头。

"阿尔菲失踪的时候，我无法面对自己所做的一切。我怪罪所有人，唯独不去怪我自己。我很抱歉让你受了那么多的罪，我对你实在是太不公平了，朵拉，我真的很抱歉。"

海伦直视着朵拉的双眼，看到了眼泪背后的东西，那看起来像是——宽慰的东西——在女儿脸上一闪而过。

"我也对不起凯西，"她继续说道，迫不及待地把一切都说出来，"我没有看到她的需求，一味地以我自己的想法来要求她，给她造成那么大的压力。当然，最严重的是，我对不起阿尔菲。在他最需要我的时候，我没能保护好他。要是能让时间倒流，让所有的事情重来一遍，我愿意付出一切的代价。但我无法让时间倒流。我能做的只有坐在你面前，对你说一声对不起。对不起，我伤害了你，我伤害了你们所有人。"

朵拉再次缓缓地点头。"没事了，妈。我们每个人都犯了错。我相信你那么做也有你的理由。我们不需要一遍又一遍地把那些错误翻出来。我想要告诉你的是，我们可以把这一切都放下，过去的事情就让它过去吧，我已经走出来了。"

海伦低下了头，外套在腿上皱成了一团，她用手掌将它抚平。她不顾一切地想问朵拉是否可以原谅她，是否愿意给她一次补偿的机会。她想知道自己能不能再一次成为她生命中的一小部分，但这似乎太奢侈了。

她们身后的那个男人又发出了一声高亢的驴叫，朵拉扭头看了一眼，回过头对海伦翻了翻白眼。"我们离开这儿怎么样？"

海伦点点头。朵拉朝服务生招招手，海伦趁机悄悄地擦拭双眼，用一直攥在手里已经被泪水打湿的纸巾抹掉晕染的睫毛膏。

付了账之后，海伦建议去樱草山上走走。她还没准备好这就离开朵拉，克里夫托伯也没什么事情等她回去做。阳光依然灿烂，在坐长途火车回家之前她还可以伸展伸展腿脚。

"我有好多年没来过这儿了。"她们沿着人行道走向山顶时海伦承认道，"上一次来的时候你和凯西还是小女孩呢。你爸爸和我在一个春天，水仙花开的时候带你们来到这里。我记得凯西想要假装成不倒翁的样子一路从山顶走到山脚，但她走到一半就不行了，头晕得想吐。"海伦笑了起来，看见朵拉也在她身边微笑。"当时还没有'伦敦眼'和'腌黄瓜'[1]的存在呢。上帝啊，都过去二十多年了。"

"是啊。"朵拉静静地说。

她们继续向前走，来到了一张空长椅前，整座城市的景致尽收眼底。

"我们坐一会儿好吗？"海伦问道。

朵拉点点头，两人并排坐下，俯瞰着山下熙熙攘攘的城市。海伦看见钢筋水泥与玻璃构筑的高塔在阳光下对她们眨眼，电信大楼那宇宙飞船般的顶部越过摄政公园的树顶高高耸立。这一切都是那么熟悉，仿佛一幅看了半辈子的油画。她感到在很多方面，自己依然还是那个多年前与理查第一次搬来伦敦时的年轻女子。可自那以后又发生了多少的故事啊。她深吸了一口气，伸出一只手搭在朵拉的胳膊上，认真地看着女儿那双海藻般碧绿的眼睛。

"我知道我不是个好母亲。"

"妈——"朵拉举起手来想要打断，但海伦制止了她。

"不，让我说完，我必须说出来。"

朵拉的手垂了下去。

"我对你不好，我让你失望了。"

"妈，你真的不必——"

"不，我得说。"

朵拉不再说话了。

"我不应该让你为阿尔菲的失踪承担哪怕一丁点的责怪，也不应该让你背负哪怕一秒钟的愧疚。一个好母亲应该保护好你，不让你经历那些痛苦。"

---

1 "伦敦眼"和"腌黄瓜"均为伦敦的地标性建筑。

海伦看见一滴眼泪在女儿可爱的脸庞缓缓地滑落。她伸出手，擦掉了那滴泪珠。"对不起，我辜负了你，对不起，我伤害了你。你能原谅我吗？"

朵拉伸手去握海伦的手。

"当母亲是一件极好的事情，但并不简单，你很快就会发现的。但我知道，你会成为一个好母亲。如果你愿意再给我一次机会的话，我也会努力去做一个更好的母亲。"海伦感到自己的眼泪再次汹涌，就像夏日的雨滴般扑簌簌地落在腿上的外套上。她紧紧捏了捏朵拉的手，两个人都哽咽得说不出话来。

终于，朵拉找回了自己的声音。"我们慢慢来，一步一步来，好吗？"

海伦点点头。

"再说了，"朵拉加了一句，"这个小家伙可不能没有外婆，不是吗？"她看着自己隆起的肚子说道。

海伦感到心跳漏了一拍。"也许我们什么时候可以再像这样一起喝杯茶？"她问道，"在宝宝出生之前？"她屏住呼吸，等待女儿的回应。

朵拉缓缓地点头："我喜欢这个主意。"

母女俩就这样坐在长椅上，静静地看着陌生的行人一步步爬上山坡。有些走得快，有些走得慢，有些在慢跑，有些仿佛在爬行，每走几步就停下来喘口气。但不管以什么样的速度，海伦注意到，每个人都在向着山顶前进，一步接着一步，离山顶越来越近。

朵拉

朵拉推开沉重的金属大门，下楼来到街上时，工人们早已在纽扣工厂的屋顶上忙活了半天。他们早上七点就在那儿了，卸掉废旧防雨板和檐沟，将大片大片滴水的油布和沥青通过滑槽运到楼下的废料桶里。

"回见呀！"她踏上人行道时一位工人朝她喊道，还对她挥了挥手。

她抬起头对他们微笑："再见。"

他们这群人整天乐呵呵的，从昨天开工的时候起就一直在打趣逗乐，但他们工作很努力，也懂礼貌，朵拉也乐得听他们开开玩笑。终于开始修补漏水的屋顶了，这令人感觉很不错，尤其是现在温暖的夏天已转瞬即逝，又回到了阴雨绵绵的秋季。幸运的是，又是干燥的一天，空气清爽，微风阵阵，朵拉步行去乘车时，卷曲的棕黄色落叶和窸窣作响的纸袋在风中追逐起舞。她运气不错，刚到公交车站，一辆半空的 38 路就进了站。她爬上车，找到一个后排的位子坐下。

丹没能与当地报社改约访谈的时间，这让她还有点生气。她明白这是个绝佳的机会，能帮助他提升影响力，也许能带来一些新的订单，可产检是好几个星期之前就定下的。他不能陪她一起去，不能亲自看看宝宝，这令她有点伤心。

"只求宝宝别遗传我的鼻子就好……还有牙齿。我们可付不起昂贵的牙医账单。"他开玩笑道。

"我可不觉得现在就能看到牙齿，丹！你到底有没有看我给你的书呀？"

"当然看了。"他眼里那一抹戏谑的亮光出卖了他，他显然没有看。

"你确定不想知道是男孩还是女孩？"

丹耸耸肩。"我不想知道……你呢？"

"我也不想，我更想要个惊喜。"

"好啊，我也是。"他把她拉进自己的怀抱，"记得带一张那种照片回来，好吗？你知道，就是那种黑白照片，把婴儿照得像一只大虾的那种。我一结束访谈就给你打电话，到时候见。"他在她唇上用力亲了一下，轻轻拍了拍她隆起的肚子，出门去东区的某间咖啡馆见他的记者了。

大虾，哈，她被逗乐了，透过公交车脏兮兮的窗户去看埃塞克斯路上缓缓后退的商店和咖啡馆。她对这次产检感到十分激动。这将是她第二次见到宝宝，如今她对自己怀孕的事实有了完全不一样的感觉。不仅仅是因为晨吐的阴影终于消散了，更是因为她和丹之间的关系有了很大的改善。自从她去天鹅府见过凯西之后，她整个人都感觉不一样了。变得更轻盈，更明朗，也更愉快了，好笑的是，她都不需要站在卫生间的体重秤上就知道自己已经增重了十几公斤。

她和丹都很清楚，与姐姐的见面让她整个人都放松了下来。她依然能感觉到阿尔菲的缺失，依然想念他，依然希望悲剧不要发生，但她不再时刻纠结于那些细枝末节而折磨自己了，也不再沉浸在愧疚与自责中，在人群里搜寻他的面孔。也许最能说明问题的是，从那以后，她再也没有做过一次噩梦，惊恐症也没有再犯了。失去阿尔菲将是一个永恒的伤疤，但朵拉感觉到自己似乎正在向前走，终于回到了正轨。

她把一只手放在自己隆起的腹部，轻轻抚摩坚挺浑圆的肚子。它结实而温暖，令她十分享受指尖获得的触感：那么踏实，那么真切。

公交车前部出现了一阵骚动，一群男孩子吵吵嚷嚷地挤上车，在读卡器上嘀嘀嘀地刷公交卡。逃学的孩子们啊，她心想。那些噪声和动作冲击着她的感官。她看见人行道上人们被风吹乱的头发、围巾和西装外套，突然很想和他们一起吹风。她跳起来，挤过人群来到了车门前，刚刚好。还有两站就要到了，她可以步行去诊所。不用待在办公室里真是一种享受。大多数人，据她所知，此刻都规规矩矩地坐在办公桌前，开始了一天的工作，打开电脑，接通电话，处理订单，做各种决策。她很少有机会体验伦敦的这一面，这时候老年人们开始慢悠悠地出现在街道上，年轻的父母推着婴儿车去公园散步。她听见骑自行车的邮差在车辆间唰唰地穿行，看见一群游客坐在咖啡馆的窗边七嘴八舌地讨论地图和导游手册。一个面色苍白的护士从她身边走过，依然穿着工作服，显然刚下了晚班回家。一位热情洋溢的慈善工作者挥舞着写字板向路过的陌生人搭讪，她礼貌地回绝了。还是同样的城市——依然是她的家——但不知怎的感觉不一样了，似乎突然透出一股不同的光线，换上了不同的节奏。她想自己往后也许会更多地体验伦敦的这一面，等孩子出生之后。

公司里的每个人都很好。她曾担心把自己怀孕的消息告诉多米尼克的后果，但他只是给了她一个大大的熊抱，叫她去和人事经理讨论产假的事宜。等她休完假之后，这份工作还是她的。如果说他其实为失去刚刚提拔的客户经理几个月的时间而感到恼怒的话，他着实很好地掩盖了自己的情绪。消息传出去之后，公司里的女孩子们纷纷围到她的桌边，每个人都想知道她感觉怎么样，孩子什么时候出生，有没有想好名字，是男孩还是女孩。如此开诚布公地讨论这件事，让她突然惶恐地意识到它的真实性。直肠子的莉拉把她从头到脚打量了一番，说道："天哪，我正想问你从哪儿买的新胸罩呢，你的胸看起来棒极了！"

医院离公交车站不远，她很早就到了。穿过迷宫一样的走廊和病房，她终于找到了超声波检查室。朵拉向接待员报了自己的名字，在等候室里拿了一本破破的杂志坐下来。看情况她还得等一会儿，已经有好几个女人坐在那里了。她希望别等太久，医生嘱咐她检查之前要憋尿，这时候她已经等不及想去卫生间了。

杂志摊开放在腿上，她假装在读一篇关于如何获得完美比基尼身材的文章，其实在偷偷地观察等候室里的其他女人。她们的年纪都差不多，二三十岁的样子，只有一个女人看起来年长一些，她带着一个十分严肃的公文包，坐在那里急切地按着黑莓手机的按键。也有一些夫妻，男人们踱着步子，表情尴尬，有些在低声耳语，有些则骄傲地大声说话，把手放在妻子们隆起的肚子上，彰显着所有权。

她看见一个皱着眉头的男人追在一个兴奋地笑个不停的小孩子身后，他的妻子则在一旁露出宠溺的微笑。远处的角落里坐着一个面色苍白的女人，正张开嘴巴深呼吸，手里抓着一个应急纸袋，看起来十分憔悴。朵拉认出了晨吐的症状，向她投去一个羞涩、同情的微笑。

她努力不去盯着她们看，但她就是控制不住自己。最吸引她的是她们的肚子，她试图把自己日益膨胀的肚子与她们的肚子做比较，但太难了。所有的肚子都大小不一，形状各异——有些几乎看不出来，有些很小，还有一些硕大无比。突然，她产生了一种奇异的感觉，坐在那里，被那么多的希望和期待所包围，那么多含苞待放的新生命啊。

一个裹着纱丽[1]的女人从一间检查室里走了出来，她的丈夫得意扬扬地跟在她身后。在他与接待员交谈的时候，朵拉看见那女人紧紧盯着手里那张小小的黑白照片，无法移开视线。朵拉想起了丹口中的"大虾"，不禁笑了起来。这对夫妇谢过接待员之后就离开了诊室，就在他们走出旋转门时，两个女人一块儿走了进来。她们留着同样的发型——艺术感十足的波波头——手拉着手，其中一个人明显怀有身孕。看着这一幕，朵拉想起了凯西。

过去的几个星期里，她思考了很多关于凯西的事情，她很难不去想。对于她来说，姐姐是不是同性恋没有什么关系，姐姐爱什么样的人也没有什么关系。她很高兴凯西对自己吐露心声，很高兴凯西对自己坦白了她的性取向。将这么重要的事情隐藏起来……一定很不容易……尽管凯西表面上看起来那么坚强勇敢，但朵拉知道，姐姐一定很怕把这件事告诉他们，不知道会面对什么样的反应。但现在，她很高兴自己知道了这件事，知道了凯西的生命中也有个人能给她带来快乐。

那天在天鹅府的花园里，凯西告诉她的另一个秘密动摇了朵拉长时间的愧疚，让朵拉辗转反侧。上个月她在樱草山上对妈妈讲的话全是发自肺腑：她真的认为是时候该走出来了，将过去的事情统统放下。可一想到凯西，还有凯西告诉她的事情，朵拉的内心还是会挣扎。

她在无眠的夜晚盯着天花板，将那些场景在脑子里一遍又一遍地

1　纱丽是印度、孟加拉国、巴基斯坦、尼泊尔、斯里兰卡等国妇女的一种传统服装，是一种用丝绸为主要材料制作而成的衣服。

回放，暂停，又回放，一遍又一遍，直到凯西告诉她的景象与自己的记忆纠缠重合。记忆的碎片纷纷就位，拼成一幅巨大的拼图，如今她可以后退一步，看清楚眼前的一整幅令人心碎的图景，他们每个人都在其中扮演了各自的角色，导致了最终的结局。在了解了一切之后，朵拉感到如释重负，但随之而来的是一种新的情绪。

她感到愤怒，愤怒凯西竟然能如此残忍……如此自私……那样将阿尔菲赶走，后来又把自己的错隐藏了那么久，导致了如此痛苦而可怕的后果。但她也明白，那都是一些无心的过失……自私的、年少的过失，没有恶意。朵拉打心眼里明白，凯西并不是真的希望阿尔菲溺水……她并不是真的想要他去死。她不是有意的，她的所作所为没有一丝预谋与邪恶。朵拉比任何人都更清楚，如果以她自己这十年来的痛苦与悔恨相比的话，姐姐付出的代价已经够多了。她想必已经受够了煎熬。

可还是有什么东西在阻止她与凯西联络。她知道，要是她无法原谅姐姐那天的所作所为，她就无法真正放下过去，无法真正从她们共同经历的悲剧中走出来。她知道，要是她做不到这一点的话，就无疑是在欺骗自己。可她就是不知道自己是否已经准备好放下心里的愤怒。它依然在那里，炙热而真实，她不知该如何将它释放出去。

"朵拉……朵拉·泰德在吗？"

护士叫了朵拉的名字，将她从思绪中拉回现实。她伸手拿起包，从椅子上僵硬地起身，向检查室走去。一位笑容满面的技师向她打了声招呼，引导她躺在床上，随后转身去捣鼓那些高科技仪器了。

"我是玛利亚。这可能会让你觉得有点凉，"她一边说，一边在朵拉肚子上挤了一坨冰凉的凝胶，"你憋尿了吗？"

"噢，是的。"朵拉呻吟起来。

"好的，别担心，很快就结束了。这是你的第一个宝宝吗？"

朵拉点点头。

"好极了，现在让我们来看看，好吗？"

朵拉再次点头，突然紧张起来，抬头充满期待地盯着上方的大屏幕。直到上一秒，产检似乎都只是一个例行公事，一个再看一眼宝宝的机会而已，可现在，躺在那里，被那些医疗设备和嘀嘀作响的机器所包围，她突然害怕起来。要是什么地方出了问题怎么办？要是宝宝出了问题，而她却浑然不觉，那可怎么办？她真希望丹在身边。

那个名叫玛利亚的女人将传感器贴在她的皮肤上，上下打圈移动，直到屏幕里突然出现了灰白色的线条和奇怪的螺旋。朵拉认真地盯着图像，玛利亚将传感器向下移了一点，期待已久的画面出现了：一个小小的人蜷成一团沉睡在她的体内。她可以看到一个脑袋的侧面，一个小小的塌鼻子，还有弯曲的脊椎。突然，画面闪了闪，图像不见了。

"看来这是个爱扭动的小家伙呢。你的宝宝刚刚翻了个身，我会试着找回图像。快来吧，小家伙。"技师将传感器更紧地贴住她的皮肤。

朵拉仔细咀嚼她的话。爱扭动的小家伙。听起来是件好事，很健康的样子，丹会喜欢的。她不在乎膀胱传来的不适感，技师按得再重都没有关系，只要能看一眼她体内那个小小的人就好。突然，图像又清晰了，绝对是个宝宝，不是大虾。

朵拉看着那小小的生物在蠕动、踢踹，眼里突然盈满了泪水。

"听这强壮有力的心跳。"玛利亚说，宝宝的心跳像奔跑的马蹄般咚咚咚咚。

"听起来很快，真的没问题吗？"

"是的，完全正常。"她摆弄着仪器，在屏幕上指出一些几乎无法辨识的小黑点，"这是心脏的四个心室，"她停顿了一下，"这是血管，一切都很正常。"

朵拉咽了口气。

"看，这是一只手，"玛利亚一边说，一边轻微地调整探针，将图像上一块模糊的区域放大。"左手五根手指，"她重复了一遍操作步骤，"右手五根手指，完美。"

随着扫描的进展，玛利亚在一张长得吓人的清单上勾掉了一个又一个身体器官和功能，都是些朵拉先前根本就不知道该担心的东西，比如骨骼长度、头骨尺寸、脐带和肾脏的血流量等。朵拉发现自己几乎停止了呼吸。她花了那么长时间纠结要不要留下这个孩子，根本就没考虑过有那么多的地方可能会出现问题。幸好她的紧张只是暂时的，宝宝通过了每一项测试，纸上画满了各种颜色。

"啊，你看到了吗？"玛利亚指着屏幕说，"你的宝宝在吮吸大拇指呢。我看能不能帮你拍下来。"

就这样，产检飞快地结束了。朵拉离开诊所，手里紧紧攥着宝宝的黑白照片。她等不及要拿给丹看。

她可以过一个小时再回公司，就去了一家小小的三明治吧里排队买烤奶酪三明治。接着她来到一个小花园广场的长椅上坐下，抬头看着一架飞机在高高的天空中穿越一小片蓝天，留下一串烟雾。太阳在秋日的天空中充当了一会儿配角，天气依然清冷。她拉了拉外套，发现中间已经合不上了。接着她从包里拿出宝宝的照片，惊叹于它的完美。这张照片里完全看不到自己和丹的影子，只有一些模糊的线条勾勒出一个小小的人形，但她就是忍不住一直盯着看。那是他们的孩子啊。她和丹一起创造了一个全新的生命。说起来很俗套，她明白，但那真的是一个奇迹。快乐在她体内冒泡，她意识到，这是第一次，自己等不及想要见到他们的孩子了。

丹的手机还是处于关机状态，看来访谈进展不错，但朵拉十分沮丧。她想要分享自己的喜悦，想要找个人谈谈这次产检。她想为体内传来的蝴蝶扇动翅膀的感觉哈哈大笑，玛利亚告诉她，那是宝宝在动。她想要找个人聊聊那种惊喜的感觉，有一个小人在自己的体内生长，一个真实的、活生生的宝宝，会扭动，会踢蹬，会吸吮大拇指。

她把手机拿在手里翻来覆去，又拨了一次丹的电话，直接被接入了语音信箱。她沮丧地打开手机翻找联系人。一个名字让她停顿了下来，她死死盯住那些字母，直到它们开始变得模糊。她将手指放在绿色的按键上，想了一会儿，终于挺起肩膀，按了下去。她把听筒贴近自己的耳朵，感觉好像过了整整一个世纪，终于，一个熟悉的声音从电话那端传来。

"凯西，是我……是朵拉。你还好吗？"她微笑着，"我？我很好，好极了，事实上我刚做完产检。"她听了一会儿，然后摇了摇头。"没有，一切都很好，宝宝非常好，一切健康，感谢上帝。"姐姐的反应让她笑了起来，放松地靠到长椅上。"你怎么样？"

朵拉听着姐姐的回答，直到电话那端沉默了下来。她知道现在不说就没机会说了。于是，她深吸一口气，开口说道："听着，我在想……你愿不愿意……我不知道，过来吃顿晚饭……是的，我们在伦敦北部，不算太远。"凯西说了点什么，朵拉微笑起来。"太好了，带上你的女朋友吧，要是你愿意的话。你可以见见丹，他一定也很想见到你。"朵拉听了一会儿，点点头，"我也喜欢这个主意。"

姐妹俩开始讨论晚餐的安排，朵拉望着金黄的树叶从高高的榆树上打着旋飘下，像一个个小小的祝福般落在她的脚边。

凯西

平安夜的早晨，凯西轻柔地溜出斯嘉丽的怀抱，轻手轻脚地走出通风的卧室，冲了一个温暖的澡。接着她快速穿好衣服，抓起一个小小的旅行包和一束白玫瑰、冬青与迎春花的花束，静悄悄地走出天鹅府。那是一个惬意而清冽的冬日早晨，她的心里充满了喜悦。冬天总是令人筋疲力尽，黯淡而阴郁，但今天的天空呈现出蛋壳般的浅蓝色，阳光在光秃秃的树顶上闪耀着银白色的光。一辆出租车如约在车道上等她。

"去哪儿啊？"她刚爬上后座，司机就开口问道。

"去火车站。"

"这就走，亲爱的。"司机从后视镜里看了她一眼。"花不错。"他夸奖道。凯西砰地关上了车门。

"谢谢，是送给我妈的。"

"回家过周末呀？"

"是的。"凯西害羞地笑了笑，"回家。"

这是海伦的主意：在克里夫托伯过圣诞节。所有人聚在一起，就像过去一样。凯西很紧张，自从多年前离开家之后，她就再也没有回去，这次回家让她充满了不安，害怕面对家人以及老宅里的回忆。但海伦说服了她。显然海伦想要扮演一天的女主人，把大家都召集起来，修复家人之间的关系，也许终于能与过去达成和解，那么她又凭什么阻碍这件好事的发生呢？这么多年以后再次回家并不容易，但只是待几天而已，毕竟，要是连理查和维奥拉都成熟到愿意加入这次家庭聚会，她又有什么理由不去呢？

尽管如此，她去之前还是给朵拉打了电话，确保万一。"是的。"朵拉肯定地说，"丹和我也会去的。还有我的肚子，我必须得说，真是一天比一天大了。我可不敢去海边，不然恐怕会被当成一条鲸鱼。"

凯西大笑起来："你一定美得不得了。"

"嗯……"朵拉不置可否地说，"是大得不得了才对。"

接着两人都沉默了一会儿。"有点奇怪，是不是？回去……"

"是啊，"朵拉同意道，"是有点奇怪，但我想也该是时候了。"

"是的。"凯西表示赞同。

姐妹俩又聊了一会儿，小心地避开任何敏感话题，圣诞节的事情似乎已经定下了。

她的火车驶入韦茅斯站时天已经黑了，但理查还是如约在站台上等她，他把衣领竖起来挡住耳朵，以抵御严寒。

"快来，"他催促道，一只手接过她的包，另一只手把她揽进怀里，"进来暖和一下。大家都在家里了，就等你了。你妈妈在做一顿特别的晚餐。"

凯西抬了抬眉毛表示怀疑。

"别担心，"理查一边说一边发动车子，"奇普家餐馆开到晚上九点，朵拉已经确认过了。"

理查的沃尔沃轰鸣着驶入韦茅斯的街道，随后进入了蜿蜒曲折的乡村小径。黑暗中时不时地冒出一座木屋或一处宅邸，无一不是灯火通明的。凯西看着一个个的家庭坐在餐桌边，开开心心地进餐，火炉里燃烧着温暖的火焰，圣诞树上装点着彩球和彩灯，兴奋的小孩子到处玩闹，求爸妈允许自己晚几分钟上床睡觉。

"就像一个圣诞节的广告似的。"他们路过又一座灯火通明的小木屋时凯西愉快地说道。

"是啊，"理查说，"我想是的。"他顿了一下，重新开口道，"我很高兴你把当时发生的事情说了出来，你知道……关于阿尔菲的事情。那一定很不容易。"

"是的。"她不知道还能说些什么。

理查清了清嗓子："还有，呃……你知道，我们也很欢迎斯嘉丽一起来过圣诞节，要是你愿意带她来的话。我希望你不要觉得……"

即便是在黑暗中，凯西还是能感觉到爸爸的脸红了。她及时拯救了他："谢谢，爸，我确实邀请过她，但她已经有安排了。也许新年的时候我们可以聚一聚。"

"好啊，"理查说，"好极了。"他停了一下，打了个转向灯。"无论如何，我们都很高兴你能来。"

"好吧，我也不能一直都不出现吧，是不是？"

"是啊，我也这么觉得。但我知道这对你妈妈来说非常重要，对我也是，当然了。"有那么一秒钟，他的眼睛离开了车道，两人四目相对。周围一片漆黑，但凯西能看到他眼里的种种情绪。

"我也很高兴自己来了。"她说道。

他们陷入了沉默，直到理查突然清了清嗓子。"天鹅府怎么样？什么时候能让我们尝一尝你特制的燕麦片呀？"

凯西微笑起来。"那不是我的食谱，是斯嘉丽的，我的生活要是说出来就没有神秘感了。"

理查大笑起来。"有道理。对了，你们拿到那个分销订单了吗？"

凯西点点头。"是的，非常顺利。我们打算先小范围地打入高端市场，在一些独立鲜货店售卖，这是一个建立客户群的好机会，同时管理库存，为下一步的扩大经营做准备。大家都很兴奋。"这是真的，菲列克斯和其他人都为"秘密花园"的前进方向感到激动不已。如今"秘密花园"的业务已不仅仅能解决他们的日常开支，还开始盈利了，这些利润被小心翼翼地重新投入业务和天鹅府的养护中。他们计划在明年春天再造一个大型温室和橘子园，尝试新的食谱和产品，甚至推出一个"自摘果园"形式的夏日莓果田，投入种植与采摘。很快就要忙碌起来了。

可这都是明年的事情，现在，回家才是最重要的。她一想起克里夫托伯和所有已经在那里等待着她的人们，心里就仿佛有无数蝴蝶在飞舞。过去的这些年里她走了很多的路，可她从未重返的地方就是萨默顿。她从未回到过这一切分崩离析的起点。她知道是时候了，但还是忍不住地害怕。只剩下最后一步。

理查似乎察觉到了她的紧张。"快到了，你还好吗？"

"呃……"她点点头，突然意识到也许她并不是唯一一个对这次团聚感到奇怪的人。"真的没问题吗……这么多年以后第一次回到克里夫托伯？你一定也觉得有点怪怪的吧，还有维奥拉？"

理查微笑起来。"要是你在今年年初的时候告诉我，我们将在这儿聚在一起过圣诞节，我一定会笑死的。过了这么久，我也不确定回到老房子里会让我产生什么样的感觉，但回到这里又没有负担的感觉还是很不错的。当年我完全没有意识到那老房子对我造成了多大的压力。时间真的能改变很多东西，不是吗？"

凯西看了爸爸一眼，他的脸上有一种明显的轻松感。

"我们总算都挺过来了，是不是？"他接着说，"你妈妈变得非常谦和，而维奥拉，好吧，维奥拉心那么大，我想她大概觉得这一切都不过是一个开派对的借口罢了。"

凯西笑了。"能见到朵拉和丹真是太好了，"她说，"上个月朵拉邀请我共进晚餐，我见到了丹，还看到了她的肚子。当时还不是很明显，可她说现在已经变得很大了。"

理查大笑起来："是啊，都不敢相信她还要过几周才会临盆。她看起来棒极了，但要我说的话，她好像下一秒就会爆炸！"

凯西看着窗外，萨默顿的路牌被车灯照亮。还有四分之三英里，快要到了。

站在大门口迎接她的是海伦。她看起来非常紧张，理查的车子开进车道时，她正披着长开衫在台阶上走来走去。凯西从后座上抓起旅行包和鲜花，踩着石子路嘎吱嘎吱地朝正门走去。她们互相打量了片刻，凯西上前一步投入了海伦的怀抱。

"真高兴你能回来，凯西。"妈妈的怀抱温暖而亲密。

"谢谢，妈，我也很高兴能回来。"她松开海伦，任由后者抚摩她的头发，轻捏她的肩膀。

"别哭啊，"凯西说，"这可是平安夜呢。"

海伦点点头，咬住嘴唇："我知道，我不是伤心，我是太高兴了。见到你真是太好了。两个女儿都回家了，真好。"

就在这时，朵拉出现在门厅里。"我就说我听到了车子的声音吧！刚好赶上晚饭，运气真不错。"她在海伦身后做了个鬼脸，凯西好不容易才憋住笑。姐妹俩抱在一起，凯西感觉到朵拉大大的肚子挺了出来。

"你可真没开玩笑，"凯西一边说，一边退后一步端详着妹妹，"都这么大了！"

"你懂的。"朵拉眉开眼笑地拍拍肚子，"路上怎么样？火车还好吧？"

"噢，你知道，火车晚点，挤得要死，气味难闻……但我还是到了。噢，"她说道，突然想起手里的花，"这是给你的，妈。"她把鲜花递给海伦。

"美极了，这些是你的花园里种的吗？"

凯西点点头。"我们把玫瑰种在温室里。"

"真聪明。"海伦低下头去嗅花香，"谢谢。我们去厨房吧，让我来找一个花瓶，正好你可以跟我说说你的花园。"

她跟着母亲走过门厅。这房子和多年前她离开的时候一模一样，褪色的墙纸，沉重的橡木镶板，磨损的踢脚线和地毯，就连餐具柜上的照片都毫无变化。克里夫托伯的这些老物件全都保持着原样，在某种程度上给她带来了一种奇妙的慰藉。

海伦推开厨房门，烤羊肉、大蒜以及迷迭香的香味传了出来。凯西的胃咕噜一声，嘴里开始分泌出唾液。她这才意识到自己从午餐后就再也没吃过东西了，饿得不得了。

"我希望你饿了。"海伦说道，似乎能读懂她的心思，"我做了一块巨大的烤肉——七个人肯定吃不下，不过也好，节礼日的时候可以切出很多冷盘来。"

"闻着好香啊！"凯西惊讶地嚷起来，"到底发生了什么？"

海伦笑了笑，"好啦，好啦。"她举起双手，"我承认，我在学烹饪。"

凯西又深吸了一口厨房里那香甜而温暖的空气："光是闻一闻就知道你一定找到了一个好老师。"

"噢，是的，大概是最好的老师。贝蒂·德莱登自告奋勇地教我做菜。我现在每周都要去她家一趟，在厨房里叮叮当当忙活半天。她把她最喜欢的食谱都教给了我，还教了我很多烹饪技巧。这就是她的拿手菜之一：大蒜迷迭香慢烤羊肉配红薯和蜜汁蔬菜。"

"哇！看来这趟旅程值了！"

海伦微笑着说："我做饭真有那么糟糕吗？"

"别回答，凯西，那是个陷阱。"朵拉推开厨房门走进来，手里挥着一个空空的托盘。"爸在找醒酒器，我还需要几个酒杯。"她突然停了下来，"什么东西这么好闻？"她疑惑地看了看海伦和凯西，"那难道是……晚餐？"她不敢相信地问道。

凯西点点头："妈一直在跟贝蒂·德莱登学厨艺。"

"好哇，好哇，"朵拉说道，"等我去告诉丹一声，晚上可以不去吃炸鱼薯条了。"

海伦露出一个哭笑不得的表情。"酒杯和醒酒器都在餐厅的餐具柜里，用最好的，今天可是个特殊的日子。"

朵拉点点头："凯西，你跟我一块儿来吗？可以帮我拿些杯子。"

"去吧。"海伦说道，"我也快好了，一会儿就过去。"

凯西跟着朵拉走进餐厅，饶有兴趣地看着妹妹在前面走。朵拉的步态出现了明显的摇摆，骨盆略微倾斜，胯部也晃动起来。看到她的身体发生了如此巨大的变化，变得那么丰满，充满了生命力，简直不可思议。朵拉转过身，发现凯西在看她。

"很奇怪是不是？我在镜子里看到自己都还得重新看一眼才能确认。我是说，我知道自己怀孕了，能感觉到宝宝在我身体里踢蹬，但这个……"她指着自己隆起的肚子，"实在是……太大了！"

"我觉得你看起来棒极了，"凯西说道，这是事实，"所以你能感觉到宝宝在动吗？"

"是啊，非常爱动，你想感受一下吗？"

凯西还不确定，但朵拉已经抓过她的一只手放在自己的肚子上。

"等等……很快就来了……"凯西屏住了呼吸，她不知道自己能不能感觉到什么，但突然，她的手掌感觉到某个地方传来一记清晰的震动，是一个小小的肢体在捶打。

"噢，我的上帝！"凯西大笑起来，"这也太奇怪了。很有意思，但真的太奇怪了。"

"是吧！你真该试试有人在你身体里面捶你的感觉。"

凯西微笑着，她不确定自己是否有可能经历孕育婴儿的过程。她不确定这是不是自己想要的，但她为朵拉感到高兴。"哇，所以这是我的侄子还是侄女呀？"她侧身去看，手依然放在她的肚子上。"哈喽，小家伙，我是凯西阿姨，我等不及想见见你啦。"肚子里又踢了一下。凯西大笑起来："这是在跟我打招呼呢。"

凯西依然惊叹于朵拉夏天来牛津看她之后发生的变化。她的变化不仅仅体现在身体上，更重要的是她整个人散发出来的平和。朵拉似乎已经抚平了内心的动荡，获得了平静。凯西很高兴看到她如此满足。

有那么一会儿，姐妹俩沉默了下来，似乎谁也不知道接下来该说些什么。

"还得谢谢你上个月邀请我去吃晚餐，"凯西努力开口道，"我很高兴认识了丹，他看起来是个非常好的人。"

朵拉点点头。"是啊，他也很喜欢你。"

"自从你来过天鹅府之后，我不确定能不能再听到你的消息……你知道……我想说的是，朵拉……你能给我打电话，对我来说非常重要。"她终于说了出来。

朵拉微笑着："那没什么，我想明白了，要是我们不给彼此一次机会，就很难真正地走出来，是不是？毕竟我只有你这么一个姐姐。"

这回轮到凯西笑了："哇，那你确实是走大运了。"

她意识到，她们不需要再说些什么，只需要再多一点的时间，友谊的种子似乎又在她们之间缓缓地发芽了。

"那么，妈和维奥拉还没打起来吗？我没错过什么砸花瓶的桥段吧？"她开玩笑道。

朵拉嘿嘿笑着。"目前来看，大家都表现良好。"

"你等她们几杯酒下肚……"

朵拉大笑起来。"天哪，别说了！"

"快来吧，"凯西拿起装玻璃杯的托盘，"我们最好快点，他们都该渴死了。"

"来得正好！"她们走进客厅时，丹高声嚷道，"哈喽，凯西！见到你真好，你看起来气色不错。"他给了她一个大大的熊抱，凯西顺从地倒入他的怀里，感受他强壮的臂膀和温暖的肥皂香气。她很喜欢丹。他友善、真诚，显然疯狂地爱着她的妹妹。丹放开她的时候，她发现格姆雷在蹭自己，兴奋地对着她摇尾巴。

"哈喽，格姆雷。"她微笑起来，拍拍狗狗的屁股，"我也很高兴见到你！"

"轮到我了！"一个女人的声音从旁边传来，"我也来打个招呼。"是维奥拉。她穿着一条紫红色的丝质长裙，整个人光彩夺目，只不过露出了太多的乳沟和大腿。

"哈喽，维奥拉，你好吗？"两个女人温暖地抱在一起。

"我好极了，谢谢。真高兴能来这儿，你妈妈提出来在这儿办圣诞派对真是太棒了是不是？我刚跟贝蒂聊呢，这么隆重地招待我们大家，着实是个辛苦的差事。"

凯西点点头。朵拉是对的。尽管有着明显的紧张和尴尬，但大家都在尽可能地让气氛融洽一些。理查站在她的身后，笑容满面地往酒杯里倒满温热的红酒。她一转身就看见贝蒂·德莱登坐在一张塌陷的沙发里。

"别起来，贝蒂。"她看到这个老太太想要挣扎着起身，于是快速说道，"我过去你那儿。"她朝贝蒂走去，在她的脸颊上亲了一下。她的皮肤薄得像纸巾一般，但十分柔软，散发着滑石粉的花香味。

"凯西，见到你真好呀。"

"谢谢，贝蒂，你还好吗？"

"噢，还行吧，这些年我越来越老了，总是很想念我的比尔。但我不能抱怨。别说出去，村里的有些老伙计过得比我还不如呢。"

凯西微笑着。贝蒂已经快九十岁了。她握住老太太皱巴巴的手，轻轻捏了一下："我也很想念比尔。"

贝蒂的眼眶湿润了。"他多为你感到骄傲啊，你知道吗？他可爱收到你的信和照片了，总是在晚上读给我听。"

"我的工作都要多亏了他。"凯西说道，"要不是因为他——"

"噢，得了吧！"贝蒂精神抖擞地一挥手，"是你自己的努力成就了现在的你，比尔也许在一开始的时候推了你一把，但你的成功完全是靠你自己。"

凯西耸了耸肩。"我还是很想谢谢他。"

"好啦，大家。"海伦一边说一边走进房间，"晚餐准备好啦，请大家进入餐厅，带上你们的酒杯。理查，你把红酒一起拿过来好吗？"

朵拉和丹首先起身，丹一只手护住朵拉的后背，牵着她走出了房间，拉布拉多跟随在他们脚边。走到门口的时候，丹低头在朵拉耳边轻轻说了什么，朵拉微笑着抬头看他，伸手摸了摸他的脸颊。维奥拉紧随其后，踩着高跟鞋摇曳生姿。理查搀扶着贝蒂，帮她从沙发上站起来。凯西收拾好大家的酒杯，端起来走进餐厅。窗帘全都拉了起来，餐具橱和餐桌上都点了蜡烛，整个餐厅沐浴在温柔的琥珀色光晕里。海伦在餐桌上铺好了白色的亚麻布，摆好银餐具，每一套餐具旁都放着一束小小的冬青和浆果。

"这美极了，妈！"

"谢谢。"海伦说着，退后了一步欣赏自己的杰作，"确实看起来很喜庆，是不是？花是维奥拉设计的。"

她对维奥拉抛去一个微笑，后者笑容满面地望着她。

"好吧，海伦，我必须得说，这味道闻起来可太诱人了。"维奥拉反过来恭维道。

凯西对妹妹眨眨眼，朵拉正在努力憋笑。

"别傻站着呀，大家，"海伦催促道，"快坐下吧。"

大家都找到自己的位子坐了下来，餐厅里突然充满了欢笑与杯盘碰撞的叮当声。理查绕着餐桌走了一圈，给每一个杯子斟满美酒，直到大家都做好了干杯的准备。

"我想，唯有铭记，"他清了清嗓子开口说道，"我们缺席的伙伴与家人，在这个快乐的夜晚，才是最正确的事情，不是吗？铭记我们最亲爱的逝者。"

凯西看见妈妈隔着餐桌凝视着理查，轻轻点了点头。大家沉默了一会儿，想起那些缺席的挚爱。达芙妮和阿尔弗雷德、比尔……当然还有阿尔菲。贝蒂默默地抽了抽鼻子，凯西握住老太太的手，轻轻捏了一下。

"敬我们最亲爱的逝者。"理查重复了一遍，举起酒杯，大家纷纷响应他的祝词，沉默地喝下一口酒。

"要是你不介意的话，理查，"就在大家都把酒杯放回到桌上，满怀期待地看着餐桌中央热气腾腾的食物时，丹高声说道，"我也有一个小小的消息要宣布。"

凯西看了看丹，又看了看妹妹。朵拉双眼闪闪发亮，面颊上出现了一抹不容忽视的红晕。

"是双胞胎吗？"凯西大叫起来，弄得大家哈哈大笑。

"不是啦，"丹说道，"据我们所知，这里面只有一个小宝宝。"他爱怜地拍拍朵拉的肚子。

"不过从我的肚子来看，你们如果觉得是八胞胎也不算过分！"朵拉插嘴道，引起了又一阵哄堂大笑。

"好啦，说认真的，我们还有一件事要和各位分享。"

大家突然静了下来，人人都满怀期待。朵拉站起来，牵起丹的手，"我们只是想告诉大家，"她微笑着说道，"我们今天早上在伦敦登记结婚了。"

餐厅里一片沉默，大家都惊呆了。凯西看看朵拉，再看看丹，又看看朵拉。妹妹咧开嘴开心地笑，像极了柴郡猫。她快速瞥了一眼妈妈，海伦张大了嘴巴盯着朵拉，脸上是藏不住的惊讶。有那么一瞬间，凯西看到海伦似乎皱了一下眉，但很快就不见了。她似乎调整好了自己的情绪，立刻对女儿露出一个慈祥的微笑。这时候，餐厅里突然吵嚷起来。维奥拉发出一声极具穿透力却又令人愉悦的尖叫，理查从椅子上站了起来，倾身抓住朵拉的胳膊，兴奋地上下摇摆以示庆祝，海伦伸手将朵拉拉入自己的怀抱，而凯西则安静地微笑着看着大家，在一片欢笑与泪水中，等待着轮到自己来恭喜这对幸福的新人。

"深藏不露啊你们俩！"理查带着哭腔嚷道，"就这样偷偷摸摸地跑去结婚了，免得我们大惊小怪是吧？"

凯西看见海伦放开了朵拉，用探寻的目光看着她的眼睛。她知道妈妈有点失望，也许觉得自己没有参与到女儿的大喜日子是桩憾事，但她至少很努力地在掩盖自己的失望。

"你们想要一个派对吗？我们可以为你们办一个很棒的婚礼，当然，如果你们想要的话。我一直在想也许你会在萨默顿的小教堂里结婚。我们可以在花园里搭个大帐篷……"

"我知道，妈，"朵拉说道，打断了海伦的话，"对不起，要是你觉得我们在这么重要的家庭事务上隐瞒了你的话，可我们也是前几天才决定这么做的。就是一瞬间的事，我们真不想大家都围着我们团团转。这样做似乎是对的。我不确定自己能否面对那个教堂，你知道吗？"

海伦点了点头表示理解。

"我觉得是时候让她成为我名正言顺的妻子了！"丹微笑着加了一句，伸出一只手环住朵拉的肩膀。

"你们不会太失望吧？这对我们来说真的是最好的方式。"

海伦摇了摇头，微笑起来。"不，亲爱的，既然你高兴，那我也高兴。"

凯西看到母亲紧张的肩膀放松了下来。

"我可气坏了！"维奥拉夸张地高声嚷道，"又少了一个理由买条高级的新礼服，谢谢你，朵拉！"

理查翻了个白眼，大家围着桌子哄堂大笑。

"看来我们得再敬一次酒了，"他说道，"敬这对幸福的新婚夫妇……还有，圣诞快乐！"

"圣诞快乐！"大家齐声欢呼。

当所有的喧嚣渐渐平静下来之后，贝蒂·德莱登侧身问凯西："刚才发生了什么，亲爱的？"她小声地说，"她怀上双胞胎了吗？"

海伦的晚餐得到了大家的一致认可。七个人围着古老的桃花心木餐桌，聊啊，笑啊，大吃烤羊肉，畅饮理查从酒窖里取出并要了个花枪呈现给众人的苏维翁赤霞珠葡萄酒。凯西吃得十分尽兴，饶有兴趣地围观着晚餐的进程。爸妈似乎在这几周的时间里已经成了朋友，两人之间的交谈与微笑中出现了多年来都不曾有过的轻松。所有一触即发的紧张，所有罩着薄纱的攻击和尖刻的讽刺都消失了。两人之间只留下真诚而善意的玩笑与对彼此温暖的友爱。似乎她的父母终于找到了彼此生命里最好的角色——好朋友。

晚餐后，一行人退回到起居室。海伦煮了咖啡，端出一盘十分精致的法式小点心，那是贝蒂亲手做的。喝了红酒和干邑之后有些醉醺醺的维奥拉提出玩比画猜字谜的游戏，激起了朵拉和理查的好胜心。大家一直兴高采烈地喝酒笑闹，不知不觉到了晚上十一点。

"哦，我的上帝，已经这么晚了吗？"贝蒂看了眼手表忍不住叫起来，"我完全忘了午夜弥撒这回事！"

派对就这样结束了，大家亲吻拥抱，对彼此说晚安。理查、维奥拉、贝蒂和丹决定去村里的教堂。凯西和朵拉则希望留下来，还有些清理工作要做，而且朵拉已经很累了。姐妹俩站在门口的台阶上，对在夜色中出门的四人挥手说再见。

"我累坏了！"当车灯终于消失在车道上，朵拉嚷嚷道，"跟你们一起洗完盘子之后恐怕我就得上床睡觉了，不然明天我就是个废人了。"

"是啊，要是你不早点上床睡觉的话，连圣诞老人都要错过了！"凯西逗她道。

"哈哈！"朵拉大笑起来，"所以你要睡在你原来的房间里了？"

"我想是的，我只是觉得——"

"没错，我把你安排在你原来的房间了，凯西。"海伦端着最后一托盘玻璃杯走进大厅，打断了她的话，"你介意吗？理查和维奥拉会睡在客房，朵拉和丹睡朵拉的房间，所以我就把你也安排在你原来的房间了，这似乎是理所当然的事情……"海伦突然有点不确定，担忧地皱起了眉头，声音也越来越小。

"没事，妈。"凯西让她放心。

"好吧。"海伦说道，似乎还想说点什么。母女三人尴尬地站在那里，等着她说下去。终于，她开口了："好啦，女孩们，我知道你们都很累了，这个烂摊子就等明天早上再来收拾吧，我还有些东西想让你们俩看看呢。跟我上楼好吗？"

姐妹俩点点头，跟在海伦身后走上了楼梯，彼此交换了一个眼神。似乎连朵拉都蒙在鼓里。她们走过女孩子们的卧室，经过卫生间，终于，在阿尔菲的房间门口站定。海伦转身面对着她们，深吸了一口气。"我在想，似乎是时候该把阿尔菲的房间清空了。"

朵拉伸出手搭在妈妈的胳膊上："妈，这是个好主意，真的。确实该这么做了。"

海伦抚摩着手指上的一个指环，紧张地将它转了一圈又一圈。"我不知道你们会不会感到难过？"

凯西摇摇头："不会的，是时候该走出来了。"

"所以你们真的不介意吗？"

"对！"她们异口同声地说。

"真的，妈，"朵拉说道，"这么做是对的。住在这座房子里，每天跟这个……这个与阿尔菲去世那天一模一样的神龛生活在一起，一定糟透了。"

海伦点点头。"我觉得清理掉一些东西会让我得到解脱。我原本以为你们俩会不高兴，但似乎这么做是对的。"

凯西伸出手，握住海伦的另一只手。"我们来帮你，妈，好吗？你不必一个人做这件事。"

"谢谢，孩子们。我前几天就开始清理一些小东西了，但这房间里实在有太多的回忆。"她用力捏了捏凯西的手背，"我想你们俩也许都会想要留下一些他的东西吧。"她扭头看了看朵拉，"为了纪念他……当然也为了宝宝。"

"谢谢，妈。"朵拉说道，"我也是这么想的。"

"好吧，那么，我们开始吧？"海伦问道。

"好的。"凯西深吸了一口气，表示同意，"让我们开始吧。"

海伦打开门，两个女儿跟在她身后，默默地走进小男孩安静的房间。

第二天早上，凯西很早就醒了，六点不到，天还没亮。她在厚厚的被窝里躺了一会儿，享受它的温暖，聆听着老宅里寂静的声音。慢慢地，她的双眼适应了昏暗的光线，开始环视四周，看着那些海报和杂志彩页像战利品一般被钉在墙上，都是失落许久的童年记忆啊。她似乎登上了塔迪斯飞屋，穿越到了十几年前。她以旁观者的角度审视那个骨瘦如柴的模特，以及围在她身边的那些郁郁寡欢地噘着嘴、挂着黑眼圈的摇滚明星：上一个时代的英雄们。毫无疑问她当时也有过一段迷恋"垃圾摇滚"的时期。

突然，凯西明白自己想去哪儿了。她看了看表，在大家起床前她还有的是时间，可以在早饭之前赶回来。她跳下床，套上一条旧牛仔裤、两双厚厚的袜子、一件 T 恤衫和一件羊羔绒套头衫。外面很冷，她得把自己裹严实点才不至于受凉。

到了楼下的厨房，只有冰箱和格姆雷轻轻的呼噜声打破了整座房子的宁静。她路过的时候，狗狗睁开一只眼睛，摇了摇尾巴算作打招呼，接着打了个哈欠，便再次进入了梦乡。她走进衣帽间，面对着一大堆的外套和靴子。其中大部分看起来似乎已经好多年没被穿过了，可能是爷爷奶奶那个年代的衣服。好不好看并不重要，她选了一件大大的巴伯尔夹克衫，它闻起来有潮湿的泥土和烟草的气息，罩在她纤细的身体上显得十分庞大，但让她觉得舒服而安心。她又在脚上套上一双旧雨靴，静悄悄地从后门溜了出去。

外面非常冷。寒风啃噬着她的脸颊，不顾一切地钻进她衣服的缝隙，但她竖起外套的衣领，把双手深深地插进羊毛口袋，拱起肩膀，毅然决然地朝崖顶走去。地平线上只有一丝微弱的铁灰色光线，她大步穿过花园，向前方的果园走去。

凯西走啊走，渐渐地，灰色的初阳变成了一片淡粉色的晨曦。她的身体开始暖和起来，肌肉舒展了。她放低肩膀，挺起脖子，将周围的景致尽收眼底。就像她的卧室一样，当地的风光几乎毫无变化。冬天将田园美景刷洗成一个黯淡无光的调色盘，她跋涉在泥泞的乡间小路上，踏过片片田野，熟悉的地标与风景又像老朋友般与她打招呼。

普拉默农场的麦田里耸立着一棵长满疖子的老紫杉，孤零零地遗世独立。多少年来，它被无情的海风吹成了一个夸张的拱形，枝条已然垂到了地面，呈现出瑜伽动作般的姿态。她贴着灌木丛向前走，它们都蒙上了一层冬日的色彩，指引着她走上熟悉的路线。她用手掌抚摩老旧的栅栏粗糙的木面，撑起身子跳了过去，它一如往常地歪了一下，发出吱呀一声，令她倍感安心。她走过那蜿蜒曲折的溪流，多少个夏天以前，她们曾在那儿扔小木棍，潺潺的溪水伴随着她的脚步，发出持续而抚慰心灵的声响。雨靴嘎吱嘎吱的声音让她觉得自己仿佛还是原来的那个小女孩。那声音令人烦躁，但凯西意识到，也同时令她感到安心。她回家了。

不远处的大海让她停住了脚步。当她终于爬上崖顶，大海突然在她面前展开，一大片沥青色的水域。在清晨的阳光下，它看起来充满了不祥的诱惑，冰冷深邃的水体激荡着，冲刷着下方的海岸线。她在那里站了一会儿，呼吸着咸湿的空气，突然不确定自己是否想继续下去。但都已经走到这一步了。她鼓起勇气，一步接一步地朝海滩走去。

当她抵达下方的鹅卵石海滩时，太阳已经升起，但那是一个多云的早晨，阳光不过是厚厚的乌云背后一团苍白的光晕罢了。她离海很近，只听海浪咆哮着冲击海岸线，接着又将海水从卵石滩上尽数吸走，仿佛一个老头在用牙齿过滤茶水。在卵石滩的另一边，海滩的尽头，她看见一群脚杆笔直的海鸥挤成一团，羽毛在冬日的疾风里根根竖立。

更远处，在视线的尽头，冰冷的水花在岩池里哗啦溅开。凯西转过身，坚定地踏上卵石滩，开始了她的征程。

自从对阿尔菲的搜索被叫停以来，这是凯西第一次重返"岩洞"。十多年后，她又一次进入它阴森的内部，惊讶地发现自己的手脚竟然还记得那些落脚点和缝隙。她十分轻松地爬上了石壁，跳下来进入洞穴，双脚踩在嘎吱作响的沙地上。她眨了眨眼睛，努力抹去眼前浓墨般的漆黑，渐渐地，视线清晰了一些，她得以在昏暗的光线中观察周围的状况。

她能辨认出石墙上的涂鸦，一大堆瓶瓶罐罐被丢弃在洞穴的尽头，一件褪色的红色 T 恤挂在一根长长的漂流木上，仿佛一面破损的旗子，被一群迷失的少年所抛弃。

凯西打了个寒战。她站在那里一动不动，冷气迅速地渗入她的骨髓。

低矮的大石块一如既往地坐落在洞穴的中央，它一直令她联想到某种诡异的庆典：一个祭坛。如今这种感觉更强烈了。她缓慢地向它靠近，那一天的画面突然清晰地在她眼前闪过：萨姆听到她的玩笑时沙哑的笑声，洁白的牙齿；阿尔菲在最黑暗的角落里寻找蝙蝠时尖锐的叫声；她和萨姆疯狂地接吻直到她头晕目眩不得不停止，头顶上潮湿的苔藓不断地滴答、滴答、滴答向下滴水；朵拉站在洞穴的入口，双手叉腰，又热又气的样子。她闭上双眼，深呼吸。她的胳膊上起了鸡皮疙瘩，要不是她此刻还算清醒，她简直能确信萨姆那令人眩晕的大麻烟味依然在空气中飘荡。站在那黑暗的洞穴里，十年的时光似乎被一下子抹去了。时间和她开了一个残忍的玩笑，她仿佛又回到了那个悲惨的日子。

凯西走到洞穴的中央，平滑的大石块在她的手指下冰凉而潮湿。她抚摩着它粗糙的边缘，拂去一层薄薄的沙土，正如多年前萨姆所做的那样。她呼出一口气，在黑暗里凝成一团白雾。洞里死一般地阴冷，甚至比外面海滩上还要冷，但她不去理会这不适感，环视着满是涂鸦的石墙，突然明白了自己来这儿的目的。她知道自己要做什么了。

她只花了几分钟就在地上找到一片埋在沙地里的生锈刀片，又花了二十几分钟完成了她的任务。但当她扔掉刀片，站起来审视她的作品时，她整个人剧烈地颤抖起来。

阿尔菲·泰德——挚爱的儿子与弟弟。

那锈蚀的金属出乎意料地管用。这算不上什么纪念碑，完全比不上她亲手打造的花园，但感觉是对的。它应当存在于此，无法磨灭，永不消逝，纪念她的弟弟那短暂的一生。

"再见，阿尔菲。"她喃喃地说，"对不起。"

从她身后的某处传来一声微弱的叹息，轻柔而哀伤，仿若耳语，她才刚刚听到，转瞬间飘散无踪。

凯西转过身，在黑暗中瞪大了双眼。

"哈喽？"她知道这么做很傻，但还是忍不住喊道。

"哈喽——喽——喽。"高高的石墙传来回声，自己的声音诡异地在她耳边阵阵回响。

她屏住了呼吸。那儿什么也没有。只是她的想象罢了，或许是一只海鸥在"岩洞"的石壁上筑巢。她一边颤抖一边转身向出口走去，突然恨不得立刻离开这里。"岩洞"将一直在这里，那黑暗、阴森的石墙会永远寂然耸立，但此刻她急需阳光，还有家人，他们都在家里等她回去。

就在她动身的时候，一块石头夹带着沙砾突然落到她的身后，从高高的岩架上滑落，滚到她脚边的沙地上。她吓得跳了起来，双目圆睁。"谁在那儿？"

"那儿——儿——儿。"回声再次嘲笑她。接着一切又重归死寂。她浑身颤抖起来。她一定是在疑神疑鬼。这洞穴快把她吓得灵魂出窍了。不过就是一块掉下来的小石子罢了，也许是她的出现改变了洞穴里的空气环境，让一块原本就勉强搁在那里的石块滚了下来。必须得走了。

凯西下意识地加快了步伐，来到洞穴前面的空地上，快速地爬上石壁。太阳已经高高升起，她仰面对着太阳，任由疾风拍打着自己的皮肤。

就在她快要跳到下方的沙滩上时，她停了下来，惊恐万分。

又来了。

那哀伤的叹息，几乎只是一缕空气拂过她的后颈，但确实存在。鸡皮疙瘩蔓延到了整条手臂和脊柱，她转过头向黑暗的洞穴看了最后一眼。

什么也没有。那儿什么也没有。她一定是在犯傻。

一定是她的脑子在作怪。她必须赶快回家去。

凯西快速跳到沙滩上，发出响亮的嘎吱声。她趔趄了一下，站起来整理好自己，开始沿着海边往回走。当她涉水走过岩池时，她加快了脚步。

嘎吱，嘎吱，嘎吱。

她坚定地将视线集中在地平线上，心里想着崖顶上那越来越近的老房子。

嘎吱，嘎吱，嘎吱。

她想着朵拉、海伦、理查，还有其他人，在他们的床上伸懒腰，在日光下醒来，迎接圣诞节的清晨。

嘎吱，嘎吱，嘎吱。

她一步一步地走在卵石滩上，心里想着他们每一个人。一个不完美的家庭，艰难地前行，竭尽全力去生活，去爱。

只有这样，她才能忍受阿尔菲那小小的雨鞋踩在沙地上的回声，他的回忆伴随着她一路从海边走回家。

尾声

"她在呼吸吗？"

"是的。"

"你确定吗？我看不到她的胸口有起伏。"

"她在呼吸，丹，相信我。"

"她看起来多可爱啊，是不是？可爱极了。"

丹微笑着低头看着他们熟睡的宝宝："她简直完美无缺。"

她伸手去抚摩女儿额头上的一缕黑发。

"别吵醒她！"丹小声说道。

"不会的。"

"你猜她在做什么梦呢？"

"我不知道，我不确定四周大的小婴儿到底会不会做梦，会吗？"

"好吧。"

他们在那儿站了一会儿，欣赏襁褓中的女儿安全地躺在摇篮里的样子。丹牵起她的手，拉着她轻手轻脚地走出房间。当她把门在身后关上时，他扭过头来微笑着对她说："过来，我有样东西要给你看。"他拉着她向他的工作室走去，手掌十分温暖。她能感觉到他身上像海浪般传来的阵阵兴奋。工作室已经好几个月不让她进了，但朵拉意识到，现在他已经准备好让她一探究竟了。他打开沉重的大门，将她拉进明亮的室内。她好奇地四下张望。很显然，他打扫了卫生，整个工作室一改原来的混乱面貌，变得十分整洁。黏土和蜡、弄脏的布料、工具，以及化学品不是被推到房间的一侧，就是堆在角落里的折叠桌底下。事实上，房间里几乎是空荡荡的，唯有正中央立着一个巨大的物体，神秘兮兮地罩在一条洁白无瑕的床单下。朵拉凑过去看了一眼："嘿，这不是我上周买的新床单吗？"

丹假装无辜地举起双手："是吗？今天早上我从柜子里随便拿的。"

朵拉情不自禁地微笑起来，丹那调皮的笑容实在令人招架不住。

"话说回来，"他耸耸肩，"我拉你来可不是来看床单的。床单下面的东西才是重点。"

朵拉凑近审视着丈夫，只见他的脸上有一大堆情绪在跳舞。又是紧张，又是兴奋，又是迫不及待，又是骄傲，不过这一切之下，是满满的焦虑。"我真希望你会喜欢，你知道吗，这是为了你做的。是你给了我灵感，你，还有你的人生经历。"

朵拉伸手拽住床单的一角，它发出一声轻轻的扑通声，落在地上，一座比朵拉高出一个半身的巨大铜像显露出来。她过了好一会儿才适应眼前的景象。它那巨大的存在令人炫目，金属的质地在工作室的灯光下闪耀着深褐色糖浆般的光泽。它整体是金棕色的，但她能看到这儿那儿点缀着一些铜绿，蓝绿的色泽流淌在表面，突出腿部优雅的线条和锁骨清晰的轮廓。慢慢地，她终于能看清这个整体，作为所有部件的总和。她惊叹不已地转身看着他。"噢，丹，"她用近乎耳语的声音说道，"她实在是太精致了，完美无缺。"

"她叫潘多拉。"

这座雕像是一个坐在长椅上的女人。她双腿叠坐，微微抬头，似乎正在沉思。一只手弯曲着护住明显隆起的孕肚，另一只手放松地搭在椅子扶手上。她摊开手掌，聚精会神地凝视着手里的一件物体。

朵拉绕着雕像走了一圈，从各个角度欣赏她的美。她用手指轻抚那光滑的线条与流畅的曲线，为那完美的工艺惊叹不已。那金属在她的触碰下竟是温暖的，大概是因为工作室的大灯和角落里的电暖气的关系，但还是有一种诡异的活物般的质感。丹说她叫作潘多拉，与她同名，但她看得出来，这个女人与自己不完全相像。她的面部结构、头发和身形都有所区别，但她能看出来，那纤细的身材、后背的弧度、圆润的腹部，以及长发拨到脑后的样子，都与自己如出一辙。

丹似乎抓住了她所有的精髓，将它们铸入这座铜像。她靠近了一点，认真审视雕像的面部，长时间地凝视着她。她的脸上洋溢着平和与满足，让朵拉忍不住想要哭出来。

"她在看什么？"她问道，几乎意识不到自己声音有多小。

"再凑近一点点。"丹说道。

朵拉倾身去看女人那只摊开的手，掌心上是一个镶嵌着珠宝的小盒子。盒盖打开了，朵拉凑上去，想看得更清楚一些。那儿有一根精致的链条，是一条项链，也许是手链，上面缀着几个字母挂饰。朵拉不解地看着它们：O，H，P，E。她回头用探寻的目光看着丹。

"排列一下，是什么单词？"

她想了一会儿，接着微笑起来："HOPE，希望，她手里托着希望。是潘多拉的宝盒。"

丹点点头。"你喜欢她吗？"他问道。

她说不出话来。话语哽在喉头，她太感动了。丹以他卓越的天赋与惊人的耐心，用最基础的材料——黏土、蜡和金属，铸造出了这样一个美丽而令人心碎的作品。这雕像完美无缺，代表着他们共同的未来。潘多拉的盒子已被打开，生命里所有的罪恶都飞入世间，对他们造成了无法避免的灾祸与伤痛，但朵拉知道，这些都不重要了。她现在明白了，希望永存。如今她与丹在一起，他们两个人，带着他们可爱的女儿，还有凯西和海伦，理查和维奥拉，每个人都各自过着七零八落又彼此纠缠的人生，但她知道，他们将永远拥有希望，希望与爱。话说回来，除此之外，人生中还有什么可奢求的呢？

朵拉抓住丹的手，举到自己唇边："她完美无缺。"

接着，她笑容满面地拉着他走出工作室，一同回到他们的公寓和人生里，所过之处尽是笑声。

致谢

　　我要对我超级好的经理人萨拉·卢钦斯和卢钦斯·卢本斯坦工作室杰出的工作团队致以诚挚的感谢。我还要感谢凯特·米尔斯、丽莎·弥尔顿、苏珊·兰姆、杰德·钱德勒、盖比·扬、瓦妮莎·拉德尼奇、菲欧娜·哈泽德、马特·霍伊、杰基·亚瑟，以及所有在澳大利亚奥里安和阿谢特为这本书付出过心血的人们。

　　我要特别感谢我的姐姐杰斯卡，她读我手稿的次数超过了任何正常人所应该承受的极限，总是以最温柔、最搞笑的方式指出其中的缺点。我还要特别感谢玛丽·埃文斯，为她早期的鼓励与建议，还有伊尔蒂·奈史密斯·比利，感谢她时常为我注入咖啡与正能量。

　　如果没有我无论远近的家人与朋友的支持与耐心，我将永远无法开始写作这本书，尤其是马特、裴德和格雷西，谢谢你们。我将这本书献给你们，附上我的爱。

图书在版编目（CIP）数据

海潮心事 /（英）汉娜·里奇尔著；鲁梦珏译 . —
成都：四川文艺出版社，2022.4
ISBN 978-7-5411-6275-6

Ⅰ . ①海⋯ Ⅱ . ①汉⋯ ②鲁⋯ Ⅲ . ①长篇小说－英
国－现代 Ⅳ . ① I561.45

中国版本图书馆 CIP 数据核字（2022）第 026136 号

著作权合同登记号 图进字：21-2022-107

HAICHAO XINSHI

海潮心事

[英] 汉娜·里奇尔 著　鲁梦珏 译

出 品 人　张庆宁
策划出品　磨铁图书
责任编辑　邓　敏
特约监制　潘　良　于　北
封面设计　沉清 Evechan
责任校对　段　敏

出版发行　四川文艺出版社（成都市锦江区三色路 238 号）
网　　址　www.scwys.com
电　　话　028-86361781（编辑部）

印　　刷　三河市冀华印务有限公司
成品尺寸　145mm×210mm　　　开　　本　32 开
印　　张　12.5　　　　　　　　字　　数　300 千
版　　次　2022 年 4 月第一版　　印　　次　2022 年 4 月第一次印刷
书　　号　ISBN 978-7-5411-6275-6
定　　价　56.00 元